AtV

Barbara Krohn, 1957 geboren, studierte Germanistik und Italianistik in Hamburg und verbrachte vier Jahre als Lektorin in Neapel. Als Übersetzerin, Literaturkritikerin und freie Autorin lebt sie mit ihrem Mann und zwei Kindern in Regensburg.

Bei AtV erschien von ihr neben »Der Tote unter der Piazza« der Roman »Weg vom Fenster«. Bei Romane wurden für den begehrten »Glauser-Preis« nominiert.

Endlich wieder in Neapel! Knatternde Vespas, der Duft von Espresso – schon steht die Journalistin Marlen wieder in ihrer Lieblingsbar. Sie will sich erholen und findet bei Livia, ihrer besten Freundin, Quartier. Bald ist es jedoch vorbei mit der Ruhe, als der Taxifahrer Salvatore auftaucht und alles daran setzt, Marlens Herz zu erobern. Als Krönung spannender Streifzüge durch Neapel führt er sie in ein Labyrinth unterirdischer Gänge. Hier, tief unter der Stadt machen sie eine grausame Entdeckung: die Leiche eines Mannes. Während die Polizei im dunklen tappt, ist Marlens Neugier als Journalistin geweckt. Für sie und ihre Freundin Livia beginnt ein Wettlauf mit der Zeit, denn auch Salvatores Lebens scheint auf dem Spiel zu stehen. Zum Glück hat die Tabaksfrau an der Ecke einen guten Tip …

Barbara Krohn

Der Tote unter der Piazza

Roman

Aufbau Taschenbuch Verlag

ISBN 3-7466-1441-4

4. Auflage 2001

Einbandgestaltung Torsten Lemme unter Verwendung
eines Fotos von © Mauritius Die Bildagentur
Satz LVD GmbH, Berlin
Druck Elsnerdruck GmbH, Berlin
Printed in Germany

www.aufbau-taschenbuch.de

Für O. M.

1

Sie war pünktlich.

Während mit lautem Scheppern Rolläden heruntergelassen wurden wie tonnenschwere Augenlider und Vespafahrer über den nassen Basalt bretterten, um rechtzeitig nach Hause zu kommen, schob die Tabakfrau ihren Zeigefinger einem gußeisernen Löwenkopf ins Maul. Es klingelte.

Livia, die Malerin, öffnete und staunte nicht schlecht. Ganz in Schwarz. Sie kannte die Tabakfrau nur umgeben von den Blümchen und Karos der Kittelkleider, die sie im Laden trug, über Rock und Bluse, und Rock und Bluse wiederum über einem umfangreichen Körper. Heute abend stand hingegen eine attraktive Frau in der Tür, die ihren fülligen Körper ansehnlich verhüllt hatte: weite schwarze Seidenhose, darüber ein ebenfalls weiter schwarzer Feinstrickpullover, über der Brust eine Kette aus dunkelroten Holzperlen. Farblich Ton in Ton der Lippenstift, der Nagellack. Die Haare offen, schwarz mit grauen Strähnen.

Livia kam aus dem Staunen nicht heraus. »*Mamma mia!* Toll sehen Sie aus. Kommen Sie herein.«

Die Tabakfrau war weder Lob noch Komplimente gewöhnt. Sie lächelte, eine Spur verunsichert.

»Finden Sie wirklich?« Sie sah sich um, wußte nicht recht, ob sie sich auf den einzigen Stuhl im Raum oder auf den Diwan setzen oder vorläufig stehen bleiben sollte.

Von den Wänden des nicht gerade geräumigen Ateliers schweiften Blicke durch den Raum, kreuz und quer, einige Blicke blieben darin gefangen, so schien es, während andere durch die gegenüberliegende Wand nach außen drangen. Es waren suchende Blicke, offene, verschlossene, rundum befriedigte, abschätzige oder in sich versunkene, eine kleine Auswahl aus der Palette der Stimmungen und Charaktere. Die Malerin hatte überwiegend Porträts gemalt – die Tabakfrau nahm jedenfalls an, daß die Bilder an den Wänden von ihr stammten –, nur Gesichter mit Hals, der Oberkörper, der ganze Körper, Menschen mit Leib und Seele, mit Haut und Haaren, bekleidet, nackt, gerahmt, ungerahmt, Zeichnungen, Ölgemälde, Aquarelle. Es waren sehr eigene, nicht gerade schmeichelhaft zu nennende Bilder, auf denen nichts an- oder ausgeglichen wurde – Falten, die zu lange Nase, der breite Mund, die ersten grauen Strähnen im Haar. Es hatte im Gegenteil den Anschein, als habe die Malerin bestimmte Wesenszüge der Porträtierten besonders hervorgehoben, ohne jedoch zu karikieren – eine Kunst für sich, wie die Tabakfrau befand.

Als sie die Malerin zum ersten Mal aufgesucht hatte, war sie zunächst erschrocken gewesen, um nicht zu sagen schockiert. Und hätte fast einen Rückzieher gemacht. Doch nach einer Weile begann sie sich wohler zu fühlen in Gesellschaft dieser Leute an den Wänden, die in keinster Weise so aussahen, als hätten sie sich makelarm bis makellos zurechtgemacht. Im Gegenteil, eine kleine Last fiel von ihr ab, der Zwang zur Schönheit, der allerorten geschürt wurde, die Angst vor dem häßlichen Bild. Wenn die anderen genug Mut hatten, sich malen zu lassen, dann hatte sie ihn auch. Und damit basta.

»Sie sehen wirklich toll aus«, wiederholte Livia. »Ganz anders als tagsüber im Laden.«

Die Tabakfrau lächelte erneut. »Sieht man es schon?«

»Was denn?« Livia war bekannt für ihre Argusaugen und kannte derlei Fragen nur von Frauen, die im zweiten Monat schwanger waren.

»Ich nehme ab«, sagte die Tabakfrau mit bescheidenem Triumph in der Stimme.

Livia kniff die Augen zusammen, musterte ihr Gegenüber. Dann nickte sie. »Natürlich.«

In der Tat, das war es. Ihr war zuallererst die Farbe ins Auge gefallen, der schwarze Grundton, und sie hatte überlegt, ob ein Mitglied aus der Familie der Tabakfrau gestorben sei, wogegen jedoch die roten Accessoires sprachen. Oder vielleicht lag es am Feierabend, am Wechsel von Rollen und Klamotten, da schlüpften so allerlei Leute in andere Gewänder und oft genug sogar in eine andere Haut. Es stimmte: die Tabakfrau war ein wenig dünner geworden. Man könnte auch sagen: ein wenig weniger dick. Es tat ihr sichtlich gut, den eigenen Körper aus den Fettmassen herauszuschälen, sich in Bewegung zu setzen, wohin auch immer.

Livia hatte noch nie eine buchstäblich so leibhaftige Frau gemalt. »Hauptsache, das Abnehmen geht nicht so schnell, daß ich jede Woche ein neues Bild anfangen muß.«

Die Tabakfrau schüttelte den Kopf. »Leider nicht. Das wird eine ganze Weile dauern. Seit Januar sind es erst, ich meine: schon zwanzig Kilo.« Sie musterte die Malerin. »Bei Ihnen würde das ins Gewicht fallen.«

»Bei Ihnen tut es das auch«, sagte Livia.

»Obwohl die Idee nicht schlecht ist«, nahm die Tabakfrau den Gedanken wieder auf. »Sie malen jede Woche ein Bild von mir und bezeugen so meine Verwandlung. Gegen Ende des Jahres hätte ich dann rund vierzig Bilder zusammen und müßte mir eine neue Wohnung suchen. Auch ein Grund, um aus Neapel wegzuziehen.«

»Wie machen Sie das, zwei Kilo pro Woche?« erkundigte sich Livia.

»Ein Geheimnis«, schmunzelte die Tabakfrau und wurde ein wenig rot. Sie platzte heraus: »ein Kinderspiel«, und kicherte dazu wie eine Fünfzehnjährige.

Wie um ein Gegengewicht zu schaffen, sich selbst Einhalt zu gebieten, hob sie die rechte Hand.

»Sehen Sie ihn, diesen Ehering? Ich muß es ablegen, mein dickes Mutterfell, damit ich endlich den Ehering ablegen kann.« Sie holte tief Luft. »Vor über zwanzig Jahren hat er ihn mir aufgesteckt, und ich bekomme ihn nicht mehr runter vom Finger, ist es nicht unglaublich? Nicht mit Seife, nicht mit Olivenöl. Dabei ist er längst auf und davon, mein Ehemann, nur dieser Ring ist mir geblieben.« Sie schluckte, ihre Stimme klang zornig. »Ein Fluch, den ich an mir trage, jeden Abend, jeden Morgen, dieser Ring. Mit wem soll ich denn verbunden sein? Wissen Sie, die Sklaven, die trugen ihn am Ohr, wie das die jungen Leute heutzutage wieder machen, ich aber, ich will ihn loswerden. Nur mein Fleisch drumherum beschützt ihn noch, verstehen Sie?«

Livia konnte gut nachvollziehen, was die Tabakfrau sagte, denn sie selbst hatte sich bisher standhaft geweigert, einen solchen Ring aufzusetzen, und würde es auch weiterhin tun.

Die Tabakfrau seufzte. »Es ist so viel leichter dick zu werden als abzunehmen.« Da wurde so manches hochgeschwemmt, Erinnerungen, gute und schlimme Tage, Sehnsucht, geballte Wut. Keine Trennung, keine Geburt ohne Schmerzen.

Dann dachte sie, daß es nicht stimmte, was sie gesagt hatte, daß auch das Gegenteil richtig war. Eigentlich war es ein ganzes Stück lustvoller abzunehmen und zu entdecken, was alles in ihr verborgen war, um nicht zu sagen: begraben, tief unter der Haut: Abgründe. Erotik. Wer konnte schon ahnen, was sich noch alles an verstaubtem Glitzern in ihr entdecken ließ. Jedenfalls war sie eines Morgens auf die Idee gekommen, sich malen zu lassen, und zwar von einer Frau. Frauenblicke würden etwas anderes hervorkitzeln. Höchste Zeit, daß die Frau in ihr zum Zuge kam.

Livia hatte die beiden mobilen, mit einer Gasflasche ausgestatteten Heizöfen angezündet und so plaziert, daß es im ganzen Raum angenehm warm war. Die erste Sitzung würde ungefähr anderthalb Stunden dauern. Eine dreiviertel Stunde lang stillzusitzen, war für die meisten Leute bereits eine Qual. Zumal nichts passierte, zumindest nichts, was von außen kam: keine Werbung, kein Film auf der Leinwand, keine Schauspieler, keine Musiker, kein Lehrer, einfach nichts. Nur die Leinwand, und dahinter die Malerin, deren Blick sich völlig verändert zu haben schien. Sobald sie den Pinsel in der Hand hielt, wurden die Leute für sie zum Objekt. Ein spannendes Objekt, aber ein Objekt. Als würde ich einen Apfel malen, hatte sie der Tabakfrau erklärt, so ungefähr.

Livia malte am liebsten Leute, die auf irgendeine Weise in Bewegung waren, bei denen sich etwas tat. Irgendwo, sei es im stillen Kämmerlein, davon war sie überzeugt, tat sich bei den meisten Leuten etwas, auch wenn sie es selbst noch nicht wahrhaben wollten. Stillstand war eine Fiktion, Stillstand trat erst mit dem Tod ein, und auch in der Hinsicht ließen sich Zweifel erheben. Selbst wenn man deprimiert oder krank war, bewegte sich etwas, wurde etwas vorbereitet, das einem selbst noch nicht bewußt war. Nicht zufällig führten Kinderkrankheiten stets zu einem Wachstumsschub, und bei Erwachsenen war das ähnlich, nur daß das Wachstum nicht mehr so sichtbar war. Außerdem hing natürlich alles davon ab, ob jemand sich überhaupt bewegen wollte. Falls dem so war, reizte es sie ungemein, diese Spannung in einem Menschen aufzuspüren und auf die Leinwand zu transponieren, die Spannung zwischen einem Zustand und dem nächsten, das Abwarten, die Ambivalenz von Gefühlen, diese Aufbruchslandschaft der Körper und Gesichter, die sich an so unterschiedlichen Stellen verriet wie den Augen oder dem Mundwinkel, einer bestimmten Kopfhaltung, den Schultern, der Haut. Manchmal drückte das Gesicht Stagnation aus, während der Körper schon auf dem Sprung war, längst die Lust an Veränderungen signalisierte, egal in welcher Richtung, aus welchem Grund – Motive, Moral, so etwas interessierte sie auch vor der Leinwand kaum.

»Möchten Sie etwas trinken? Bier? Wein? Wasser?«

Während Livia zwei Gläser füllte, eins mit Wasser für die Tabakfrau, eins mit Terpentin für die Pinsel, erklärte sie, daß sie sich beim Malen nicht unterhalte. Zwar würde sie ab und zu etwas sagen, doch nur zu sich selbst, wie ein Musiker, der beim Spielen mitsummt. »Apropos, möchten Sie, daß ich Musik auflege? Oder ist Ihnen die Stille lieber?«

»Eine stille Musik vielleicht«, sagte die Tabakfrau, die hinter dem Paravent ihre Kleider ablegte. »Eine, die zum Regen paßt.«

Die Tabakfrau rutschte verkrampft auf dem Stuhl hin und her, schlang das rechte Bein um das Stuhlbein, verschränkte die Arme zu einer Barrikade, merkte dann, daß sie sich dahinter versteckte. Doch wohin mit den Armen? Sie legte sie in den Schoß, versuchte, die Hände zu falten, kam sich merkwürdig vor dabei, wie ihre eigene Großmutter in der Abendsonne vor dem Haus, sie ertastete den Ring, zog die Hände auseinander, legte sie schließlich auf den Oberschenkeln ab.

Bei der Vorstellung, sich auszuziehen, war ihr anfangs nicht wohl gewesen. Noch nie hatte eine andere Frau – außer Anna, ihrer Tochter – sie nackt gesehen. Am Strand verbarg sie ihren Körper in einem altmodischen Badeanzug, im Kaufhaus verschwand sie in der Kabine, und beim Arzt war sie seit vielen Jahren nicht mehr gewesen. Ihr kamen die Entbindungen in den Sinn, die Hebammen und Krankenschwestern, die Ärzte – bei allen vier Kindern ein Mann. Das zählte nicht. Sobald sie ein Krankenhaus betrat, verlor sie jegliches Zugehörigkeitsgefühl zu ihrem Körper, in einer Arztpraxis war das ähnlich, als würde sie einen Teil des Körpers an der Garderobe ablegen. Natürlich hätte sie sich hier nicht ausziehen müssen, niemand hatte sie dazu gezwungen, sie konnte sich ebensogut in Rock und Pullover malen lassen. Doch wenn sie die Absicht gehabt hätte, sich weiterhin zu verstecken, hätte sie ebensogut in ihrem Laden hinter dem Tresen hocken bleiben können, das Kittelkleid um Brust und Bauch geknöpft wie eine Schwimmweste. Also, bis auf den Unterrock runter mit Blümchenstoff, Bluse, Pullover – der sprichwörtliche Sprung ins kalte Wasser. Es war ja ihr Anliegen, gesehen zu werden, und später mit eigenen Augen und nicht in einem Spiegel zu sehen: was es an Assunta Maria Balzano zu sehen gab.

Soweit war es noch lange nicht. Am liebsten hätte sie mit Röntgenaugen die Leinwand durchbohrt oder der Malerin über die Schulter geguckt. Was da wohl entstand? Die Vorstellung, ein Objekt zu werden, wie zum Beispiel ein Apfel oder ein Regenschirm oder eine Flasche, war nur eine Möglichkeit unter vielen ... Der Gedanke amüsierte sie. Womöglich entstand dort soeben ein Körper aus Äpfeln, Bananen, Birnen, Orangen, mit einem Kopf aus einer Melone und Pflaumen als Augen ... Andererseits: Wieso die Begrenzung auf harte Materie, wie wäre es mit gepreßtem Apfelsaft, einer Sauce aus geschmolzener Schokolade und Cognac, einem kleinen Amaretto oder ganz einfach frischer Milch ... Ach, diese Gelüste. Sie kam ins Schwärmen. Mein Körper ist im Fluß, dachte sie, ein Lavakörper, erstarrt ist er noch lange nicht. Ich bin wieder gefragt. Nein, dachte sie dann, mach dir nichts vor, dein Körper ist es, der wieder gefragt ist. Schluß mit der Träumerei.

Wieviel Zeit wohl schon vergangen war. Sie sah zu Livia hinüber, die nur noch für die Leinwand zu existieren schien, ihrem Objekt nur kurze abschätzende Blicke zuwarf. Der Blick der Tabakfrau wanderte zum Paravent, der ein Stückchen weiter links neben der Staffelei stand, ein dreiteiliger Wandschirm mit allerlei Figuren, Frauen in Kimonos, Männer in langen, weiten Gewändern, Berge mit schneebedeckter Kuppe, orientalische Vögel mit langem Gefieder, Ruderboote auf Häkchenwellen.

Diese schlanken, asiatischen Boote – wenn sie nur solch ein

Boot hätte. Die Tabakfrau sah Lichter in der Dunkelheit flimmern, dort, wo die Boote auf dem Wasser schunkelten und sich leise an den hölzernen Bohlen rieben. Das sanfte Geräusch wurde vom Lärm des sechsspurigen Lungomare aufgesogen – es sei denn, man saß selbst auf solch einem Steg und ließ die Beine baumeln und aß Taralli oder Kartoffelchips, dazu Bier oder Cola aus der Bude vorn an der Straße. In Gedanken sah die Tabakfrau zum Yachthafen von Mergellina hinüber. Wenn ich solch ein Boot hätte, dachte sie wieder, was heißt hier Boot, ein Schiff, Segelschiff, eine Yacht mit Motor und Kajüte und allem drum und dran, ich würde mir Anna schnappen und das Weite suchen ...

Das Boot war ein Schiff, war die Caremar auf dem Weg nach Capri, Ischia, Procida. An Deck der Fähre, sie konnte ihn genau erkennen, stand ein junger Mann in dunkelblauer Hose und dunkelblauem T-Shirt mit der roten Caremar-Aufschrift auf der Brust. Sie winkte. Es war Massimo, ihr ältester Sohn. Hinter seinem Rücken tauchten auch Paolo und Giuseppe auf. Was taten sie dort? Vielleicht hatte Massimo sie alle zu einer Kreuzfahrt eingeladen? Natürlich, der Berg mit der Kuppe aus Schnee oder Puderzucker im Hintergrund war der Vesuv, das Schiff kreuzte durch den Golf von Neapel. Doch warum hatten diese Schlawiner Anna nicht mitgenommen, die vergötterte kleine Schwester? Die Tabakfrau drohte ihnen im Geiste mit dem Zeigefinger, die Söhne lachten und machten obszöne Gesten. Das ging aber zu weit! Die eigenen Söhne, wo gab es denn so was! Sie wollte schimpfen, mußte statt dessen aber lachen, und je länger sie lachte, desto leichter wurde sie, bis sie sanft abhob von der Erde und dem Schiff entgegenflog, ein Paradiesvogel, *arrivederci*, geliebte Kinder ...

»... einen Espresso?« sagte eine sanfte Stimme.

Die Tabakfrau zuckte zusammen. »Wie bitte?«

»Möchten Sie auch einen Espresso?«

»Ja, bitte.« Die Tabakfrau war so benommen, als sei sie soeben aus dem Tiefschlaf erwacht. Während sie versuchte, ihren Tagtraum einzufangen, verschwand Livia in der Küche.

»Sie haben sich richtig entspannt«, sagte sie, als sie mit dem Tablett und einer breiten Stola wiederkam, die sie der Tabakfrau über die Schultern legte. »Die meisten Leute versuchen, Haltung zu bewahren, sich zu kontrollieren – oder zumindest das Bild, das sie von sich abgeben wollen. Aber irgendwann ist die Ruhe stärker. Das ist der Moment, in dem ich wirklich zu malen beginne. Bei Ihnen hat es höchstens fünf Minuten gedauert, Kompliment. Nehmen Sie Zucker?«

Die Tabakfrau hob lachend die Hände. »Um Himmels willen, nein.« Sie zog die Stola über der Brust zusammen, nippte am Espresso, zeigte auf die Bilder an den Wänden. »Alles von Ihnen?«

»Bis auf zwei«, sagte Livia nicht ohne Stolz.

»Malen Sie schon lange? Wie sind Sie zur Malerei gekommen?« fragte die Tabakfrau. »Oder die Malerei zu Ihnen?«

»Ich habe an der Accademia di Belle Arti studiert«, wollte Livia sagen, hielt aber inne. Wenn die Tabakfrau es über sich gebracht hatte, sich auszuziehen, konnte auch sie, die Malerin, ein Stück mehr von sich zeigen als die offizielle Visage. Also erzählte sie von dem Tag im Frühling: Sie war zwölf und hatte gemeinsam mit den Spielgefährten diese Frau entdeckt: zwischen Schutt und Unkraut hinter einer Steinmauer, der Rock zerrissen, die Beine angewinkelt, die Arme weit von sich gestreckt, Schmutz im Gesicht, ein blauer Fleck unter dem linken Auge, sie wollte nicht weiter ins Detail gehen, jeder konnte sich ein Bild machen. Zum Glück war die Frau nicht tot – das aufgeregte Geschrei der Kinder rief sie ins Leben zurück. »Wir dachten, die Sonne hätte sie aufgetaut«, sagte Livia.

Das Bild ließ sie nicht mehr los, bis heute war es ihr im Gedächtnis, im Hintergrund, zuweilen verstellt von anderen Bildern, doch immer abrufbereit, präsent. Jeden Tag war sie damals zu der Stelle gelaufen, wo die Frau gelegen hatte, als hätte sie einen Abdruck hinterlassen. »Zu Hause habe ich sie dann gemalt«, fuhr sie fort, »mit Bleistift, Wachsstiften, sogar mit Tusche, Nacht für Nacht, im Bett, im Licht der Taschenlampe. Immer wieder. Wie sie am Boden lag, wie sie wieder aufstand, müde, beinahe automatisch, wie ein Boxer im Ring, der nur noch taumeln kann und ohne Widerstand dem nächsten Kinnhaken entgegenläuft.« Livia stand auf, reckte sich. »Dann hatte ich es irgendwann satt, diese Opfermalerei. Meine nächsten

Frauen wurden stark und kampflustig, bekamen geballte Fäuste, hatten Messer in der Hand, sogar Pistolen.« Sie mußte lachen. »Ein wenig sahen sie aus wie diese realsozialistischen Heldinnen, muskulös, optimistisch, Kopf hoch, wir schaffen es! Ich wollte, daß die Frauen nicht mehr geschlagen werden, sondern im Zweifelsfall lieber selbst zurückschlagen. Frommer Wunsch. Macht und Ohnmacht hocken fest auf ihren Plätzen. Selten, daß mal jemand ausbricht.« So wie Sie, wollte sie sagen, schwieg dann aber. »Zwischen Opfern und Heldinnen habe ich dann irgendwann wirklich angefangen zu malen. So war das.«

»Und was ist mit der wirklichen Frau geschehen?«

»Ich habe sie nie wieder gesehen, sie war offenbar nicht aus unserem Viertel.«

Die Tabakfrau erkundigte sich, ob man mit der Malerei überhaupt genug Geld verdienen könne.

Sie verdiene sich ihren Lebensunterhalt nicht mit der Malerei, sondern in einem Büro, antwortete Livia, und das sei schon fast ein Privileg. Sie arbeite seit einem Jahr in der Dokumentation Kunstdiebstahl in der Kulturbehörde der Region. Livia saß zwar hauptsächlich vor dem Computer, telefonierte oder forschte in Bibliotheken nach Fotos oder Abbildungen der gestohlenen Werke, hatte aber wenigstens mit Kunstobjekten verschiedenster Art zu tun, vom Weihwasserbecken über den silbernen Kandelaber bis zum Ölgemälde, auch wenn diese Objekte für sie paradoxerweise erst dadurch lebendig wurden, daß sie nicht mehr aufzufinden waren. Der Job war nicht allzu schlecht bezahlt, immer wieder interessant, mittlerweile wurde ihr immer mehr Verantwortung und Eigeninitiative zugestanden, und schließlich blieb genug Zeit für die Arbeit an der Staffelei.

Sie schwiegen.

»Machen wir weiter?«

Die Tabakfrau nickte. »Sie haben es gut«, seufzte sie dann.

»Wieso?«

»Weil Sie malen«, erwiderte sie schlicht.

»Und Sie, was würden Sie lieber machen?« fragte Livia.

»Lieber als im Tabakladen stehen?«

Eine schwierige Frage. Während die Malerin wieder hinter

der Leinwand verschwand, dachte die Tabakfrau darüber nach. Es war eine Frage, die so klang, als sei nur sie allein angesprochen, Assunta Maria Balzano, nicht das Drumherum, dieses abgestandene Leben: das Geldverdienenmüssen, der Tabakladen, den sie von den Eltern übernommen hatte, die Kinder, die sich bis auf Anna selbst versorgten, vom Wäschewaschen für Paolo mal abgesehen. Sie wußte keine Antwort, auch wenn sie genau wußte, daß die Frage schon im Raum gestanden hatte, bevor sie das Atelier betrat, und daß die Malerin im Grunde nur das ausgesprochen hatte, was sie sich selbst nicht zu fragen getraute. Der Tabakladen jedenfalls war nicht ihr inneres Zuhause.

Vielleicht, dachte sie, als ihr Blick wieder zum Paravent schweifte, würde ich reisen, weit weg, nach Sibirien, nach China, Indonesien, Australien, und auf der anderen Seite vom Erdball wieder zurück, oder zum Nordpol oder nach Afrika, schon eine Fahrt nach Monte Carlo oder nach Venedig wäre nicht übel. Wenn ich die Wahl hätte. Wenn ich noch einmal von vorne anfangen könnte.

Vor ihr tauchte ein zierliches, dünnes Mädchen auf, mit Strohhut und einem langen schwarzen Zopf, der bis zu den Knien reichte. Das Mädchen stand an einem Gewässer und sah den rosafarbenen Kranichen auf dem Paravent zu, oder waren es Flamingos, es watete durch das seichte Wasser, unten, an der Riviera di Chiaia, in der Hand einen Plastikeimer, schon halb mit Miesmuscheln gefüllt. Dann und wann warf es einen verstohlenen Blick hinüber zur Kaimauer, wo sich bei niedrigem Wasserstand ein schmaler Streifen Sand aus dem Wasser löste. Dort standen ein junger Mann und ein junges Mädchen, der junge Mann drückte mit seinem Körper den des jungen Mädchens, das ihre ältere Schwester war, an die Steinwand, die zwei knutschten, das wußte das Mädchen bereits und auch, daß die Schwester mit ihren fünfzehn Jahren sich die Knutscherei gern gefallen ließ. Das Mädchen war erst neun und sah sich alles ganz genau an. Leicht sah es aus. Verlockend. Wenn sie nur auch erst fünfzehn wäre und sich von so einem jungen Kerl gegen die Mauer drücken ließe.

Und schon war es soweit, denn manchmal, in Träumen, in der Erinnerung, folgt die Zeit ihren eigenen Gesetzen – schon ging das Mädchen in die Breite wie ein Luftballon, der endlich aufgeblasen wird, die erste Schwangerschaft, das Geknutsche an der Mauer lag weit zurück, die Folgen rührten sich in ihrem Bauch.

Am Anfang war die *mamma*, welch ein Glück, wenn die Kinder es zum ersten Mal sagten, die Belohnung für all das Warten, Entbehren und Entsagen, das Wort Mutter: *mamma* – auch wenn sie eigentlich etwas zu essen damit meinten, die lieben kleinen Menschenfresser, *mammam*, die zu verspeisende *mamma* womöglich ... Erst eins, dann zwei, dann drei, dann vier: Massimo nach dem Ehemann, Paolo nach dem Vater, Giuseppe nach dem Schwiegervater – und dann kam noch Anna. Anna nach niemandem. Einfach: Anna. Derweil wurde die *mamma* dick und ihrer Aufgabe voll gerecht, den Kindern Schutz zu bieten, in einem geblümten, mütterlichen Kattunkittel, doch auch, um sich zur Wehr zu setzen gegen den Mann, der sie – da war es noch ein Spiel gewesen und beide knappe sechzehn – auf die Kieselsteine gedrückt hatte, unten, am Strand, der sie – Macht des Geschlechts – nun auf das Ehebett drückte, das zum Glück weich gefedert nachgab.

Bald würde der Ehemann völlig hinter dem Riesenkörper seiner Frau verschwinden, schon war er fort, einen Monat nach der Geburt von Anna, fort aus dem Leben der Kinder und aus dem Leib der *mamma*, hinein ins Leben einer neuen, jungen, schlanken Frau. Wie man es jeden Tag in der Zeitung nachlesen konnte. Von dem Tag an, als der Ehemann auf und davon war – wie lange war das her? mehr als siebzehn Jahre –, war wenigstens das wöchentliche Gerammel weggefallen, dieses Herumgerüttel und -gezerre, das sie für Liebe gehalten hatte, diese immergleiche Folge aus Reinschieben, Rütteln, Stöhnen – dann ein Aufbäumen, wie eine satte Zecke fiel er ab, und sie selbst lag plattgedrückt da, eine zweidimensionale Frau.

Es blieben die vier Kinder. Und Zeit zum Nachdenken, Stunde um Stunde, Woche für Woche, Jahr für Jahr. Da hatte sich Wut zusammengerottet, bis sie zu einem ansehnlichen Berg angewachsen war, einem Menschenvesuv, der sich irgendwo entladen mußte, explodieren, oder ganz allmählich Luft ablassen.

Kurz vor Weihnachten hatte es begonnen, am einundzwanzigsten Dezember, Stichtag. Es war ein milder Abend, unten am Lungomare, sie hatte den Bus verpaßt und keine Lust zu warten, war zu Fuß los in Richtung Fuorigrotta, als einer dieser Kerle, die regelmäßig dort standen, den Rücken zum Meer, oder eher: lungerten, sie angesprochen hatte. Und was hatte sie getan? Mitgegangen war sie, ganz einfach, einfach so, vielleicht gab es für solche Momente keine Gründe, jedenfalls hatte sie keinen finden können, außer Neugier oder einer Laune des Augenblicks.

Am wichtigsten war: Es hatte ihr gefallen. Zum ersten Mal seit Jahren, nein, seit sie es überhaupt mit Männern machte, hatte sie so etwas wie Lust verspürt. Verrückte Welt! Raus aus dem Kittelkleid, runter das zweite Gesicht aus Tabakladen, Haushalt, Mutterfreuden. Es tat gut zu entdecken, daß dieser Körper die Männer reizte und nicht nur einen, nein, viele, auch wenn sie sich kaum an die Namen erinnerte, sicherlich hieß einer von ihnen Massimo, ein anderer Ciro, Salvatore, Ignazio, Gennaro, wie die Männer in Neapel eben hießen. Jedem das Seine, dachte sie, nein: jeder das Ihre. Und eine erste Prise Selbstachtung. Es ging eben auch anders und war, trotz oft unbequemer Lage, ein Triumph, ein Hochgefühl, wiederholt, tagelang. Nie traf sie sich mit dem gleichen Mann, oft wechselte sie Lage und Umgebung. Sie begann, auf ihre wirkliche Stimmung zu achten, die Körperstimmung, die Seelenstimme, sagte schon mal nein, wurde wählerischer. Ein Nebeneffekt: das Abnehmen klappte wie von selbst. Keine Reis-, Saft-, Körnerkuren, keine Schlankheitstees oder -pillen, kein Fitneßprogramm, keine Sitzungen bei Spezialisten für Leib und Seele. Und nirgendwo ein schlechtes Gewissen in Sicht. Pro Orgasmus nahm sie ein Pfund ab, zum Beispiel, ja, so ließ es sich rechnen. Sie begann zu ahnen, daß ihre Fleischmassen etwas verbargen, dessen Existenz sie seit langer Zeit vergessen hatte, eine antike, mit Rissen durchzogene Vase, einen Schwan wie in der Geschichte vom häßlichen Entlein. Sie mußte es darauf ankommen lassen. Etwas brach auf. Etwas heilte.

Dann war dieser Kerl in ihr Leben getreten. Sie spürte seine Hände auf ihrer Haut, hörte seine Stimme, sah ihn vor sich, begann zu schwitzen. Unhörbar flüsterte sie seinen Namen.

Aus, aus und vorbei. Bleich sah er aus, wie er dort lag, schneeweiß geradezu, kaum eine Falte, helle Haut, schwarzes Haar, ein Prinz. Das Goldkettchen im Brusthaar glitzernd, wie ein Sonnenstrahl frühmorgens auf dem Meer, kalt war es, das Wasser, es stand ihm bis zum Hals, sie wartete auf ein Prusten, auf tausend Wassertröpfchen, zusammenklebende Wimpern, verführerisch, lockend, salzig auch die Lippen. Aber nein, das waren andere Bilder, andere Zeiten, wie hatten sie sich nur dazwischengedrängelt, da konnte man ja ganz durcheinanderkommen. *Seine* Augen waren dunkel, schwarz und unergründlich, schwarz wie die Nacht, ein Totenfluß, gern hätte sie auf den Grund geblickt, vielleicht wuchsen dort Korallen oder zarte Gräser … Irrtum, nur keine sentimentalen Reisen, da gab es nichts zu sehen, der Grund war steinig, der Mann ein Dreckskerl mit Seidenhänden. Vier Wochen lang hatte er sie getragen, auf Händen, das wollte schon etwas heißen. Jeder Tag zählte tausendfach, eine kleine Ewigkeit, diese Begegnungen zwischen acht und Mitternacht. Wieso hatte sie sich nur in ihn verliebt? Wieso hatte sie nicht bemerkt, daß die Bedingungen sich änderten, die Streichelbedingungen, die Hingabe, daß der Reiz längst verklungen war – die große Täuschung, es sei nicht nur ihr Körper, es sei mehr …

Und jetzt? Jetzt schwitzte sie nicht mehr, sie fröstelte, sackte ein wenig in sich zusammen, ballte dann innerlich die Fäuste, richtete sich auf. Und zugleich schrumpfte und verblaßte auch dieser Mann, alle Farbe wich von ihm, Grautöne breiteten sich aus, lösten die Konturen auf, bis nur noch Staub blieb, grauer Staub und Stille. Und ein kleines rotes Loch in der Brust, das ihn getötet hatte.

2

Eintauchen in ein Gefunkel nächtlicher Lichter, am Himmel die Sterne, links die dunkle Silhouette des Vesuv, dann das Gelände der AGIP; heruntergeschobene Zugfenster, im Schneckentempo in die Bahnhofshalle, und dort steht Livia, rufend, winkend, lachend – so in etwa hatte Marlen sich ihre Ankunft vorgestellt.

Wie der Mensch sich täuschen kann. Lektion Nummer soundsoviel: Hier ist alles anders als du denkst, und wenn du denkst, du hast dich darauf eingestellt, läuft es wieder anders, oder: ein Hoch auf die Improvisation. Marlen starrte durch das Busfenster, innen beschlagen, außen mit Regentropfen besprenkelt, und wischte mit der Handkante über die Scheibe. Neapel sehen und sterben. Eine hauchdünne Schicht aus kondensiertem Atem bedeckte das soeben freigewischte Loch. Vorbei Goethes Zeiten, in denen man Neapel sah und sich selig zur allerletzten Ruhe begab. Zum Glück. Leider. Noch eine Lektion: Die Extreme liegen näher beieinander, als man glaubt, oder: ein Hoch auf die leibhaftigen Gegensätze. Für heute reichte es. Nach knapp zwanzig Stunden Fahrt hatte sie sich etwas anderes gewünscht als ausgerechnet einen Stromausfall. Ab Formia war nichts mehr vorangegangen wegen des Unwetters. Keiner der Mitreisenden hatte eine Ahnung, wie oder wann es weitergehen würde, man arrangierte sich, redete, las, aß, strickte, schimpfte, schwieg, schlief. Dann ein Aufschrei, »*a carreggrazia!*«, ein Wunder: Die Eisenbahngesellschaft hatte in kürzester Zeit zwei Sonderbusse bereitgestellt, die alle Fahrgäste nach Neapel bringen würden, gleichgültig, ob das ihr Fahrziel war oder nicht.

Kurz nach Mitternacht stand Marlen also auf dem Platz vor der Stazione Centrale. Es regnete noch immer. Längst fuhren keine öffentlichen Verkehrsmittel mehr. Die Taxischlange vor dem Bahnhofsgebäude saugte gierig einen Reisenden nach dem anderen auf, während Marlen die Vorhalle betrat, in der vereinzelt Penner auf plattgetretenen Kartons lagen und schliefen. Von Livia keine Spur, sie mußte wieder nach Hause gefahren sein. Was wiederum kein Wunder war, denn Marlens Zug hätte laut Fahrplan bereits vor über drei Stunden eintreffen sollen. Die Bar war bereits geschlossen, und von den drei Telefonen in der Vorhalle funktionierte nicht ein einziges, herausgerissene Schnüre, tote Leitung. Großartig, dachte Marlen halb grimmig, halb amüsiert, und: Livia, ich komme, auch ohne Zug, ohne Telefon, ohne Bus, aber ich komme.

Draußen ließ soeben das letzte gelbe Vehikel den Motor an und verschwand in die Nacht.

»Da kommt heute kein Taxi mehr, Signorina«, nuschelte ein

älterer Mann hinter ihrem Rücken, die erloschene Zigarette zwischen den Zähnen. »Kommt kein Zug an, fährt auch keiner ab. *Un tempo della madonna*!« Er deutete ein Lachen an und wies mit der Hand auf eins der heruntergekommenen Bahnhofshotels.

Währenddessen ging von der Seite ein weiteres Angebot ein. »*Vuoi un passaggio? Dove devi andare, ti ci porto io, davvero, no problem!*« Der Eifer in der Stimme verriet die Absicht. Marlen sah sich nicht danach um, wie das männliche Wesen aussah, das sich da so großzügig gab. *Grazie*, lieber ging sie zu Fuß.

Nicht daß sie etwas gegen Männer hatte. Im Gegenteil. Aber sie suchte sich Ort, Zeit und Mann doch lieber selbst aus. Vielleicht konnte sie von einem der Hotels aus telefonieren. Also, hinaus, vom Regen in die Traufe. Sie nahm die Reisetasche, kam vielleicht zehn Meter weit. Wieder ein Hupen. Unbeirrt ging sie weiter. *Per la madonna*, wie aufdringlich! Und wenn es Livia war? Sie zögerte, wollte sich umdrehen, sah dann aus dem Augenwinkel etwas Gelbes heranrollen und direkt neben ihr halten. Eine Tür ging auf: »*Taxi*?« Sesam, öffne dich, ein Taxi. Ein Retter in Blech.

Die Stadt wirkte wie eine einzige schwarze Pfütze. Rechts und links spritzte das Wasser hoch, das sich auf dem Basaltpflaster staute und nur unter Schwierigkeiten abfloß. Die Straßen waren menschenleer, alle Fensterläden zugeklappt, die meisten Bars geschlossen. Das Taxi brauste den Corso Umberto I. entlang wie ein Motorboot. Marlen wurde in die leicht ramponierten Polster gedrückt. Einen Schirm hatte sie nicht dabei, wozu auch. Wenn sie sich allerdings ihre letzten Besuche in Neapel in Erinnerung rief, mußte sie zugeben, daß es jedesmal geregnet hatte. Wie gut das Vergessen in mancher Hinsicht klappte. Sie legte den Kopf zur Seite, lächelte vor sich hin, nickte den Häuserfassaden, den geschlossenen Fensterläden, der abblätternden Farbe zu wie alten Bekannten. Zwei Jahre lang war sie nicht hier gewesen – ein Sprung in der Ewigkeit. Ob sich viel verändert hatte? Idiotisch, dachte sie, warum sollte sich etwas verändern, nur weil ich weg bin?

Der Taxifahrer, er war Mitte bis Ende dreißig, musterte sie von der Seite. »Zum ersten Mal hier?«

»Nein.«

»Ah.« Er schwieg. »Sie kennen die Stadt?«

»Ein wenig«, sagte Marlen wortkarg.

Der Mann stieg auf die Bremse und brachte das Taxi an einer roten Ampel zum Stehen, obwohl gar kein Verkehr war.

»Nicht zu fassen«, entfuhr es Marlen.

»Was?«

»Daß Sie bei Rot halten.«

»Warum? Hält man etwa bei Ihnen zu Hause an einer roten Ampel nicht?«

»Doch.«

»Na sehen Sie.«

Der Regen trommelte aufs Autodach, der Taxifahrer trommelte auf das Lenkrad. Kräftige Hände, lange Finger. »Wir sind hier mitten in Europa, in einer zivilisierten Welt, Neapel war einmal die Hauptstadt Europas, hier gab es schon Straßenlaternen, noch bevor im Norden die Petroleumlampe erfunden wurde, und wo fuhr die erste Eisenbahn? Von Neapel nach Portici.« Der Taxifahrer legte richtig los: »In den letzten hundert Jahren aber ging es bergab mit der Stadt und der Moral, hinein in den Morast, ins Chaos, viele meinen, daß Regeln extra für sie außer Kraft treten oder daß es Spaß macht, sie zu überschreiten, bei Rot über die Ampel, Autofahren ohne Führerschein, Arbeit nur nach Bestechung, den Müll vor die Tür des Nachbarn kehren, Statuen den Kopf abschlagen, und nach mir die Sintflut.« Es klang aufgebracht, zornig, dann zuckte er mit den Schultern. »*C'aggie 'a fa'*.«

»Eine wahre Sintflut«, stimmte Marlen zu.

»Schlechte Karten für Touristen.« Ironischer Unterton, eine Prise Schadenfreude.

»Ich bin ja nicht wegen des Wetters hier«, sagte Marlen, was nur die halbe Wahrheit war.

»Das kann man nur hoffen«, brummte der Taxifahrer. »Sie fahren vermutlich weiter auf die Inseln, Capri, Ischia.«

»Ich bin auch nicht hier, um Urlaub zu machen«, stellte Marlen klar. Was ebenfalls nicht unbedingt der Wahrheit entsprach. Doch wer kannte schon die Wahrheit ... Klar, sie wollte an einigen Artikeln arbeiten, recherchieren, sich umtun, aber Urlaub vom Alltag in Deutschland und von Luzie, ihrer Tochter, war eine Fahrt nach Neapel allemal. Ganz abgesehen davon, daß die Trennung von Fritz verdaut werden wollte, zehn zähe und auch zärtliche Jahre, abgelaufen, aus und vorbei.

»Nein?« Die Stimme des Taxifahrers klang bedauernd, erstaunt. Dann, als sei endlich der Groschen gefallen: »Sie haben einen Freund. *Un amico.*«

»Genau«, sagte Marlen, mit dieser Art von Mißverständnis vertraut. »Sogar mehrere. Sie etwa nicht?«

Der Taxifahrer warf ihr einen belustigten Blick zu, der besagte, daß er den kleinen Seitenhieb wohlwollend registriert hatte. Er hatte ein offenes, waches Gesicht, in dem jetzt erstmalig eine Spur von Begehren aufblitzte. Marlen verspürte ein wohlbekanntes Ziehen auf der Haut. *Attenzione!*

»Sie sprechen ausgezeichnet Italienisch.«

»Bisher habe ich noch nicht viel gesagt.«

»Aber Komplimente kommen immer gut an«, konterte der Taxifahrer lachend.

»Kommt drauf an, wer sie macht«, sagte Marlen.

»Sehen Sie, ich habe es ja gesagt.«

»Was?«

»Daß Sie ausgezeichnet Italienisch sprechen. Mit dem harten R, das so erotisch klingt.«

Marlen runzelte die Stirn. Das war nun doch ein wenig zu viel des Guten: »das erotische harte R«. Wie oft wurde aus ihrem rollenden ein stolperndes R, das sie verärgert lieber gleich dort ließ, wo die meisten Deutschen ihr R nun einmal sprechen: im Rrrrachen. Um das Thema zu wechseln, fragte sie den Taxifahrer, ob er immer nachts mit dem Taxi unterwegs sei.

»Nicht immer.« Jetzt war er es, der einsilbig antwortete.

»Machen Sie das schon lange?«

Als Antwort wiegte er bloß den Kopf.

»Und Sie?«

»Wie, ich?«

»Was machen Sie?«

»Ich bin Journalistin.«

»Und schreiben über Neapel?« Wieder der leicht spöttische Tonfall. »Über das schöne oder über das häßliche Neapel? Camorra, Drogen, Gewalt, Verkehrschaos und die malerischen Wäscheleinen hoch oben unter einem azurblauen Himmel?

Verwitterte Häuser, heruntergekommene Kirchen, Blumen unter dem Heiligenaltar an der Straßenecke?«

»Genau«, sagte Marlen in einem Anflug von Trotz. »Und über den Regen, leere Straßen und freche Taxifahrer, die bei Rot halten.«

Er lachte auf. »Schon mal von dem Schriftsteller Malaparte gehört? *La pelle?*«

Sie nickte.

»Eine Art Vorbild«, sagte er. »Nicht einzuordnen. Geht unter die Haut. Sarkastisch, humorvoll, geistreich, im richtigen Moment böse, dann wieder weich wie Büffelmozzarella. Wußten Sie, daß er seine rote Villa auf Capri den roten Chinesen vermacht hat? Ein Liebhaber Neapels, ein Liebhaber der Kunst. – Und der Frauen«, ergänzte er nach einer Pause.

Sie fuhren am Castel Nuovo vorbei in Richtung San Carlo. Der Taxifahrer wies mit der Hand nach rechts und streifte dabei wie zufällig ihren Arm. »Hier in der Via Santa Brigida spielt auch eine Szene aus dem Buch, ganz am Anfang, wo er den Amerikaner trifft.«

»Oktober 1943«, sagte Marlen. »Die Stadt hatte sich selbst von den Deutschen befreit, ohne jede Hilfe der Alliierten.«

Der Taxifahrer pfiff anerkennend durch die Zähne. »Sie haben ja echt was drauf.«

»Ich schreibe über die *quattro giornate di Napoli.*«

»Und so was lesen Ihre Landsleute?«

»Manche schon.«

»Ich würde es lesen«, sagte er im Ton vollster Überzeugung. »Das heißt, wenn ich Deutsch könnte.«

»Schöne Versprechung«, lachte Marlen.

Sie fuhren in die Quartieri Spagnoli hinein. Der Taxifahrer fragte sie noch einmal nach der Adresse. Marlen kramte erneut den Zettel aus ihrer Jackentasche. Livia war vor ein paar Monaten umgezogen und wohnte jetzt im Vicoletto Conte Cedronio. Der Taxifahrer hatte keine Ahnung, wo das war, und Marlen noch weniger. Nur ein paar Ecken von der alten Wohnung entfernt, hatte Livia kurz nach dem Umzug geschrieben. Der Taxifahrer trommelte wieder mit den Fingern auf das Lenkrad, fuhr langsam, konzentriert, und hielt Ausschau nach jemandem, den er fragen konnte. Bei dem Wetter hatten sich sogar die Katzen verkrochen, die sonst in den Müllsäcken wühlten. Das Taxi fuhr dicht zwischen den zu beiden Seiten der Gasse abgestellten Autos den Hang hinauf. An der Ecke mußte mehrfach rangiert werden, dann ging es im ersten Gang weiter. Ein Licht war zu sehen, eine Straßenpizzeria, ein Mann wischte gerade den Tresen ab. Der Taxifahrer kurbelte das Fenster herunter, fragte nach dem Weg. Als Antwort fuchtelte der Pizzabäcker mit der Hand und gab konfuse Wegbeschreibungen von sich, auch er kannte sich offenbar nicht aus, kannte jedenfalls nicht die Namen der Gassen in seinem Viertel, wozu auch, er wohnte ja mittendrin. Seine Frau trat neben ihn, schüttelte den Kopf, gab die Frage schreiend in die Küche weiter, von dort wurde vage eine Richtung angegeben, an der Ecke rechts, dann links, dann eine der Querstraßen, so ungefähr. Marlen schlug vor zu telefonieren. Aber das Telefon funktionierte nicht. »*Mi dispiace, Signorina, è guasto.*«

Der Taxifahrer schlug mit der flachen Hand aufs Lenkrad. »Das wäre doch gelacht.« Der Ehrgeiz hatte ihn gepackt, er wendete, bog mal nach rechts ab, dann nach links, schrappte an der Stoßstange eines abgestellten Vehikels entlang, fuhr über einen bereits zerplatzten Müllbeutel und nahm dann hupend eine Einbahnstraße in entgegengesetzter Richtung.

»Alle Achtung«, sagte Marlen.

»Im richtigen Moment muß man sich über Regeln hinwegsetzen können«, erläuterte er seelenruhig. Sie mußte ihm recht geben, war ihm geradezu dankbar dafür, denn nun hielt er an, beugte sich vor, zeigte triumphierend auf das Straßenschild an der Hauswand: Vicoletto Conte Cedronio. Marlen und der Taxifahrer sahen einander zufrieden an und lächelten.

»Angekommen.«

»Ja.«

»Vielleicht haben Sie einmal Lust, sich die Villa Malaparte auf Capri anzusehen.«

»Auf jeden Fall.«

»In meiner Begleitung, meine ich.«

»Durchaus möglich.« Marlen war hellwach und todmüde zugleich, offen und ohne Schutzhaut. In diesem Zustand traf sie erfahrungsgemäß lieber keine Verabredungen mit Männern, deren Blick ihr unter die Haut ging. Sie zahlte, gab ein großzügiges Trinkgeld. »Für das Kompliment.«

Der Taxifahrer grinste. »War mir ein Vergnügen. Ich warte noch, bis Sie im Haus sind.«

»Sehr aufmerksam. *Grazie.*« Sie begegnete seinem eindringlichen, wenngleich zurückhaltenden Blick und wünschte ihm eine angenehme Nacht.

»Ich heiße übrigens Salvatore«, rief er hinterher.

Natürlich, dachte sie spöttisch, Salvatore, der Retter, nicht in Blech, sondern aus Fleisch und Blut.

Sie warf die Reisetasche über die Schulter und rannte los, so gut es ging. Nach zwei Metern war sie patschnaß. Nummer 17. Sie suchte die Hauseingänge ab, 13, 14, 15, 16, 18, 19. Nichts. Das war doch nicht möglich! Sie mußte den Eingang übersehen haben. Oder war es doch die falsche Straße? Oder etwa die falsche Hausnummer? Wo war der verdammte Zettel? In dem Moment tat sich weiter vorn ein Tor auf: Licht. Ein Auto kam herausgefahren. Marlen lief in die Einfahrt, zwei schwarzgewandete Frauen hasteten ihr entgegen.

»Schnell, *poverina*, Sie werden ja ganz naß, Sie Ärmste! *Grazie a Dio!*«

Grazie a Dio sei sie nun endlich da, den ganzen Abend habe man auf sie gewartet, so eine lange Reise, sie müsse ja völlig ausgehungert sein. Marlen versuchte, gegen den wortreichen Empfang anzureden, doch die Nonnen waren von der eigenen Fürsorge so absorbiert, daß sie gar nicht zuhörten.

Eine andere Frau in einer Wolljacke, die das Mißverständnis im hellerleuchteten Portal des Klosters intuitiv erfaßte, kam Marlen zu Hilfe. Im Kloster erwartete man, wie Marlen nun erfuhr, seit Stunden die Ankunft einer Dominikanerin aus Österreich. Kaum war die Verwechslung aufgeklärt, ließen die Nonnen von Marlen ab, die erneut nach dem Vicoletto Conte Cedronio fragte, Nummer 17. Die Frau in der Wolljacke lachte breit. »Da sind Sie hier ganz richtig. Aber die Siebzehn? *'A disgrazia!*« rief die Frau. Die Siebzehn bringe Unglück! Die gebe es hier nicht. Wen sie suche. Livia Picone? Sie dachte nach.

»Mitte dreißig, relativ klein, dunkle Haare, Locken, Malerin. Sie lebt allein, hat keine Kinder …« Der Versuch einer Beschreibung.

»... *ma certo*, natürlich, *ho capito,* kommen Sie ...«

Die Zauberformel »alleinstehend, keine Kinder« mußte mal wieder gewirkt haben. So etwas fiel hier auf. Die Frau öffnete einen großen Regenschirm und hakte Marlen unter. Sie gingen die Gasse hinunter, an einer langen, hohen Steinmauer entlang, bis sie zu einer schweren Eisentür kamen. Die Frau drückte auf einen verrosteten Klingelknopf. Nichts, kein Ton zu hören, jedenfalls nicht hier draußen. Sie wartete, klingelte erneut. Pochen war sinnlos.

Das konnte ja heiter werden, Marlen sah sich schon im Kloster übernachten. Vielleicht hätte sie sich lieber die ganze Nacht lang durch die Stadt fahren lassen sollen, von diesem Taxifahrer, wie hieß er noch ...

»Kommen Sie, gehen wir zu Salvatore.« Wie bitte, noch ein Retter? Dieser Salvatore allerdings entpuppte sich als älterer Mann, der im Haus gegenüber in der Pförtnerloge vor dem Fernseher saß und schlief. Er schreckte hoch, brummte etwas in sich hinein, was Marlen nicht verstand, stand auf, schlurfte aus dem Raum und kehrte mit einem Schlüssel in der Hand zurück.

Dann war alles nur noch eine Frage von Sekunden. Der Schlüssel paßte, die Tür ging auf, die Frau in der Wolljacke wünschte ihr eine gute Nacht und verschwand in der Dunkelheit. Marlen stand inmitten von regennassen, tropfenden Orangenbäumen, Palmen und Oleanderbüschen in einem Garten. Rechts parkte unter einem Wellblechdach ein abgewrackter, ehemals weißer Fiat, daneben eine rote Vespa: Livias Fuhrpark. Und die dunkle Silhouette, die soeben aus der erleuchteten Tür auf die Terrasse trat, war keine Nonne und auch keine nächtliche Erscheinung, sondern, nicht zu verkennen, ihre Freundin Livia und sonst niemand.

3

Neben der Tür stapelten sich Ereignisse, Nachrichten, Kommentare, in Druckerschwärze gekleidet und aufs Papier gepreßt – Livias alte Zeitungen. Marlen klemmte sich einen Packen unter den Arm und machte sich auf den Weg.

Der Vicoletto Conte Cedronio sah bei Tage wie verwandelt

aus. Kaum ließen die Geschäfte ihre schweren Rolläden hoch, klappte die Stadt ihre zigtausend Augen auf – die Nacht war vorbei, das Leben begann aufs neue. Schräg gegenüber befand sich das Lager eines Stühlevermieters, der soeben von der offenen Ladefläche eines alten, stinkenden Lastwagens – millimetergenaue Rangiermanöver durch die Einfahrt – Tische und Stühle, die zu festlichen Gelegenheiten wie Hochzeiten oder Kommunionen vermietet wurden, in einen garagenähnlichen Lagerraum transportierte. In der Tür des Ladens nebenan stand der Schuster und inspizierte die Sohlen von einem Paar Schuhe: Zigarette im Mundwinkel, lange dunkelblaue Schürze, skeptischer Blick. Vor einem Metzgerladen hingen halbe Schafe und Kalbsköpfe mit weißen Zungen. Gleich daneben ein Basso, eine ebenerdige Wohnung, deren Fenster mit Süßwaren und Kinderkrimskrams aus Plastik behängt war, davor ein Wäscheständer, darüber hinter Glas, in Fernsehergröße, ein schäbiges Fegefeuer: verstaubte Teufelchen, angeschmutzte Feuerzungen, eine abgeknickte, ehemals blaue Plastikblume. In der Vineria an der Ecke hockten vier Männer um ein Faß und spielten Karten.

Als sie den Zeitungsladen betrat, mußte Marlen den Kopf einziehen, so tief hingen die Illustrierten. Sie kaufte den *Mattino* und eine neue Monatszeitschrift mit Namen *Tuttifrutti*, an der ein doppelt verpackter Präser baumelte. Wer weiß, wozu der gut sein würde. Marlen steuerte die nächste Bar an, bestellte einen Cappuccino und ein Cornetto. Sie war in Hochstimmung. Sollte sie noch am Abend zuvor die verregnete Stadt verflucht haben? Längst vergessen und vorbei. Betörend das Zischen der Espressomaschine, berauschend der Geruch nach gebrannten Kaffeebohnen. Die Leute redeten laut durcheinander, alles war in Ordnung.

Obwohl Marlen für Zeitungen schrieb, war sie keine leidenschaftliche Zeitungsleserin. Meistens überflog sie die Schlagzeilen, warf einen Blick auf die Sportseite, um zu sehen, ob Boris Becker in irgendeinem Turnier mitmischte, las dann höchstens einen oder zwei längere Berichte und das Feuilleton, sofern es nicht wie ein dicker Klacks Wörterspeise die xte Inszenierung eines Stückes von Ypsilon endgültig unter sich begrub. Wenn sie ins Ausland fuhr, war das anders. In Italien war Zeitunglesen wie ein Gang über den Markt, ein Schlendern durch die Straßen. Sie verstand nur die Hälfte, weil die Zusammenhänge fehlten, konnte gleichzeitig eintauchen und fremd bleiben – vielleicht war es deshalb so erholsam zu reisen.

Sie begann mit der Berichterstattung über alte und neue Verdächtigungen im landesweiten Korruptionsskandal, ein Schurkenstück der übelsten Sorte, an dem kaum ein Politiker nicht mitgewirkt hatte. Marlen war jedoch nicht auf dem neuesten Stand, die Berichterstattung kam ihr vor wie ein schlechter Fortsetzungsroman, dessen bisherige Folgen sie leider versäumt hatte. Sie blätterte weiter zur *Cronaca*, dem täglichen Sud aus Unfällen, Überfällen, Drogentoten, Gewalt, Armut, Hoffnungslosigkeit, las Überschriften: *Säugling gestohlen und Mutter erstochen, um den Geliebten mit Kind zu ködern – Tochter von Maden zerfressen. Niemand rief den Arzt – Nach der Disco mit 160 in den Tod.* Eine Frau beschwor, sie sei der Madonna begegnet, auf der nächsten Seite prangten die Fotos von einem ermordeten Barbesitzer und dessen potentiellem Mörder. Und sonst? Der Fußballclub *SSC Napoli* – neben San Gennaro und einigen weniger eminenten Heiligen vielleicht der wichtigste Hoffnungsträger der Bevölkerung – plädierte für eine umfassende Abstinenz der Spieler vor wichtigen Begegnungen. Probenberichte von Donizettis *Elisir d'amore* am San Carlo. Die Filmseite. Das Wetter. Marlen klappte die Zeitung zu. Der für die Tabakfrau bestimmte Stapel war um anderthalb Zentimeter gewachsen.

Sie trat auf die Straße. Immerhin war der Himmel wieder blau und spiegelte sich in den letzten Pfützen. Marlen ließ sich vom unaufhörlichen Gestank und Geknatter der Vespas umfluten, als schwimme sie in einem warmen Tümpel. Hohe Häuserschluchten, zusammengehalten von unzähligen Wäscheleinen, dicke, beschürzte Frauen, die auf Holzstühlen auf der Straße saßen, Kinder jeden Alters, die auf knatternden, stinkenden Mofas im Slalom die Gassen entlangrasten, Anhäufungen gemischten Mülls, dazwischen weggeworfene Spritzen, Katzen, Tauben, streunende Hunde und immer wieder Autos, die lautstark hineindrängten in diese Enge.

Auf der Türschwelle des Tabakladens lagen durchweichte

Pappkartons zum Abtreten der Füße. Marlen blieb in der Tür stehen. Rückstau bis nach draußen. Es herrschte ein Gedränge wie beim Ausverkauf, ein einziges Geschiebe und Gewoge von Körpern. Eine lautstarke Diskussion war im Gange, irgend etwas mußte passiert sein. Marlen schnappte Wortfetzen auf, aus denen sie nicht schlau wurde: *schon wieder – Banditen – ihnen auch – immer die Armen und Alten – einfach weggerissen – ecco – ecco – aufgeschlitzt – ich sage ja immer wieder – die Handtasche – den Ehering – ein Skandal – und die Politiker die Oberschurken – mannaggia la miseria!*

Die versammelten Frauenkörper erinnerten Marlen an einen immensen Wackelpudding, der sanft hin- und herwankte, ohne auseinanderzubrechen. Mit ihren einsdreiundsiebzig war Marlen mindestens zehn Zentimeter größer als die meisten der anwesenden Frauen und blickte trotzdem nicht durch. Sie ließ sich einfach mit hineinrühren und verschwand in der teigigen Masse dicker und dünner Frauenkörper, um bis zur Tabakfrau vorzudringen. Die saß mit bleichem Gesicht wie eine Sphinx hinter dem Holztresen, nickte, schüttelte den Kopf, öffnete den Mund und sagte etwas, das vom Lärm der Stimmen so vollständig aufgesogen wurde wie Fettspritzer von einem Blatt Löschpapier.

Seit Marlen die Tabakfrau kannte, war diese ungemein dick gewesen, dicker noch als andere dicke Menschen, doch nur vom Hals abwärts. Der massige Leib verschwand zwar gewöhnlich hinter dem Tresen, der ihn gut schützte, aber an Armen, Händen, Fingern ließ sich der Umfang des Körpers ablesen. Immer wenn Marlen der Tabakfrau gegenüberstand, wanderte ihr Blick wie zufällig zu diesen Fingern, die ein Paket Toilettenpapier oder ein paar lose Kerzen sorgfältig in Zeitungspapier wikkelten und das Päckchen zusätzlich mit einem Bindfaden verschnürten, als handele es sich um ein wertvolles Geschenk. Einen Finger hielt ein Ehering umschlossen, für immer und ewig, als wäre das Fleisch Unkraut und der Ring ein von Unkraut überwuchertes Schloß im Wald, das Dornengeschenk, und darin, schlafend, die Tabakprinzessin. Einst, als die Tabakfrau noch schlank gewesen war, hatte ihr jemand den Ring an den Finger gesteckt – das mußte in einem anderen Leben gewesen sein.

Das Gesicht der Tabakfrau jedoch bildete ein bizarres Gegengewicht zum Rest des Körpers, nein, Gewicht konnte man es nicht nennen, es entstand eher der Eindruck von Schwerelosigkeit. Ihr Gesicht war schmal, länglich und sah federleicht aus. Grüne, verletzliche Augen, aus denen dann und wann Abenteuerlust hervorsprühte, weiche, weiße Haut, ein erster Faltenwurf von Lachen, Weinen, Zorn und Kummer, eine hohe Stirn, rundherum zurückgekämmte, schwarze Haare, die in einem Knoten am Hinterkopf verschwanden. Schwarze Haare, mittlerweile mit Grau durchsetzt. Zwei Jahre waren vergangen, seit sie sich zuletzt begegnet waren.

Jetzt winkte sie. Die Tabakfrau hatte Marlen im Gemenge entdeckt und erhob sich. Als sei das ein Zeichen, die allgemeine Versammlung zu beenden und sich wieder den eigenen Sorgen zuzuwenden, begann der Kreis von Frauen von den Rändern her abzubröckeln, der Laden leerte sich.

Was zum Vorschein kam, waren gähnend leere Regale. Platzte der Laden gewöhnlich aus allen Nähten mit seinen Zahnpastatuben, Monatsbinden, Haarsprays, Deodorants, Rasiercremes, Waschmitteln, Putzeimern, Lippenstiften, Nagellackfläschchen, Schokoladenriegeln, Plastikspielzeug, Postkarten, Papiertaschentüchern, Präservativen und vielem mehr, so sah es dort jetzt aus wie nach einer Plünderung, nach einem Räumungsverkauf zum Nulltarif.

»So ist das Leben«, sagte die Tabakfrau, die den Einbruch morgens entdeckt hatte. »Man schiebt den Rolladen hoch, und alles ist weg. Nichts mehr da. Wie in einem Alptraum. Man baut sich etwas auf, dann kommt jemand und macht alles wieder kaputt. Einfach so. Wie kleine Kinder einen Turm aus Bauklötzen. Und man hockt sich hin, sammelt die Steine wieder zusammen und baut einen anderen, ähnlichen Turm. Batsch! Das war's schon wieder. Und so fort. Was bleibt einem anderes übrig?« Sie klagte jedoch eher beiläufig, als unterhielte sie sich mit dem Schicksal, das ohnehin völlig ungerührt bleiben würde.

»Haben Sie eine Ahnung, wer es war?«

»Wenn ich das wüßte«, begann die Tabakfrau, dann zuckte sie mit den Achseln. »Und selbst wenn ich es wüßte, würde das auch nichts helfen. Irgendwelche Jugendlichen. Drogenabhängige. Irgendwer braucht immer Geld. Die kommen immer wieder. Die Typen ändern sich, die Gesichter, auch wenn sie sich alle ähnlich sehen ...«

Marlen war empört. »Hat denn keiner etwas bemerkt? Das muß doch jemand gehört haben! Ein Rolladen läßt sich doch nicht so leise öffnen wie ein Vorhang im Theater! Dazu die Glasscherben! Hier wohnen doch Leute! Und die Vespafahrer nachts!«

Die Tabakfrau lächelte nachsichtig. »Hier mischt sich niemand gern ein, das wissen Sie doch. Und selbst wenn ... Bis die Polizei da ist, wenn sie überhaupt kommt, sind die Räuber längst über alle Berge. Und wenn sie geschnappt werden ... Dann landen die Kerle hinter Gittern, und da lernt man alles mögliche, aber kein anständiges Leben. Dann kriegen sie einen Prozeß oder auch nicht, weil die Zeiten mal wieder überschritten wurden, und wenn sie wieder rauskommen, geht alles weiter wie vorher. Was soll man machen? In den letzten zehn Jahren hat sich das Leben hier sehr verändert, zum Schlechten. Seit ich den Laden von meinen Eltern übernommen habe, gibt es jedes Jahr ein oder zwei Einbrüche. Vorher kaum. Jedenfalls kann ich mich nicht daran erinnern.«

Marlen wußte nicht, was sie sagen sollte. Besser gesagt: Sie hatte nichts zu sagen zu dieser Aussichtslosigkeit, die sich in den Worten der Tabakfrau über sie ergoß. Aber es machte sie wütend: aus dem täglichen Leben, *Cronaca*, mit einem anderen Beigeschmack als auf Zeitungspapier.

»Vielleicht sollte ich lieber über Kleinkriminalität schreiben«, murmelte sie verdrossen. »Einbrüche in Tabakläden, Handtaschendiebstahl, kleine Überfälle mit Pfeil und Bogen ...«

»Das ist doch nur die Spitze des Eisbergs«, erwiderte die Tabakfrau. »Was heißt Eisberg. Drogen, das ist es, was dahintersteckt. Geld. Wer an der Spritze hängt, dem ist es egal, wer sonst noch auf der Strecke bleibt. Das eigene Leben, das Leben anderer ...« Sie starrte auf ihre Finger, die sich am Tresen festklammerten. »Eine beschissene Stadt«, zischte sie, und ihre anfängliche Gleichmut zerbrach wie eine Eierschale. Heraus schlüpften, ein Trupp kleiner Krokodile, all die Gefühle, die sich üblicherweise in resignativen Kommentaren versteckten. Oder – wie im Fall der Tabakfrau – direkt in den Bäuchen der Leute verschwanden, in Form von Fett, als Magengeschwür.

»Seit dem Erdbeben ist das so«, sagte sie. Ihre Stimme zitterte vor Zorn und Ohnmacht. »Seitdem hat die Stadt Risse bekommen. So viele Häuser wurden zerstört und nie wieder aufgebaut. Als würden sich die jungen Leute das zum Vorbild nehmen, ein Leben als Provisorium. In Ewigkeit. Ganz ohne jedes Amen. Oder sogar mit. Es ist völlig egal. So ist das.« Sie lachte bitter. »Und wer kann ihnen schon einen Vorwurf daraus machen. Andere Vorbilder haben wir eben nicht mehr zu bieten. Politiker? Die Kirche? Eine ehrbare Familie? Jeder schlägt sich durch, auf mehr oder weniger krummen Pfaden.« Ihre Augen funkelten, ihre Faust sauste auf das Holz. »Willkommen in dieser beschissenen Stadt! *Bentornata, cara!*« Dann atmete sie tief durch.

Marlen legte den Stapel Zeitungen, den sie die ganze Zeit unter den Arm geklemmt hielt, auf dem Tresen ab. »Vielleicht können Sie die ja irgendwann wieder brauchen ...«

Die Tabakfrau starrte auf die Zeitungen, brach dann in ein herzhaftes Gelächter aus. »Großartig! Sie haben den nötigen Galgenhumor! Zeitungen! Verpackungsmaterial für nichts, ein schöner Gedanke! Ich danke Ihnen!« Sie stand ein wenig schwerfällig auf. »Kommen Sie. Gehen wir nach hinten, für einen Espresso ist immer Zeit. Hier ist es zu ungemütlich, zwischen all den leeren Regalen. Außerdem«, setzte sie mit einem spitzbübischen Lächeln hinzu, »muß ich mir jetzt keine Sorgen darum machen, daß was geklaut wird. Praktisch, was?«

Marlen fand, daß es eher die Tabakfrau war, die über Galgenhumor verfügte.

Die Gespräche zwischen ihnen waren mit jedem von Marlens Neapel-Besuchen herzlicher geworden, intensiver. Früher, als Marlen Luft und Lungen täglich an die vierzig Glimmstengel hatte zukommen lassen, war sie zum Zigarettenkaufen immer zur Tabakfrau gegangen, auch wenn die Schmuggelware an der Via Roma billiger war. In der Zeit danach hatte sie statt dessen Schokolade, Seife, Postkarten gekauft, irgend etwas, wofür sie irgendwann Verwendung haben würde. Aus den sporadischen, oft wortlosen Dialogen über den Holztresen hinweg wurden im Lauf der Zeit Gespräche über Kinder und Mütter, Krankheiten, Schule, Arbeit, das Leben in *Germania*, das Leben in *Napoli*. Die Tabakfrau hatte eine Tochter im gleichen Alter wie Luzie, Marlens Tochter, die früher auf Reisen immer mit von der Partie gewesen war.

Im Rahmen einer Serie über Mütter in Italien hatte Marlen zwei Jahre zuvor ein Porträt über die Tabakfrau geschrieben. Sie waren zusammen in eine Trattoria gegangen, hatten gut gegessen, viel getrunken, ausgiebig geplaudert. Zur Abrundung der Begegnung wurde Marlen am späten Abend in die Geheimnisse des Archivs der Tabakfrau eingeweiht – ähnlich wie früher in die Schallplattensammlungen der Lover in spe, mit dem Unterschied, daß in diesem Fall ausschließlich freundschaftliche Absichten dahintersteckten.

Marlen folgte der Tabakfrau hinter den Vorhang aus roten, gelben, blauen, in sich gewundenen Plastikschnüren durch einen Flur ins Hinterzimmer. Irgend etwas an ihr hat sich verändert, dachte sie, aber sie kam nicht darauf, was es war. Das Hinterzimmer, ein fensterloser Raum, sah wenig wohnlich aus. Eine Lampe aus hellbraunem Glas mit einem Messingknopf an der Unterseite hing wie eine riesige Brust von der Decke. An der Wand stapelten sich, wie auch im Flur, Kartons. Die zweite Wand wurde von einer langen Anrichte eingenommen, die offenbar alles tragen mußte, was sich in irgendeiner Form ablegen ließ: Zeitschriften, Geschirr, Flaschen, Kerzen, Bleistifte, Streichhölzer, Briefe. In der Mitte thronte eine kitschige Obstschale, randvoll mit Krimskrams, und das Durcheinander wurde, als müsse seine Wirkung unterstützt werden, zusätzlich von einem breiten, fleckigen Spiegel hinter der Anrichte reflektiert. Neben dem Spiegel hing ein Fotokalender der Schlachterei Gennaro Spada, eine Seeidylle für den Monat April. In der Ecke des Raums stand eine schwere altmodische Personenwaage, daneben befand sich eine niedrige Tür, die vermutlich zur Toilette führte.

Am beeindruckendsten war jedoch das wuchtige, rot angestrichene Regal an der linken Wand. Es war vom Boden bis unter die Decke vollgestopft mit Zeitungsausschnitten und beherbergte das Archiv der Tabakfrau. Nur zu bestimmten Tageszeiten war im Laden viel zu tun, manchmal kam eine halbe Stunde lang niemand. Was tun? Stricken? Kreuzworträtsel lösen? Das Geräusch des Fernsehers machte die Tabakfrau nervös. Das Geraschel von Zeitungen hingegen nicht. Die Zeitungen lagen sowieso aufgeschlagen auf dem Tresen und warteten darauf, als Verpackungsmaterial benutzt zu werden. Indessen konnten sie gelesen werden. Oft reichte die Zeit nicht aus, um einen Artikel ganz zu Ende zu lesen. Dieser wurde dann um eine Packung Haartöner gewickelt und wanderte anschließend in den Müll, was die Tabakfrau schade fand. Ärgerlich geradezu. Also ließ sie die für sie interessanten Seiten fortan hinter dem Tresen auf den Boden gleiten. Und las später weiter, wenn kein Kunde im Laden war, oder abends, im Bus, zu Hause. Ausschneiden oder einwickeln, lautete die Devise. Die Tabakfrau hatte ihre Lesetechnik dahingehend verfeinert, daß sie bereits in wenigen Sekunden merkte, ob ein Artikel sich für sie lohnte oder nicht. So war das Archiv entstanden. Es war natürlich in keinster Weise systematisch, sondern ganz nach den jeweiligen Interessen der Tabakfrau zusammengestellt. Vor zwei Jahren, wie Marlen sich erinnerte, hatte sie sich für alles und jedes, was mit Diätprogrammen, Umweltproblemen und dem Straßenverkehr zu tun hatte, interessiert. Außerdem wurden fortlaufend Artikel gesammelt über Fuorigrotta, das Viertel, in dem die Tabakfrau wohnte, und die Quartieri Spagnoli, das Viertel, in dem sich der Laden befand. Alles über das Theater für Anna, die in einer Laiengruppe mitspielte, über Meer und Schiffe für den ältesten Sohn, der bei der Caremar arbeitete. Es variierte.

Die Tabakfrau sah Marlen verschmitzt an. »Nun, meine Liebe, womit kann ich Ihnen diesmal dienen? Fußballweltmeisterschaft? Verkehrsberuhigte Altstadt und ihre Widersacher? Die Schätze der neapolitanischen Museen? Oder sind etwa nach den Müttern in Neapel nun die Väter an der Reihe?«

Marlen lachte. »Da wäre ich bei Ihnen wohl an der falschen Adresse.«

»Bei den Männern vermutlich auch«, schnaufte die Tabakfrau. »Was soll ich für Sie bestellen?« Sie ging zum Telefon, das immer funktionierte, seit ihr zweitältester Sohn bei der Telefongesellschaft arbeitete. »Ein Espresso weckt die Lebensgeister. Setzen Sie sich. Wie lange bleiben Sie? Wie geht es zu Hause? Hinter welcher Geschichte sind Sie diesmal her? Erzählen Sie, ich bin gespannt.«

Sie setzten sich an den ovalen Tisch. »Kein besonders erbauliches Thema«, begann Marlen und erzählte in kurzen Zügen, was sie von den letzten Septembertagen 1943 wußte, die als *quattro giornate di Napoli* in die Geschichte eingegangen waren. Oder eher, wie sie dachte, in *der* Geschichte eingegangen waren – regionale, randliche Episoden im Schatten eines weltumfassenden Krieges, von dem man in hundert Jahren gerade noch die Eckdaten, die Namen Hitler, Berlin, Hiroshima und die Begriffe Alliierte, Konzentrationslager und Judenvernichtung erinnern würde, was das mindeste und bestenfalls zu hoffen war.

In diesen letzten Septembertagen 1943 hatte sich die neapolitanische Bevölkerung – allein und ohne jede Unterstützung der Alliierten, die noch 60 km weiter südlich vor Salerno kämpften – von der Besatzung durch die Deutschen befreit. Sie aus der besetzten Stadt gejagt. Eine Gegenwehr mit geklauten Gewehren, List, Tücke, Stuhlbeinen, fast alle hatten mitgemacht, Frauen, Kinder, alte Leute.

Die Tabakfrau nickte. Die *quattro giornate* waren Teil der Volkslegende dieser Stadt wie der Aufstand des Fischers Masaniello im 17. Jahrhundert oder die gloriose erste Eisenbahnfahrt von Neapel nach Portici. Sie fragte Marlen, ob sie den Film gesehen habe.

»Welchen Film?«

»*Le quattro giornate di Napoli*, ein alter Film aus den sechziger Jahren, er läuft alle Jahre wieder im Fernsehen und wird in den Schulen gezeigt, der Regisseur heißt Nanni Loy.«

Marlen hatte noch nichts davon gehört. Klang vielversprechend. Vielleicht gab es eine Videoaufzeichnung. Sie würde Livia fragen.

»Mein Vater war mit dabei«, sagte sie. »Er war damals Soldat und in Neapel stationiert und wurde verletzt.« Ein Thema, das ihr Vater nie berührte, so sehr berührte es ihn.

Die Tabakfrau sah sie erstaunt an. Ihr Erstaunen galt jedoch weniger der Tatsache, daß Marlens Vater als deutscher Soldat in die Geschehnisse an den vier legendären Tagen Ende September des Jahres 1943 verwickelt war, als dem Vorhaben Marlens, etwas darüber zu schreiben: über Dinge, die sich zu einer fremden Zeit an einem fremden Ort abgespielt hatten.

»Schon als ich zur Schule ging«, sagte sie, »war der Krieg ein Gekritzel aus Buchstaben und Strichmännchen an der Tafel, das nach dem Unterricht mit einem nassen Schwamm abgewischt wurde. Aus und vorbei. Die Gegenwart ist für uns so allgegenwärtig, daß alles andere dahinter verbleicht. Was gestern war, was man für die Zukunft erhofft – Legenden, Träume.« Sie strich sich über die Haare, schüttelte den Kopf. »Ich könnte Ihnen nicht einmal sagen, wo mein Vater war in diesem Krieg. Wir haben nie darüber gesprochen. Die Gegenwart war immer stärker. Jetzt liegt er seit zehn Jahren unter der Erde. Seine Erlebnisse hat er mitgenommen. Lebt Ihr Vater noch?«

Marlen nickte.

»Dann fragen Sie ihn doch einfach, was er damals durchgemacht hat.«

Wenn das so einfach wäre. Marlen versuchte zu erklären, wie oft sie und ihre beiden Schwestern den Vater regelrecht belagert und nach dem Krieg gefragt hatten, wie der Vater gewöhnlich die Fühler einzog und unter seinen Schweigepanzer kroch. Sie hatten sich an die Mutter gewandt, doch nicht einmal ihr hatte der Vater seine Erinnerungen anvertraut.

»Ich werde meine Mutter fragen«, sagte die Tabakfrau. »Sie müßte sich an diesen September 1943 erinnern. Mein ältester Bruder war damals schon auf der Welt. Wie lange ist das her? Fünfzig Jahre? Ein halbes Jahrhundert. So weit reicht mein Archiv nicht zurück.«

Irgendwer rief aus dem Laden, vermutlich der Barjunge, die Tabakfrau verschwand. Marlen blickte ihr stirnrunzelnd nach. Das ist es, dachte sie. Sie hat abgenommen. Sie ist immer noch dick, aber nicht mehr so dick wie früher. Marlens Blick glitt hinüber zu den Fotos, die an der einzigen freien Wand hingen. Sorgfältig gerahmte Familienfotos, in Farbe, in Schwarzweiß. Die Eltern der Tabakfrau: eine dicke Frau, der Tabakfrau sehr ähnlich, daneben ein eher dünner Mann mit Schnauzbart und Schiebermütze und gutmütigem Blick, dazu vier Kinder und ein Baby. Daneben die nächste Generation, bereits in Farbe: die Tabakfrau und ihre vier Kinder in jungen Jahren. Am rechten Rand des Fotos ragte ein schwarzer Schuh ins Bild, einziger Hinweis auf den Vater und Ehemann, der offensichtlich der Schere zum Opfer gefallen war – beziehungsweise einer anderen Frau.

»Kurz nach der Geburt von Anna«, hatte die Tabakfrau an jenem Abend vor zwei Jahren in der Trattoria erzählt, »ist er verschwunden. Auf Nimmerwiedersehen. Später kamen Karten, viermal pro Jahr, zu den Geburtstagen, einmal kam er selbst, hatte kein Geld, wollte wieder zurück, weinerlich – widerlich. Auch die Kinder waren dagegen.« Seither hatte er sich nie wieder blicken lassen.

Die Tabakfrau war nur fünf Jahre älter als Marlen, doch schien sie einer anderen Generation anzugehören, einer anderen Art von Leben. Viele Frauen in diesen Vierteln waren in Wirklichkeit viel jünger als sie wirkten. Sie trugen deutlich ihre Jugend und das schnelle Altern im Gesicht, das Kinderkriegen, die frühe Ehe, dazu viel Schminke und auffälligen Schmuck, einen Überdruß am täglichen Leben, der als Stolz zurechtgemacht wurde. Die meisten dieser Frauen nahmen im Lauf der Zeit an Umfang zu wie Baumstämme, die sich mit Jahresringen umgeben. Sie schoben sich durch die Gassen, kauften am Wochenende Fleisch für viele hungrige Münder, saßen einmal wöchentlich beim Friseur und brachten den Rest der Woche zwischen Küche, Kindern, Wäsche, Marktständen, Männern und Gerede in den Läden rum. Sie machten einen robusten Eindruck und schauten fortwährend mißtrauisch in die Gegend, als sei ihnen seit Jahrzehnten nichts Schönes mehr widerfahren.

Mit achtzehn Mutter, dachte Marlen. Vielleicht ist das unsere einzige Gemeinsamkeit. Nur daß Luzie ihr erstes und einziges Kind geblieben war. Bei der Tabakfrau hingegen: vier Kinder in sechs Jahren. Und mit dem Unterschied, daß Marlen den Erzeuger ihrer Tochter weder ehelichen wollte noch mußte. Daß Marlen – mit tatkräftiger Hilfe ihrer Mutter – das Kind behalten und studieren und einen Beruf hatte erlernen können, während die Tabakfrau, ans Haus und die Kinder gefesselt, immer dicker und die Familie immer größer geworden war. Marlen hörte die Schritte der Tabakfrau hinter sich, sie war in die Fotos versunken, oder besser gesagt in die Gedanken, die sie wachriefen.

Später erkundigte sich Marlen bei der Tabakfrau, wie es den Kindern ginge. Das Gesicht der Tabakfrau bewölkte sich. Sie begann, mit dem Löffel in der leeren Espressotasse zu rühren, immer energischer, Blech, mit einigen Zuckerpartikeln versehen, auf Porzellan kratzend. Massimo sei bei der Caremar, auf der Route Pozzuoli-Ischia, Giuseppe beim Militär, in der Nähe von Padova, Paolo arbeite, wie gesagt, bei der Telefongesellschaft.

»Und Anna?«

»Ach, Anna«, sagte die Tabakfrau und ließ den Löffel auf den Tisch fallen.

»Was ist mit Anna?« fragte Marlen vorsichtig. »Ist sie etwa schwanger?«

Die Tabakfrau lachte kurz auf, überrascht, bitter. »Gott bewahre! Da bin ich ihr hoffentlich schlechtes Beispiel genug! Nein, schwanger ist sie nicht. Würde ich mir denn lieber wünschen, daß sie ein Kind bekommt?« sagte sie wie zu sich selbst. »Ein Kind ist wenigstens lebendig und bringt Zukunft ... Nein, kein Kind, nicht jetzt, wenn sie überhaupt Zukunft haben soll, aber wenn sie so weitermacht ...« Sie starrte vor sich hin, zeichnete mit dem Finger die Sonnenblumen auf der Tischdecke nach. »Anna ist in schlechte Kreise geraten, wissen Sie, Sie wissen ja auch, wie das läuft, da kann man als Mutter reden und reden, aber seinem Kind die Freunde ausreden ist so ziemlich das Schwierigste, was es gibt.« Sie starrte in die leere Espressotasse. »Jetzt ist sie schon beim Heroin angelangt. Woher sie das Geld nimmt, keine Ahnung.«

Marlen fröstelte. Anna Balzano war nur ein halbes Jahr älter als Luzie. Anna sei hübsch und schlank und immer unterwegs, hatte die Tabakfrau vor zwei Jahren erzählt, und daß die Mädchen mit fünfzehn, sechzehn so viel weiter seien als früher, äußerlich zumindest. Und so tun, als wüßten sie alles besser, hatte Marlen ergänzt. Sie und die Tabakfrau hatten gelacht und sich eingestanden, daß sie selbst in dem Alter auch alles besser gewußt hatten und hübsch und schlank und sorglos gewesen waren. Die stolzen Mütter. Sie hatten Anekdoten aus der eigenen Jugend hervorgekramt und Anekdoten aus der Kindheit ihrer Kinder. Wie es kam, daß sie beide mit siebzehn schwanger geworden waren. Wie die Eltern reagiert hatten. Wie der Erzeuger Luzies das Weite gesucht und wie der Erzeuger Annas sich aus dem Staub gemacht hatte. Erlebnisse, die im Lauf der Zeit zu Anekdoten geronnen und wieder erzählbar waren. Sie hatten sogar über Verhütung gesprochen und über die Angst, daß ihre Töchter ähnliche Fehler machen würden wie sie selbst. An Drogen hatten damals weder Marlen noch die Tabakfrau gedacht.

»Wie lange schon?« fragte Marlen.

»Drei, vier Monate, vielleicht auch länger, was weiß ich.«

»Und wie ist sie dazu gekommen?«

Die Tabakfrau schnaubte. »Irgendwelche Freunde, ein Kerl mit Riesenschwanz, Neugier, Langeweile, was weiß ich. Wenn ich sie darauf anspreche, sagt sie, daß es ihr Spaß macht. Daß es ihr nicht schadet. Daß sie aufpaßt. Daß sie es im Griff hat. Daß sie ihr eigenes Leben lebt, und daß ich mich raushalten soll. Diese Arie. Können Sie sich vielleicht vorstellen.«

Marlen kannte derlei Zornausbrüche auch von Luzie. Sie konnte von Glück sagen, daß es dabei um andere Dinge ging. Kleinigkeiten im Vergleich, dachte sie: Rauchen, Klamotten, der Motorradführerschein, Trennungen.

Die Tabakfrau zog einen Stapel Zeitungsartikel aus dem Regal. »Hier. Ich habe angefangen zu sammeln. Das lege ich ihr von Zeit zu Zeit hin. Da wird einem schon beim Lesen schlecht. Ihr vielleicht auch. Wenn sie schon nicht auf mich hören will, soll sie wenigstens informiert sein. Überdosis beim zweiten Schuß. Verschmutzte Spritze: Blutvergiftung. Dreizehnjährige als Dealer. Prostitution für das weiße Pulver. Die Milliarden der Drogenkartelle. Der Zerfall des Körpers. So was lege ich ihr hin. Vor kurzem ist an der Uni ein Hausmeister verhaftet worden, er soll das Zeug direkt an die Studenten verkauft haben. Vor den Schulen stehen sie auch. Der Krieg von damals, der ist vorbei, aber der Krieg von heute, der zieht ganz andere Kreise.« Sie holte tief Luft. »Man kann sie doch nicht alle umbringen, die kleinen Dealer, die großen Bosse«, sagte die Tabakfrau verzweifelt. Was konnte sie schon tun. Ihre Söhne losschicken, damit sie alle dreckigen Dealer Neapels verprügelten? Die Polizei einschalten? Selbst losziehen? Sich eine Pistole besorgen? Auch wenn sie erfolgreich wäre bei einem, zweien, dreien – es war ein Faß ohne Boden, ein aussichtsloser Kampf, der kein Ende nehmen würde, vor allem kein gutes.

Sie stand auf, rang die Hände, sah auf einmal alt und müde aus. »Ich habe Sie noch gar nicht gefragt, wie es Ihrer Tochter geht.«

Marlen hatte einen Kloß im Hals. Sie konnte jetzt nicht erzählen, daß Luzie inzwischen mit einer Freundin zusammenwohnte und gerade in England war und vorhatte, Sport zu studieren, und ihre eigenen Wege ging. Daß soweit alles in Ordnung war. »Vielleicht hört Anna irgendwann von selbst auf«, sagte Marlen beklommen.

»Vielleicht«, nickte die Tabakfrau.

Beide wußten sie, daß dieser Trost so dürftig wie unrealistisch war. Die Tabakfrau ging zur Anrichte, wühlte in dem Durcheinander, bis sie fand, was sie gesucht hatte: drei kolorierte Schwarzweißpostkarten von Neapel. »Hier, schicken Sie die nach Hause. Das ist das einzige, was übriggeblieben ist: bunte Ansichten einer beschissenen Stadt.«

4

1993 schien ein Rekordjahr zu werden. Bereits im ersten Quartal waren mehr Kunstdiebstähle gemeldet worden als in den drei Jahren davor zusammengenommen.

Livia ging stirnrunzelnd die Zahlen durch, die der ratternde Drucker soeben ausspuckte. Seit dem Erdbeben vom 23. November 1980 waren insgesamt 2455 Kunstobjekte aus 247 Kirchen und anderen Gebäuden gestohlen worden. Und es wurde immer schlimmer: 111 gestohlene Kunstobjekte allein von Januar bis Ende März dieses Jahres, darunter 19 Marmorintarsien, 8 Skulpturen, 32 Gemälde, 48 sonstige Gegenstände, keine Krippenfiguren. Livia verglich die Zahlen mit denen der Gesamtstatistik. 1984 waren insgesamt 85 Bilder gestohlen worden, 1986 sank die Zahl auf acht. In diesem soeben beendeten ersten Quartal 1993 waren im Zeitraum von nur drei Monaten bereits 32 Gemälde geklaut worden. Wenn man die Zahl auf das Jahr hochrechnete, käme man im Dezember auf über 120 gestohlene Bilder – das ließ Livia als Malerin nicht kalt, während geklaute Kruzifixe ihr – abgesehen vom kulturgeschichtlichen Gesichtspunkt – so egal waren wie der Gesundheitszustand des Papstes.

»Hast du die Zahlen schon gesehen? Ein Hoch auf die Kunsträuber, oder?« Rosaria schaute zur Tür herein, ging zum Fenster. »Ohne sie könnten wir den Laden dicht machen.« Rosaria verfügte über einen ganz eigenen, grauschwarzen Humor, der ihr selbst gut durchs Leben half, anderen aber zuweilen zu sarkastisch war.

»Ich könnte auch gut ohne«, gab Livia zurück. »Sind reichlich viele Gemälde dabei in diesem Winter.«

»Dann kommt ja eine gewaltige Auftragswelle auf dich zu.« Rosaria grinste unbekümmert. »Madonnenbilder im Stil des 18. Jahrhunderts für unsere neapolitanischen Kirchen.«

Livia verdrehte die Augen.

»Genau so, du machst das schon ganz gut, noch ein wenig zerweichter, mütterlicher, jenseitiger bitteschön, auch am Outfit müßte man was tun, und vielleicht wird es schwierig, wenn du gleichzeitig Modell und Ausführende bist, aber ansonsten ...«

»Eher stellen sie Videogeräte in den Kirchen auf«, lachte Livia. »Die moderne Bilderflut. Sequenz 200 Lire. Die Kirche ist progressiv, man paßt sich den Sehgewohnheiten des gemeinen Volkes an ...« – »... um hinter der Netzhaut alles so zu lassen, wie es ist«, ergänzte Rosaria.

Gemeinsam gingen sie die aktuellen Zahlen durch. Bei den Skulpturen hielt sich der Schwund insgesamt in der Waage, im Schnitt wurden 28 pro Jahr gestohlen, in diesem Frühjahr bisher nur acht. Krippenfiguren schienen auf dem Markt nicht mehr gefragt zu sein, oder es lag daran, daß die Museen ihre Sicherheitsvorkehrungen erhöht hatten. 1981 waren insgesamt 195 Krippenfiguren verschwunden, im Jahr darauf sogar 301, danach gab es erfreulicherweise fast ausschließlich Nullrunden. Steigender Nachfrage erfreuten sich hingegen Möbel und sonstige Gegenstände aus Kirchen wie Weihwasserbecken, Bethocker, Bänke, Türen von Seitenkapellen – Phase zwei des Kunstdiebstahls, wenn alles andere leergeräumt ist, dachte Livia. Ob sie danach wohl anfangen, mit Hammer und Meißel die Kirchen auszuhöhlen wie Termiten, Marmorfußböden abzutragen, die Kuppel abzuheben? Wenn das so weiterginge, wären Neapels Kirchen bald leergeräumt, und die Kirchgänger müßten ihre eigenen Kruzifixe mitbringen.

Betroffen waren in diesem Jahr bislang ausschließlich Kirchen, keine Sammlungen, Museen oder privaten Haushalte – soweit tatsächlich alle Diebstähle erfaßt worden waren. Doch nicht einmal davon konnte man ausgehen. Manche Herrschaften zogen es vor, Kunstdiebstähle aus ihren Villen nicht an die große Glocke zu hängen. Sie ließen gewissen Leuten ein gewisses Sümmchen zukommen, so daß ermittelt wurde, ohne daß Namen fielen oder in irgendeinem Computernetz erschienen. Es war auch schon vorgekommen, daß Pfarrer geschädigter Kirchen sich einfach nicht an alle geraubten Gegenstände erinnern konnten. Aus jedem möglichen Verhalten ließen sich alle möglichen Rückschlüsse ziehen – doch das war weder Livias Aufgabe noch die ihrer Kollegin: sie hatten sich um Fakten und um Pragmatisches zu kümmern. Im Moment bereiteten sie unter anderem das Begleitheft zu einer Ausstellung über Kunstraub vor, die im Herbst in Neapel gezeigt werden sollte.

Die Dokumentation Kunstdiebstahl war Ende der achtziger Jahre ins Leben gerufen worden, und zwar hauptsächlich zu Zwecken der Erfassung und Statistik. Ab 1990 hatte man Rosaria, die ein Jahr lang stundenweise dort gearbeitet hatte, fest angestellt, und sie hatte die Abteilung auf- und ausgebaut. Rosaria war Juristin, hatte ursprünglich Strafverteidigerin werden wollen, diese Karriere jedoch nach einem unbezahlten Praktikum bei Gericht gleich mit zu den Akten gelegt – sie wollte weder den korrupten Staat vertreten noch als todesmutige Einzelkämpferin auftreten. Also hatte sie alles hingeschmissen und – wie zur Strafe oder zur Läuterung, je nachdem – drei Jahre als Bardame gearbeitet, was wiederum ihr Ehemann, Professor für Wirtschaftsrecht an der Universität von Salerno, nicht ausgehalten hatte. Und was Rosaria vor allem im Umgang mit den Carabinieri sehr zugute kam: rotlichtgeprüftes, zuweilen kaltschnäuziges Mundwerk, profunde Kenntnisse des Gesetzbuches sowie der Männerwelt.

Denn die Abteilung Kunstraub hatte laufend mit dem Comando Carabinieri Tutela Patrimonio Artistico zu tun, das für die Wiederbeschaffung der gestohlenen Kunstwerke zuständig war, während wiederum die Kripo mit leider sehr bescheidenen Erfolgen versuchte, den Dieben das Handwerk zu legen, die zumeist nationalen oder sogar internationalen Kunstraubketten zuarbeiteten. Weder die Carabinieri noch die Mitarbeiter der Kriminalpolizei – ausschließlich männlichen Geschlechts – nahmen die beiden Frauen in der Kunstdokumentation ernst. Für sie waren Rosaria und Livia bessere oder schlechtere Tippsen, die an der Papierfront hockten und bestenfalls Schneewittchenarbeit erledigten. Während sie selbst – »die sieben mal sieben Zwerge«, zu denen Rosaria sie ernannt hatte –, die großen Kämpfer und Beschützer des abendländischen Kulturguts, wie sie sich selbst sahen, es mit gefährlichen Verbrechern internationaler Kunstrauborganisationen zu tun hatten, wo es beinhart, eiskalt und schießeisenbewehrt zuging.

Es gab Ausnahmen. Mit einer dieser Ausnahmen war Rosaria seit ein paar Monaten liiert, in ihren Augen der einzige akzeptable Carabiniere im ganzen Land und der erste Mann, den sie seit ihrer Scheidung im Bett akzeptiert hatte: Corrado. Corrado versorgte sie mit Rosen und dann und wann auch mit nützlichen Informationen. Er war Sizilianer und lauerte förmlich auf eine Versetzung nach Rom, konnte aber keine gewichtigen Referenzen vorweisen, so daß immer wieder jüngere, in seinen Augen dümmere, unqualifiziertere Kollegen vorgezogen wurden. Rosaria mußte ihn dann trösten, war aber eingestandenermaßen froh darüber, daß Corrado Neapel und damit auch ihr erhalten blieb.

Die andere Ausnahme war Livias und Rosarias Chef, Roberto Mazzacane, verantwortlich für die Museen und Kunstsammlungen Kampaniens. Als Chef war er diskret, humorvoll und demokratisch, als Mann unaufdringlich: keine Annäherungsversuche, kein Gewürz in der Gerüchteküche. Roberto stammte aus Capri, war Ende vierzig, eingeschriebener Sozialist und braver Familienvater. Die Töchter studierten in den USA, die Frau schien die meiste Zeit auf dem geerbten Familienbesitz in Anacapri zu verbringen. Roberto war selten im Büro, viel auf Geschäftsreisen. In Kunstkreisen hatte er sich außerdem als Initiator und Förderer einen Namen gemacht, einen Kunstpreis ins Leben gerufen, der alle zwei Jahre vergeben wurde, und im Raum Kampanien einige spektakuläre Ausstellungen initiiert.

Seit ein paar Monaten war Livia jedoch schlecht auf ihn zu sprechen. Robertos aktuelles Projekt war eine unterirdische Kunstausstellung mit Künstlern aus ganz Europa. Livia war in Neapel als Malerin nicht unbekannt, auch wenn sich ihr Bekanntheitsgrad nicht in Millionen Lire oder in Preisen abmessen ließ. Das Männchen- bzw. Frauchenmachen im Umfeld von Vernissagen, das Abklappern der Galerien, das künstliche Kluggeschnacke mit Kunstkritikern lagen ihr nicht. Groß herauszukommen war eine Frage des Marktes und der richtigen Beziehungen. Begabung, Talent, künstlerisches Genie spielten eine untergeordnete Rolle und wurden meistens überschätzt. In Neapel hatte Livia – ohne irgendwelche Leute zu bemühen, denen sie dann einen Dank schuldig wäre – zwei kleine Ausstellungen gehabt, gut besucht, doch leider von Leuten, die zwar im Grunde ihres Herzens die richtigen waren, aber kein Geld für Bilder übrig hatten. Meistens malte sie, wen und wozu sie Lust hatte, auch Auftragsarbeiten für Freunde oder deren Bekannte, und mit dieser Regelung war sie durchaus zufrieden – ihren Lebensunterhalt verdiente sie in der Dokumentation Kunstdiebstahl, ohne wirklich persönlich involviert zu sein. Hauptsache, sie hatte sich einen Freiraum geschaffen, der gegen Korruption gefeit war und ihr immer wieder tiefe innere Befriedigung verschaffte.

Was für Livia Freiraum war, war für ihren Chef Roberto Freizeit – ein beträchtlicher Unterschied, was die Wertschätzung anbelangte. Obwohl Roberto wußte, daß seine Untergebene Livia Picone in ihrer freien Zeit malte, was nicht hieß, daß sie Freizeitmalerin war, hatte er sie nicht aufgefordert, sich an der Ausstellung zu beteiligen. Was ihr immer wieder bitter aufstieß. Künstler aus allen möglichen Ländern Europas, die zum Teil noch nie einen Fuß nach Neapel gesetzt, noch nie einen Vulkan bestiegen, kein einziges Erdbeben erlebt hatten, nahmen an der Ausstellung teil, hatten Bilder, Skulpturen, Collagen geschickt, einige von ihnen würden sogar zur Vernissage anreisen. Und von den Neapolitanern, die Tag für Tag hier lebten, zu deren Füßen, oder besser: unter deren Fußsohlen die Ausstellung stattfand, war nur ein einziger Künstler eingeladen worden. Offizielle Begründung Robertos: das vereinte Europa stehe vor der Tür. Liegt uns zu Füßen, hatte

Livia gespottet. Wofür das arme, zur Formel verkommene Europa herhalten muß …

Andererseits hatte sie es wiederum Roberto zu verdanken, daß ihr Arbeitsplatz überhaupt existierte. Im Gegensatz zu Corrado verfügte Roberto über ausgezeichnete Kontakte, dank derer es ihm unter anderem auch gelungen war, die Datenbank Kunstraub Kampanien vor zwei Jahren aus dem Zuständigkeitsbereich der Carabinieri auszugliedern, der Kulturbehörde zuzuordnen und damit eine neue Stelle zu schaffen, die Livia ergattert hatte. Man munkelte, er selbst wiederum habe seine Position den guten Beziehungen zu einem Mann zu verdanken, der seit zwanzig Jahren wechselnde Regierungsämter innehatte und wiederum mit Robertos Vater in der Resistenza gewesen war. Wie auch immer. Jeder hatte seinen Job irgendwem zu verdanken. Ohne Dank und die richtigen Kontakte lief nichts.

Das mußte Livia nach hartnäckigen Versuchen des Wegredens spätestens in dem Jahr einsehen, als sie auf eigene Faust, bewehrt mit eigenen Fähigkeiten und Qualifikationen, versucht hatte, einen Job zu bekommen. Relativ erfolglos. Daraufhin hatte sie anderthalb Jahre ohne Entgelt für ihren Professor an der Kunstakademie gearbeitet – Examenskandidaten betreut, Aufsätze kopiert, Bibliographien zusammengestellt – und war schließlich mit einer Stelle in der Kulturbehörde der Region Kampanien entlohnt worden. Zunächst einen Monat lang Telefondienst, dann zeitlich befristeter Aufstieg in die Bibliothek, wo sie sämtliche Publikationen, Bücher und Zeitschriften neu zu katalogisieren hatte. Von dort aus hatte sie sich um eine Halbtagsstelle im Museo di Capodimonte beworben und drei Jahre lang die wochentags meist einsam vor sich hin brütenden Werke niederländischer Maler im ersten Obergeschoß des Museums bewacht, es sei denn, eine lärmende Schulklasse oder eine Gruppe von Touristen schreckten sie auf – die Bilder wie auch die Angestellten. Als dann vor einem Jahr die Stelle in der Dokumentation Kunstdiebstahl ausgeschrieben wurde, war Livia mit fliegenden Fahnen aus dem Museum geflohen – hinter den Computer. Noch immer schlichen sich die hallenden Schritte vereinzelter Museumsbesucher in Livias Träume, riesige, menschenleere Säle, die bis in die Unendlichkeit reichten, gesäumt von Menschengestalten vor düsterer Hinterwelt, die ungerührt, streng, ausgehungert nach menschlichem Kontakt dabei zusahen, wie Livia mit ihnen zu kommunizieren versuchte, bis ihre Sprechversuche in einem höllischen Schrei mündeten, von dem sie dann erwachte.

Da ging es ihr in ihrem jetzigen Job besser: Sie hatte eine Kollegin, die hellgelb getünchten Wände schmückten ein Stadtplan von Neapel, ein schmuckloser Kalender und seit Anfang des Jahres auch eine wechselnde Auswahl ihrer eigenen Werke. Sogar der Computer reagierte auf Kommunikationsversuche – wenn auch in Grenzen. Sie arbeitete nur dreißig Stunden in der Woche, und es blieb ihr genug Zeit zum Malen. Vor allem in den ersten Wochen hatte Livia alle zeitraubenden Arbeiten wie Tippen, das Füttern der Datenbank, das Erstellen von Statistiken oder die Suche nach Abbildungen der gestohlenen Objekte in Bibliotheken und sonstigen Archiven übernommen. Seit zwei Monaten bereitete sie gemeinsam mit Rosaria eine Ausstellung über Neapels gestohlenes und wiederbeschafftes Kulturgut vor, die im Oktober eröffnet werden sollte. Das war interessant, aber immer wieder auch deprimierend. Es wäre Livia leichter gefallen, Typ, Farbe, Kennzeichen von gestohlenen Autos zu dokumentieren als den alarmierenden Schwund von Kunst und Kultur.

»Sieht düster aus«, nickte Rosaria, nachdem sie die Statistik komplett ausgedruckt und durchgesehen hatten. Es wurde schlichtweg immer mehr gestohlen und immer weniger wiedergefunden. Zigmal schon hatten sie und Livia darüber diskutiert, was man unternehmen könnte, um den Kunstraub einzudämmen, unabhängig von den Fahndungserfolgen von Carabinieri und Kripo. Ihre Ideen reichten von einer Bürgerwehr bis zur Bewaffnung der Pfarrer, von einem Rund-um-die-Uhr-Wachdienst bis zur Evakuierung bestimmter Kunstwerke. Regelmäßig endeten diese Überlegungen mit der resignativen Einsicht in die gesamtgesellschaftlichen Zusammenhänge. Es wurde immer schlimmer, in der Tat.

5

Nach dem Besuch im Tabakladen lief Marlen zunächst ziellos durch die Gassen, aufgewühlt, deprimiert, wütend. Hatte das lebendige Durcheinander in den Quartieri sie noch vor einer Stunde froh gestimmt, ging ihr die Enge jetzt unsäglich auf die Nerven – ein Wechselbad an Gefühlen. Kurz entschlossen kehrte sie um, zog Tennisschuhe und Shorts an. Die Villa Comunale, eine schmale Grünanlage, zwischen zwei vielspurigen Straßen gelegen, war wochentags, vor allem um diese Uhrzeit, wenig besucht. Ein junger Mann, der Mini-Autoscooter an Kinder vermietete, lag auf der Parkbank und schlief. Marlen joggte an dem leeren Brunnen mit vier steinernen Löwen vorbei, die vergeblich auf Wasser warteten, lief am stattlichen Bau des Aquariums entlang bis zum gußeisernen Pavillon, in dem früher einmal sonntags Musikkapellen gespielt hatten. Sie überquerte den vielspurigen Lungomare und lief am Meer entlang zurück. Es tat gut, außer Puste zu sein, tüchtig zu schwitzen, die Muskeln zu spüren und dummdreiste Kommentare notorischer Gaffer, die schon nach zehn Metern ins Hecheln kommen würden, an sich abperlen zu lassen.

Später fuhr sie mit neuen Kräften und einer ausgebesserten Schicht an Gleichmut zu Livias Großeltern – *nonna* und *nonno* –, die in einem neuen Häuserblock in der Rione Mater Dei wohnten, dessen Verfall seit Marlens letztem Besuch rapide vorangeschritten war. Schwärzliche Spuren von Regenwasser an den Hauswänden, Graffitis, eine kaputte Eingangstür, der Aufzug außer Funktion. Die Großeltern freuten sich immer über Besuch, je mehr Leute, desto besser. Marlen war schon mehrfach bei ihnen zu Gast gewesen. Die *nonna* war Meisterin in einfacher neapolitanischer Kochkunst. Livia hatte das Treffen nicht zuletzt deswegen arrangiert, weil Marlen die Großmutter über das Jahr 1943 befragen konnte. Diese hatte schon immer gern und ausführlich von früheren Zeiten berichtet. Man mußte sie nur auf ein bestimmtes Thema ansprechen, und schon purzelten die Erinnerungen hervor wie Zwiebeln aus einem umgestürzten Bastkorb. Manchmal tränten die Augen, doch auch das tat gut, und obendrein ergab das eine vorzügliche Sauce, die *genovese*.

Wie bei jedem Besuch bewunderte Marlen zunächst die Urkunden, die über dem Fernseher hingen. Und der Großvater erläuterte mit stolzer, zittriger Stimme erneut jede einzelne: Einsatz beim Erdbeben in Sizilien, Einsatz während der Choleraepidemie 1973, Auszeichnung für vierzig Dienstjahre. Er war bei der Feuerwehr gewesen.

Es klingelte. Livia kam herein, direkt von der Arbeit. Auf dem Eßtisch standen bereits Alici Marinate, eine frische Büffelmozzarella, eingelegte Tomaten und Auberginen und ein Korb mit ofenfrischen Sfilatini – Livia mußte Marlens kulinarische Vorlieben ausgeplaudert haben. Nach den Antipasti gab es hausgemachte Gnocchi. Livias Großmutter erkundigte sich nach Marlens Eltern, die sie nicht kannte, nach der Tochter, fragte, wie es in der Schule ging, wie es mit der Liebe stand. Livia fand das indiskret, im Gegensatz zu Marlen, die Livias Großmutter viel lieber mochte als ihre eigene Oma, der sie nicht ums Verrecken irgendwelche Einzelheiten aus ihrem Privatleben erzählt hätte. Sie sagte, sie sei nicht mehr mit Fritz zusammen und erzählte in Auszügen vom letzten Winter.

Danach kamen sie auf die Arbeit zu sprechen. Der *nonno* – ein hingebungsvoller Zeitungsleser – hatte vor ein paar Tagen in der Zeitung von einem Einbruch in die Kirche Sant'Antoniello al Port'Alba gelesen. Dabei waren insgesamt siebenundachtzig – die *nonna* schaltete sich ein, sie stritten eine Weile um die genaue Anzahl, die jeder von ihnen anders in Erinnerung hatte – liturgische Gegenstände gestohlen worden: Kruzifixe, Hostienteller, Kandelaber, Kelche, Monstranzen, aus Gold, aus Silber. Er war empört. Wie war das nur möglich? Und: »Warum findet ihr solche Verbrecher nicht?«

»Aber Gigino, Livia ist doch nicht bei der Polizei«, tadelte ihn die *nonna* kopfschüttelnd. »Sie schreibt doch auf, was alles gestohlen wird, hab ich recht, Kind?«

»Aber es ist doch nicht möglich, daß solche Verbrecher nicht gefaßt werden«, insistierte er aufgebracht. »Das gibt es doch nicht: in einer Kirche stehlen! Wo gibt's denn so was?! Sich unser kulturelles Erbe unter den Nagel reißen und womöglich im Ausland verhökern!«

Der Großvater schimpfte auf sämtliche italienischen Regierungen seit dem Kriegsende und die Großmutter begann, mit lautem Geklapper die Teller einzusammeln und sich jede Hilfe von seiten Marlens zu verbitten. Marlen blieb mit dem *nonno* im Wohnzimmer zurück.

»Man hat uns mir nichts dir nichts hier einquartiert«, kam er auf sein Lieblingsthema zu sprechen, mit dem er durch eine Art Haßliebe verbunden schien. »Vorher haben wir unten in der Altstadt gewohnt, nicht weit vom Hafen, und da wären wir auch geblieben – wenn nicht das Erdbeben gekommen wäre. Wenn nicht die Risse in den Wänden gewesen wären und es nicht geheißen hätte, alle müßten da raus.«

Er zwinkerte mit den Augen, ein freundliches, vielleicht nervöses Zwinkern, es konnte auch Trauer sein. Marlen war die Geschichte bereits bekannt. Wie viele andere Betroffene mußten auch Livias Großeltern nach dem Erdbeben im November 1980 ihre Wohnung im historischen Zentrum verlassen, weil sie als einsturzgefährdet galt. Seither waren diese Häuser unbewohnt. Sie wurden durch Gerüste gestützt, die vor sich hin rosteten und dabei Milliarden an öffentlichen Geldern verschlangen, die wiederum in den Geldsäcken einiger weniger Leute verschwanden. Aus der Katastrophe Profit schlagen – ein Teil des Skandals, der gegenwärtig aufgedeckt wurde.

»Das Haus steht noch immer«, fuhr der *nonno* fort. »Einmal in der Woche fahre ich hin und sehe es mir an und rede mit den Nachbarn. *Da* ist mein Zuhause. Wer weiß«, er wackelte mit dem Kopf und zwinkerte erneut, »wenn jetzt die Schuldigen gefunden werden, dann können wir vielleicht irgendwann wieder dorthin zurück ...«

Die Großmutter kam herein und stellte eine Platte mit Involtini auf den Tisch. Sie hatte den letzten Satz gehört und schüttelte energisch den Kopf. Ihr Mann habe sich hier noch immer nicht eingewöhnt, sagte sie, er trauere der alten, vertrauten Umgebung nach, aber damit erreiche er gar nichts. »Was wir nicht ändern können, können wir eben nicht ändern, sage ich immer«, sagte sie. »Also finden wir uns besser damit ab. So ist es doch.«

Ihr Mann ließ sich von der Realistin an seiner Seite nicht beirren. Er nahm Marlens Hand und zeigte zur Wand. »Sehen Sie den Riß dort? Sehen Sie ihn?« Marlen bejahte. »Was meinen Sie, woher der stammt? Vom Erdbeben?« Er ließ ein meckerndes Lachen hören. »Da gab es diese Häuser hier noch gar nicht. Die sind erst acht Jahre alt. So neu und schon so kaputt. Es ist eine Schande.« Er neigte sich näher zu Marlen und sah sie verschwörerisch an. »Wissen Sie, daß am Anfang noch nicht mal die Toiletten funktioniert haben? Die hatten glatt vergessen, die Verbindungsrohre zur Kanalisation einzubauen.« Er lachte lauter. »Unglaublich, was?«

Die Großmutter bestand darauf, derlei Themen nicht beim Essen abzuhandeln und erkundigte sich, ob die Deutschen auch soviel Pasta essen würden. Kartoffeln als Beilage? Kein Brot? Es folgte ein Austausch über die unterschiedliche Zubereitung von Rouladen im besonderen und die Kochkünste von Deutschen und Italienern im allgemeinen.

»Iurstel, krauti, dankeschön, bitteschön, aufwiedersehn, achtung, herr general, beckenbauer ...«, zählte der Großvater seine Sprachkünste auf.

»... das Wort ›lager‹ nicht zu vergessen«, ergänzte die Großmutter.

Livia erklärte, der Großvater habe sich nach der Absetzung Mussolinis im Juli 1943 nach Neapel durchgeschlagen, kaum dort angekommen, aber wieder verstecken müssen, weil die Deutschen alle Männer zwischen 18 und 33 einkassieren wollten, um sie als Zwangsarbeiter nach Deutschland ins Arbeitslager zu schicken. Viele Neapolitaner konnten sich bei Verwandten im Hinterland, in Kellern, Grotten, unterirdischen Gängen verbergen.

Das Thema, das Marlen hatte ansprechen wollen, war somit auch ohne ihr Zutun auf dem Tisch. 1943 waren die einst Verbündeten der nördlichen Achse – Italien und Deutschland – zu Feinden geworden, womit sich nicht jeder gleich arrangieren konnte oder wollte. Die neuen Gegner – nun die Deutschen – hockten ja bereits im Haus, thronten mitten auf dem Sofa, die Füße auf dem Tisch. Oberst Scholl hieß der Mann, der von Neapel und Umgebung »Besitz« genommen, den Belagerungszustand erklärt, eine Ausgangssperre verhängt hatte. Krieg gegen die einst Verbündeten. Hitler: Neapel in Schutt und Asche legen. Die *nonna* war zu der Zeit in Neapel gewesen, mittendrin im Geschehen.

»Keine gute Zeit. Was ich gemacht habe, außer die Kinder versorgen?« nahm sie Marlens Frage auf. »Na, den Alltag organisieren. Die Lebensmittel wurden immer knapper, hundert Gramm Brot pro Kopf, auf Lebensmittelkarten, und unter der Hand haben sie geplündert, was das Zeug hielt, die deutschen Besatzer, diese Hurensöhne, um alles dann wieder teuer an uns weiterzuverkaufen. Schlangen an den Brunnen, Krankenhäuser überfüllt, kein Strom, kein Gas, keine Straßenbahnen, und überall stießen die Deutschen und die Neapolitaner aufeinander, mal ging es friedlich aus, mal blutig. In der Via Santa Brigida zum Beispiel, als ich gerade die Via Roma runtergehe, weil ich gehört hatte, daß in den Quartieri Mehl verkauft wird, da kommt ein Lastwagen mit deutschen Soldaten langgefahren, daran hatten wir uns gewöhnt, aber die sind offenbar nervös, entdecken einen Carabiniere mit Gewehr und wollen ihn verhaften, der haut natürlich ab, kluger Kerl, versteckt sich hinter einer Hausecke und fängt an zu schießen, und plötzlich wird überall aus den Häusern geschossen, und die Neapolitaner nehmen schließlich die Deutschen gefangen – das war ein Triumph. Umgekehrt haben die Deutschen dann wieder Neapolitaner erschossen, in der Villa Comunale, einfach so, und dazu dann diese Bekanntmachung, daß jeder Deutsche hundertfach gerächt wird.« Sie hielt inne. »Irgendwann war das Faß wirklich voll. Eine Spannung lag in der Luft, sage ich Ihnen, da hätte man nur ein Streichholz reinhalten müssen, und die Stadt wäre explodiert, schlimmer noch als beim Ausbruch des Vesuvs!«

Livias Großmutter erzählte, als wäre alles erst gestern geschehen: von der nächtlichen Ausgangssperre und von der Sicherheitszone am Golf, die von einem Tag auf den anderen errichtet werden sollte, von den zweihunderttausend Menschen, die daraufhin ihre Wohnungen räumen mußten und bei anderen Familien einquartiert wurden. »Auch bei uns haben damals zwei Familien gewohnt, aber ich hab glatt vergessen, wie die hießen. Ich werde vergeßlich, und das in meinem Alter.« Sie kicherte. Marlen versicherte ihr, daß ihr selbst das alle naselang passierte.

»Erzähl doch mal von den Luftangriffen, *nonna*«, bat Livia wie ein Kind, das um ein Märchen bettelt, was Marlen an ihre eigene Kindheit erinnerte. »Erzähl doch mal von früher«, hatte sie die Eltern gelöchert, wobei »früher« entweder die zwanziger Jahre oder aber die Zeit ab Ende der vierziger gewesen waren, dazwischen klaffte ein Loch.

»Es gab Luftschutzkeller, *cara mia*«, entsprach die Großmutter dem Wunsch der Enkelin, »aber nicht für alle. Im Bauen waren sie zwar eifrig, die Faschisten, aber nur über der Erde, zum Vorzeigen und Protzen und Prahlen. Wie viele Menschen durch die Bomben umgekommen sind, auch nach der Befreiung von den Deutschen ... einmal ist eine ganze Grotte eingestürzt, in Santa Lucia. Und wir sind in die Keller, tief unter die Erde, wie die Toten.« Zu Marlen gewandt, fuhr sie fort: »Neapel sieht von innen aus wie ein Emmentaler, voller Löcher, wissen Sie, da haben wir uns versteckt. Was wir da unten gemacht haben? Die wenigen Männer, die überhaupt noch da waren, haben Karten gespielt, die Frauen haben gekocht, wir Neapolitaner haben schon immer gern improvisiert. Und wenn die Bomben kamen? Dann hat die Erde vibriert, als würde der Vesuv Feuer speien, ja, das haben wir uns vorgestellt, im Scherz natürlich, daß es nur der Vesuv ist, der sich zu Wort meldet. Der muß bei uns für alles herhalten«, sagte sie und lachte.

Um dann von ihrem Namenstag zu erzählen, Santa Barbara, dem vierten Dezember 1942, wo es an einem einzigen Tag fast tausend Tote gegeben hatte, und wie jemand zu singen begann gegen die Angst, um alle zu beruhigen, vor allem die Kinder. Die Kinder ... Sie erinnerte sich daran, daß unter der Erde ein Kind zur Welt gekommen war.

Zur Welt gekommen, dachte Marlen fröstelnd, unter der Erde, wo die Toten leben.

Ohne Arzt, ohne Hebamme. »Nur wir Frauen waren da und haben geholfen, so gut es ging: Wasser kochen, Tücher bereitlegen, das Mädchen auf den Beinen halten, herumspazieren, so tun, als wären wir im Park und die Vögel singen, auf und ab durch die Gänge. An dem Tag nahm der Alarm kein Ende und die Geburt auch nicht, die Zeit ging einfach nicht rum, es wurde ja nicht dunkel und nicht hell, aber als dann ein

Mädchen geboren wurde, haben wir es Patrizia genannt, wegen der Heiligen Patrizia, zu der wir gebetet haben, und sie hat uns erhört, denn Mutter und Kind waren gesund und munter, aber ob die Krieger und Politiker und Soldaten über Gebete erreichbar sind, will ich doch bezweifeln, da muß die beste Heilige scheitern.«

Zwei Stunden später stand Marlen satt und müde im überfüllten Bus, der sich seit der Abzweigung Via Salvatore Rosa nur noch meterweise vorwärtsschob. Alles war hoffnungslos verstopft, die Fahrzeuge ineinander verkeilt, selbst auf der Busspur steckten Taxis, Busse und vor allem die Autos fest, deren Besitzer schlauer sein wollten als die anderen. Nur Motorinifahrer schlängelten sich unter lautem Gequäke durch die Lücken.

Sie schloß die Augen und ließ, wenn sonst schon nichts voranging, wenigstens die Gedanken wandern. Marlen kam von dem Bild nicht los. Sie konnte es sich beim besten Willen nicht vorstellen: bei Bombenalarm ein Kind zur Welt zu bringen, in Neapel oder in irgendeiner deutschen Stadt oder anderswo, die Schmerzen des Gebärens, die Entbehrungen im Alltag, Todesangst, und kein Schutz außer brüchigen Räumen und dem eigenen Leib.

Livias Großmutter hatte im Verlauf des Mittagessens ihr Leben ausgebreitet wie einen verblichenen Teppich, der sorgfältig gepflegt wurde. Kindheit, Jugend, die Kriegsjahre, die Tage der Befreiung Ende September 1943. »Wir haben mit anderen Frauen zusammen die Männer eingemauert«, hörte Marlen wieder die Stimme der *nonna*, »ja, richtig eingemauert, im Keller, mit Steinen und Mörtel und Suppenlöffeln und Brettern, und dann einen Schrank davor, als sie sich vor den Deutschen verstecken mußten, die haben ja alles durchsucht, und als die Kämpfe losgingen und ein Militärauto – Jeep heißen die ja wohl seit den Amerikanern, die auf sich warten ließen –, als also ein Militärauto mit Soldaten das Haus durchsuchen wollte, da haben wir es Möbel regnen lassen von ganz oben, es war doch egal, was dabei draufging, Hauptsache nicht wir selbst, Stühle, Geschirr, Müll, bis sie schließlich abgezogen sind: das waren unsere kleinen Beiträge zur Befreiung der Stadt.

Wir haben einfach drauflosgekämpft. Ich muß immer an meinen Vater denken, als er mir das Schwimmen beigebracht hat, unten an der Riviera, wo jetzt die Ratten hausen. Er hat gesagt: noch ein Zug und noch ein Zug, dabei ist er immer weiter rückwärts gegangen, aber das habe ich nicht gemerkt, seine Beine waren ja unter Wasser, also bin ich immer weitergeschwommen, viel weiter, als ich mir eigentlich zugetraut hätte – so ähnlich war das damals mit den Deutschen.«

Mein Vater, dachte Marlen bitter, während sie spürte, wie sich jemand an der Hintertasche ihrer Jeans zu schaffen machte und sie kurz mit dem Ellbogen nach hinten stieß, woraufhin die Hand verschwand, mein Vater hält seinen Teppich versteckt und hat statt dessen sein Leben mit Teppichboden ausgelegt. Weich, geräuschlos, modern, sechziger Jahre. Nichts zum Drunterkehren, sondern zum lückenlosen Zudecken, Klebeware, das innenarchitektonische Pendant zum Wiederaufbau. Der Vater sprach ein paar Brocken Italienisch – wie umgekehrt Livias Großvater ein wenig Deutsch – und schwärmte in selbstvergessenen halben Stunden vom Vesuv und vom Golf von Neapel, bis ihn das Nachfragen seiner drei Töchter daran erinnerte, daß damals jener Krieg geherrscht hatte, an den er sich eigentlich nicht mehr erinnern wollte. Im Grundschulalter hatten sie noch gefragt: »Wann bist du denn da gewesen? War Mama auch mit dabei? Wo habt ihr gewohnt? Was habt ihr gegessen? Habt ihr gezeltet? Warum habt ihr uns nicht mitgenommen?« Später wurden die Fragen gezielter, gewiefter: »Wie bist du denn verletzt worden? Warum bist du nicht ausgewandert? Warst du für oder gegen die Nazis? Hast du auch auf jemanden geschossen?« Inzwischen fragten sie nicht mehr. Es kamen nur ausweichende Antworten. War er bei denen gewesen, die geplündert hatten? Bei denen, die willkürlich aufgegriffene Männer erschossen? Bei denen, die Feuer legten? Oder nur dort, wo Anordnungen über Schreibtische geschoben wurden?

»Aber es war doch Krieg ...«

»Ja, und ...?«

Ja, und ...

Sie spürte, wie ihr der Schweiß ausbrach, daß sie die Enge nicht mehr ertrug. Sie hatte genug, genug gehört, gesehen, gegessen, getrunken. Genug erinnert. Sie versuchte, sich zur Tür zu drängeln, aber die Leute standen dicht an dicht, so daß niemand sich bewegen konnte. Sie trat jemandem auf den Fuß, sah die Schweißperlen auf der Stirn des Mannes vor ihr, der einen Geruch nach durchgeschwitzten Kleidern und Tabak ausströmte. Der Bus bremste ruckartig, fuhr ebenso ruckartig wieder an, dann kam endlich eine Haltestelle: Die Türen klappten auf, blockierten, klappten wieder auf, blockierten, von draußen versuchten wartende Fahrgäste, sich in den bereits vollen Bus zu zwängen, jemand schrie: *fateciscendere, per la madonna!,* und in einem Pulk von Menschen quetschte sich auch Marlen aus dem Bus auf die Straße.

Sie befand sich auf der Höhe des Museo Nazionale und hatte noch mindestens eine halbe Stunde Fußweg vor sich. Auch auf dem Bürgersteig ging es nur im Schneckentempo voran. Ihr blieb keine andere Wahl, als sich dem allgemeinen Gewoge anzupassen, sich den Menschenmassen hinzugeben und alles andere zu vergessen, Vergangenheit, Gegenwart, Zukunft, alle Erinnerungen, das ganze vermaledeite Gedächtnis sowie die Enge der Gegenwart auszublenden und nichts weiter zu tun als einen Fuß vor den anderen zu setzen, vielleicht vor einem Schaufenster stehenzubleiben, nach einem Paar Schuhe Ausschau zu halten, sich treiben zu lassen.

6

Marlen fühlte sich am nächsten Morgen noch immer ein wenig benommen, oder übernommen, zuviel des Guten und des weniger Guten gleich am ersten Tag: der Einbruch im Tabakladen, die heroinsüchtige Anna, der Besuch bei Livias Großeltern, das üppige Mahl, die kaum weniger üppigen Berichte der *nonna*, der überfüllte Bus, schließlich dieser Schuhladen. Aus Erfahrung wußte sie, daß sie an Ankunftstagen und kurz vor der Abreise besser keine Schuhe kaufte, die sich später als zu eng, zu weit, zu hoch, zu flach, zu altmodisch oder überkandidelt entpuppten. Vielleicht hatte sie die dunkelgrünen Schnürstiefel in Trance erstanden. Sie waren die übliche halbe Nummer zu eng, ihr taten die Füße weh, sie würde die Schuhe, wie bereits viele Vorgänger, zu Hause an Luzie abtreten.

Sie wählte einen Tisch am Fenster und setzte sich so, daß sie auch das Café im Blickfeld hatte: das gute alte Gambrinus, wie es leibte und lebte. Derselbe mürrisch aussehende Kellner, dasselbe Interieur. Spiegel, die bis unter die Decke reichten. Gemischtes Publikum. Eine Gruppe von Geschäftsleuten hatte sich zum Aperitif eingefunden. Die Männer standen im Halbkreis am Tresen, gestikulierten, schwafelten, lachten. Daneben zwei schlicht und exklusiv gekleidete Damen um die Fünfzig, hochglänzende Einkaufstüten zu Füßen, als wären es die respektiven Schoßhündchen. Jede von ihnen verspeiste eine Sfogliatella. Die in tausend Teilchen zersplitternde Hülle der Quarktasche verschwand spurlos in den Mündern, Krümel, die sich im Mundwinkel festgesetzt hatten, wurden diskret mit der Zunge weggeschleckt, sogar der Lippenstift blieb intakt. Marlen beobachtete, wie der Österreicher, der seit zig Jahren auf dem Bürgersteig gegenüber vom Gambrinus hockte und die Hand aufhielt, der Kassiererin soeben eine beträchtliche Anzahl Hundertlirestücke in die Hand zählte, dann zum Tresen schlurfte und den mit einem Trinkgeld beschwerten Kassenbon über die Marmorplatte schob. Ohne die Miene zu verziehen, ließ der Barmann das Geldstück hinter dem Tresen verschwinden, ergriff dann ein Glas und drückte es gegen die umgekehrt in einer Halterung steckende Flasche. *Prego, una grappa, un espresso.*

Alkohol auf Alkohol – sie bestellte ein Glas Weißwein, das würde sie wieder auf die Beine bringen. Livia und sie hatten zu Wein und Grappa bis spät in die Nacht hinein geklönt – der wie immer vergebliche Versuch, Zeit zu raffen und doch lückenlos zu erzählen, was in den vergangenen zwei Jahren geschehen und nicht geschehen war: die Trennung von Fritz, nachdem Luzie, der jahrelange Mittelpunkt ihrer Auseinandersetzungen, ausgezogen war; Livias wechselnde Liebschaften und zeitweilige Abstinenzen; Marlens alter und Livias neuer Job; das Leben hier, das Leben dort, Einzelheiten, Widrigkeiten, unerwartete Begegnungen.

Am anderen Morgen war Marlen nur schwer aus dem Bett gekommen und erst nach einer Kanne Espresso zur Redaktion des *Mattino* gefahren, um sich im Archiv Material über die *quattro giornate* zu besorgen. Die karge Ausbeute bestand aus drei nicht sehr ausführlichen Pflichtartikeln zum Jahrestag der Befreiung Ende September, Sekundärmaterial, vorverdaute Informationen. Vermutlich wurden Jahr für Jahr die Neulinge in der Redaktion mit der Aufgabe betraut, die alten Artikel umzuschreiben.

Sie legte die Fotokopien aus der Hand, lehnte sich zurück, ließ den Blick schweifen. An der Wand gegenüber hingen Veranstaltungshinweise. *Napoli Sotterranea – Arte Sovversiva* stand auf einem der Plakate, unterirdisches Neapel, untergründige Kunst, wie sie es sich übersetzte. Hatte nicht Livias Großmutter gestern von unterirdischen Räumen gesprochen und dabei das Bild eines Emmentalers gebraucht? Marlen kniff die Augen zusammen. Aus vier Metern Entfernung konnte sie das Kleingedruckte nicht entziffern. Sie stand auf, sah sich das Plakat aus der Nähe an: es zeigte eine Gruppe blaßkolorierter Häuser, von denen aus Gänge senkrecht in die Erde führten und sich dort verzweigten wie die Behausungen einer Maulwurffamilie. Es handelte sich, wie sie nun las, um eine Führung durch die Stadt unter der Stadt. Außerdem wurde eine Ausstellung angekündigt: Skulpturen, Gemälde, Fotos, Collagen internationaler Künstler. Das war also die Ausstellung, über die Livia, die verschmähte Künstlerin, am Abend zuvor so geschimpft hatte. Als Organisatoren zeichneten ein Verein namens LAES, die Kulturbehörde und der Fremdenverkehrsverein. Marlen rechnete nach. War sie am achtzehnten April noch da?

Während sie vor dem Plakat stand, spürte sie, wie Blicke über ihren Körper wanderten, gemächlich, genießerisch, in aller Ruhe. Ich bin doch keine Statue, dachte sie und verspürte gleichzeitig, wie zur Bestätigung, ein angenehmes Prickeln auf der Haut. »*Buon giorno*«, sagte eine männliche Stimme, die ihr irgendwie bekannt vorkam. Sie drehte sich um und sah sich einem begehrlichen und zugleich zurückhaltenden Blick gegenüber, den sie schon einmal gesehen hatte. Marlen runzelte die Stirn.

»Salvatore«, half er ihr auf die Sprünge, »der Taxifahrer.«

»Der Retter«, entfuhr es ihr. »Natürlich.« Sie lächelte. »Machen Sie gerade Pause?«

Er schnalzte verneinend mit der Zunge. »Um ehrlich zu sein, ich bin gerade erst aufgestanden. Trinken Sie einen Espresso mit?«

Sie zeigte auf ihr halbvolles Weinglas, sagte, wie zur Entschuldigung: »Es ist schon fast Mittag.«

»Und außerdem sind Sie nicht im Urlaub«, lächelte er.

»Sie sagen es.«

Er setzte sich zu ihr an den Tisch, ließ sich einen doppelten Espresso bringen und erkundigte sich danach, ob sie schon eingetaucht sei ins »wundersame Neapel«.

Sie nickte. »Bis zum Hals. Man kommt an als Kind, das sich noch tüchtig wundern kann, und innerhalb kürzester Zeit wächst man sich zur abgebrühten Erwachsenen aus.«

»Wer ist Ihnen über den Weg gelaufen, ein schwarzer Kater, ein drogensüchtiger Handtaschendieb, eine augenrollende Madonna?«

»Oh, nur eine Tabakfrau, deren Laden ausgeräumt wurde, zwei Nonnen, die mich für eine der ihren hielten, eine *nonna*, die ausgezeichnete Gnocchi kocht, dunkelgrüne Schnürstiefel – ich glaube, das war's.«

»Neapel ist eben voller Wunder«, feixte er. »Daß wir uns zum Beispiel heute hier begegnen ...«

»Die Stadt der Zufälle ...«, entgegnete Marlen spöttisch. Ihr Bedarf an Wundern hielt sich seit jeher recht gering, die Affinität zu Männern hingegen nicht. Der Mann war ihr sympathisch. Abwarten, dachte sie, über welchen Fundus an Schmeicheleien, Floskeln, Themen er verfügte, und was er sonst zu bieten hatte. Noch war sie für alles Mögliche offen, die Schutzhaut, die Begegnungen und Eindrücke für sie filterte, hauchdünn. Sie zeigte auf das Plakat an der gegenüberliegenden Wand. »Wissen Sie etwas über dieses unterirdische Neapel?«

Er nickte. »Noch ein kleines Wunder. Eine Stadt unter der Stadt. Ganz Neapel sieht von innen aus wie ein Schweizer Käse. Über der Erde: Häuser, Menschen in Hülle und Fülle, eine Blechlawine. Unter der Oberfläche: ein unterirdisches Labyrinth.« Woher er das wisse? Er lachte auf, sagte, er habe eine Zeit lang in einem Verein mitgemacht, der Führungen durch die unterirdischen Gänge veranstaltet. »Ich wollte eben auch einmal in meinem Leben in den Untergrund gehen ...«, fügte er schalkhaft hinzu.

»Ich dachte, Sie seien Taxifahrer ...«

»Ich bin vielseitig ...« Ein herausforderndes Aufblitzen in den Augen.

Marlen tat so, als habe sie es nicht bemerkt. »Ich habe bisher in keinem einzigen Reiseführer etwas über eine Stadt unter der Stadt gelesen«, insistierte sie.

Es sei auch keine der üblichen Touristenattraktionen, erklärte Salvatore. Und kein heiliger Ort wie die Katakomben von San Gennaro. Eher etwas, was mit dazugehöre. Alle Leute wüßten, daß es die Gänge unter der Erde gebe, dennoch seien die Leute von der LAES nach langer Zeit die ersten gewesen, die sich wirklich dafür interessierten. »Dort gibt es, wenn man so will, nur Löcher, uralte Löcher. Leere. Ein Nichts. Nichts zum Anfassen, nichts zum Vermarkten.«

Marlen war wieder ganz Journalistin und in dieser Eigenschaft auf einer neuen Fährte. Sie stellte Fragen über Fragen, wollte wissen, wie diese unterirdischen Gänge entstanden seien. Salvatore, der Retter und »Experte«, stand ganz zu ihren Diensten. Er erzählte, unter den spanischen Königen sei es verboten gewesen, Baumaterial in die Stadt zu bringen. Deshalb seien die Bewohner in die alten Brunnen hinuntergeklettert, die zu dem unterirdischen Aquädukt führten, das schon seit den Griechen existierte. Von dort unten hatte man den Tuff hochtransportiert, die Erde ans Licht geholt, gegraben und gebaut, Häuser, Kirchen, Paläste, die Stadtmauer, alles aus gelbem Tuff, optimales Baumaterial, leicht, widerstandsfähig, haltbar, wie er betonte. Es wurde immer dichter gebaut und immer höher, jeder Raum wurde genutzt, jeder Zwischenraum gefüllt. »Daher diese engen, sonnenlosen Gassen, diese Fülle an Vorbauten, Anbauten, Balkonen, Hinterhöfen, Treppen.«

Während er erzählte, ließ Salvatore den Blick über Marlens Körper gleiten, in Mäandern, als würde er seinen Text dort ablesen. Marlen war fasziniert, nahm aber auch die Untertöne wahr, das Prickeln auf ihrer Haut, das ebensogut von den unterirdischen Gängen in ihrer Vorstellung stammen konnte wie von der Ausstrahlung des Mannes, der ihr gegenüber saß. Er sieht mich an wie ein Don Juan, der eine Touristin aufreißen will, fuhr ihr durch den Sinn, und wie ein Junge, der zum ersten Mal eine nackte Frau begehrt, dachte sie weiter, wie einer, der es lang nicht mehr gemacht hat, wie einer, der weiß, wie es gut sein könnte, wie einer, der sich nicht festlegen mag, wie einer, der etwas verbirgt, das man besser im verborgenen läßt – so einer, ungefähr. Das Alarmglöckchen in ihrem Hinterkopf läutete, wie so oft, wenn es um männliche Wesen ging, zu verhalten und leise.

Salvatore ließ seinen Blick auf ihrer Brust verweilen. »Man könnte fast sagen, die Neapolitaner haben sich den Boden eigenhändig unter den Füßen weggezogen, damit die Stadt wachsen kann«, schloß er.

»Eine der Grundweisheiten des Lebens ...«

»Wenn Sie Lust haben, könnte ich sie Ihnen zeigen«, sagte er. »Die Stadt unter der Stadt, meine ich.«

Marlen hatte bisher nichts Besonderes vor. Nichts Anstrengendes jedenfalls, nichts Aufregendes. Aber was war schon ein Bummel durch die Gassen gegen einen Ausflug in die Unterwelt? Mit Sicherheit würde ein spannender Artikel herausspringen. Wenigstens bietet er keine falschen Perserteppiche an, dachte sie dann, und keinen Ausflug nach Pompej mit nächtlicher Vesuvbesteigung, dieser Taxifahrer mit dem ironischen und zugleich verletzlichen Zug um die Augen. Sie brauchte ihn nicht erst mit Blicken zu verschlingen, um zu spüren, daß sich etwas zwischen ihnen tat. Ihre Neugier jedenfalls war geweckt. In jedem Sinne.

»Mich interessiert ausschließlich das unterirdische Neapel«, sagte sie, wohl wissend, daß das nicht stimmte, wohl wissend, daß auch er wußte, wie die Dinge lagen.

»Und mich die wundersamen Dinge«, erwiderte er und sah ihr jetzt direkt in die Augen.

7

Die Gassen waren wie immer am frühen Nachmittag fast menschenleer. Auf einem Stuhl saß eine ältere Frau und nickte ihnen aus halbgeschlossenen Augen zu, vielleicht machte sie einen kurzen Mittagsschlaf. Zwischen den Marktständen auf dem Platz vor einer zerfallenen Kirche liefen Hühner ziellos hin und her. Salvatore machte Marlen auf Details aufmerksam, die sie im täglichen Gehupe und Gedränge weder suchen noch entdecken würde – das Stehenbleiben in diesen engen und bevölkerten Gassen wies sie unbarmherzig als Touristin aus, was sie gern vermied. Da blieb vieles unbemerkt. Zum Beispiel der rostige Türklopfer in Gestalt eines Tintenfischs, den Salvatore ihr zeigte, ein Wahlkampfplakat aus den siebziger Jahren, das unter einer Schicht anderer Plakate zum Vorschein kam: »Zwei halbe Arme.« Es dauerte eine Weile, bis Marlen sah, was er meinte: aus einem Fenster hing der untere Teil eines Männerarms mit brennender Zigarette zwischen den Fingern, und gleich daneben war die versteinerte Entsprechung zu erkennen, ein Arm ohne Hand, vielleicht Teil eines Halbgottes, Überbleibsel vom Portalschmuck des Palazzo.

Ungefähr nach einer Viertelstunde betraten sie einen taubenverschissenen Innenhof, in dem flächendeckend Autos parkten.

»Da sind wir.« Salvatore zog ein Schlüsselbund aus der Hosentasche und machte sich an einer unscheinbaren Holztür in der hinteren Ecke des Hofs zu schaffen. Marlen hatte keinen blassen Schimmer mehr, wo sie sich befanden: in irgendeinem Häusergeviert irgendwo im Gewirr der Gassen in den Quartieri Spagnoli.

»*Chi è?*« ertönte von hoch oben eine schrille Stimme. »Wer ist da?«

Salvatore zog Marlen mit sich hinter die Holztür, die er dann sofort schloß. Das Gezeter erstarb. Marlen stieß mit dem Fuß gegen etwas Blechernes, das mit Getöse eine Treppe hinunterschepperte, dem Geräusch nach ein Putzeimer. Salvatore drückte ihr eine Taschenlampe in die Hand. Sie leuchteten sich Stufe für Stufe den Weg nach unten. Es war feucht. Marlen begann zu schwitzen. Sie spürte bereits jetzt jede einzelne Stufe in den Oberschenkeln. Bestes Training gegen Muskelkater. Je vier mal fünf Stufen im Karree, machte zwanzig Stufen, nur die Anzahl der Karrees hatte sie nicht mitgezählt. Sie blieb stehen, richtete den Strahl der Taschenlampe nach oben in den Schacht, dann nach unten. Der Lichtkegel verlor sich im Dunkel. Die Treppe schien endlos in die Tiefe zu führen, bald würden sie auf der anderen Seite der Erdkugel wieder herauskommen.

Auf einer unebenen Stufe stolperte Marlen, fühlte sich von

zwei Männerarmen aufgefangen und festgehalten. Reizvoll, die Nähe und sein Körper, doch sie bevorzugte intime Situationen, die nicht aus Not oder sonstiger Abhängigkeit erwuchsen, schob ihn sanft, aber entschieden zurück. Noch nicht, dachte sie. Später. Schweigend stiegen sie weiter die Stufen nach unten. Dann waren sie endlich angekommen. Sie mußten sich mindestens dreißig Meter unterhalb der Erdoberfläche befinden.

»Hier entlang.« Salvatore leuchtete, Marlen folgte ihm in einen engen Korridor, konnte mit ausgestreckter Hand Decke und Wände berühren: Tuff, wie er gesagt hatte. An einer Art Tunnelkreuzung bogen sie rechts um die Ecke und gelangten in einen Raum, der ungefähr so groß war wie eine durchschnittliche neapolitanische Trattoria. Der Lichtkegel von Salvatores Taschenlampe erfaßte einen Isolator, an dem lose ein paar Drähte baumelten.

»Das hier war im Krieg einer der Schutzräume für die Menschen, die oben in den Gassen wohnten.« Das Licht der starken Taschenlampe schnellte wie die Lichtorgel in einer Diskothek durch den Raum, während Salvatore die Erläuterungen mit Gesten unterstrich. »Die Stromversorgung aus den vierziger Jahren.«

Marlen tappte hinter ihm her, von einem engen Tunnel in den nächsten. Manchmal mußten sie sich bücken, zwei Glühwürmchen in den Eingeweiden der Stadt. Als ihr die Wände gerade allzu eng auf den Leib rücken wollten, öffnete sich vor ihnen ein zweiter Raum, sehr viel größer und höher als der erste. Marlens Blick tastete sich mit Hilfe der Taschenlampe die Wände entlang. Vor ihr tauchte im Lichtkegel etwas auf, das aussah wie ein riesiger Penis. Oder ein vorbeischwimmender exotischer Fisch. Nur daß die Luftblasen vor seinem Maul nicht nach oben stiegen, sondern wie Spucke zu Boden tropften. Oder wie Sperma, dachte Marlen, je nachdem. Verräterische Phantasie.

Sie trat einen Schritt zurück, leuchtete weiter nach rechts, erkannte die Zeichnung jetzt deutlicher: Es war weder ein Fisch noch ein Penis, sondern ein Flugzeug – ein Bomber, auf die Wand projiziert, im Flug erstarrt. Die fallenden Bomben sahen aus wie Tränen. Tränen, Bomben, Luftblasen, Spermatropfen – alles schien hier eng aneinandergerückt und zusammengehörig.

Salvatore stand hinter ihr, sie hörte seinen Atem, schluckte, besah sich, ohne einen Mucks von sich zu geben, den ganzen Raum. Es gab Strichlisten wie in den Gefängniszellen alter amerikanischer Filme, wie viele Tage noch, wie viele Nächte, wie lange hatten die Menschen hier unten gehockt, während oben die Bomben fielen – dazu Strichmännchen und Strichweibchen in ein- und zweideutigen Stellungen. Namen und Herzen drumherum, *Ciro e Concetta, Armando ama Anna*. Ein Name über einem Kreuz, ein Name unter einem Stern.

»Während der Bombenangriffe«, erklärte Salvatore, mit dem Marlen inzwischen per Du war, »ging das Leben unter der Erde weiter – oder auch nicht. Hier wurde gekocht, gegessen, geschlafen, geliebt, geheiratet, gestorben. Sieh mal hier, zwei Ringe.«

Marlen nickte und dachte an die unterirdische Geburt, der Livias Großmutter beigewohnt hatte. »Sind das auch Bomben?« Sie deutete auf Punkte in Tropfen-, Tränen-, Spermaform, zu einem Dreieck formiert, das mit der einen Ecke nach unten zeigte.

»Deutsche Bomben«, präsizierte Salvatore. »Hier steht auch das Datum: 4. August 1943, 14.32 Uhr.«

»Dann waren es keine deutschen Bomber«, sagte Marlen, »das müssen schon die Alliierten gewesen sein, ab Juli 1943 haben sie die italienischen Städte bombardiert, um die Deutschen zu vertreiben, und die Deutschen hätten keine Stadt bombardiert, die sie bereits besetzt hielten. Aber davon mal abgesehen, Bomben sind Bomben.«

»Mal was drüber geschrieben, was?« grinste Salvatore.

»Ein Teil der deutschen Geschichte und damit auch meiner«, erwiderte Marlen ungerührt. »Teil meiner Arbeit. Außerdem habe ich schon als Kind in Bunkern und Ruinengrundstücken gestöbert.«

»Keine besonders idyllischen Orte«, sagte Salvatore.

»Es ist auch keine besonders idyllische Geschichte«, gab Marlen zurück und leuchtete weiter den Raum ab. »Und was heißt das hier: *Assuria soreta*?«

»Das ist altes Neapolitanisch und bedeutet soviel wie: Ich mach's mit deiner Schwester – *mi faccio tua sorella*.«

Sie zog es vor, nichts darauf zu erwidern. Weiter ging's, durch stollenartige Tunnel, die mal enger, mal breiter wurden, Stufen hoch, Stufen hinunter. Marlen wollte immer wieder wissen, wo sie sich gerade befanden. Salvatore überlegte eine Weile, sagte dann: »Unter der Ponte di Chiaia«, oder: »An der Ecke von Vico A. und Via B.« Sie kletterten über Geröll: Reste eines vor Jahren eingestürzten Brunnens. Es machte Spaß, es war ein wenig unheimlich. Um sie herum Dunkelheit, unbekannte Gänge.

Salvatore erzählte, daß er in diesem Viertel aufgewachsen und als Junge tagelang unter der Erde herumgestreunt sei. »Mein Wald«, sagte er. »Oder besser gesagt: meine Ruinengrundstücke. Tagelang habe ich die Gegend erkundet, wochenlang, alles auf einer Geheimkarte verzeichnet, Namen erfunden für die Stollen, Gänge, Schächte, Räume.« Er lachte vergnügt in sich hinein wie jemand, der in seiner Erinnerung kramt und dabei unerwartet blinkende Münzen findet. »Alles mögliche hab ich damals nach unten geschleppt: Wolldecken, Kerzen, Mickymaushefte, Rotwein, das erste Kofferradio, Bücher, Briefe, den Diwan einer verstorbenen Großtante, Lebensmittel. Meine Mutter hat sich gewundert, wohin die Vorräte verschwanden. Wie Robinson Crusoe, nur etwas komfortabler. Einen geheimeren Ort hätte es gar nicht geben können. Während die anderen in der Villa Comunale oder im Auto mit den Mädchen rummachen mußten, hatte ich einen Raum ganz für mich allein.«

»Und die Mädchen sind mitgegangen?« fragte Marlen skeptisch.

»Du gehst ja auch mit.«

»Heute«, sagte sie, »aber damals ...«

Sie dachte an die Zeit, als sie ein Mädchen gewesen war. Sie sah sich allein in den Keller gehen, um das Fahrrad herauszuholen, ein endloser, tiefdunkler Gang mit Holzverschlägen zu beiden Seiten, der sich unter dem ganzen Wohnblock erstreckte und mehrere Zugänge hatte. Zum Glück war ihr Wohnhaus das letzte in der Reihe, doch manchmal raschelte es, hörte sie Schritte, manchmal ging irgendwo weiter vorn das Licht an oder aus, dann fuhr das Mädchen Marlen zusammen und raste die Kellertreppen nach oben und verzichtete aufs Fahrradfahren. Zum Glück war diese panische Angst irgendwo in ihrer stacheligen Jugend hängengeblieben, und bald darauf war die Familie umgezogen in ein Reihenhaus, wo nur die eigenen Kellergeister hausten.

»Theoretisch könnten wir hier immer weitergehen, bis zum Meer, bis nach Posillipo«, sagte Salvatore. »Allerdings sind viele Gänge sehr eng oder unbenutzbar, stehen unter Wasser, sind zugemauert, eingestürzt.«

»Gibt es hier keine Ratten?«

Salvatore beruhigte sie, Ratten seien ihm bisher hier unten noch nie über den Weg gelaufen, und wenn, dann würden sie sofort abhauen, zu fressen gäbe es genug.

Marlen wollte wissen, wieso diese Gänge nicht genutzt werden. Sie dachte an Lagerräume oder illegale Werkstätten, ideale geheime Orte für alles, was im verborgenen zu bleiben hatte.

»Und wer soll das alles runter- und wieder raufschleppen?«

»Mit einer Seilwinde?« schlug Marlen vor. »Oder mit einem kleinen Aufzug? Wenn es von den meisten Palazzi aus einen Zugang zum unterirdischen Neapel gibt, wie auf dem Plakat, das bei Gambrinus hängt?«

»Keine schlechte Idee.«

»Vielleicht wären die Temperaturen für Wein nicht schlecht«, überlegte Marlen weiter. »Gute Sorten, die einige Jährchen hier unten bleiben, bevor sie weiterverkauft werden.«

»Zu warm«, sagte Salvatore. »In diesem Teil der unterirdischen Gänge jedenfalls. Kontinuierliche siebzehn Grad, im Sommer wie im Winter.«

»Aber andere Dinge könnte man doch hier unten lagern.« Marlen war für ihre Beharrlichkeit bekannt.

»Theoretisch schon. Wurde früher auch so gemacht. Aber man kommt der Unterwelt ein Stückchen näher, die Leute sind abergläubisch, denk an San Gennaro.«

»Die vielen Wunder ...«

Marlen hatte mittlerweile jegliche Orientierung verloren. Ob Salvatore den Weg zurück finden würde? Vielleicht hätten sie einen roten Faden spannen sollen, ihr kam die Geschichte von Ariadne, Theseus, dem Minotaurus in den Sinn, dann das Märchen von Hänsel und Gretel und die rettenden Brotkrumen. Im wirklichen Leben ging es allerdings weniger märchenhaft zu. Den Heimvorteil hatte eindeutig Salvatore. Wenn sie es sich genau überlegte, war sie ihm völlig ausgeliefert bei diesem Spaziergang durch den Bauch der Stadt. Nicht einmal Livia wußte, wo sie war. Das hast du schon vorher gewußt, meldete sich eine leise, aber deutlich zeternde Stimme aus der Vergangenheit. Die Mutter? Die Großmutter?

Na und? Sie schüttelte die ungebetene Einmischung ab. Bis jetzt war alles in Ordnung, Mißtrauen war fehl am Platz. Es kam ihr vor, als entdecke sie eine seit Jahrhunderten existierende, unbewohnte Stadt, deren Geschichten sich im Tuff eingenistet hatten. Am liebsten hätte sie als Zeichen vergangenen Lebens irgend etwas gefunden, einen zerbeulten Topf aus dem Krieg, eine einarmige Plastikpuppe, einen Tonkrug aus Vorzeiten, die Scherbe einer Majolika. So war es auch: ein Lebenszeichen anderer Natur jedoch, denn am Ende eines Gangs stießen sie auf einen großen Haufen Müll, der stinkend vor sich hin moderte und ihnen den Weg versperrte.

»In der Decke muß ein alter Brunnenschacht enden«, sagte Salvatore, als sie außer Riechweite waren, »der nicht zur Treppe ausgebaut wurde und jetzt als Müllschlucker dient – nicht nur, wenn die Müllabfuhr streikt. Hauptsache, vor der eigenen Tür ist es sauber, wie es fünf Meter weiter aussieht, ist den meisten Leuten herzlich egal ...«

»... während sich meine Landsleute vor allem um den Dreck vor den Türen der anderen scheren«, sagte Marlen.

»Gute Zusammenarbeit«, grinste Salvatore.

Ihre Unterhaltung klang leicht und beschwingt, und doch ließen sich weder Aufregung noch Begehren in Schach halten – eine Frage der Untertöne. Plötzlich zuckte Marlen zusammen, blieb abrupt stehen, packte Salvatore am Ärmel. Ihr war, als hätte sie ein Geräusch gehört, und ganz weit entfernt sogar Stimmen. Auch Salvatore erschrak, wie ihr schien, er horchte aufmerksam, entspannte sich dann wieder.

Er legte ihr einen Finger auf den Mund. »Mach die Lampe aus. Horch mal, wie es sich anhört, das unterirdische Neapel.«

Sie lauschten in die Stille hinein, die zunächst noch keine war. Marlen vernahm diffusen Lärm, eine Glocke aus Geräuschen, wie sie jeder mit sich trägt, Geräusche, Töne, Stimmen aus der eigenen Vergangenheit, der nahen und der fernen, die allmählich verebbten. Vielleicht vernahm sie diesen diffusen Lärm nur aus Gewohnheit, in der Erwartung, etwas zu hören, vielleicht war es nur eine Illusion an Geräuschen, Lauten, Stimmen – der kaum mehr wegzudenkende sonore Hintergrund einer Großstadt. Doch allmählich schluckte die Stille sogar den bloßen Gedanken an Lärm, als sei das unterirdische Neapel ein riesiges schwarzes Loch, in dem alles verschwand. Der Raum, in dem sie standen, wurde größer, durchlässiger, wie eine tiefschwarze Nacht. Fast hätte Marlen nach Sternen Ausschau gehalten.

Salvatore stand direkt vor ihr, sie spürte die Wärme seines Körpers unter ihren Händen, sie spürte seine Hände, dort, wo am Vormittag sein Blick entlanggewandert war, in umgekehrter Reihenfolge, von den Augen abwärts. Auch deshalb war sie mitgegangen, sie hatte es gewußt, er hatte es gewußt. Ein guter Platz, fuhr ihr durch den Sinn, dunkel, sinnlich, endlos, die Erde ist nahe und der Himmel eine Fiktion aus Tuff.

»Ich kenne einen bequemeren Ort«, flüsterte Salvatore. »Komm.«

»Quatsch«, flüsterte sie zurück. Es gab Situationen, in denen sinnliche Erregung keinen Aufschub duldete, oder sie zerstäubte. Sie zog ihn wieder an sich.

»Meine Teenagerhöhle ist noch immer gut im Schuß«, sagte Salvatore atemlos und löste sich von ihr. »Und nach wie vor bestens ausgestattet. Komm. Es ist nicht weit.«

Die Vorstellung von einem muffigen Diwan, der seit mindestens zwanzig Jahren hier unten stand, knarrte und ab und zu für Schäferstündchen herhalten mußte, behagte Marlen keineswegs. Es gefiel ihr auch nicht, hingehalten zu werden, und wenn sie ganz ehrlich war, störte sie am meisten, daß dieser Mann die ganze Zeit bestimmt hatte, wo es langging, und das ausgerechnet auch jetzt noch übernehmen wollte. Der dunkle Raum, der stumme Moment im dunklen Raum hatten so gut gepaßt, hauteng, Erotik pur. Sie brauchte keinen Diwan und keine Jugendhöhle, und überhaupt war sie nicht mehr dreizehn. Andererseits würde sie allein nicht herausfinden aus diesem unterirdischen Labyrinth.

Sie gingen weiter, Salvatore vorweg, sie hinterher. Der Gang wurde niedriger, sie stieß sich den Kopf, wurde wütender, ein wahres Kreuzfeuer der inneren Teufel, die immer dann zum Vorschein kamen, wenn sie etwas tat, ohne es wirklich zu wollen. Wahrscheinlich treibt der Kerl es jede Woche so – was geht dich das an – pfui Teufel – sie in eine Situation zu locken, der sie sich nicht entziehen kann – wärst du eben nicht mitgegangen – eine ganz private Führung, zahlbar in sexuellen Zukkungen – Scheiße, wie dumm ich war – hör auf zu spinnen, du bist doch auf ihn scharf – trau keinem Süditaliener – Anfängerin! – ein Gewitter böser Gedanken, sie war schlichtweg enttäuscht, alle Lust verraucht.

»Ich will nach oben«, sagte sie mit eisiger Stimme und blieb stehen.

Doch Salvatore, der ebenfalls stehengeblieben war, reagierte nicht.

»Hast du nicht kapiert? Ich will hier raus. Was ist? Was ist los?«

Er schien sie überhaupt nicht zu hören. Keine Reaktion. Dort, wo der Gang sich zu einem Raum erweiterte – zu dieser pubertären Höhle, dachte sie –, stand Salvatore vor ihr wie ein Telamon, ganz Neapel geschultert, sprachlos und versteinert. Er tat einen Schritt zurück, trat ihr dabei auf den Fuß, tastete nach ihrem Bauch, ihrer Hand. Seine Hand war schweißnaß. Zitterte.

Ruhig Blut, Marlen, sagte sie sich, so sehr kannst du dich nicht getäuscht haben, pervers ist er sicherlich nicht, was also dann? Er hat Angst. Angst? Wovor?

Da Salvatore keinen Mucks von sich gab, atmete sie einmal tief durch und schob ihn dann einfach zur Seite.

Der Raum, der vor ihr lag, war zweifelsohne Salvatores Teenagerhöhle. Zwei umgedrehte Holzkisten, darauf eine dicke, halb abgebrannte Kerze, ein Stapel Hefte, Streichhölzer, eine leere Weinflasche. Und da war auch der Diwan, den Salvatore erwähnt hatte. Fast hätte sie laut losgelacht: zu spät gekommen, der Retter, ich hab's ja gleich gesagt, vorhin oder gar nicht, da hast du deine Schuld.

Der Diwan war nämlich bereits belegt: von einem anderen Mann, der schlief. Marlen sah sich amüsiert nach Salvatore um, der hinter ihr am Eingang des Raumes stand und sich mit keinem Laut zum Geschehen äußerte. Er kam ihr blaß vor, lag es am Schein der Taschenlampe oder an dem Fremden auf dem Diwan? Marlen ging auf Zehenspitzen ein Stück näher heran. Der Fremde sah aus wie viele Süditaliener – dunkle Schatten von schnell nachwachsenden Bartstoppeln, dunkle, kurze Haare, mittelgroß, Jeans – mit einem gravierenden Unterschied: auf der Brust des Mannes, die sich weder hob noch senkte, prangte direkt am Herz ein roter Fleck.

»Er ist tot«, vernahm sie die Stimme Salvatores.

8

Als Livia nach Hause kam und die Deckenlampe im dunklen Zimmer anschaltete, saß Marlen im Sessel und hielt schützend die Hand vor die Augen wie ein hilfloses Kind, das sich vor Schlägen retten will. Sie hatte den Rest des Nachmittags so verbracht, mit angezogenen Beinen ins Nichts gestarrt, das irgendwo zwischen Wand und Fenster begann und ständig andere Auswüchse annahm.

Es kam ihr vor, als sei der Mann auf dem Diwan der erste Tote ihres Lebens. Das stimmte nicht ganz, denn einmal – sie war damals ungefähr zwölf gewesen – hatten Rettungsschwimmer einen Ertrunkenen aus der Ostsee gefischt. Die anderen beiden Toten in ihrem Leben waren als solche unsichtbar geblieben: die Großmutter, friedlich im Bett »eingeschlafen«, wie man ihr, der Fünfjährigen, erzählt hatte, und die sie dann mit Kinderaugen in einem hölzernen Sarg in der Erde versinken sah; und vor ein paar Jahren ein Freund, der an Aids gestorben war, als sie gerade mit Luzie und Fritz im Urlaub in Irland weilte. Menschen, die sie gekannt und geliebt hatte, waren verschwunden und hatten eine Lücke hinterlassen, die im Lauf der Zeit kleiner wurde, bis sie zuwuchs und eine unscheinbare Narbe hinterließ. Einen Toten jedoch, den sie überhaupt nicht kannte und der offenbar eines gewaltsamen Todes gestorben war, hatte Marlen noch nie erblickt, auch nicht in ihrer Eigenschaft als Journalistin.

Der Schock wirkte noch immer nach. Sie konnte nicht mehr sagen, wie sie nach der unheimlichen Entdeckung nach Hause gelangt war. Sie hatte sich in den Sessel fallen lassen und die

Erlebnisse wieder und wieder vor ihrem inneren Auge ablaufen lassen – von der zufälligen Begegnung mit Salvatore im Gambrinus bis zum hastigen Abschied in irgendeiner Gasse in den Quartieri. Sie hatte drei oder vier Grappa getrunken, über das Sterben sinniert und beobachtet, wie sich das Tageslicht immer mehr aus den Farben der Dinge herauszog, bis sie schließlich – auch was ihre Gedanken anbelangte – im Dunkeln saß. Im dunkeln getappt, dachte sie, als Livia zur Tür hereinkam. Oder im Dunkeln ertappt? Jedenfalls schien Livia aus einer völlig anderen Welt zu kommen, in der es keine Toten und keine höhlensüchtigen Liebhaber gab, sondern lebenslustige Kolleginnen, abhanden gekommene Kruzifixe, händeringende Pfarrer.

»Bitte, mach kein Licht. Hol dir was zu trinken. Setz dich zu mir.«

Drei Imperative in kläglichem Ton, der Livia aufhorchen ließ.

Sie hatte heute stundenlang in den Computer gestarrt, der aus einem ihr unerfindlichen Grund wieder einmal Material verschluckt hatte – die Zahlenangaben der ersten drei Monate dieses Jahres sowie weitere drei Dateien. Auch die Sicherungskopien, die sie in ihrem Schreibtisch aufzubewahren pflegte, waren in dem üblichen Durcheinander aus Papier und Büromaterial verschwunden. Das passierte nun schon zum dritten Mal. Livia kannte sich mit Computern kaum aus, hatte geflucht, diesmal selbst alle möglichen Dateien durchsucht, auch auf Rosarias Computer, und sich schließlich wieder an Pepe wenden müssen, einen Kollegen aus der Finanzabteilung, der für seine Arroganz, aber auch für sein Computerfachwissen bekannt war und ihr schon beim ersten Mal – fachmännisch und ohne mit der Augenbraue zu zucken – ein Antivirusprogramm installiert hatte. Sie erinnerte sich gut an ihr erstes Aufeinandertreffen. Pepe hatte ihr empfohlen, künftig von allen Daten Kopien anzufertigen. »Habe ich doch«, hatte sie stolz entgegnet und auf die Papierstapel gedeutet, die sich im geöffneten Stahlschrank stapelten. »Ich meine doch nicht solche Kopien«, hatte Pepe konsterniert geantwortet und sich offensichtlich gefragt, ob Livia aus einer anderen Zeitschleife stamme. »Ich meine Kopien auf Diskette.«

Auch diesmal war Pepe fündig geworden. Sie hatte Glück,

zwei der drei Dateien auf ihrer Festplatte waren noch nicht überschrieben worden, die dritte mußte sie anhand des Aktenmaterials rekonstruieren. Eine Heidenarbeit, völlig idiotisch, Rosaria war ihr zu Hilfe gekommen und saß vermutlich noch immer im Büro. Hoffentlich dachte sie daran, Kopien auf Diskette zu ziehen. Livia nahm sich vor, künftig alle Kopien doppelt anzufertigen und eine davon mit nach Hause zu nehmen.

In dieser ausgelaugten und entsprechend aggressiven Stimmung tat Livia sich schwer damit, in die Halbdämmeratmosphäre Marlens einzutauchen. »Also, was ist passiert?« sagte sie einen Deut zu polterig. »Schieß los.«

Marlen zuckte zusammen: »Losschießen« würde sie schon gar nicht. Worte waren doch sehr empfindliche Gebilde, aber noch empfindlicher waren die Wesen, die mit Worten zu tun hatten.

»Nun erzähl schon.« Zwei Nuancen weicher.

Und Marlen erzählte, zunächst stockend, wie und wo sie diesen Taxifahrer namens Salvatore kennengelernt und wiedergetroffen und weshalb sie daraufhin die Pläne für den Nachmittag über den Haufen geworfen hatte, erzählte, nun schon fließender, vom Abstieg in die Erde und von der Atmosphäre in den unterirdischen Räumen und Gängen, auch von den Graffitis und dem Müll und schließlich, beinahe außer Atem, von der Jugendhöhle Salvatores und dem Diwan und dem toten Mann. Mit jedem Wort näherte sie sich Stück für Stück dem Abgrund an Gefühlen, die sich im Verlauf des Nachmittags angesammelt hatten – dem Sog aus Angst, Wut, Neugier, Lust, Aufregung, Ohnmacht, Ratlosigkeit.

Livia verteilte Grappa, hielt Marlen das Glas unter die Nase und schwieg, auch wenn sie sich, je mehr Marlen erzählte, immer schwerer tat, die eigene Aufregung und Neugier zu zügeln und die Freundin nicht nach jedem dritten Wort zu unterbrechen und nachzufragen. Sie wollte wissen, wie der Mann aussah. Nein, nicht der Taxifahrer, doch, der auch, vor allem der Tote. Haarfarbe, Größe, Statur, Alter, Kleidung, sonstige Merkmale.

Was den Toten betraf, mußte Marlen passen. Es war ihr ergangen wie den meisten zufälligen Zeugen: ob das Fluchtfahrzeug ein roter Opel, ein blauer Ford oder ein beiger Renault war, ging in der Aufregung völlig unter. »Süditalienischer Durchschnitt«, sagte sie, als wäre der Mann damit bereits identifiziert. »Nicht besonders groß, eher untersetzt, nicht besonders fett, nicht besonders mager, nicht besonders jung, nicht besonders alt. Mit Sicherheit hatte er keine roten Haare und trug keinen Vollbart und keine Brille, daran hätte ich mich erinnert. Aber sonst – frag mich was Leichteres, ich hab kein Auge für Schnittmusterdetails. Er trug Jeans, ein Hemd. Vielleicht, wenn du mir ein Foto zeigen würdest ...«

Sie wurde aufgefordert, wenigstens den Taxifahrer zu beschreiben, faselte etwas von langen Fingern, einem offenen Blick, Sinn für Ironie, einer gewissen erotischen Ausstrahlung. Wie versteinert hatte er dagestanden, nachdem sie ihn zur Seite geschoben und den toten Mann entdeckt hatte. Seine ganze Lockerheit war abgebröckelt wie eine getrocknete Gesichtsmaske aus Joghurt. Dann die hastige Flucht, er hatte Marlen am Arm gepackt und sie hinter sich hergezerrt, und als sie völlig in Panik und außer Atem in irgendeinem Palazzo in den Quartieri Spagnoli wieder herausgekommen waren – nicht in dem taubenverschissenen Hinterhof –, hatte er sich mit einem kurzen *ci sentiamo* aus dem Staub gemacht. Sie hatte nicht einmal seine Telefonnummer. *Wir hören voneinander*. Wie denn? Gespenstisch, das alles. Sie begann wieder zu zittern.

»Er muß doch irgend etwas gesagt haben«, insistierte Livia, inzwischen voll bei der Sache. »Ob er den Toten gekannt hat. Oder erkannt hat.«

Marlen schüttelte stumm den Kopf.

»Vielleicht hat er dich absichtlich dorthin geführt.«

Jetzt mußte Marlen doch lächeln. »Absichtlich schon«, sagte sie leise. »Allerdings waren seine Absichten anderer Natur ...«

Sie zog die Knie erneut an die Brust, umschlang die Beine mit den Armen, ließ den Kopf sinken. Hätte ich bloß darauf bestanden, es gleich zu machen, dachte sie, und der Gedanke war wie ein riesiges Wasserbett, ein traumhafter Ort zum Davonschwimmen zweier Körper. Sogar in diesem Schweigeraum wäre es gut gewesen, auf der harten Erde oder im Stehen. Der Tote hätte allen gestohlen bleiben können. Und ihr wäre eine abgerundete Erinnerung geblieben – statt eines Toten und eines stummen Taxifahrers.

Livia war Feuer und Flamme. Eine abenteuerliche Geschichte war das. Es kribbelte ihr unter der Haut, die unterirdischen Gänge zu erkunden. Was wohl mit diesem Taxifahrer los war – vielleicht hatte er einfach Schiß bekommen, vielleicht steckte auch mehr dahinter.

Denkbar waren Hunderte an möglichen Szenarien, zusammengestückelt aus jenem Sammelsurium an Bildern, in deren Gefolge auch Livia aufgewachsen war, unter der ständigen Obhut von Film, Fernsehen, Zeitungen, Krimis, Groschenromanen, mündlich weitererzählten Geschichten, Gerüchten – eine längst nicht mehr zu bewältigende Menge an Eindrücken. Jeder wählte anders und anderes aus, wählte Bilderkombinationen, die zu ureigenen Erfahrungen, Ängsten, Sehnsüchten paßten, und doch ergaben sich ähnliche Muster.

Marlen dachte zunächst an mafiose Verbrecherorganisationen. Unter der Erde war die Öffentlichkeit ausgeschlossen. Jemand sollte verschwinden, und zwar unauffällig. Das unterirdische Neapel war ein geheimes Plätzchen. Und weitverzweigt. Vielleicht hatte sich irgendeiner der diversen Camorra-Clans eines Widersachers entledigt, ab durch den Brunnenschacht, dorthin, wo alle Toten ruhen. Der Tote mit Beton an den Füßen – das dazugehörige Bild stammte aus einem Laurel-und-Hardy-Film aus den sechziger Jahren, einer von ihnen war fußüber in ein kugeliges Gefäß mit Beton gefallen und wippte zum Vergnügen der Zuschauer hilflos hin und her wie ein Stehaufmännchen.

Dagegen spreche der Fundort, fand Livia. Ein Toter auf einem Diwan in einer unterirdischen Höhle, das klang nicht nach Praktiken realer Verbrecherorganisationen, eher nach Hirngespinsten in einem Krimi. Oder schlicht nach Selbstmord.

»Das hätte er über der Erde leichter haben können.«

»Vielleicht wollte er nicht in einer beengenden Holzkiste unter die Erde gelangen ...«

»... beziehungsweise in den Himmel ...«

»... sondern auf einem weichen Diwan.«

»Warum hätte Salvatore dann so erschrecken sollen?«

»Vielleicht kannte er den Toten.«

Die nächsten Bilder galten – in Variationen – Frauen, die ihre Männer um die Ecke bringen wollten.

»Weil er sie mit anderen Frauen betrogen hat.«

»Weil er sie geschlagen hat.«

»Weil sie ihn beerben wollte.«

»Weil er eigentlich sie umbringen wollte.«

»Weil er im Bett eine Katastrophe war.«

»Oder es war der Ehemann einer dieser Frauen.«

»Oder es war dieser Salvatore.«

»Quatsch! An dir ist eine Detektivin verlorengegangen.«

»Wieso verlorengegangen?«

Die beiden Frauen leerten im Verlauf des Abends die ganze Grappaflasche, ihre Phantasien wurden zunehmend wilder und absurder, obwohl die Realität, wie sie schließlich befanden, oft noch absurder war als die Vorstellung, die man sich von ihr machte. Man brauchte nur in die Zeitung zu schauen, Kind in Waschmaschine gesteckt, Rentner überfahren und kilometerweit mitgeschleift, Mann mit Nagelfeile erstochen und so weiter. Das tägliche Grauen aneinander, es herrschte tatsächlich.

Natürlich war längst klar, daß sie sich im weitläufigen Tal der Spekulationen befanden, solange ihnen über diesen unbekannten Toten nichts Näheres bekannt war. Als Livia die letzten Tropfen Grappa in die Gläser laufen ließ, schlug Marlen gähnend vor, sie sollten jetzt endlich die Polizei einschalten. Hätte sie in Deutschland eine Leiche entdeckt, wäre sie längst zur Polizei gegangen. Wie in jeder Krimiserie: Toter entdeckt, Heidenschreck, 110, Kommissar XY nimmt die Ermittlungen auf, ein freundlicher, älterer Herr irgendwo zwischen Erik Ode und Horst Tappert. In Amerika wäre selbstredend das Miami-Vice-Duo angetreten.

Und in Neapel? Livia war in einem Vorort Neapels aufgewachsen und kannte die Bandbreite von halblegalen Tricks, mit deren Hilfe man in Neapel leichter durchs Jahr kam, lebte, überlebte – die Polizei bewährte sich weder im Straßenverkehr noch in der Aufklärung kleinerer oder größerer Überfälle. Sowohl Ordnungshüter als auch der Glaube an Recht und Gesetz genossen einen zweifelhaften Ruf. Das begann beim Verkehrspolizisten, der statt auf der Straße in der Bar stand, und endete bei schlimmster Korruption in den obersten Rängen der Polizeibehörde und Kommunalpolitiker. Das Verteilen von Knöllchen für Falschparker war sinnlos, weil die Kosten, die anfielen, um die Strafgebühren mit zig Mahnungen auch wirklich einzutreiben, sehr viel höher lagen als der Ertrag. Und selbst wenn jemand hinter Gitter kam, mahlten die Mühlen der Justiz so langsam, daß das Verfahren verjährte oder – in Italien oft genug der Fall – eine neue Regierung ins Amt trat und eine kleine Amnestie erließ.

»Wenn du das meldest und sie den Toten finden, wirst du sofort stundenlang ausgequetscht, in diesem Zustand, und ich gleich dazu, warum du hier bist und woher du diesen Salvatore kennst und wieso ihr überhaupt ins unterirdische Neapel runtergestiegen seid. Und dann rücken sie womöglich ihm auf den Pelz, und vielleicht will er aus irgendeinem Grund nichts mit der Polizei zu tun haben. Ohne daß das viel heißen muß.« Sie zuckte die Schultern. »Du weißt genau, daß niemand gern in eine Sache hineingezogen wird, mit der er nichts zu tun hat, weder bei uns, noch bei euch. Und du kennst die Stadt, du weißt, was hier läuft und was nicht: *ognuno si fa i cazzi suoi ...*«

»Das ist es«, rief Marlen. »Genau das hat dieser Salvatore auch gesagt: *Mi faccio i cazzi miei.* Und dann ist er auf und davon.«

»Und wenn wir beide selber noch mal nachsehen, ich meine, unter der Erde, in dieser Höhle?« schlug Livia vor. »Vielleicht finden wir etwas über diesen Toten heraus.«

»Noch mal da runter? Bist du verrückt?« Marlen starrte die Freundin entgeistert an. »Ohne mich. Ich hab fürs erste genug von unterirdischen Abenteuern.«

Und als wäre damit alles gesagt, rollte sie sich auf dem Sofa zusammen. Livias Vorschlag war schlichtweg eine Drehung zuviel, es drehte sich ihr sowieso schon alles vor Augen, das konnte am Alkohol liegen oder an den Treppen, die sie in Gedanken immer wieder hinaufhastete, immer fünf Stufen im Karree, es war alles zuviel, zu viele Bilder, erlebte und erdachte. Morgen war ein neuer Tag, und der Schlaf würde alles wieder ins Lot bringen.

9

Sie hatte traumlos geschlafen und war erst aufgestanden, als Livia schon längst hinter ihrem Schreibtisch hockte und unter dicken Augenlidern in den Computer starrte. Auch Marlen spürte die Nachwirkungen des Grappa. Sie fühlte sich körperlich, gelinde gesagt, miserabel, doch kreisten ihre Gedanken unaufhörlich um das unterirdische Neapel, so daß es keine Lösung war, den Kopf unter die Decke zu stecken und tote Frau zu spielen. Aus Erfahrung brachte es mehr, ein bißchen zu joggen, den Körper auf Touren zu bringen, quälende Gedanken auszuschwitzen und den Rest zu ordnen. Meistens jedenfalls funktionierte es.

Sie setzte sich in Livias klapprigen Fiat, den jeder noch so großzügige deutsche Polizist längst aus dem Verkehr gezogen hätte, und zuckelte in gemächlichem Tempo die Via Roma immer geradeaus, die auf dem Stadtplan Via Toledo hieß und nach einiger Zeit in den Corso Amedeo di Savoia Duca d'Aosta überging. Sie fand einen Parkplatz nicht weit vom Eingangstor zum Park von Capodimonte, betrat die weitläufige Grünanlage und legte los.

Die ersten Schritte waren hart. Der Kopf brummte, die Füße wollten sich kaum vom Boden lösen. Von zirkulierenden Energieströmen und dergleichen war nichts zu spüren. Marlen nahm die mittlere von drei Alleen, die in den Park hineinführten. Am Anfang traf sie noch auf vereinzelte Fußgänger und auf ältere Leute, die sich auf Bänken die Aprilsonne ins Gesicht scheinen ließen. Je weiter Marlen in den Park hineinlief, desto weniger Menschen begegnete sie. Wochentags war hier kaum etwas los.

Wie so oft beim Laufen pendelten sich Gedankenfetzen auf den Rhythmus der Beine ein, liefen mit, in Silben zergliedert, verloren dabei an Schärfe und Wichtigkeit, ein Rap aus afrikanischen Trommeln und Congas, der durch den Körper zog. I-ca-zzi-miei, dachte Marlen, i-ca-zzi-miei, sie wurde diesen Spruch nicht los. Salvatores Stimme hatte sich in ihr verselbständigt und tönte nun zum gleichmäßigen Trab der Füße, ein unerwünschtes Echo, gefolgt von einem wiederholten ci-sen-tia-mo, ci-sen-tia-mo. Marlen spuckte aus. Schleimbildung im Mund, Zeichen für falsches Atmen, schlechte Körperkoordination. Auf-dem-Di-wan, hielt sie ihre eigene Stimme der Salvatores entgegen, doch: Sie-sind-mein-heu-ti-ges-Wun-der meldete sich wiederum Salvatore, und sie: o-wun-der-sa-me-Stadt, und er: das-Wun-der-geht-rund, doch das war schon eine Vermischung der Töne. Das Laufen begann Wirkung zu zeigen. Sal-va-to-re, Sal-va-to-re, pendelte sie sich ein, als Rhythmus gar nicht so übel. Nicht-die-Po-li-zei, kam Livias Stimme hinzu. Dein-Freund-und-Hel-fer, wieder die eigene. An dem Punkt spürte sie die ersten Seitenstiche, lief langsamer, konzentrierte sich eine Weile nur auf den Atem, die Seitenstiche ließen nach.

Mi-fa-ccioi-ca-zzi-miei, dachte sie wieder, der Spruch war den Männern wie auf den Leib geschnitten: sich nur um die eigenen Schwänze zu kümmern, sprich um ihren eigenen Kram. Vielleicht hatten Männer den Spruch aber auch erfunden, um den Frauen Einhalt zu gebieten, nach dem Motto: mein Schwanz gehört mir?

Hinter sich hörte sie ein rhythmisches Schnaufen, das lauter wurde, ein dünner, sichtlich durchtrainierter Mann, in den Ohren zwei Walkmanknöpfe, überholte sie schwer atmend, nickte ihr kurz zu, zog vorbei. Fritz beim Marathonlauf, dachte Marlen mit Blick auf die muskulösen Beine des Mannes, und dann lief sie diesem Fritz in Gedanken eine Weile hinterher, auch wenn der Mann längst außer Sichtweite war. Sie hatte ihren Rhythmus und ihr Tempo gefunden.

Fritz war es gewesen, der sie, Marlen, zum Laufen animiert hatte, während sie ihn dazu verführt hatte, mal etwas anderes als Miracoli-Spaghetti, Fischstäbchen und Joghurt zu sich zu nehmen. Einführung in kulinarische Grundkenntnisse gegen regelmäßige körperliche Ertüchtigung. Mittlerweile war Fritz zum Gourmet und ausgezeichneten Koch geworden, während Marlen regelmäßig joggen ging: Immerhin, dachte sie in einem Anflug von Wehmut, keine Beziehung geht spurlos vorüber. Fritz, von dem sie sich vor zwei Monaten getrennt hatte – oder er sich von ihr, wie sie es nahm. Fritz, der sich nie richtig auf sie und Luzie eingelassen hatte, auf die dreiköpfige Familie, der stets sie, Marlen, für sich haben wollte, und Luzie als vorübergehende Beigabe. Und Marlen hatte ihn im Gegenzug belagert, er solle Verantwortung übernehmen. Und als Luzie selbständiger wurde und sich immer mehr aus der nicht funktionierenden Dreiergemeinschaft herauszuziehen begann, war auch der Rest in sich zusammengefallen, ein Bierdeckelhaus.

Die letzte gemeinsame Reise im vergangenen Sommer, quer durch die USA auf schnurgerade gen Westen führenden Straßen, tagelang jeden Tag das gleiche, und zum ersten Mal mit Fritz allein, ohne Luzie, ihren Zankapfel, den Dreh- und Angelpunkt ihres Lebens zu dritt. Die langersehnte Zweisamkeit hatte sich als trügerisch entpuppt, je weiter sie nach Westen gekommen waren. Die monotone Fahrt war wie ein Test für ihre Beziehung gewesen, das Schweigen oft ungut und leer, die Gespräche ungewohnt hölzern. Und auch die Körper – stumm. Irgendwann im Verlauf der Reise war Marlen zu dem Schluß gekommen, daß sie und Fritz sich eine Weile voneinander trennen mußten, wenn die Liebe wieder Aufwind erhalten sollte. Und leider hatten beide im Verlauf des trüben, regnerischen Winters einsehen müssen, daß es keine Hoffnung mehr gab. Sie stritten sich zwar nicht, aber auch die Sehnsucht lag darnieder. Etwas war zu Ende. Hör-auf-zu-den-ken, Mar-len.

Nein, widersprach sie und vergegenwärtigte sich wie aus Trotz Salvatore und seinen Körper, den sie berührt hatte, und ihre Lust, endlich einmal wieder Lust. Sie dachte an den Toten auf dem Diwan und das Gespräch mit Livia und an den Anruf von Luzie am frühen Morgen. Luzie war bester Dinge gewesen, sie war mit einer Schülergruppe in London und hatte eine defekte Telefonzelle entdeckt, von der aus die ganze Horde umsonst und ausführlich telefonierte.

»Und wie läuft's bei dir?«

»Geht so ...«

»Na komm, raff dich auf, hol das beste raus, so jung bist du nie mehr ...«

So weit war es schon, daß die eigene Tochter einem Mut machte und mit Sprüchen auf Trab brachte! dachte sie grimmig. Die Zeiten wandeln sich, Marlen. Luzie ist achtzehn und voll drin im Leben. Und du? Ich-auch, dachte Marlen trotzig, wie-man-sieht: es-läuft. Zumindest beinahe. Beinahe wäre es gelaufen. Und dann diese beschissene Höhle, Salvatore wie erstarrt, der Mann auf dem Diwan tot, alle Lust dahin. Marlen, mach dich nicht zur Närrin, laß dich nicht beirren! Wie hatte Luzie gesagt? Hol-das-be-ste-raus … i-ca-zzi-miei, vernahm sie wie ein leises Echo.

Vielleicht würde er sich bei ihr melden, wenn er die Sache erst einmal verdaut hatte, was bei Männern jedoch lange dauern konnte, wie Marlen aus Erfahrung wußte. Nein, die Zeiten, wo sie auf das Läuten des Telefons oder das Schellen an der Tür gewartet hatte, waren vorbei. Aber sie hatte nicht einmal seine Telefonnummer. Und in Neapel gab es Salvatores wie Kiesel am Strand.

Sie setzte die Füße energisch auf den Boden. Es raschelte im Gebüsch. Marlen schrak zusammen. Eine Promenadenmischung sprang zwischen den Zweigen hervor, rannte kläffend neben der joggenden Frau her, ein schriller Pfiff, der Hund hielt inne und sauste wie der Blitz davon. Sie stieß die Luft aus. Ein letzter Spurt, noch dreißig Meter, zwanzig zehn fünf Ziel, Auslaufen. Sie stützte sich mit den Händen an einem Baum ab, tat einen Schritt zurück, drückte die Fußsohlen gegen den Boden, um die Beinmuskulatur zu dehnen, ein Mittel gegen Krämpfe und Muskelkater. Mit geschlossenen Augen spürte sie unter den Handflächen der Bewegung des Baums nach, der sich hoch oben, in der Krone, leicht im Wind wiegte.

»Da können Sie aber lange schieben«, rief ein vorbeijoggender Mann. Sie hoffte, er würde davon Seitenstiche bekommen und wußte nun, was sie zu tun hatte.

10

»Darüber kann ich Ihnen leider keine Auskunft geben.«

Die Frauenstimme am anderen Ende der Leitung klang so gelangweilt wie unerbittlich. Ein Klicken, die Frau hatte aufgelegt. Es war das fünfte und letzte Taxiunternehmen, bei dem Marlen angerufen hatte. Am Anfang war sie sich ein wenig lächerlich vorgekommen, nach einem gewissen Salvatore zu fragen, ohne den Nachnamen zu kennen, aber schon beim dritten Telefonat ging es ihr wie selbstverständlich über die Lippen. Alles eine Frage von Übung, Wiederholung, innerer

Überzeugungsarbeit. Sie beschloß, es als nächstes am Bahnhof zu versuchen und bestellte – nun bei der freundlichsten der Telefonstimmen – ein Taxi. Vielleicht hatte Salvatore gerade Dienst, hörte den Funkspruch, erinnerte sich an die Adresse und kam höchstpersönlich wie der Blitz vorbeigefahren, womit sich die Fahrt zum Bahnhof erledigen würde ...

Flausen im Kopf! Am Steuer des gelben Taxis mit der Nummer Padova 48 saß ein dickleibiger, wortkarger Mann um die Fünfzig, der, wie aus seinem Gebrumm zu entnehmen war, keinen taxifahrenden Salvatore kannte und keinen Gedanken zuviel daran verschwenden würde. Dafür brachte er Marlen, was sie durchaus zu schätzen wußte, ordnungsgemäß und auf direktestem Wege zum Bahnhof. Die Taxifahrer, die unter dem Vordach der Bahnhofshalle standen, rauchten, plauderten und die Fahrgastsituation völlig im Auge hatten, waren dagegen gesprächiger. Kollege gesucht? Von Touristin? Angenehme Abwechslung, die Vorstellung schmeichelte. Einer wollte wissen, warum sie diesen Salvatore unbedingt finden wolle, ein anderer schnitt ihm das Wort ab und brummte, er solle sich um seine eigenen Angelegenheiten kümmern, ein dritter schürte Hoffnung, die erlosch, als ein Neuankömmling sich einmischte und versicherte, der Salvatore, den er meinte, würde nachts nie fahren. Ob sie von der Polizei wäre, fragte ein fünfter. Du siehst zuviel fern, sagte der zweite, der sieht doch eh bloß Pornos, grinste der vierte, halt den Mund, vor dir steht eine Signora, der dritte. So ging es hin und her, zwei weitere Taxifahrer kamen hinzu, jeder meinte, den Gesuchten schon einmal gesehen zu haben, sie solle abends wiederkommen, wenn dieser Salvatore einer von denen sei, die Nachttouren machten ... »Der Bahnhof ist nachts kein Platz für Damen«, sagte der dritte und erntete verhaltenes, zustimmendes Gelächter.

Marlen holte in der Bar della Stazione Centrale eine Runde Espresso. Als sie zurückkam, waren die Taxifahrer vollauf beschäftigt. Der Zug aus Rom war mit halbstündiger Verspätung eingefahren, die Reisenden strömten aus der Halle, und in Nullkommanichts waren fast alle gelben Autos im Verkehr verschwunden. »Kommen Sie abends wieder«, schrie der letzte Taxifahrer, bevor er sich hinters Steuer schwang, und zwinkerte ihr zu. Als zwei Minuten später der nächste Taxifahrer vorfuhr und ausstieg, um auf den nächsten Zug aus Süden oder Norden zu warten, drückte Marlen ihm das Tablett mit den Espressi in Plastikbechern in die Hand und verschwand ihrerseits im Innern des Bahnhofs.

Der Barmann zog ein altes, zerfleddertes Telefonbuch unter dem Tresen hervor, ein Exemplar von 1991, aber immerhin. Telefonbücher waren in Neapel eine Seltenheit, was zur Folge hatte, daß aktuelle Telefonbücher, sobald sie in öffentlichen Zellen ausgehängt wurden, im Nullkommanichts von der Bildfläche verschwanden. Marlen hoffte, daß dieser Verein von dem Plakat im Gambrinus auch schon 1991 existiert hatte. Tatsächlich, da stand es: LAES. Libera Associazione Escursionisti Sottosuolo. Daneben Adresse und Telefonnummer.

Auf der Wählscheibe des Telefons in der Ecke klebte ein abgerissener Zettel: *guasto*, kaputt. Marlen zuckte die Schultern und registrierte erstaunt die innere Gelassenheit. Vermutlich hat Gelassenheit etwas mit Sicheinlassen zu tun, dachte sie, und ich habe mich trotz der aufregenden Tage bereits ein wenig erholt, eingelassen auf den Rhythmus der Stadt und die Notwendigkeit zu improvisieren. Immerhin, einen Erfolg hatte sie bereits vorzuweisen: die Adresse der LAES. Vielleicht hatte sie sogar Glück und traf dort jemanden an.

Zwanzig Minuten später stand sie vor einem heruntergelassenen Rolladen. Das Büro der LAES war geschlossen. An der Wand klebte ein von der Sonne ausgeblichenes Plakat, das Vorträge über das unterirdische Neapel ankündigte, die vor einem guten halben Jahr stattgefunden hatten, auch Führungen, jeden Sonntag vormittag, bei Bedarf auch – damit endete der Text, jemand hatte die Ecke des Plakats abgerissen.

Eine Frau hing aus dem Fensterrahmen ihres Basso wie aus einem Bild und betrachtete schweigend das Geschehen auf der Straße. Marlen grüßte sie. Die Frau nickte ihr stumm zu, sagte dann, als Marlen schon drei Schritte weiter war: *»E chiuso!«*

Marlen drehte sich um, nickte, fragte die Frau, ob sie wisse, wann sie dort jemanden antreffen könne.

Die Frau schob das Kinn vor, öffnete die Hände wie eine, die zeigen will, daß sie nichts hat, und wo nichts ist, ist auch nichts zu holen, nicht einmal eine klitzekleine Information, und nur der Herrgott sieht alles: »*Mah! Non si sa mai.*« Manchmal sei jemand da, manchmal nicht. Je nachdem. Mal so, mal so. Was soll man machen. »*C'aggie 'a fa'*!«

Ja, da konnte man in der Tat nichts machen, höchstens unverrichteter Dinge nach Hause gehen, es telefonisch bei der LAES versuchen und durch den Anrufbeantworter erfahren, daß an jedem Sonntag vormittag und bei Bedarf auch freitags nachmittags Führungen stattfanden, und daß um telefonische Anmeldung gebeten wurde.

11

Es war Freitag abend. Während Marlen auf Livia wartete, blätterte sie in dem Buch, das sie auf dem Heimweg erstanden hatte: *Le quattro giornate di Napoli*, eine angestaubte, an den Kanten leicht aufgefilzte Ausgabe von 1973, wie sie nur in den halb antiquarischen, halb auf Ramschware spezialisierten Buchläden an der Port'Alba und im Centro Storico zu finden waren, diesen im Halbschatten existierenden, leicht miefenden Buden mit doppelten Wänden aus Papier, Druckerschwärze und Buchrücken, in deren Durcheinander man auf längst eingestampft geglaubte Schätze stoßen konnte, wie faules Gemüse vom Markt geworfen, Buchgut für Sammler, Stöberer, Liebhaber.

Sie war durch das Titelblatt auf das Buch aufmerksam geworden. Es zeigte das Foto eines kämpfenden Jungen, Sinnbild des schmutzigen, barfüßigen, kecken, gerissenen männlichen Gassenjungen, Mythos des *scugnizzo*, der die feindlichen Soldaten verjagt hatte: auf dem Kopf ein zu großer Soldatenhelm, der Blick ein wenig unsicher, nackte Oberarme, dünner als die MP-Munition, die ihm um den Hals hing wie eine Perlenkette, eine Trophäe, nur daß das Gewicht der Patronen sichtbar nach unten zog. Der Junge sah aus, als hätte er den Kleiderschrank der Eltern oder der Großeltern durchstöbert und sich verkleidet, Kriegsspiele, Indianerspiele, laß uns »Erwachsene« spielen, au ja – au weh.

Im Buch ging es darum, wie es einer einzigen Stadt mitten im zwanzigsten Jahrhundert gelingen konnte, sich gegen eine bestens bewaffnete und durchaus motivierte Armee wie die Hitlers zur Wehr zu setzen – und zwar mit Mitteln, die eher ins 19. Jahrhundert zurückreichten: Es wurden Barrikaden gebaut, Waffen improvisiert, man versuchte, die deutschen Besatzer durch spontane, überraschende Überfälle und Angriffe zu schwächen. Es gab jede Menge Ideenreichtum und ein Minimum an organisierter Struktur. Viele Neapolitaner, die noch nie eine Waffe gesehen oder gar in die Hand genommen hatten, nahmen unaufgefordert an dem Aufstand teil, Intellektuelle, Studenten, Arbeiter, Kleinbürger, Frauen, Priester, dazu versprengte Soldaten und die *scugnizzi*, die in dem Buch besonders hervorgehoben wurden. Der Autor berichtete von den Anfängen des Faschismus in Neapel, und davon, wie die Antifaschisten allmählich von der Bildfläche verschwanden; dann der Krieg, die Niederlagen Italiens in Afrika und Griechenland, Mitte 1943 der Sturz Mussolinis, am 8. September der offizielle Waffenstillstand mit den Alliierten.

Obwohl es eigentlich *ihr* Thema war und Alibi für diese Reise nach Neapel, mußte Marlen sich regelrecht durch die ersten fünfzig Seiten hindurchkämpfen, ein Lesekampf, auf daß niemand ungeschoren davonkommt, auch die Nachgeborenen nicht: wenn sie schon nicht dabei gewesen waren, sollen sie wenigstens beim Lesen leiden, dachte Marlen und beschloß, die eigene Tapferkeit auf eine halbe Stunde zu begrenzen. Das Buch verzeichnete Schlachten, Medaillen, Zahlen, die Zahl der Opfer, die Zahl der Verletzten, die Zahl der Toten, dazu die Namen derer, die in den patriotischen vier Tagen Ende September 1943 Gold- oder Silbermedaillen errungen hatten, ein Bodensatz aus von Panzern überrollten bekränzten Helden. Nach weiteren zehn Minuten hatte es mit Marlens Tapferkeit ein Ende, diese bombastischen Aneinanderreihungen von Zahlen, das wortgewaltig aufgemotzte Heldentum, die Legitimierung der Opferbereitschaft widerten sie an. Gewalt der Sprache, dachte sie immer zorniger, Gewalt durch Sprache: auch nach dreißig Jahren noch – das Buch war in den siebziger Jahren erschienen – ist es eine Sprache der Kämpfenden, der Kriegführenden, Waffentragenden, der heldenhaft Gestorbenen. Eine geschichtliche Chronik aus Männerhand.

»Zum Kotzen«, sagte Marlen laut, zumal all die Zahlen und Berichte aussagekräftig genug waren, und klappte das Buch zu.

Wo Livia nur blieb. Sie hatten nichts Genaues verabredet, Marlen war stillschweigend davon ausgegangen, daß Livia nach der Arbeit nach Hause kommen würde. Inzwischen war es kurz vor acht. Ihr Magen knurrte vernehmlich. Nach weiteren zehn Minuten setzte sie sich allein an den Tisch und verspeiste mit Genuß die Hälfte der Artischocken, die sie in der Pfanne gegart hatte, und dann noch einmal die Hälfte der Hälfte, die sie eigentlich Livia übriglassen wollte. Während sie sich ein Glas Wein einschenkte, war sie davon überzeugt, daß es das einzige Glas bleiben sollte und würde, doch dann erschien es ihr wie ein Frevel, zur dritten Artischockenportion keinen Wein zu trinken. Durch das geöffnete Fenster drangen die Geräusche der Stadt herein, dominiert vom Gequäke und Geknatter der Vespas, vom Aufheulen der Motorroller und Hupen anderer Fahrzeuge, dazwischen vereinzelt Stimmen, Lachen, Schreie – menschliche Stimmen, die sich noch unterscheiden ließen vom sonoren Klang der gemischten Fernsehprogramme, laute, aufgeregte Wortwechsel an der Gegensprechanlage, das Surren des Türöffners, das Klacken einer Tür, ein bellender Hund. Leben, keine Stille, fast nie.

Der Gang in die unterirdischen Gemächer der Stadt hatte bisher in keinster Weise in die eigene Kindheit zurückgeführt, ein romantisches Hirngespinst, nichts weiter. Vielleicht auch erschreckend deutsch, dachte sie plötzlich, diese Art, sich überall anzubinden. Die oft unbequem lästige Vergangenheit, die in Marlens Leben so selbstverständlich Platz genommen hatte wie sie selbst in einem dieser alten achtsitzigen Zugabteile bei ihrem allerersten Italienbesuch, forderte immer wieder den Vergleich heraus – sobald sie sich in Bewegung setzte, ihr Land verließ, sich auf Reisen begab, den Vergleich zum Beispiel mit der lauten Lässigkeit in Neapel, mit den hohen, heruntergekommenen Palazzi, der Enge, dem Lärm. Was eben auffällt an fremden Orten. Was anders ist. Diese geräuschvolle Stadt dort draußen, die auf Widersprüchen gebaut schien und immer neue Widersprüche hervorbrachte, war im Moment haargenau das richtige, nicht voller Wunder, sondern voller Widersprüche.

Vom Fenster aus war über den Häuserdächern eine Ecke des Museo di San Martino zu sehen, hell angestrahlt vor dem dunklen Castel San Elmo, das wie ein schützender Schatten dahinter ruhte. Wenigstens nachts ist Neapel sanft, dachte Marlen in einem Anflug von Schwärmerei. Entsprechende Bilder kamen ihr in den Sinn: das der verarmten Aristokratin, die sich offenen Auges schlafen legt, um zu wachen, das der Vagabundin, der Stadtstreicherin mit festem Wohnsitz. Sogleich dachte sie: alles Quatsch, alles Blödsinn. Wer wacht, schläft nicht. Die Kinder nachts um drei auf der Via Roma, die auf Holzkisten Zigaretten feilbieten, wann schlafen die? Immer diese Versuchung, das nicht Greifbare mit Hilfe von Bildern zu begreifen, Vergleiche, Begriffe zu finden, und alle waren sie unzulänglich, weil sie immer nur einen Teil abdeckten. Der Rest lappte über wie der Teig beim Ausstechen von Weihnachtsplätzchen: zusammenkratzen, noch einmal gut durchkneten, ausrollen, dann noch zwei Tannenbäume und vier Sterne, und immer wieder blieb ein Rest. Die Versuchung, alle Plätzchen ineinanderzumengen und es noch einmal zu probieren.

12

Livia ließ die Tür ins Schloß fallen, stürmte in den dunklen Raum und wäre beinahe gegen den Tisch geprallt, so voller Energie war sie. »Wir haben ihn!« rief sie triumphierend. »Hast du gehört? Marlen? Wo bist du?« Dann entdeckte sie die Freundin am Fenster. »Wieso machst du kein Licht? Hast du etwa schon wieder einen Toten entdeckt?«

Marlen schnitt eine Grimasse. »Wenn du so willst, viele. Nur daß sie schon seit fünfzig Jahren tot sind.«

Livia hörte gar nicht zu und packte sie an den Schultern. »Hast du nicht gehört? Wir haben ihn. Ich habe ihn gesehen.«

»Wen?« Marlen starrte sie verständnislos an. In die Nachtgedanken hinein klang Livias Stimme unangenehm grell. Dann fiel der Groschen. »Wen hast du gesehen? Etwa Salvatore?« Sie wurde hellwach. »Sag schon! Wo? Wann? Hast du mit ihm gesprochen?«

»Wieso Salvatore?« Livia war nicht auf dem laufenden, was

Marlens Suchaktion betraf. »*Den Toten* haben wir gefunden, Mensch, *deinen* Toten! *Euren* Toten!«

Wieso *unseren* Toten, dachte Marlen, auch wenn sie sofort kapiert hatte, wer gemeint war. »Ist nicht wahr.« Sie ließ sich auf den Stuhl fallen und starrte die Freundin an.

Wenn Livia den Toten gefunden hatte, mußte sie irgendwie in die unterirdischen Gänge gelangt sein. Aber doch nicht etwa mutterseelenallein. Wer war *wir*? Wen hatte sie eingeweiht?

»Na ja alle«, sagte Livia, vor Aufregung ganz ungeduldig. »Alle, die bei der Führung mit dabei waren.«

Marlen schwante etwas. »Bei welcher Führung?«

»Den dieser Verein organisiert, LASES, heißt er, glaube ich.«

»LAES«, korrigierte Marlen mit tonloser Stimme.

»LAES oder LASES, ist doch völlig egal.« Livia klang gereizt, sie wollte ihre Geschichte loswerden, und Marlen gab sich mit Buchstaben ab.

»Wieso hast du mir nicht Bescheid gesagt?« fragte Marlen empört. »Vielleicht wäre ich ...«

»Du?« Livia fuchtelte mit den Armen durch die Luft, als wolle sie Fliegen verscheuchen. »Weißt du noch, was du gestern gesagt hast? Wie dir zumute war? Oder hast du das schon vergessen? Und überhaupt, willst du noch mehr saudumme Fragen stellen oder erst mal hören, was da unten los war?«

»Nun mal langsam«, sagte Marlen. »Setz dich erst mal hin. Komm zu dir. Also, was ist mit dem Toten?«

»Der kommt erst am Schluß«, trumpfte Livia auf, die momentane Herrin über die Story, und hielt sich, nicht einmal aus Bosheit, eine Weile bei der Vorgeschichte auf. Wie es ihr den ganzen Vormittag durch den Kopf gespukt war, das unterirdische Neapel, eine fixe Idee, die sie auf Teufel komm raus in die Tat umsetzen mußte. Sie hatte sich erkundigt, wer solche Führungen macht, bei der LAES angerufen, die für den Nachmittag eine Sonderführung für eine Gruppe von Natoangehörigen angesetzt hatte, mit zwanzigtausend Lire war auch sie dabei, und um fünf ging's los. Zuerst harmlos, mit einem Vortrag über die Geschichte der Stadt unter der Stadt, natürlich auf englisch. »Die Hälfte habe ich immerhin mitbekommen.«

Diesmal mußte Marlen sich zusammenreißen, um der Freundin geduldig durch die unterirdischen Gänge zu folgen und sie nicht zu unterbrechen.

Im Verlauf der Führung, erzählte Livia, war der Frau eines amerikanischen Majors irgendwann ein strenger Geruch aufgefallen. *A dead dog* hatte sie unbeirrt wiederholt, die Augen aufgerissen und dabei – wie Livia sagte – geschnüffelt wie ein Trüffelschwein. Einer der beiden Führer hatte der Frau beschwichtigend entgegengehalten, daß es sich vermutlich um einen Haufen Müll handle, der in einer dunklen Ecke vor sich hin modert, *just garbage*, das käme leider immer wieder vor. Ein weiterer Amerikaner mit Lateinkenntnissen hatte den toten Hund aufs tote Fleisch übertragen – canis mortuus, er sprach es wie carnis mortus aus – und war damit der Wahrheit intuitiv ein ganzes Stück nähergerückt. Livia war beiden zu Hilfe geeilt und hatte die Sache auf neapolitanisch weitergeführt. Die Frau hatte nicht klein beigegeben: Irgendwo liege eine Leiche – ob Hund oder Mensch. Sie kündigte an, sie würde dem Gestank auf eigene Faust nachgehen, falls die Führer sich weigern sollten, sie zu begleiten. Daraufhin wollten einige Teilnehmer auf der Stelle zurück ans Tageslicht, andere kosteten den Nervenkitzel aus, wieder andere setzten Pokergesichter auf.

»Es war fast wie ein Wettkampf«, sagte Livia, »in dem es darum geht, wer recht behält. Ehre gegen Ehre, Auge um Auge ... Die Neapolitaner, mich natürlich ausgenommen, hielten den Ehrenkodex der Einheimischen hoch, als hätte jemand sie ganz persönlich angegriffen – nach dem Motto ›bei uns gibt es keine Toten im Keller‹, und die Auswärtigen von der Nato stellten sich verteidigend hinter ein Mitglied ihrer Gruppe, als würde der Nordatlantikpakt in Kraft treten müssen – nach dem Motto ›wir wissen, wovon wir reden‹. Aufregend war es allemal. So etwas bekommt man auch bei der Nato nicht alle Tage geboten.«

Schließlich hatten die Männer die Sache geradezu militärisch in die Hand genommen und die Gruppe in zwei Untergruppen aufgeteilt, denen je ein LASES-Mitarbeiter und ein Natobediensteter zugeordnet wurden. Den Leuten von der LASES blieb nichts anderes übrig, als sich mit auf die Suche nach dem *dead dog* zu begeben, einem Phantom, wie sie meinten, einem mausetoten Lebewesen, wie die meisten anderen glaubten.

»Mach's kurz, bitte«, drängelte Marlen. »Also, irgendwann habt ihr die Jugendhöhle von Salvatore gefunden. Mit dem Toten auf dem Diwan.«

Livia wiegte den Kopf. »Ja und nein. Jede Gruppe hat etwas entdeckt: die andere Gruppe diese Jugendhöhle. Und wir den Toten.«

»Das versteh ich nicht. Der Tote lag doch auf dem Diwan in der Höhle.«

Livia schüttelte den Kopf. »Nein. Er lag woanders. Nicht weit weg, aber jedenfalls nicht auf dem Diwan.«

Sie hatten ihn direkt neben einem stinkenden Abfallhaufen gefunden – womit beide Parteien recht behielten, was nun jedoch niemanden mehr interessierte: der Gestank kam vom Müll, doch einen Toten gab es ebenfalls.

»Dann war es ein anderer Toter«, sagte Marlen.

Wiederum schüttelte Livia den Kopf. »Es muß derselbe sein.« Zwar war auch ihre Beschreibung der Leiche nicht viel genauer als die Marlens am Tag zuvor. Der Mann war anhand des Personalausweises, der in der Hintertasche seiner Hose steckte, identifiziert worden. Sofern die Daten stimmten, handelte es sich um einen gewissen Umberto Cacciapuoti, geboren in Torre del Greco, 38 Jahre alt, Größe 1,72 m, Haarfarbe dunkelbraun, Augenfarbe braun. Livia hatte gehört, wie einer der Männer von der Polizei, vielleicht der Kommissar, die Daten über ein Walkie-talkie durchgegeben hatte.

Nach dem schrecklichen Fund hatte es fast eine Stunde gedauert, bis die Polizei eingetroffen war. Kein Wunder, schließlich mußte erst jemand zurück zur Treppe und die vielen Stufen zurück an die Erdoberfläche hasten, dann, da es in dem winzigen Raum, in dem die Führungen der LAES begannen, kein Telefon gab, bei einem Nachbarn klingeln, die Polizei und die Sanitäter informieren, und alles retour. Die Gruppe hatte solange unten ausgeharrt, ein paar Gänge weiter weg, um dem Gestank des Müllhaufens und dem Anblick des Toten zu entgehen. Eine Stunde war eine lange Zeit, die am besten und effektivsten durch Gerede herumgebracht wurde – umgebracht, dachte Marlen: in Form von Kommentaren, Spekulationen,

Erfahrungen, Meinungsaustausch jeglicher Art. Livia hatte mitbekommen, wie die Leute aus der Gruppe, die den Toten nicht gefunden hatte, sich mit dem Fund einer merkwürdigen Höhle mit einem Diwan brüstete. Daraus hatte sie geschlossen, daß der Diwan leer war und der Tote, Marlens Toter, mit diesem Toten identisch sein mußte.

»Irgend jemand hat ihn dort weggeschleppt.«

»Vielleicht hat er noch gelebt und sich selbst weggeschleppt und ist nicht mehr weit gekommen, und Salvatore und ich hätten Hilfe holen und ihn noch retten können«, sagte Marlen leise.

»Blödsinn«, sagte Livia bestimmt, »es war doch wirklich unheimlich genug, da unten mit deinem, entschuldige, mit *diesem* Salvatore. Du hast dir überhaupt nichts vorzuwerfen, wirklich nicht. Außerdem war ich es, die nicht zur Polizei wollte. Ich bin sicher, daß dieser Mann schon länger nicht mehr unter den Lebenden weilte.« Nach einer kurzen Pause fügte sie hinzu: »Laß uns erst mal abwarten, was morgen in der Zeitung steht und was bei der Obduktion herauskommt.«

»Umberto Cacciapuoti, sagt dir das was?«

Livia schüttelte den Kopf. »Bei uns ein häufiger Name.« Sie stand auf, holte das Telefonbuch, schlug nach. Ein Drittel einer Spalte wurde von Cacciapuotis belegt, von Anna über Antonio bis zu Umberto, vermutlich genau dieser Umberto: Cacciapuoti Umberto und Fiorilla, Via Posillipo 17, dann die Telefonnummer. Livia klappte das Telefonbuch zu.

»Und du«, sagte Marlen. »Wie ist es dir gegangen da unten, du warst total aufgekratzt, überhaupt nicht schockiert, ich meine …«

»Im Gegensatz zu dir wußte ich ja schon, daß irgendwo da unten ein Toter liegt«, sagte Livia. »Deshalb war ich nicht besonders überrascht.« Sie schwieg, dachte nach. »Außerdem habe ich schon einige Tote gesehen in meinem Leben«, fuhr sie fort. »Auch wenn keiner von ihnen eines gewaltsamen Todes gestorben ist.« Ausgiebig betrachtet hatte sie sie, auf dem Totenbett, ihre Mutter, nächtelang, um sie in sich aufzunehmen, sie sich einzuprägen, und sich von ihr zu lösen, Abschied zu nehmen. Sie schluckte.

»Der Tote hat mich nicht schockiert. Aber das Warten unter

der Erde, wo es nur feucht und dunkel und dreckig ist und die Dinge ihre Farben verlieren und merkwürdige Schatten werfen – wenn du mich fragst: eine einzige Kloake aus Bauschutt und Abfällen. Es war endlos. Ohne etwas tun zu können, inmitten dieser Leute, die fast alle Englisch sprachen. Bis die Polizei kam, die Sanitäter, die nicht vorfahren konnten, sondern – wie alle anderen Sterblichen auch – die Treppen zu Fuß runter mußten, und bis wir wieder nach oben durften und dann unsere Adressen aufgenommen waren, in diesem Zimmer der LAES ...« Sie stieß die Luft aus.

Marlen hatte Abstand genommen, war einen Schritt zurückgetreten von den Ereignissen. »Vielleicht hat Salvatore ihn weggeschleppt«, murmelte sie. »Vielleicht wollte er nicht, daß man diesen Kerl auf seinem Diwan findet. Wäre doch logisch, oder? Ich weiß, ich weiß«, setzte sie mit einem Seitenblick auf Livia hinzu, »nicht alles, was für Frauen logisch ist, ist es auch für Männer, ich habe ja gar nicht gesagt, daß er ihn umgebracht hat – aber ich würde zu gern mit ihm sprechen ...«

13

Das unterirdische Neapel entläßt seine Toten prangte geradezu beschwörend in dicken schwarzen Lettern oben auf der Seite. Darunter stand, ein wenig kleiner: *War der Ermordete ein Opfer der Camorra?*

»Wer hat keine Leiche im Keller«, sagte die Tabakfrau lakonisch und zog die Augenbrauen hoch. »Das ist zwar seit Jahren der erste Tote, den man gefunden hat, aber ich bin sicher, daß da unten noch mehr rumliegen. Werden ja genügend Leute vermißt.«

»Glauben Sie wirklich, daß die Camorra in die Sache verwickelt ist?« fragte Marlen. »Oder daß dieser, wie heißt er gleich, richtig, Cacciapuoti, zu irgendeinem Clan gehörte?«

»Wen interessiert denn, was ich glaube«, sagte die Tabakfrau in einem überraschenden Anflug von Zorn. »Und was weiß ich schon. Wir normalen Sterblichen erfahren sowieso nichts von dem, was wirklich passiert. Möglich ist alles. Obwohl diese Clans sich in den letzten Jahren nicht mal mehr die Mühe gemacht haben, jemanden spurlos verschwinden zu lassen. Heute läuft das anders. Heute ist es Mode, sich gegenseitig auf offener Straße abzuknallen, ohne Hemmungen, ohne Manschetten, ein Clan gegen den anderen, ganz einfach.« Sie ließ die flache Hand auf das Titelfoto sausen. »Vermutlich geht's ums Drogengeschäft, mittlerweile dreht sich doch alles darum, wer sie braucht, wer sie verkauft, wer sie verteilt, die Unter-, Mittels-, Zwischenmänner, die Drogenbosse und alle ihre Handlanger, die sitzen in Wirklichkeit am Machthebel. Finden Sie das doch mal heraus, Sie sind die Journalistin, nicht ich, wieviel Prozent der Verbrechen irgendwas mit Drogen zu tun haben, da werden Sie Augen machen.«

»Hier steht, er war Weinhändler«, sagte Marlen sachlich.

»Richtig, Weinhändler«, wiederholte die Tabakfrau und kam richtig ins Schimpfen. »Einen offiziellen Beruf hat jeder, das heißt noch gar nichts. Wer mit Alkohol handelt, kann auch mit Drogen handeln. Vielleicht hat er sogar seine Weine verpanscht wie vor Jahren die Winzer in Österreich. Der wird schon wissen, wieso es ihn erwischt hat. Vielleicht kommt die Polizei sogar dahinter. Wenn nicht irgend jemand seine Hand über den Toten hält. Oder über den Mörder. In diesem Land ist alles möglich.«

Zwischen ihnen auf dem Tresen lag die Tageszeitung. Das Foto auf der Titelseite, eine stark vergrößerte, undeutliche Grau-in-Grau-Aufnahme, war unter ungünstigen Lichtbedingungen entstanden und zeigte lediglich die Silhouette eines Mannes, der auf dem Boden lag. Die Berichterstattung brachte – zumindest für Marlen und Livia – nicht viel Neues. Der Mann war als Inhaber des Weinladens Vini Divini Francesi identifiziert worden, man hatte seine Witwe benachrichtigt, die Kriminalpolizei war fieberhaft auf der Suche nach dem Mörder, Obduktionsergebnisse wurden frühestens für den nächsten Tag erwartet. Der Mangel an Informationen wurde auf den Innenseiten der Zeitung durch Kurzinterviews, Kommentare, Berichte im Umfeld des Fundortes wettgemacht: der Bericht eines der LAES-Führer, Aussagen eines der Natomitarbeiter, Ausführungen über das unterirdische Neapel überhaupt.

Der Tote unter der Erde war nicht die einzige Schlagzeile an diesem Ostersamstag. *Erneut Kirche verwüstet*, hieß es auf der unteren Hälfte des Titelblatts. Ein Altar in der Seitenkapelle einer der tausendundeinen Kirchen Neapels war am Tag zuvor ausgeraubt und demoliert worden. Die Journalisten waren wieder einmal schneller informiert worden als die zuständige Behörde. Livia hatte gegen neun Uhr morgens einen eiligen Anruf von Roberto, ihrem Chef, erhalten. Er müsse sich wegen diesem Mist, wie er es ausdrückte, den ganzen Vormittag mit den Leuten von der Kripo und den Carabinieri herumschlagen und bitte daher Livia, direkt zu der Kirche zu fahren, die Verwüstung zu dokumentieren, mit dem zuständigen Pfarrer und mit Nachbarn zu sprechen. Rosaria sei an diesem Wochenende in Viterbo, sie müsse also allein losziehen.

Livia war empört, die Diebe mußten mit Hammer und Meißel vorgegangen sein, um die Marmorintarsien aus der Balustrade und aus den Treppenstufen herauszuhauen. Der Diebstahl war am Abend zuvor entdeckt worden, lag aber möglicherweise bereits einige Zeit zurück, denn die Kirche war erdbebengeschädigt, seit Jahren geschlossen und sollte in Kürze restauriert und wieder geöffnet werden. Aus der Zeitung erfuhr Livia, daß die Kunsträuber nicht nur brutal vorgegangen waren, sondern auch alles hatten mitgehen lassen, was nicht niet- und nagelfest war: vier Marmorskulpturen, die den Aufgang zum Seitenaltar gesäumt hatten, Kandelaber, Weihrauchschiffchen, Monstranzen, Krüge, Hostienbehälter, diverse Kruzifixe sowie ein Madonnenbildnis. Ein Rundumschlag der größeren Art, die Zeitung sprach blumig von einer »regelrechten Amputation des lebenden Körpers Neapel«.

»In unserem Land ist alles möglich«, wiederholte die Tabakfrau und schlug erneut auf die Zeitung. »Sehen Sie, hier, sogar die Kirchen, abgemeißelt, ganze Altäre zerstückelt: es ist ein einziges großes Gemetzel.« Sie lachte bitter auf. »Und der Einbruch in meinem Laden ist im Vergleich dazu ein Jungenstreich. Auch wenn es hier wie dort um Geld geht, zwanzig Tuben Zahnpasta oder zwanzig Kruzifixe, ein Schminkständer voller Lippenstifte oder ein Madonnenbildnis – selbst eine Madonna kann das alles nicht mehr verhindern, wenn sie es je gekonnt hat. Die Madonnen werden einfach mitgeklaut, so stopft man ihnen den Mund, damit sie nicht ausplaudern, wer es gewesen ist.«

Nach diesem Ausbruch sackte die Tabakfrau erschöpft auf ihren Stuhl hinter dem Ladentisch. Sie sah wieder müde aus, die Falten traten stärker hervor. Kleinlaut sagte sie: »Es ist nur wegen … Anna ist weg.« Sie hob den Blick zu Marlen, und Tränen rollten ihr über die Wangen, sie wischte sie nicht weg, schluckte. Marlen erfuhr, daß Anna seit zwei Tagen nicht nach Hause gekommen war, was sie noch nie gemacht hatte, immer hatte sie wenigstens kurz angerufen. Aber diesmal: nichts, kein Lebenszeichen. »Nicht daß es mich sonst beunruhigen würde, aber so …«, schluchzte die Tabakfrau. »Ich kann nur warten, mehr nicht.«

Marlen drückte die Hand der Tabakfrau und spürte den Ring, der sich in diesen weichen, dicken Fingern eingenistet hatte. Sie war versucht, eine der üblichen Beschwichtigungen herunterzuleiern wie »sie kommt schon wieder« oder »was sind schon zwei Tage« oder »machen Sie sich keine Sorgen, mit meiner Tochter ist mir das auch schon mal passiert«. Doch all diese Phrasen kamen ihr lächerlich vor, unaufrichtig, beschönigend, an der Stelle der Tabakfrau wäre sie ebenfalls ernsthaft besorgt. Blieb nur zu hoffen und zu warten.

»Sagen Sie mir Bescheid, wenn sie wieder auftaucht«, sagte Marlen. »Und sagen Sie mir, wenn Sie etwas brauchen. Sie können jederzeit anrufen oder vorbeikommen. Sie wissen ja, wo wir zu finden sind.«

Die Tabakfrau nickte.

14

Mit der Vespa waren es nur gute zehn Minuten zum Vicolo Cinque Santi, wo die LAES ihr Büro hatte. Diesmal war der Rolladen hochgezogen. Ein junger Mann saß vor einem riesigen Büroschreibtisch und ordnete Papiere. Hinter ihm an der Wand befand sich ein Regal voller Aktenordner, rechts der rollbare Gasofen, links die Fensterscheibe. Gut verbarrikadiert, dachte Marlen, als sie den ebenerdigen Raum betrat. Der junge Mann beachtete sie nicht. Sie sah sich um. An einer Wand hingen Schwarzweißaufnahmen, offenbar aus der Hand eines Amateurs, teilweise waren die Bilder unscharf, ungeschickt proportioniert: eine Gruppe von Leuten, ausgerüstet mit starken Lampen, Eispickeln, Seilen, ein Mann mit Taucherausrüstung, Gänge, Höhlen. Es handelte sich sichtlich um Aufnahmen aus der nun berühmt-berüchtigten Stadt unter der Stadt. Auf einem Foto entdeckte Marlen sogar die vermeintlichen Spermatropfen.

»*Buon giorno*«, sagte sie noch einmal lauter. Der junge Mann, höchstens Anfang zwanzig, sah nun auf, musterte sie stumm.

»Die Fotos hier, gibt es davon noch mehr?« fragte sie.

Der junge Mann nickte.

»Darf ich sie mal sehen?«

Er drehte sich wortlos um und zog zwei Ordner aus dem Regal.

Marlen setzte sich auf einen Klappstuhl in der Ecke und blätterte die Ordner durch. Insgeheim hoffte sie, auf irgendeiner dieser Aufnahmen Salvatore zu entdecken. Auf den wenigsten Fotos waren Menschen zu sehen. Immer wieder Wände, Ecken, Fußböden, Graffitis, Höhlen. Ab und zu waren Höhlenforscher abgebildet, doch zu klein, schemenhafte Figuren mit Taucherbrillen, Helmen mit Stirnlampe, bis zum Bauch im Wasser watend, an eine Wand gelehnt, aus einem winzigen Gang hervorkriechend. Unter anderen Umständen hätten die Details dieses unterirdischen Neapels Marlen brennend interessiert, doch jetzt standen andere Dinge an. Vielleicht würde sie später noch mal auf die Fotos zurückkommen. Sie klappte den Ordner zu.

»Kann ich bei Ihnen auch Material über das unterirdische Neapel bekommen?« fragte sie.

Der junge Mann nickte, zog einen anderen Ordner aus dem Regal und entnahm ihm eine Broschüre, die er Marlen wortlos hinschob.

»Kostet das was?«

»Pressematerial«, sagte er mürrisch und hielt Marlen ein Blatt vor die Nase. »Beitrittserklärung«, sagte er und fügte eine Idee freundlicher hinzu: »Spenden sind immer willkommen.«

»Wird der Verein nicht aus öffentlichen Geldern finanziert?«

»Nein«, lautete die knappe Antwort. Der junge Mann wandte sich wieder seinen Papieren zu.

»Und wie lange gibt es die LAES schon?«

»Elf Jahre.«

»So lange schon ...«

Der junge Mann entrang sich ein »Hmm«. Er war offensichtlich nicht zu einem Gespräch aufgelegt.

»Und wie lange sind Sie schon dabei?« Marlen hatte nicht die Absicht, locker zu lassen.

»Hören Sie«, begann er genervt, »ich weiß nicht, von welcher Zeitung *Sie* nun schon wieder sind, jedenfalls waren heute morgen schon drei Ihrer Kollegen da, und das hier ist kein Informationsservice, und daher kostet jede Auskunft tausend Lire. Fragen Sie also, was Sie wissen wollen, und machen Sie's kurz, in Ihrem eigenen Interesse.« Er sah sie kampflustig an und klopfte zur Untermalung mit dem Kugelschreiber auf den Schreibtisch. »Also?«

Marlen starrte ihn an und überlegte eine Sekunde zu gehen oder dem Kerl mit seinem unverschämten Gehabe einen der Ordner auf den Kopf zu schlagen. Der sollte doch froh sein über soviel Öffentlichkeit. Egal, es ging um Salvatore, sie war auf die Kooperation dieses jungen Spundes angewiesen.

»Ich bin nicht von der Zeitung«, log sie und bekam sogar ein Lächeln zustande. »Ich suche jemanden.«

»Unter der Erde womöglich?«

Marlen starrte ihn an.

»Sollte nur ein Witz sein«, lenkte der junge Mann mit halb gesenkten Lidern ein. »Aus aktuellem Anlaß sozusagen.«

»Wenn Sie hier sitzen, um Leute zu vergraulen, machen Sie Ihre Arbeit nicht schlecht«, gab Marlen zurück.

Der junge Mann verzog keine Miene, und Marlen beschloß, sich ebenso cool zu geben. »Er heißt Salvatore«, sagte sie, »und hat mal hier gearbeitet. Er hat mir viel von der Arbeit der LAES erzählt.«

»Salvatore? Und wie weiter?«

Genau das sei das Problem. Sie habe seine Telefonnummer verloren und wisse den Nachnamen nicht.

»Und wann soll das gewesen sein?«

»*Boh.*« Sie zuckte die Achseln. Er sei Ende dreißig, sagte sie und gab ihre übliche Personenbeschreibung ab.

»Kenne ich nicht«, brummte der junge Mann, schwenkte aber

erneut auf dem Drehstuhl herum und zog einen weiteren Ordner aus dem Regal. Die Mitgliederlisten. Er fuhr mit dem Kugelschreiber die Seite entlang, blätterte um, blickte dann auf. »Hier gibt es zwei Typen namens Salvatore, aber die kenne ich nicht, das war ziemlich am Anfang. Hier steht es. Der eine war bis 1984 mit dabei und der andere bis 1989.«

Während Marlen überlegte, wie hoch wohl die Geldspende ausfallen müßte, um an Namen, Adressen, Telefonnummern heranzukommen, ging die Tür auf, und ein zweiter Mann trat ein. Wie sich herausstellte, war er einer der LAES-Mitarbeiter, die am Abend zuvor die Führung geleitet hatten. Er sah müde aus, hatte Ringe unter den Augen und die halbe Nacht unter der Erde zugebracht, bis der Tote geborgen und die Leute vom Mordkommissariat abgezogen waren. Schließlich kannte sich kaum jemand in den unterirdischen Gängen aus. Danach war er mit aufs Kommissariat gefahren, hatte seine Aussage über den Hergang der Dinge gemacht.

»*Ciao Carmine*«, wurde er von dem mürrischen Kollegen merklich freundlicher begrüßt. »*Ti manca un caffè*?«

Der Mann, der Carmine hieß, nickte und fragte Marlen, ob sie auch einen mittrinke. Marlen nahm die Einladung – eine offensichtliche Aufwertung – dankend an. Dieser Carmine schien ein angenehmerer Zeitgenosse zu sein als sein Mitarbeiter, der es sich plötzlich nicht nehmen ließ, den Gentleman zu markieren und Marlens Anliegen an ihrer Stelle vorzubringen.

Carmine sagte, er habe im Laufe der Nacht so viele Fragen beantwortet, daß es ihm auf ein paar mehr auch nicht mehr ankomme. Marlen wiederholte die Personenbeschreibung Salvatores, vergeblich, denn keiner der beiden Salvatore aus dem Ordner kam in Frage.

Marlen war enttäuscht. Der Barjunge trat ein, sie kippten den Espresso hinunter wie deutsche Tresenprofis einen Klaren.

»Vielleicht hat er Ihnen einen falschen Namen genannt«, schlug der junge Mann, der von Carmine mit Vittorio angeredet wurde, eifrig vor.

»Warte mal«, sagte Carmine mit rauchiger Stimme und rieb sich mit dem Mittelfinger über den Nasenrücken, »da war noch ein anderer, auf den deine Beschreibung zutreffen könnte, aber der ist nie Mitglied gewesen. Ist schon ein paar Jährchen her. Der ist ein paar Monate zu unseren Vorträgen gekommen und hat Führungen mitgemacht. War sehr interessiert. Netter Typ, sehr aufgeschlossen. Und als wir dachten, er würde fest mitarbeiten und die eine oder andere Sache übernehmen wollen, hat er sich plötzlich nicht mehr blicken lassen. Das gibt's häufiger. Wenn's ernst wird, wenn Arbeit ansteht, machen die Leute 'ne Biege. Aber sein Nachname ...« Er kratzte sich am Kopf, steckte sich eine Zigarette an, hielt auch Marlen das Päckchen hin.

»Nach so einer Nacht«, murmelte er entschuldigend, »braucht man das Gedächtnis der anderen.« Er ging zum Telefon, wählte eine Nummer, verhandelte in breitem Neapolitanisch und mit ausufernder Gestik mit einer unsichtbaren Person. Marlen sah, wie er sich mit der Hand vor die Stirn schlug, lachte, etwas auf einen Zettel kritzelte. Dann legte er auf, wandte sich Marlen zu. »Wie konnte ich so einen Namen nur vergessen. Delle Donne, so hieß er, Salvatore delle Donne.« Er zündete sich eine neue Zigarette an, lächelte. »Wird schon seinen Grund haben, daß ich den Namen vergessen habe. Und das hier ist die Telefonnummer, unter der er damals zu erreichen war. Vielleicht haben Sie ja Glück, und es ist die Nummer der Eltern, und er wohnt noch immer dort.«

Marlen bedankte sich, legte zwanzigtausend Lire auf den Schreibtisch und sah Vittorio herausfordernd an. »Reicht das?«

Vittorio grinste sie von der Seite an. »Da haben Sie sogar noch eine Frage gut.«

»Um so besser«, nickte sie zufrieden. »Wer weiß, wozu das noch gut sein kann.«

»Vielleicht haben Sie irgendwann mal Lust, an einer unserer Führungen teilzunehmen«, rief Carmine ihr hinterher. Und als er ihren skeptischen Blick sah: »Es liegt ja nicht jedesmal ein Toter im Weg.«

15

Marlen fand es bereits bedenklich, einem Mann hinterherzutelefonieren, sich aber an dessen Mutter heranzumachen, brach alle Rekorde des Zumutbaren. Dennoch war es die einzige Möglichkeit, diesen Salvatore aufzuspüren.

Delle Donne stand auf einem blankpolierten Schild an der Tür, die sich nach dem dritten Klingeln eine Handbreit auftat. Der Kopf einer ungefähr sechzigjährigen Frau erschien in der Öffnung, blondiertes Haar mit dunklem Ansatz, sorgfältig frisiert, rundes, beinahe faltenloses Gesicht, volle Lippen. Die Frau wirkt verkniffen wie eine, die zusieht, daß ihr nichts abhanden kommt, obwohl ihr schon einiges abhanden gekommen ist, dachte Marlen.

»Was gibt's?« Eine nicht gerade erfreute Frage, dazu mißtrauisch musternde Augen oberhalb der Türkette. Es war der Frau anzusehen, daß sie die Tür am liebsten sofort zugemacht hätte, gleichzeitig aber auch neugierig war.

Marlen setzte ihr gewinnendstes Lächeln auf, nannte ihren Namen. Sie hätten vor zwei Stunden miteinander telefoniert, sie sei, wie gesagt, eine Freundin von Salvatore, und wolle ihm besagtes Buch zurückgeben, das sie amTelefon erwähnt habe.

Die Geschichte ging Marlen jetzt ebenso flott über die Lippen, wie sie zwei Stunden zuvor ins Stottern gekommen war, als sich am anderen Ende der Leitung tatsächlich jemand meldete. Nicht Salvatore, wie sie beinahe erleichtert festgestellt hatte – was hätte sie sagen sollen, ciao, ich wollte mal hören, wie's so geht, hast du heute abend schon was vor, übrigens, hast du den Toten zufällig gekannt oder gar auf dem Gewissen? Das unpersönliche, frostige *pronto* der Signora delle Donne hingegen hatte Marlen beruhigt. Sie hatte nach Salvatore gefragt und ein mürrisches *non c'è* zur Antwort erhalten, *ist nicht da*, und auf die Frage, wann sie ihn erreichen könne, er sei praktisch nie da. Woraufhin die Frau schwieg, als habe sie damit alles zum Thema gesagt. Marlen hatte gestottert, sie sei eine alte Freundin und zu Besuch in Neapel und würde ihm gern – was konnte sie ihm zurückgeben, hatte sie überlegt, und da war ihr etwas Passendes eingefallen, es lag auf der Hand und das Buch vor ihr auf dem Tisch: ein Buch von Malaparte, das er ihr vor einiger Zeit geliehen habe. Sie würde demnächst zurück nach Deutschland fahren, und der Post könne man ja nicht trauen.

Vielleicht war es allein dieser Zusatz, der die Mutter dazu bewogen hatte, Marlen Gehör und eine minimale Portion Vertrauen zu schenken: Der Post könne man in der Tat nicht trauen, ihr ältester Sohn habe ihr aus Deutschland zu Weihnachten ein Päckchen geschickt mit Fotos von den Enkeln und einem Stollen und einem Halstuch, »und wissen Sie, wann das Päckchen gekommen ist, ich sage es Ihnen, vor einer Woche, und bis auf die Fotos und den Brief war nichts mehr drin, letztens stand was in der Zeitung über Hunderte von Postsäcken auf einer Müllhalde, und mit Päckchen geht es noch wüster zu, bringen Sie es also ruhig vorbei, ich bin den ganzen Tag zu Hause.«

So kam es, daß Marlen am Samstagnachmittag in einem der vielstöckigen Bauten in einer Seitenstraße des Viale Kennedy vor der einen Spalt weit geöffneten Wohnungstür der Familie delle Donne stand und gute Miene machte, zu welchem Spiel auch immer. Die Tür ging zu, dann, von der Sicherheitskette befreit, gänzlich auf.

»Kommen Sie herein. Aber Salvatore ist, wie gesagt, nicht da. *Non c'è.*«

Marlen, froh, nicht gleich an der Tür abgefertigt zu werden, dachte: die Neugier hat gesiegt, vielleicht zusammen mit diesem unverwüstlichen Anteil mütterlicher Lust, über den Sohn zu sprechen oder gar etwas über ihn in Erfahrung zu bringen, aus zweiter oder dritter Hand, und auf diese Weise teilzuhaben an einem Leben, aus dem man als Mutter schon lange ausgeschlossen ist, und dies um so mehr, je verzweifelter man versucht, sich nicht ausschließen zu lassen.

Ihr Sohn wohne schon lange nicht mehr zu Hause, sagte Signora delle Donne wie zur Erklärung, während sie durch einen halbdunklen Korridor mit mehreren Türen gingen, die jedoch alle geschlossen waren. Sie betraten das Wohnzimmer, Marlen wurde aufgefordert, sich doch zu setzen, und die Mutter Salvatores verschwand in der Küche, um einen Espresso zu kochen. In der Ecke lief lautlos der Fernseher, irgendeine

Quizsendung. Das Zimmer war pikobello sauber, als würde die Frau jeden Tag Unmengen an Zeit mit dem Polieren und Zurechtrücken der benutzten Gegenstände verbringen, um jede Spur von Leben sofort zu tilgen.

Marlen hatte das Malaparte-Buch, das sie nach der ersten Begegnung mit Salvatore gekauft hatte, sichtbar auf den Tisch gelegt. Sie wollte Informationen über Salvatore nicht mit allzulangen Ohren bezahlen und gab sich maximal eine halbe Stunde für eine Plauderei über Gott und die Welt.

Doch die Signora kam von selbst auf ihren jüngeren Sohn zu sprechen. »Ab und zu rufen Leute an, die Geld von ihm wollen, die sind bei mir aber an der falschen Adresse. Zuerst habe ich gedacht, auch Sie sind von der Sorte, man kann nicht vorsichtig genug sein, sage ich immer, es läuft zuviel Pack herum heutzutage, ich hab ihm immer gesagt, gib nicht jedem deine Nummer, aber schon früher hat er sie an Hinz und Kunz weitergegeben.« Sie zog die Mundwinkel nach unten. »Und heute macht er es genauso: Wenn er sich jemanden vom Leibe halten will, gibt er diese Nummer an.« Ein nach außen bedauernder, insgeheim triumphierender Blick zu Marlen, die so tat, als hätte sie den Seitenhieb nicht bemerkt. »Was haben Sie gesagt, wo haben Sie sich kennengelernt?«

Marlen war auf die Frage vorbereitet und hatte die Capri-Variante zurechtgelegt, eine zufällige Begegnung vor der Villa von Malaparte auf dem östlichen Rundweg in Capri, ein sonniger Märzmorgen, ein längeres Gespräch mit Blick auf Haus und Wasser, woraufhin er ihr besagtes Buch geliehen habe, das er dabei hatte, dann die Fahrt mit der Caremar zurück nach Neapel, ein gemeinsames Abendessen.

Die Mutter Salvatores stürzte sich wie verhungert auf jede noch so kleine Information über ihren Sohn, schmeckte sie ab, drehte sie im Munde herum. Capri, dort sei er schon immer gern hingefahren, sich einen schönen Tag machen in der Sonne mit Blick aufs Meer. Plötzlich keifte sie: »Ja, das kann er, das sieht ihm ähnlich, statt etwas Vernünftiges anzufangen mit seiner Zeit, Bücher lesen, Fotos machen, statt einen ordentlichen Beruf zu erlernen.«

Zum Essen komme er nie, weder zum Abendessen noch sonntags wie andere Söhne anderer Mütter, nur einmal im Jahr würde er sie ausführen, am Muttertag, das wäre ja noch schöner. Gekränkte Mutterliebe kroch über die allzu glatten Gesichtszüge, die Augen der Frau wurden, je länger sie zürnte, immer schmaler. Nie lasse er sich blicken. Der verschwundene Sohn? Ein verlorener Sohn! Ihr Ältester, wenn der in Neapel wäre, würde er sie zu sich nehmen, die Mutter gehe ihm über alles. Hingegen Salvatore.

Schon als Junge habe er die Schule geschwänzt und in der Gegend herumgelungert, damals, als sie noch in den Quartieri wohnten, weggelaufen sei er, der undankbare Kerl. »Ausgenutzt hat er uns. Uns, seine Eltern!« Das Jammern steigerte sich ins Unerträgliche. »Wo wir ihm alles geopfert haben, *tanti sacrifici!*«

Diese Mütter mit ihren ungeheuren Opfern, dachte Marlen halb amüsiert, halb entnervt, für die sie bis an ihr Lebensende Dank erwarten, es ist das reinste Schmalztopfauslecken. Jedenfalls wurde ihr Salvatore mit jeder Anklage seiner Mutter sympathischer.

»Dabei war er so begabt«, setzte die Mutter erneut an, »er hätte sich nur ein wenig auf den Hosenboden setzen müssen, aber dafür war sich der Herr Sohn zu fein, auf Leistung würde er scheißen, hat er gesagt, Phantasie an die Macht und solche Sprüche, die Schule abbrechen, reisen, unnützes Zeug auf der Straße verkaufen, fotografieren, Theater spielen, aber dann zu den Eltern kommen, wenn das Geld futsch ist! Mein Mann, Gott habe ihn selig«, sie bekreuzigte sich flüchtig, »hat ihm immer wieder Geld zugesteckt, doch wer weiß, was er damit angefangen hat, Großzügigkeit, hat er es genannt, daß ich nicht lache, rufen vielleicht deshalb immer wieder Leute an, die Geld von ihm haben wollen – ha, Schulden sind es, nichts weiter, aber sein Freund, mit dem er damals immer zusammen war, der hat's wenigstens zu was gebracht –, und was hat es ihm genützt? Gar nichts, im Tod sind wir alle gleich. Sie haben es sicher in der Zeitung gelesen, dieser Tote unter der Erde, Umberto Cacciapuoti, ein Jugendfreund von meinem Sohn. Wirklich schockierend, so unter der Erde zu sterben, die arme Frau.« Die Signora war nicht schockiert, dafür aber sichtlich betrübt.

»Waren die beiden ... ich meine«, Marlen verschlug es vor

Aufregung fast die Sprache, ihr Herz raste, was allerdings auch am Espresso liegen mochte, »waren sie gut befreundet?«

»Das habe ich doch gerade gesagt, seit der Schulzeit«, wiederholte die Signora, unwillig, unterbrochen zu werden. »Der Arme, was für ein schreckliches Ende.«

Marlen wollte wissen, ob Salvatore und Umberto auch in letzter Zeit miteinander zu tun hatten, bekam aber nicht mehr aus der Signora heraus, als daß Umberto und Salvatore in die gleiche Klasse gegangen und vor vielen Jahren zusammen durch Mittelamerika gereist seien. Für Salvatores Mutter zählte offenbar nur die Vergangenheit – weil es in der Gegenwart nicht viel gab, woran sie sich festhalten konnte: Päckchen aus Deutschland, die mit drei Monaten Verspätung eintrafen, das Abstauben von silbern gerahmten Familienfotos.

»Und wo wohnt Salvatore jetzt?«

Die Signora zuckte die Schultern. »Keine Ahnung. Bei irgendeiner Frau vermutlich.«

Marlen hatte plötzlich den Verdacht, die Mutter sei mit der Aufgabe betraut, zu prüfen, wem sie den aktuellen Aufenthaltsort ihres Sohnes weitergeben durfte. Sie kam sich auf einmal vor wie in einem Mafiafilm, wo schwarzgewandete Frauen ihre Männer schützen. Es hatte keinen Sinn weiterzufragen. Selbst wenn die Signora wußte, wo ihr Sohn sich aufhielt, sie würde es nicht preisgeben.

»Falls Salvatore sich demnächst bei Ihnen melden sollte, sagen Sie ihm doch bitte, daß ich hier war und daß das Buch auf ihn wartet. Meine Telefonnummer habe ich beigelegt.«

Signora delle Donne nickte und stand auf. Die Audienz war beendet. »Sie können es auf dem Eßtisch liegen lassen«, sagte sie. »Da findet er es sofort, falls er kommt, auch wenn ich gerade nicht da bin.«

Wieder gingen sie durch den halbdunklen Korridor. »Das hier ist sein Zimmer«, sagte Salvatores Mutter, als wolle sie Marlens Besuch dann doch noch eine Weile hinauszögern, um durch ihre Gegenwart auch die virtuelle Anwesenheit des Sohnes zu verlängern. Sie öffnete die Tür. Nach der peinlichen Sauberkeit und Ordnung im Wohnzimmer herrschte hier ein einziges Chaos. Alles lag kunterbunt durcheinander: alte Zeitungen, Fotos, jede Menge Bücher, große Foto- oder Kunstbände, Groschenhefte, Musikkassetten, Kopfhörer, leere Filmdosen, Negative in Klarsichthüllen, eine dicke russische Wintermütze, Münzen. An einer Wand war ein bunter südamerikanischer Wandteppich befestigt, und auf dem Teppich mit Reißzwecken wiederum Fotos, Fotos von Majatempeln und südamerikanischen Märkten, von Mexikanern mit breitkrempigen Hüten, weitere Fotos von Statuen und Brunnen und Wasserspeiern und Gemälden und sogar eins von der Malaparte-Villa auf Capri. In einer Ecke des Zimmers stand eine Bettcouch, auf der eine zerwühlte Wolldecke lag, über der Couch baumelte an nur einem Reißnagel ein Poster von Frank Zappa, daneben hing ein riesiger Stadtplan von Neapel.

Marlen sah ihn sich näher an. Den Konturen nach war es ein Plan von Neapel, sie erkannte die Buchten, den Hafen, das Castell dell'Ovo. Der Stadtplan war mit einer Art Deckblatt aus halbdurchsichtigem Pauspapier versehen, auf dem offensichtlich Straßen oder Wege und einige rote Kreuze eingezeichnet waren. »Darf ich?« fragte sie.

Die Mutter nickte. »*Certo. Prego.*«

Marlen hob das Deckblatt hoch und hatte nun den gewöhnlichen Plan von Neapel vor Augen. »Und was ist das da?« fragte sie und wies auf das Deckblatt.

»Das ist noch von früher«, sagte die Mutter. »Salvatore hatte einen richtigen Tick, was alles Unterirdische anbelangt, Grotten, Höhlen, Keller. Als Elfjähriger wollte er Höhlenforscher werden, als Vierzehnjähriger Taucher. Na, man sieht ja, was aus solchen hochtrabenden – oder besser tiefliegenden – Plänen wird. Jedenfalls hatte er irgendwann mal die fixe Idee, das unterirdische Neapel zu kartographieren. Das ist das Resultat.«

»Und die Kreuze?«

Die Mutter zog die Augenbrauen hoch. »So genau hat er mich nicht eingeweiht.«

Salvatore kannte sich also exzellent aus im unterirdischen Neapel und hatte genau verzeichnet, unter welcher Gasse sich seine Höhle befand. Außerdem, resümierte Marlen auf die Schnelle, war er einer, der viel Geld ausgab und daher viel Geld brauchte. Feste Freundschaft zu Umberto. Eine feste Beziehung? Die Mutter hatte sich nicht dazu geäußert, eher mißbilligend über »irgendeine Frau« gesprochen, bei der Salvatore wohnte. Und in jedem Fall übertraf das Zimmer alle Vorurteile, die Marlen bezüglich männlicher Unordnung hegte, oder, um es nicht diskriminierend zu sagen, sehr eigenwilliger Anordnung. Immerhin hatte die Mutter nichts verändert. Es wäre ein Leichtes gewesen, den ganzen Kram in Plastiksäcken zu verstauen, die räumliche Erinnerung an Salvatore, der sich so selten zeigte, zu tilgen, den Raum anderweitig zu nutzen. Aber vielleicht war es für die Signora delle Donne eine Art Museum, ein Heiligtum zum Schimpfen und Mißachten und Warten, das sie im Grunde ihres Herzens ebenso liebte wie ihren Sohn.

»Und falls Sie ihn zufällig treffen«, bat die Mutter eine ganze Spur kleinlauter als am Anfang ihrer Begegnung, »sagen Sie ihm doch, hier warten jede Menge Briefe, und er soll doch mal wieder, seit Wochen ist er nicht mehr ... na ja, jedenfalls vielen Dank für Ihren Besuch, Sie wissen schon, was ich meine.«

Marlen wußte, was sie meinte, und bedankte sich ihrerseits.

16

Durch die Ritzen der Badezimmertür drang der Duft von Pinienextrakt. Livia lag in einer Wolke aus Schaum und hielt die Augen geschlossen. Sie schrak zusammen, als sich plötzlich die Tür öffnete und Marlen den Kopf hereinsteckte.

»*Ciao, bellezza.* Darf ich reinkommen?«

Livia nickte. »Klar.«

Marlen setzte sich auf den Klodeckel. »Wie war's bei dir?«

»Vor allem langwierig«, sagte Livia. »Ich bin erst vor einer halben Stunde nach Hause gekommen. Der Pfarrer war völlig aus dem Häuschen. Zum Schluß hat er auch noch angefangen, jedes gestohlene Objekt einzeln aufzuzeichnen, mit Bleistift auf Papier, damit wir alles ja wiederfinden.« Sie kicherte. »Wie ein Fahndungsbild, allerdings nicht von den mutmaßlichen Tätern, sondern von dem, was ihnen zum Opfer fiel.« Sie drehte den Heißwasserhahn auf.

»Das könnte doch bestimmt noch mal nützlich werden«, sagte Marlen. »Und, wie stehen die Chancen?«

»Daß die Sachen wiedergefunden werden?« Livia schürzte

die Lippen. »Eins zu tausend vielleicht. Selbst bei größeren Funden, wie vor kurzem in der Nähe von Siena, ist es offenbar kaum möglich, mit Sicherheit zu sagen, woher ein Kerzenleuchter oder ein Kruzifix wirklich stammt. Bei Marmorengeln ist es einfacher, und am leichtesten lassen sich Gemälde zuordnen. Der ganze liturgische Kleinkram aber nur dann, wenn wirklich wertvolle Stücke darunter sind, von denen es Fotos gibt ...«

Sie drehte den Hahn wieder zu. Die Schaumbläschen lösten sich nach und nach unter geheimnisvollem Knistern auf.

»Und was passiert dann damit?«

»Mit dem Kleinkram? Wird verkauft, auf Flohmärkten, an Antiquitätenhändler, kommt darauf an, wie gut erhalten so ein Hostienbehälter oder Kerzenleuchter ist. Und natürlich auch darauf, wie gut die Diebe sich auskennen, was für Verbindungen sie haben, für wen sie arbeiten. Moment mal.«

Livia kniff die Augen zusammen, tauchte den Kopf unter Wasser. Den ganzen Nachmittag lang hatte sie Stück für Stück alles dokumentiert – Fotos plus kurze qualitative Beschreibung –, was sich in der Kirche noch dokumentieren ließ, eine Inventarliste erstellt, auch von den Objekten, die nicht gestohlen worden waren. Anschließend hatte sie gemeinsam mit dem Pfarrer Leute aus der Nachbarschaft besucht, weil er hoffte, daß auf einem der zig Fotos von Kommunionen und Hochzeiten im Hintergrund zufällig ein Weihrauchschiffchen, ein Hostienbehälter oder das gestohlene Madonnenbildnis abgebildet sein könnten. Abwegig erscheinende Gedanken führten oft schneller zum Ziel oder, wie der Pfarrer freudig gesagt hatte, die Wege des Herrn sind unergründlich – in der Tat waren sie in einem Fotoalbum fündig geworden. Das gestohlene Bild, die »Madonna delle Grazie« von Giacomo Farelli, war zum illustrativen Hintergrund eines Hochzeitsfotos auserkoren worden, als Vorankündigung sozusagen: ein feistes Jesuslein, das sich energisch an die unter Tüchern hervorquellende Marienbrust heranmacht, während die dazugehörige Mutter ergeben bis abweisend, jedenfalls weder verklärt noch hingegeben, gen Boden blickt. Der Pfarrer hatte erwirkt, das Negativ ausgehändigt zu bekommen, und sie würde sich am Montag um eine Ausschnittsvergrößerung kümmern.

Sie tauchte wieder auf, ließ Shampoo auf die Handfläche träufeln, massierte es sich ins Haar.

»Und du, was hast du gemacht? Wie war's bei der LAES?«

Während Marlen berichtete, auf welche Weise sie an Salvatores Adresse herangekommen und wie der Besuch bei Signora delle Donne verlaufen war, vergaß Livia ihre Arbeit, den Schaum in den Haaren und die Müdigkeit.

»Ist ja unglaublich! Und du bist wirklich hingefahren? Alle Achtung!«

Marlen grinste. »In der Not verkauft die Hexe ihre eigene Großmutter.«

»Er hat den Toten also doch gekannt«, faßte Livia zusammen. »Genau wie du vermutet hast.«

»Und er hat ihn *erkannt* und ist auf und davon«, sagte Marlen. »Was soll man davon halten?«

Was hatte es zu bedeuten, daß Salvatore den Toten gekannt hatte? Umberto, ein Jugendfreund, vielleicht auch mehr als das? War Salvatore so erschrocken gewesen, weil er den Freund erkannt hatte – oder weil der Freund tot war? Hatte er Umberto vielleicht irgendwann vor vielen Jahren diese Höhle gezeigt? Spielte dieser Plan vom unterirdischen Neapel eine Rolle? Aber warum wollte Salvatore nicht zur Polizei gehen? Umberto war doch ein Freund ... Hatte er ihn womöglich doch selbst auf dem Gewissen?

»Unmöglich«, sagte Marlen energisch. Wenn Salvatore Umberto umgebracht hätte, hätte er sie nicht dorthin geführt.

»Es sei denn, er ist – dem Klischee eines Täters gemäß – an den Tatort zurückgekehrt«, warf Livia ein.

»Wie du schon sagst, ein Klischee«, entgegnete Marlen. Aber er hatte eindeutig Angst. Wovor? Wieso war er abgetaucht? Waren es wirklich nur normale mütterliche Sorgen, die die Signora umtrieben?

»Aber wenn es in Wirklichkeit ihn treffen sollte«, überlegte Livia. »Seine Höhle, sein Diwan ... Dann wäre es kein Wunder, wenn er die Beine in die Hand nimmt und verduftet.«

17

Sie hatten sich besonders früh auf den Weg gemacht, um die Müdigkeit rechtzeitig zu bekämpfen und noch einen Platz zu ergattern, bevor die Leute aus den Kinos strömten. Doch heute abend waren die engen Räumlichkeiten der zweistökkigen Bar Italo schon um halb zehn rammelvoll. Livia stellte sich vor, wie die Leute im Verlauf der Nacht aus den Fenstern in der ersten Etage quellen würden, ein Fenstersturz rein malerischer Natur. Vielleicht würde sie Italo das Bild nachträglich schenken, als Andenken an das Kneipenjubiläum. Hing ganz vom Verlauf des Abends ab. Zehn Jahre Italo und freie Getränke noch dazu – das ließ sich kaum jemand entgehen.

Die Affäre zwischen Italo und Livia lag schon viele Jahre zurück und war im Grunde, wie es beide mittlerweile sahen, eine gute erotische Freundschaft, die auch jetzt noch ab und zu für eine Nacht wiederbelebt wurde. Keine verzehrende Leidenschaft, keine abgrundtiefe Liebe. Beide hatten, als sie sich kennenlernten, gerade eine längere Beziehung hinter sich und keinerlei Reserven für ein neues Abenteuer, eher ein Bedürfnis nach Freundlichkeit und unverlangter Nähe. »Wir haben uns gegenseitig die Wunden geleckt«, pflegte Livia zu sagen, »und waren nett zueinander.«

»Sehr nett«, pflichtete Italo bei, der ihnen soeben Barhocker organisiert hatte. »Außerdem haben wir uns selten genug gesehen.«

»In der Morgendämmerung«, sagte Livia.

»Oder am frühen Abend.«

Italo hatte abends bis spät in die Nacht hinter der Theke gestanden, und wenn er gegen Morgen einschlief, war Livia aus dem Bett gesprungen, um gegen neun an der Uni zu sein.

»Schichtschlafen«, grinste Italo und schenkte Pinot grigio nach.

An der Wand gleich neben dem Eingang hing ein Bild, das Livia gemalt hatte: eine Auftragsarbeit, Italo in Originalgröße, was ihr neben lebenslänglich freien Getränken, solange es das Italo gab, auch eine Reihe von Kunden eingebracht hatte – eine wirkungsvollere Werbung als jede Ausstellung. Italo berichtete Livia in unregelmäßigen Abständen von den Kommentaren seiner Kneipengäste, als würde er Rezensionen sammeln (»Dieses Porträt ist tausendmal besser als all die Leute hier zusammengenommen und übereinanderprojiziert.«) Und wenn er den Eindruck hatte, jemand sei ernstlich an Livia – als Malerin – interessiert, gab er ihre Telefonnummer weiter.

»*Buona sera, carissima*«, näherte sich von der Seite eine spöttisch klingende Stimme. »Wieder ein Bild in Arbeit?«

Vor ihnen stand Ciro, ein Typ, den gewisse Frauen einfach unwiderstehlich fanden. Er war aus Neapel nicht wegzudenken und tauchte überall dort auf, wo was los war. Auch Ciro hatte sich malen lassen wollen, doch Livia hatte den Auftrag abgelehnt. Sie fand Ciro eitel und gockelhaft, konnte ihn rundum nicht ausstehen und hatte keinerlei Interesse daran, ihre Meinung zu ändern. Es gab genügend sympathische Leute auf der Welt, da brauchte sie die unsympathischen nicht mit Pinselstrichen zu verewigen.

Ein blondierter Lockenkopf drängelte sich unter Ciros Schulter hindurch, eine der Frauen aus seinem Gefolge, denn Ciro ging nie ohne Begleitung mehrerer Frauen aus. Livia vermutete, daß er im Grunde Angst hatte und sich allein nicht traute.

»Wie wär's mit mir?« Die blonde Frau, höchstens zwanzig, strahlte Livia an.

»Du kannst ja gar nicht so lange stillsitzen«, höhnte Ciro aus dem Hinterhalt, so daß Livia bereits erwog, die Frau zu einem Vorgespräch einzuladen. Doch diese plapperte weiter, sie wolle Fotomodell werden, bis Livia sie aufklärte, daß sie nicht Fotografin sei, sondern Malerin, und auf das Bild an der Wand zeigte, woraufhin das Thema mit einem enttäuschten »ach sooo« beigelegt wurde.

Das Publikum war gut durchmischt, es herrschte ein ständiges Kommen und Gehen. Einige Leute begrüßten Livia, dann Marlen, wechselten ein paar Worte, verschwanden im Gewühl.

Auch Marlen ließ sich treiben, amüsierte sich prächtig. Es war nach dieser aufregenden Woche entspannend, nichts Richtiges oder Wichtiges oder Interessantes sagen zu müssen, für Meinungen nicht an den moralischen Marterpfahl gestellt zu werden. Im Gegenteil, es machte ausgesprochenen Spaß, sich über Klamotten zu unterhalten oder über die Aussicht, Fotomodell zu werden. Nirgendwo lernte Marlen so viele angehende Fotomodelle und so viele erfolglose Fotografen kennen wie bei ihren Besuchen in Neapel. Zu Hause, in Deutschland, wäre sie sich entweder wie die Schnittbogenmusterexpertin aus einer Frauenzeitschrift vorgekommen, oder sie hätte versucht, Alternativen zu einer Zukunft als Fotomodell zu entwerfen – aufgeklärter Kokolores. Hier ging es wild durcheinander, alle hatten ihren Spaß und nichts als dieses Neapel gemeinsam – und vielleicht eine diffuse Lust auf ein anderes Leben. Gut so.

Gegen elf traf Gino ein, ein uralter Bekannter von Livia, der in einem Vorort wohnte und mindestens eine Stunde unterwegs gewesen war.

»Dichter Nachtverkehr«, grinste er und zeigte dabei seine schiefen, gelblichen Zähne. Er zog einen froschgrün lackierten Damenschuh mit Pfennigabsatz aus seinem Lederrucksack: »Meine neueste Kreation.« Gino war Schuhdesigner. Er entwarf Modelle für eine Fabrik in der Nähe von Mailand und hatte, wie Livia aus jahrelanger Erfahrung wußte, in den Stunden nach Mitternacht die besten Einfälle: »Hier, bei Italo an dem Tisch da hinten in der Ecke.«

Manchmal sei der Fußboden nach solch einem Abend mit Entwürfen zweidimensionaler Damenschuhe bedeckt, spottete Livia. »Die gesamte italienische Damenwelt liegt ihm zu Füßen. Zeig mal her das Ding.« Der Absatz war mindestens zehn Zentimeter hoch, der Schuh ein Modell in Größe 35. »Damit ich ihn nicht auslatschen kann«, grinste Livia. »Nahezu perfekt für die Gassen in der Altstadt.«

»Wir haben nämlich einen Pakt geschlossen«, erklärte Gino Marlen. »Ich muß mich nicht malen lassen, und Livia braucht meine Schuhe nicht anzuziehen.« Sie zwackten sich gegenseitig in die Wange, Gino zog weiter.

Die Leute drängelten sich um die Theke, der Lärmpegel stieg empfindlich, dann und wann drang ein lauter Trompetenseufzer von Miles Davis durch. Italo und ein paar Freunde sorgten für volle Gläser. Ein Typ namens Giancarlo erzählte von Trickdieben, die in den dunklen Gassen der Stadt in Pappkartons verpackte Ziegelsteine als Kameras verkaufen. Marlen hatte bei irgendeinem ihrer Besuche schon einmal davon gehört. Egal, sie war vernarrt in derlei Geschichten, mit denen es ihr ähnlich erging wie den Käufern der vermeintlichen Kamera: sofern sie nur halbwegs realistisch verpackt waren, konnte man ihr alle möglichen Bären aufbinden. Mit dem Unterschied, daß die meisten Geschichten, die über die Stadt im Umlauf waren, sich nicht nur phantastisch anhörten, sondern auch tatsächlich passiert waren – und ihren witzigen Aspekt dadurch oft unfreiwillig einbüßten.

Eine Frau in einem knallroten Kleid, die neben Giancarlo stand, gähnte. Für Einheimische wie sie war die Story ein echter Oldie. »Ist genau so 'ne Arbeitsbeschaffungsmaßnahme wie heimgewerkelte Markenhandtaschen«, warf sie ein.

»Oder selbsternannte Parkplatzwächter«, sagte jemand anders.

Was denn wohl krimineller sei, hielt eine Frau mit blond gefärbtem Bubikopf dagegen: »Wenn eine Familie in Heimarbeit falsche Armani-Hemden herstellt oder wenn ein Verkehrspolizist während der Dienstzeit seinem Zweitjob als Barmann nachgeht.«

»Ich trink auch lieber Espresso, als im Verkehr zu stecken«, witzelte ein Typ mit pomadiertem Haar. »Fragt sich nur, in welchem.«

»Wer clever ist, hat gleich zwei oder drei Jobs«, ließ sich jemand vernehmen, der hinter Marlen stand.

»Deshalb hast du auch keinen einzigen«, gab die erste Frau zurück, und es erklang lautes Gelächter.

Das Gespräch drehte sich wie eine Spirale weiter, plätschernd, unterhaltsam. Immer wieder wußte jemand eine Anekdote zu berichten, von den Gärtnern in der Stadt kamen sie zum letzten Konzert von Pino Daniele, von dort zum drohenden Streik der Metroangestellten, zum Verkehrsinfarkt.

»Fährst du mit dem Auto, schützt du dich selbst und verseuchst die anderen – gehst du zu Fuß, bist du ein guter Mensch und stirbst an Lungenkrebs«, sagte die Frau mit dem Bubikopf.

»Hier gibt es eben nur Mord oder Selbstmord«, sagte ihr Begleiter.

»Gib mir doch mal das Übliche«, sagte ein Mann dicht neben

Marlens Ohr. Sie sah aus dem Augenwinkel, wie Italo eine Flasche hinter der Theke hervorholte und hochhielt.

»Richtiger Jahrgang?« fragte Italo.

»Perfekt«, bestätigte der Mann und lächelte.

»Zwei Kisten Brouilly habe ich noch«, sagte Italo. »Wer weiß, ob der Laden jetzt dicht macht.«

»Die Vini divini? Übernimmt mit Sicherheit Fiorilla.«

Marlen wurde hellhörig und stieß Livia an, die in ein unerquickliches Gespräch über das unterirdische Kunstspektakel verwickelt war. Livia war sofort bei der Sache, spitzte die Ohren und paßte den richtigen Moment ab, um sich in das andere Gespräch einzuschalten.

»Hmm, so ein Gläschen Rotwein hätt ich auch gern«, sagte sie. »Ein Wein aus Kampanien?«

Der Mann verneinte. »Aus Frankreich. Genau wie ich.«

Italo übernahm das Vorstellen. Livia wurde als Malerin präsentiert, Marlen als Journalistin. Der Mann hieß Jean Malimpert und entpuppte sich als etwas, wonach er keineswegs aussah: als Chef des französischen Kulturinstituts. Italo sagte, Jean komme jeden Donnerstag auf ein Gläschen Rotwein bei ihm vorbei. Da Livia donnerstags zum T'ai Chi-Kurs ging und sich hinterher meistens über lauten Kneipentrubel erhaben fühlte, waren sie einander noch nie begegnet.

»Ich wußte nicht, daß man bei dir Brouilly trinken kann.« Sie zwinkerte Jean zu. »Ich liebe französischen Rotwein.«

Italo verdrehte die Augen.

»Tatsächlich?« Erfreute Annäherung von seiten Jeans, ein Anklang heimatlicher Gefilde. »Es gibt nicht viele Liebhaber französischer Weine in Neapel.«

Auch im Lokal sei die Nachfrage eher mickrig, pflichtete Italo bei. Die Leute bevorzugten, besonders im Frühjahr und im Sommer, Pinot grigio, Cocktails, deutsches oder tschechisches Bier, auch Whisky war groß im Kommen, aber Rotweine wurden immer seltener verlangt.

Livia grinste. »Französischer Wein. Muß ungefähr so schwer sein, als wenn man hier ein chinesisches Restaurant eröffnen will. Die Neapolitaner stehen auf Hausgemachtes. Küche, Wein, Weib, Gesang, alles aus den eigenen Landen. Der Laden ist vermutlich nicht gut gegangen.«

»Die Vini Divini Francesi? So lala«, sagte Jean. »In Neapel lief das Geschäft offenbar am langsamsten an. Obwohl Umberto in den letzten Jahren Fuß gefaßt hat. In bestimmten Kreisen. Natürlich nicht bei den Leuten, die sich den Wein literweise in Plastikflaschen abfüllen lassen. Dazu war sein Angebot zu exklusiv.«

»Entsetzlich, daß er im Labyrinth unter der Stadt gefunden wurde«, sagte Livia.

»Ich wußte gar nicht, daß du ihn kennst«, sagte Italo. »Ich meine, kanntest.«

»Du weißt vieles nicht, mein Lieber«, konterte Livia genüßlich und wandte sich wieder an Jean. »Gab es denn noch andere Läden?«

»Soweit ich weiß in Bologna, Florenz, Mailand«, sagte Jean. »Der arme Kerl«, fügte er hinzu. »Hoffentlich finden die bald heraus, wer es war, und wieso. Einfach so abgeknallt.« Er schüttelte den Kopf.

»Was war dieser Umberto denn für ein Typ?« schaltete sich nun auch Marlen ein.

»Wein, Weib und Gesang«, sagte Italo ein wenig abfällig.

»Soll heißen?«

»Er hat interessante Frauen und guten Wein Meilen gegen den Wind gerochen.« Er leerte sein Glas. »Vergeßt die Toten, heute wird gefeiert.«

»Ich habe regelmäßig bei ihm gekauft«, sagte Jean. »Seit ich in Neapel bin. Acht Jahre. Da kommt man ins Reden, erfährt das eine oder andere.« Er schnalzte mit der Zunge. »Ein netter Kerl. Und eine böse Geschichte. Die arme Fiorilla.«

»Seine Frau?«

Er nickte. »Sie hat eine Zeitlang Konversationskurse bei uns besucht. Waren Sie schon mal bei uns im französischen Kulturinstitut? Wir machen auch Ausstellungen, nicht nur mit französischen Künstlern.«

»Es gab mal eine Reihe mit Filmen von Renoir, die habe ich alle gesehen«, sagte Livia. »Das ist auch schon alles.«

»Oh, das ist sehr viel«, lachte Jean. Er hatte die Filme ebenfalls gesehen, und dann stiegen sie ein in ein längeres Geplänkel über die einzelnen Filme, die Darsteller, die Musik, aus dem Italo und Marlen demonstrativ ausgeschlossen wurden.

Italo, der das sich anbahnende Techtelmechtel zwischen Jean und Livia mit einem weiteren Hochziehen der Augenbrauen kommentierte, verteilte den restlichen Brouilly auf sein Glas und das Marlens. »Damit auch wir nicht zu kurz kommen.«

18

Entfernt drang die aufgeregte Stimme des Radioberichterstatters durch das halbgeöffnete Fenster, wurde schneller, heiser, überschlug sich, bis ein ansteckendes Tröten, Quäken, Hupen die Luft erfüllte und jeden weiteren Kommentar überflüssig machte.

Der Tabakfrau brach der Schweiß aus, obwohl sie eigentlich bester Dinge war. Menschenmengen waren ihr nun einmal zuwider, den bloßen Gedanken an ein Fußballspiel haßte sie ebenso wie Kaufhausbesuche. In ihrem Laden saß sie wenigstens hinter dem schützenden, hölzernen Tresen, der sie von den anderen Leuten trennte. Die meisten Leute arrangierten sich mit der allgegenwärtigen Enge im Leben wie mit einer zweiten Haut. Der Sohn des Pizzabäckers zum Beispiel war mit einer Schwedin liiert und im letzten Sommer mit ihr nach Skandinavien gefahren. Wie es dort war? Achselzucken: *troppo bosco, poca gente*, zuviel Wald, zuwenig Leute. Da sei ihm seine stinkige, dreckige Gasse mit dem Geruch von Pizza und Öl und den Abgasen der Mofas millionenmal lieber, hatte er jedem erzählt, der es wissen wollte.

Wieso fiel ihr ausgerechnet jetzt der Sohn des Pizzabäckers ein? Ablenkmanöver, Gedankenketten, als würde sie ein Kreuzworträtsel lösen. Fehlten noch diverse Buchstaben und Worte, bis es ein Gitterwerk ergäbe, vielleicht sogar ein Lösungswort, das sie einschicken konnte … Hier, vor der Leinwand, gab es nur das, was sie sah, hörte, fühlte, assoziierte, die Bilder an der Wand, die Fußballreportage, die unterirdischen Funde, Umberto – nein, dachte sie entschlossen und ein wenig verwirrt: *Er* war die Lösung nicht gewesen.

Ohne den dazugehörigen Namen hätte er auch ein anderer sein können, einer, den sie nicht gekannt hatte, ein Fremder, wie man ihn jeden Tag im Bus sieht und sofort wieder vergißt.

Aber es gab keine Verwechslung. Es verhielt sich mit dieser wie mit jeder Geschichte, jeder vergangenen Liebe: man streifte sie nicht einfach ab wie die Asche von der Zigarette. Vom Entflammen bis zum Erlöschen führte nicht einfach ein gerader Weg, und manchmal suchten die Tabakfrau Bilder heim und ließen totgeglaubte Gefühle erneut aufflackern. So war es auch mit dem Foto in der Sonntagszeitung gewesen, einer Aufnahme vom noch lebenden Umberto. Die Tabakfrau hatte nie ein Foto von ihm besessen, wozu auch. Sie hatte ihn vor Augen gehabt, jedesmal danach, wie er nackt und erschöpft dalag, den Mund leicht geöffnet, ruhig atmend: ein Bild von einem Mann, fand sie jedenfalls, wozu also ein Foto. Das Foto in der Zeitung war befremdlich und zeigte einen anderen Mann als den, den sie gekannt hatte. Die Journalisten warteten mit Kurzinformationen aus Lebzeiten des Toten auf: glücklich verheiratet, altansässige neapolitanische Familie, kinderlos, Inhaber diverser Weinläden, sportlich, gebildet – eine durch und durch integre Persönlichkeit.

Ha, dachte sie! Was heißt das schon, »integre« Persönlichkeit? Unfug. Geschwafel. Ihre Gedanken rasten zurück zu dem Abend, an dem sie sich zum ersten Mal begegnet waren, sie ließ noch einmal den Rolladen vor dem Tabakladen herunterrattern, bis das Schloß einschnappte, ging gemächlich die Gradoni di Chiaia bergab.

Die Tabakfrau war in Neapel aufgewachsen und in gewissem Sinne Teil dieses immensen, Außenstehenden meist unbegreiflichen Körpers, der sich täglich neu erschuf: ein Neuzeitsaurier aus Fleisch und Blech und Tuff, der unentwegt mutierte, um mit der sich immer schneller verändernden Umwelt Schritt zu halten. Sie bewegte sich mühelos durch die Lücken im dichten Verkehrsstrom, langsam wie eine Schnecke, sicher wie ein Panzerfahrzeug.

An jenem Abend wartete sie lange auf den Bus, irgendwann kam eine Frau vorbei, sah sie dort stehen und rief ihr zu, die Busfahrer würden doch streiken. Natürlich, die Tabakfrau hatte es ja selbst in der Zeitung gelesen, überlesen wie zig andere Meldungen, die dem Alltagstrott zum Opfer fielen. Auch die Bediensteten der Metro waren im Streik. Es blieb also nur das Taxi, oder aber sie ging zu Fuß, wie schon so oft, wenigstens bis

Piedigrotta. Vor der Durchquerung des Tunnels nach Fuorigrotta graute ihr, nie wagte sich eine Menschenseele zu Fuß in diese abgasgeschwängerte Höhle, sie würde wie immer darauf warten müssen, daß jemand sie mitnahm.

Das geschah eher als erwartet. Schon nach zweihundert Metern hielt neben ihr ein Auto, die Scheibe glitt automatisch gesteuert hinunter, der Fahrer beugte sich über den Beifahrersitz und fragte, ob er sie mitnehmen solle, wegen des Streiks, er fahre nach Posillipo. Sie zögerte kurz, sagte, sie müsse eigentlich nach Fuorigrotta. »Kein Problem«, hatte der Mann versichert. »Ich kann sie schnell durch den Tunnel hinbringen.« So war sie eingestiegen.

Angst hatte sie keine. Mittlerweile kannte sie sich ein wenig aus in der Männerwelt, hatte hinzugelernt in den vergangenen Wochen der Herumtreiberei – herumtreiben, das Wort gefiel ihr, es klang verworfen, nach Jugend und Übermut. Sie brauchte keine hellseherischen Fähigkeiten, um nach kurzer Zeit mit ziemlicher Treffsicherheit sagen zu können, was welcher Mann wann tun, welcher Schritt auf welche Geste folgen würde. Die Muster variierten zwar im Vorfeld, aber es kamen kaum neue Elemente hinzu. Vielleicht ergeht es den Männern mit den Frauen ähnlich, dachte sie, alle stellen sich auf die Muster ein, nicht auf den Menschen. Oder es liegt am Begehren, das einfach alles überrollt.

Bei Umberto war es anders gewesen – oder dachte sie das erst jetzt, im nachhinein? Mit ein wenig Abstand ließ sich alles anders interpretieren. Er hatte sich nicht aufgedrängt, das war auch gar nicht nötig gewesen, die ganze Fahrt über hatten sie sich angeregt und respektierlich unterhalten. Wenn jemand sie heute fragen würde, wie es an diesem ersten Abend war, würde sie sagen, die Luft habe vibriert vor Begehren, oder: unsere Körper sprachen für sich. Zwei Fremde, die nebeneinander im Auto saßen. Ein Gentleman, dachte die Tabakfrau mit bitterem Nachgeschmack.

Einen Abend später hatten sie sich wiedergetroffen, unten in Mergellina bei den Bootsstegen. »*Buona sera*«, hörte sie seine rauhe Stimme hinter ihrem Rücken, dann setzte er sich neben sie. Sie spürte seinen Atem an ihrer Wange, als er ihr die Hand reichte, um ihr beim Einsteigen zu helfen, und sie ins

Schwanken kam, denn er besaß tatsächlich ein kleines Boot mit Motor und Kajüte, sie tuckerten in die Nacht hinein, an der Küste von Posillipo entlang, hielten auf eine jener Buchten zu, die man nur vom Meer aus erreicht. Sie machten Sachen, die sie noch nie zuvor gemacht hatte, oder war das erst später, brachte sie es durcheinander? Egal, völlig egal, Umberto war tot, die Erinnerung gehörte somit ihr allein, und sie konnte die Dinge genau so ordnen, wie sie ihr in den Sinn kamen. Sie wußte, daß sie sich noch nie so wohl in ihrer Haut gefühlt hatte, so völlig frei und selbstverständlich. Sie trafen sich mal hier, mal dort, in seinem Boot, in einer dieser kleinen Pensionen in Mergellina, ein gepflegter Palazzo mit Springbrunnen und Statuen im Vorgarten und echten Läufern in den Gängen und den Zimmern, und über dem Bett, daran erinnerte sie sich jetzt, hing ein Stich von Positano. Nie gingen sie zu ihm oder zu ihr nach Hause – das Privatleben blieb außen vor.

Ein hingebungsvoller Liebhaber, dachte die Tabakfrau, so einen finde ich nie wieder. Gefühlsduselei, setzte sie schnell dagegen. Er hatte ihr lediglich auf die Sprünge geholfen, verborgene Schichten von Lust und Wohlbefinden entfächert, Hoffnungen genährt. Worauf denn? Auf ewige Hochsaison in Sachen Lust? Auf eine längere Beziehung?

Irgendwann einmal hatte er sie warten lassen, war zu spät gekommen, eine halbe Stunde nur, immerhin. Bei der übernächsten Verabredung tauchte er überhaupt nicht auf. Sie hatte gewartet, an ein Versehen geglaubt, falscher Tag, falscher Ort, wie er beteuerte – falscher Mann, dachte sie jetzt. Danach war wieder alles beim Alten und sie versöhnt. Doch es begann sich einzupendeln, vielleicht Gewohnheit, vielleicht ein Mißklang, der schriller wurde, bis er sich nicht mehr überhören ließ. Das wohlbekannte Spielchen, die alten Muster aufgefahren: Wird's mir zu eng, such ich das Weite. Er kam, holte sich, was er brauchte, und wenn dabei für sie etwas abfiel, war es schon Anstrengung genug, so kam es ihr jedenfalls vor, aber vielleicht hatte er Ärger bei der Arbeit, oder zu Hause.

Diese verständnisvollen Frauen, dachte die Tabakfrau jetzt und ballte die Fäuste. Wir folgen auch nur einem Muster, leben das, was unsere Mütter und Tanten und Großmütter, die Nachbarinnen und deren Vorfahren gelebt haben, immer diese

Nachsicht, diese Rücksicht, die *mamma* in Leib und Seele, der Blick zurück und nicht nach vorn, das Ausharren, das Abwarten, das lächelnde Umschweigen, so vergehen die Jahre, so vergeht das Leben.

Sie spürte, wie ihr kalt wurde. Geh doch nach Schweden, dachte sie in einem Anflug von Zorn, fahr zur Hölle! Sie hatte nicht stumm zusehen wollen, wie das Begehren einfach verpuffte und statt dessen das wöchentliche Gerammel erneut Einzug hielt. Ohne mich!

Entschlossen stand sie auf. »Ich brauche eine Pause.«

Livia trat hinter der Leinwand hervor. »Wollen Sie es sich anschauen?«

Die Tabakfrau schüttelte den Kopf. »Lieber nicht. Erst wenn es fertig ist.«

Nach der Pause schloß die Tabakfrau die Augen. Sie hatten über Anna gesprochen. Anna war wieder da. Die Tabakfrau ließ sich in der Zeit um ein paar Stunden zurückfallen. Sonntag früh, sie war aufgestanden, schlaftrunken in die Küche gegangen, hatte zunächst gar nicht bemerkt, daß die Tür zu Annas Zimmer nicht mehr offen stand. Erst nach dem ersten Espresso, auf dem Weg ins Badezimmer, hatte sie gestutzt, sich die Augen gerieben, wollte erst klopfen, ließ es dann sein, ging statt dessen zur Garderobe, wo tatsächlich Annas Lederjacke hing, wo ihre Stiefel lagen, einfach auf den Boden geschleudert wie immer, doch was machte das schon.

Sie hatte sich vorgenommen, nichts zu sagen, und war stolz, daß sie es fast geschafft hatte, dank der bevorstehenden Malsitzung, dank all dieser unerwarteten Ereignisse – dank des toten Umberto, hätte sie beinahe gedacht. Denn als Anna gegen zwei aus dem Zimmer geschlichen kam, war die Tabakfrau gerade auf dem Sprung. Ihr blieb kaum Zeit, Sorge und Freude ihren Lauf zu lassen, was Anna wie jede Art von Fürsorge fuchsteufelswild gemacht hätte.

Anna war hübsch, schlank, begehrt. Die Tabakfrau vermochte nicht zu sagen, ob ihre Tochter die Präservative, die sie ihr ab und zu in die Hosentaschen steckte – so wie sie ihr früher auf dem Weg in den Kindergarten Bonbons zugesteckt hatte –, auch wirklich benutzte. Sie lebten in getrennten Welten. Reden wollte wieder gelernt sein. Manchmal schrie sie: »Komm mir bloß nicht mit einem dicken Bauch an!« Dann schrie Anna zurück: »Keine Angst, dich werde ich bestimmt nicht imitieren!« Später versöhnten sie sich wieder, die schlanke Anna und die dicke Mutter. Die Angst jedoch blieb, das unwägbare Terrain, auf dem die Guten und die Bösen Kämpfe ausfochten, und die Angst, wem die Tochter in die Hände fallen könnte auf dem verschlungenen Weg zum Erwachsenwerden. Die Tabakfrau wollte ihrer Tochter nicht dauernd damit in den Ohren liegen. Sie erinnerte sich zu gut an ihre eigene Mutter, die sie zehnmal täglich vor den Gefahren des Lebens, an erster Stelle: den Männern, gewarnt hatte. So etwas schürte einen unwiderstehlichen Reiz.

»Schön, daß du wieder da bist.« Diesen Satz konnte und wollte sie sich dennoch nicht verkneifen. Und wie als Schutz vor jedem weiteren Wort zuviel war sie auf Anna zugegangen und hatte sie in den Arm genommen, kurz und fest, nur eine Sekunde lang.

»Du riechst gut«, hatte Anna erstaunt erwidert, gefolgt von einem: »*Mamma mia!* Wo hast du denn *das* Kleid her? Bist du auf Männerfang, oder wie?«

»So ähnlich«, hatte die Tabakfrau in ihrem neuen hellgrünen Kleid mit dem gewagten V-Ausschnitt gelächelt. Und Anna, die der Mutter seit Monaten keinen wirklichen Blick mehr zugeworfen hatte, hatte ihre Mutter rundum begutachtet, hatte den Lippenstift, die lackierten Nägel und sogar die verlorenen Pfunde bemerkt, angesichts des Ausschnitts die Stirn gerunzelt, dann aus ihrem Zimmer einen grünlich changierenden Seidenschal geholt. »Den leih ich dir. Aber nicht verlieren.«

Die Tabakfrau war zu verblüfft gewesen, um etwas zu antworten. Kleiner Rollentausch? Warum nicht. Die Mutter geht aus, die Tochter bleibt zu Haus. Sie hatte sich in die Metro gesetzt, war bis Montesanto gefahren, den Rest zu Fuß gegangen, überzeugt davon, daß es von nun an bergauf gehen würde, vor allem mit ihr und Anna, denn solange der Faden zwischen ihnen sich nur verhedderte, aber nicht ganz abriß, gab es für alles eine Lösung. Man mußte nur nach ihr Ausschau halten.

Beschwingt öffnete sie die Augen, streckte die Schultern zurück und sah der Malerin zu, wie sie konzentriert hinter der

Leinwand stand und ihr immer wieder einen Blick zuwarf, ihr, dem Objekt. Dann blieb ihr Blick an dem Bild haften, das hinter dem Paravent an der Wand hing. Ein altes Gemälde aus einem anderen Jahrhundert, das eine Malerin bei der Arbeit zeigte. Ins Auge fielen zuallererst der leicht erhobene Arm mit dem aufgekrempelten Ärmel, die Hand, der Pinsel, der irgendwo außerhalb des Bildes auf die Leinwand traf, von dort glitt der Blick den Arm hinunter zum Gesicht der Frau. Die Malerin ging ganz und gar in ihrer Arbeit auf, blickte ernst, konzentriert, prüfend auf die Leinwand, die Wangen waren gerötet, die Haare standen wie gerauft vom Kopf ab. Der Pullover war am Hals weit geschnitten, der Ausschnitt gab die linke Schulter frei. Sie zeigt einem die kalte Schulter, dachte die Tabakfrau, und selbst das ist ihr egal. Sie blickte vergleichend zu Livia zurück, die ein ähnliches T-Shirt trug, hellere Haare jedoch, keine roten Wangen. Livia lächelte. Es macht ihr Spaß, dachte die Tabakfrau, sie ist in sich versunken, oder in die Farbe, in die Leinwand, in mich, in mein zweites Ich, das dort entsteht, die Kopie von Assunta Maria Balzano.

Hatte das Bild auch beim letzten Mal schon dort gehangen? Es kam ihr bekannt vor, obwohl sie es mit Sicherheit noch nie gesehen hatte. Je länger die Tabakfrau es betrachtete, desto lebendiger und jugendlicher wirkte es – als sei es nur ein Schritt von heute zu damals und wieder zurück.

Als die Tabakfrau sich hinter dem Paravent wieder anzog, erkundigte sie sich beiläufig nach dem Bild an der Wand.

»Eines meiner ersten echten Gemälde aus der Zeit nach der Akademie«, sagte Livia stolz und spöttisch zugleich. »Ich hänge sehr dran. Haben Sie schon mal etwas von Artemisia Gentileschi gehört?«

Die Tabakfrau schüttelte den Kopf. »Ich bin nur acht Jahre zur Schule gegangen«, sagte sie.

»Sie war Malerin«, sagte Livia, »und zwar im siebzehnten Jahrhundert in Neapel. In gewissem Sinne ist sie ein Vorbild für mich.«

»In welchem Sinne?« wollte die Tabakfrau wissen.

»Für die damalige Zeit war sie relativ unabhängig. Eigensinnig.«

Livia erzählte das wenige, was sie aus dem Leben von Artemisia Gentileschi wußte. Daß sie die Tochter von Orazio Gentileschi war, einem angesehenen Maler und Freund Caravaggios; daß es in Rom einen üblen Prozeß um ein falsches Heiratsversprechen und sexuellen Mißbrauch gegeben hatte, in dessen Verlauf Artemisia, »zwecks Wahrheitsfindung«, körperlich und seelisch gedemütigt und gefoltert worden war; daß sie unter Männern aufgewachsen war und als eine der ersten Frauen überhaupt eine Akademie besucht hatte.

»Sie hat geheiratet, ist dann nach Neapel gegangen, hat allein gelebt, für das frühe 17. Jahrhundert wirklich mutig«, fuhr Livia fort.

»Was hat sie denn gemalt?« erkundigte sich die Tabakfrau.

»Auch biblische Themen, wie die hochgestellten Auftraggeber es verlangten, wie es zeitgemäß war, zumal für eine malende Frau, aber aus ihrer eigenen Perspektive heraus: angstvoll, bedrängt, ohnmächtig, leidenschaftlich, wütend, mutig. Madonnen mit Kind, die Lucretia, Susanna und die Ältesten, Verkündigungen, Judith und Holofernes und eine Reihe von Bildern, die ihr erst neuerlich zugeschrieben wurden. Eines davon wurde vor kurzem aus dem Palazzo Reale gestohlen, *Unbekannte Frau*, das Bildnis einer Frau aus dem Volk, was beweist, daß Artemisia Gentileschi nicht nur akademische Malerei betrieben hat. Ihre Frauen sind sinnlich und handgreiflich zugleich. Gehen Sie mal ins Museo di Capodimonte, da hängt ihr Bild *Judith enthauptet Holofernes*, wenn Sie das sehen, dann verstehen Sie vielleicht, was ich meine.«

Die Tabakfrau nickte, ein wenig beunruhigt, während Livia fortfuhr: »Ihre Perspektive ist durch und durch weiblich, als sei die erlittene Gewalttätigkeit durch den Pinsel auf die Leinwand geflossen, mit Leib und Seele. Die Frau ist nicht mehr das Opfer, die Leidende, sie beginnt sich zu wehren, zu handeln, die Dinge« – sie lächelte –, »für sie: den Pinsel, in die Hand zu nehmen. Das war neu. Das ist immer noch neu. Ihre Bilder sind für mich eine Art Gedächtnis, das auch nach Jahrhunderten noch lebendig bleibt.«

Die Tabakfrau nickte und schwieg. »Und in welchem Sinne ist sie *kein* Vorbild für Sie?« fragte sie dann.

»Sie war sehr einsam«, sagte Livia. »Ich bin lieber unter Menschen, mit Menschen. Sie soll recht hochmütig gewesen sein, abweisend. Kein Wunder, sie hatte noch mehr zu verteidigen als eine Frau von heute.«

»Ist sie das?« fragte die Tabakfrau stirnrunzelnd und deutete auf das Gemälde hinter dem Paravent.

»Nein«, lachte Livia. »Das soll ich sein. Ist schon ein paar Jährchen her. Mein erstes Selbstporträt. Es ist einem Gemälde von Artemisia Gentileschi nachempfunden, das *La pittura* heißt und in London hängt. Es bedeutet mir sehr viel. Ich würde es nie verkaufen.«

»Natürlich nicht«, nickte die Tabakfrau. In ihr regte sich ein Verdacht. Die Ähnlichkeit der beiden Bilder war beunruhigend.

19

Es gab Neuigkeiten. Luzie hatte sich unsterblich in einen jungen Londoner Schlagzeuger verliebt und liebäugelte seit dieser schicksalsträchtigen Stunde mit einer Karriere als Rocksängerin. Livia war von Jean, dem Direktor des Französischen Kulturinstituts, zu einem Abendessen unter vier Augen eingeladen worden.

Nur Marlen kam in Sachen Salvatore keinen Schritt voran. Der unterirdische Tote war im Verlauf des Wochenendes auf Seite vier abgerutscht. Als neuer Spitzenreiter fungierte die Verstrickung eines amtierenden Ministers in einen Baubestechungsskandal.

Im Regionalteil des *Giornale di Napoli* wurde immerhin ausführlich über die Ergebnisse der Obduktion berichtet. Der ehrenwerte Weinhändler Umberto Cacciapuoti sei bereits länger als eine Woche tot gewesen. Zweifel bestünden hinsichtlich der Todesursache, denn eine erste Blutprobe habe ergeben, daß Cacciapuoti kurz vor seinem Tod Kokain genommen haben mußte. Mit Crack verschnittenes Kokain? Möglicherweise, hieß es im *Giornale di Napoli*, sei der Weinhändler drogenabhängig gewesen, wozu sich weder die Witwe noch die beiden Angestellten in den Vini Divini Francesi äußern wollten. Seltsam seien auch die Schleifspuren, die die Männer von der Spurensicherung entdeckt hatten und die eindeutig darauf hinwiesen, daß Tat- und Fundort nicht identisch waren und daß mindestens eine Person, wenn nicht zwei oder drei, den Toten zum Fundort geschleppt haben mußte. Selbstmord wurde aus diesem Grund mit ziemlicher Sicherheit ausgeschlossen. Die Waffe, eine kleinkalibrige Pistole, sei indes noch nicht gefunden worden. Über den Fortgang der Ermittlungen hüllten sich die Mitarbeiter der Kriminalpolizei jedoch in Schweigen, um keine heißen Spuren zu verwischen, wie der Journalist mutmaßte. Ein Polizeisprecher hatte jedoch eingeräumt, Umberto Cacciapuoti sei nicht der erste unterirdische Tote. Die Gänge und Schächte unterhalb der Stadt wurden, wie man in dem Artikel ebenfalls erfuhr, offenbar seit Jahren und Jahrzehnten dazu benutzt, sich unliebsamer Mitmenschen zu entledigen – genau wie die Tabakfrau gesagt hatte. Einige der mysteriösen Morde der letzten Jahre, die der Camorra zugeschrieben wurden, hieß es, könnten möglicherweise aufgeklärt werden, wenn man das gesamte unterirdische Areal von Ponticelli bis Posillipo systematisch absuchen würde. Das Gebiet sei jedoch größtenteils unzugänglich und liege teilweise unter Wasser. In einer Randnotiz wurde mitgeteilt, daß die unterirdischen Führungen bis auf weiteres ausgesetzt wurden.

Marlen legte die Zeitung zur Seite. Sie jedenfalls würde nicht so schnell lockerlassen. Vielleicht war es Zufall, daß ausgerechnet sie den Toten entdeckt hatte, vielleicht aber auch nicht. In Neapel lagen Aberglaube und Wirklichkeit dichter nebeneinander als im pragmatischen Norden. Jedenfalls juckte es sie in den Fingern, genauer herauszufinden, was für ein Mensch dieser Tote auf dem Diwan gewesen war. Da war berufsbedingte Neugier mit im Spiel, das Aufspüren einer Story. Wenn die Dinge ins Rollen kamen, konnte sie nicht tatenlos zusehen. Und insgeheim hoffte sie, etwas über den verschwundenen Salvatore herauszufinden.

Die Signora Cacciapuoti hatte zu Marlens Erstaunen keine Einwände gegen ein Interview gehabt. Livia und Marlen hielten hinter dem sagenumwobenen Palazzo Donn'Anna und überprüften die Hausnummern. Dort standen wie im Windschatten des alten Gebäudes, dessen Mauern vom Wasser umspült wurden, eine Reihe mehrstöckiger Appartmenthäuser, deren Dächer sich auf gleicher Höhe mit der Straße befanden.

Hausnummer 56 bis 60. Das Haus der Cacciapuoti, dessen Eingang sich auf der Höhe der Via Posillipo 98 befand, mußte demnach ein Stück weiter vorn liegen, wo die Halbinsel von Posillipo breiter und exklusiver wurde.

Marlen und Livia stellten die Vespa vor einer Reihe von Geschäften gegenüber vom Palazzo Donn'Anna ab und gingen zu Fuß weiter. Rechts führte die Straße jetzt direkt an den Tuffhängen entlang, linkerhand waren hinter Steinmauern und Dauergrün gepflegte Gärten und Villen zu erahnen, hinter denen in ungefähr hundert Metern Entfernung das Meer glitzerte. Eine Schulfreundin von Livia hatte einen Architekten geheiratet, dessen Eltern dort wohnten – *on the sunny side of the street*. Nach dem Kirchgang hatte es in diesem riesigen Haus einen Empfang gegeben, alles nur vom Feinsten, mit Hummer und Champagner. Sehr zum Erstaunen Livias befand sich die Nummer 98, der Eingang zu dem Haus, das Fiorilla Cacciapuoti nun allein bewohnte, jedoch nicht auf der dem Meer zugewandten linken Seite der Via Posillipo, sondern auf der rechten – eine unscheinbare Gittertür mit Gegensprechanlage. Wohin sollte das führen? In ein Bergwerk? Marlen klingelte, die Gittertür öffnete sich, automatisch schaltete sich die Beleuchtung ein, sie betraten eine großzügige Garage, die in den Tuffhang gebaut war.

Links stand ein dunkelblauer Alfa Romeo, weiter hinten eine mit einer Plane bedeckte Vespa. Rechterhand war ein alter Fahrstuhl aus den vierziger Jahren. Die Frauen betraten ihn und drückten auf den einzigen Knopf. Die holzverkleideten Türen des Fahrkorbs schlossen sich, das Gefährt setzte sich mit einem abrupten Ruck in Bewegung, rumpelte abwärts. Dann blieb es mit einem erneuten Ruck stehen, die Türen öffneten sich klappernd. Es roch scharf nach Putzmitteln, zugleich aber auch muffig. Vor den Frauen erstreckte sich ein langer, gut beleuchteter Gang. Schwer abzuschätzen, wieviel Meter sie mit dem Fahrstuhl erdeinwärts gerattert waren. In jedem Fall aber befanden sie sich ein ganzes Stück unterhalb der Erdoberfläche und gingen, soweit die Orientierung noch stimmte, in Richtung Meer. Es war naheliegend, daß Livia und Marlen sich an die Gänge unter der Stadt erinnert fühlten. Mit dem Unterschied, daß dieser Gang bereits erobert und kultiviert war: weiß getüncht, marmorgefliest, die Schritte hallten. Alle paar Meter ein Bild an der Wand, kleinformatige Landschaftsveduten und Porträts, 19. Jahrhundert, Schule von Posillipo, wie Livia fachkundig feststellte, keine Billigware.

Nach etwa hundert Metern kamen sie zu einer weiteren Gittertür. *Cacciapuoti* stand auf einem schlichten Messingschild. Marlen betätigte den Klingelknopf, Livia schaltete den Walkman in der Tasche ihres Jacketts ein. Die Tür öffnete sich von selbst und dahinter eine weitere, letzte Tür. In ihr erschien eine große, kurzhaarige Gestalt in einem schwarzen Hosenanzug. Livia mußte an die Tabakfrau denken und daran, daß Schwarz nicht unbedingt nur eine Farbe für Trauernde und Theaterregisseure sein mußte.

Die Witwe von Umberto Cacciapuoti bat sie herein und forderte sie auf, abzulegen. Livia verzichtete, Marlen sah zu, wie ihre Lederjacke in einem Garderobenschrank verschwand. Fiorilla Cacciapuoti war eine aparte Frau zwischen 35 und 45 mit kurz geschnittenem, sehr dunklem Haar, dunklen Augen. Sie war mindestens 1,80 m groß, also eine Handbreit größer als ihr Mann.

»Es ist sehr freundlich von Ihnen, daß Sie uns empfangen haben«, hob Marlen an, »so kurz nach ...«

Signora Cacciapuoti winkte ab, als wollte sie den Satz zurück in seine Ecke scheuchen. »Keine Beileidsbekundungen, bitte«, sagte sie mit rauchiger Stimme und strich sich nervös eine nicht vorhandene Strähne aus dem Gesicht. Während sie durch einen geräumigen Flur, von dem mehrere Türen abgingen, in den Salotto traten, äußerte Livia sich bewundernd zum extravaganten unterirdischen Eingang.

»Das ist nichts Besonderes«, sagte die Witwe. »Viele Häuser hier unten am Wasser verfügen über einen solchen Zugang. Ehemalige Seeräubergänge, aus den Zeiten, in denen Posillipo noch völlig unbewohnt war. Mein Mann hätte Ihnen viel darüber erzählen können. Er war es, der den Gang vor ein paar Jahren ausbauen ließ.«

Beeindruckend war auch der Blick nach vorn: durch die Fenster des Salotto, der ungefähr vier Meter über dem Wasserspiegel lag, hatte man einen weiten Blick auf die Bucht, die Schiffe und Segelboote, bei guter Sicht, wie heute, bis nach

Capri. Die Witwe sah Marlens stille Begeisterung und bot ihr den Platz mit Blick aufs Wasser an, Livia nahm gegenüber Platz, mit Blick auf einen frühen Boschetti, der die Hälfte der Wand einnahm. Sie machte eine anerkennende Bemerkung. Boschetti war früh gestorben, Anfang der siebziger, seine Bilder hatten es erst im nachhinein in Fachkreisen zu Ruhm gebracht.

Fiorillas Augen flackerten irritiert. Umberto habe das Bild unbedingt haben wollen. Ihren Geschmack treffe dieses abstrakte Zeug nicht. Sie wandte sich an Marlen. »Wieso interessiert sich eine deutsche Zeitung für den Tod meines Mannes?« sagte sie in völlig korrektem, beinahe akzentfreiem Deutsch.

»Sie sprechen Deutsch?« Marlen war perplex, und Livia vergaß das Bild.

»Sie haben meine Frage nicht beantwortet«, sagte Fiorilla lächelnd auf italienisch. »Und da ich Ihnen vermutlich noch viele Fragen beantworten soll, dachte ich, auch ich hätte eine Frage gut.«

»Natürlich«, sagte Marlen beflissen und führte aus, für welche Zeitung sie schreibe, und daß das unterirdische Neapel einen ganz besonderen Reiz ausübe und sie an einer Führung der LAES teilgenommen habe. Dann sei Signor Cacciapuoti tot aufgefunden worden, was sie zutiefst bedaure und außerdem ...

Fiorilla schnitt ihr mit einer Handbewegung das Wort ab. Sie begann, emotionslos Fakten aus Umbertos Leben herunterzurattern, als spule sie ein Tonband ab: die Weinläden, die Umberto mit Hilfe seines Familienerbes aufgezogen hatte; Umberto als studierter Wirtschaftswissenschaftler; Umberto als engagierter Kleinunternehmer, der schon als Kind in der Schule mit Abziehbildern Handel trieb, sich später erste Sporen mit Schmuck und Handarbeiten aus Mittelamerika verdient hatte und dann seriös ins Weingeschäft eingestiegen war, wovon er offenbar eine Menge verstand; Umberto, der vor zwei Wochen nach Bordeaux gefahren war, anschließend in die Provence, von wo aus er sie zuletzt angerufen hatte, danach standen Mailand, Bologna, Florenz auf dem Programm, sowie ein Abstecher nach Pisa, um sich einen Laden anzusehen, in dem er eine weitere Filiale plante. Umberto, den seine Frau auf Geschäftsreise wähnte, als Freitag nacht die Polizei vor der Tür stand und ihr die traurige Nachricht überbrachte. Fiorilla hatte ihren Mann zwar ein paar Tage früher zurückerwartet, sich jedoch keine Sorgen gemacht, denn in der Beziehung seien sie flexibel gewesen, sagte sie. Sie machte eine Pause, zündete sich eine Zigarette an.

»In welcher Beziehung?« hakte Marlen nach.

Fiorilla sah sie erstaunt an, zog überrascht die Stirn kraus. Sie zündete sich eine zweite Zigarette an, obwohl die andere gerade erst angeraucht war, bemerkte den Irrtum, begann einen Satz, unterbrach sich, suchte nach Worten. Sie war aus dem Konzept geraten, entschuldigte sich, sagte, sie sei in den letzten Tagen ein wenig durcheinander und könne sich nichts merken.

»Sie sagten, *in der Beziehung* seien Sie flexibel gewesen, Sie und Ihr Mann, wenn er auf Geschäftsreise war und ein, zwei Tage später nach Hause kam, und ich habe gefragt, wie Sie das meinen, flexibel in welcher Beziehung?« wiederholte Marlen.

Fiorilla lehnte sich im Sessel zurück, fixierte einen Punkt im Himmel jenseits der Fensterscheibe, sichtlich konzentriert, ein Stück weniger gefaßt als vorher. »Wir haben jeder unser eigenes Leben gelebt«, sagte sie und lächelte gezwungen. Sie richtete sich wieder auf, ihre Züge glätteten sich. »Sie wissen ja, wie das ist in Italien, man kann nicht so genau sagen, was wann passiert: Die Flexibilität ist Teil unseres Arrangements mit dem Leben.«

Das hörte sich gut an. Fiorilla hatte das Gespräch wieder im Griff, der kleine Ausrutscher in persönliche Gefilde war vorbei. Ihr Blick blieb an einer der Glaskaraffen auf dem Beistelltisch hängen, und sie fragte die Frauen, ob sie ihnen etwas anbieten dürfe, einen Pomerol vielleicht?

»Warum hat Ihr Mann ausgerechnet mit Wein aus Frankreich gehandelt?« fragte Marlen, nachdem sie den ersten Schluck getrunken hatte.

»Er hatte eine Schwäche für Frankreich«, antwortete Fiorilla. »Er hat als Schüler ein Jahr in einem Internat an der Côte d'Azur verbracht, nach dem Tod seiner Mutter, die Zeit hat ihn geprägt. Als Student ist er in den Ferien immer zur Weinernte gefahren. Und sogar unsere Hochzeitsreise ging nach Frankreich, die Loire-Schlösser, eine ausgezeichnete Weingegend, wie Sie wohl wissen.«

Ihre dunklen Augen waren noch eine Schattierung dunkler geworden. Livia glaubte, Trauer oder Ironie zugleich in ihnen abzulesen, aber sie war sich nicht sicher. Fiorilla Cacciapuoti war eine sehr gefaßte Witwe, die sich nicht so leicht hinter die Fassade blicken ließ.

»Offenbar lassen sich französische Weine in Neapel nicht gut verkaufen«, nahm Livia das Thema auf.

»Richtig«, fuhr die Witwe fort, »die Neapolitaner sind konservativ, regionalistisch und frankophob obendrein. Alles, was aus Amerika kommt, wird kopiert. Vielleicht hat es etwas mit dem Krieg zu tun. Wenn nicht die Amerikaner gekommen wären, sondern die Franzosen, hätten jetzt vielleicht französische Weine und Camembert Hochkonjunktur anstelle von Coca-Cola und Hamburgern ... Umbertos Läden in Norditalien jedenfalls laufen bestens, und so schlecht sieht es in Neapel auch nicht aus, hier haben wir eben eine andere Klientel.«

»Ich habe in der Zeitung gelesen, daß Sie jetzt die Läden übernehmen werden«, sagte Marlen. »Haben Sie daran gedacht, alles zu verkaufen?«

»Wieso denn das?« Fiorilla war erstaunt.

»Na ja«, sagte Marlen, »vielleicht um einfach mal etwas anderes zu machen, etwas Eigenes.«

»Soso, etwas Eigenes«, wiederholte Fiorilla nun unverhohlen spöttisch. »Haben Sie sonst noch Fragen?«

Marlen ließ sich nicht beirren. »Haben Sie einen Verdacht, wer Ihren Mann auf dem Gewissen haben könnte?«

»Auf dem Gewissen«, wiederholte Fiorilla verächtlich. »Keine Ahnung. Jeder Mensch hat Feinde. Ich, Sie, jeder von uns.«

»Denken Sie an eine bestimmte Person?«

»Einen Namen kann ich Ihnen nicht nennen. Und selbst wenn mir einer einfiele, würde ich ihn verständlicherweise nicht Ihnen nennen, sondern der Polizei.« Sie warf einen kurzen Blick auf die Uhr, um auch ohne Worte darauf hinzuweisen, daß das Gespräch sich dem Ende zuneigte.

»Und wie erklären Sie sich, daß Ihr Mann unter der Erde gefunden wurde?«

»Er wird eine unterirdische Weinquelle entdeckt haben«, sagte sie spöttisch. »Eine Nymphe.«

»Und die These, daß die Camorra etwas mit dem Mord zu tun hat?«

»Was wollen Sie hören?« fragte Fiorilla nun mit aggressivem Tonfall zurück und stand abrupt auf. »Was soll ich lieber antworten? Ja oder nein?« Sie klang aufgebracht, der Spott war verbraucht. »Ich habe keine Ahnung.«

Livia fragte, ob sie die Toilette benutzen dürfe, wurde den Flur entlang zur dritten Tür rechts geschickt. Fiorilla ging zum Fenster, blickte aufs Meer und drehte Marlen den Rücken zu.

Marlen räusperte sich, dachte an die Anspielungen, die Italo nebenbei hatte fallen lassen. Es war zwar eine Zumutung, eine Frau, deren Mann vor kurzem ermordet war, danach zu fragen, aber sie tat es trotzdem, zumal Fiorilla für einen Augenblick aus der Fassung zu schien. »Hatte Ihr Mann ein Verhältnis mit einer anderen Frau?«

»Natürlich«, sagte sie und drehte sich langsam wieder um. »Nicht nur eines.«

»Und Sie wußten davon?«

»Sicher«, nickte sie.

Das Telefon klingelte. Fiorilla ließ es klingeln.

»Sie haben keine Kinder?«

»Meines Wissens jedenfalls nicht.«

»Und hat es Ihnen nichts ausgemacht, ich meine, die anderen Frauen?« fragte Marlen weiter.

»Auch in der Beziehung waren wir flexibel«, antwortete sie gelassen und fragte dann mit leicht sägender Stimme: »Sie haben ihn nicht gekannt, sagten Sie am Telefon.«

»Ich bin nur eine Freundin von Salvatore, einem guten Freund Ihres Mannes.«

Fiorilla Cacciapuoti zeigte keinerlei Reaktion. Das Telefon hörte auf zu klingeln.

»Er war früher ein sehr enger Freund Ihres Mannes«, fügte Marlen hinzu und hoffte, der Groschen würde jetzt fallen. Doch die Witwe schüttelte den Kopf.

»Delle Donne«, ergänzte Marlen.

Ein Auflachen. »Nicht schlecht, der Name«, sagte Fiorilla. »So einen Namen vergißt man nicht. Wann soll das gewesen sein?« Ihr Blick war undurchdringlich.

»Als die beiden sehr jung waren, mit achtzehn, zwanzig«, sagte Marlen aufs Geratewohl.

Zu der Zeit habe sie ihren Mann noch nicht gekannt, sagte

Fiorilla, sie seien sich erst mit Ende zwanzig über den Weg gelaufen. »Ich kenne nicht einmal seine heutigen Freunde. Wir sind jeder unsere eigenen Wege gegangen, bis sie sich kreuzten, wie gesagt. Was vorher war, war vorher.«

»Und was hinterher war?« führte Marlen den Gedanken weiter.

»Hinterher ist nie«, sagte Fiorilla. »Hinterher ist morgen. Wissen Sie denn, was morgen kommt?«

Dumme Frage, natürlich nicht.

Marlen war enttäuscht. Sie hatte mehr von dem Gespräch erwartet, gerade auch in Sachen Salvatore. Fiorilla Cacciapuoti hatte nichts wesentlich Neues erzählt, die Kontrolle behalten, das Gesicht gewahrt. Selbst das Reizwort »Verhältnis« hatte seine übliche Wirkung verfehlt. Andere Frauen? Natürlich, kein Problem. Wir sind flexibel. *Waren* flexibel. Ein merkwürdiges Paar, dachte Marlen. Undurchsichtig. Sie läßt sich nicht in die Karten gucken, doch andererseits, warum sollte sie auch, von irgendeiner fremden Journalistin?

Das Telefon klingelte erneut. Diesmal nahm Fiorilla den Hörer ab. Marlen hörte einen kurzen Dialog, ein kurzes *si – no – fra mezz'ora* – in einer halben Stunde. Livia war währenddessen wieder hereingekommen und hatte ihr zugeraunt, sie solle sich unbedingt die Toilette ansehen, vierte Tür rechts. Fiorilla legte den Hörer auf und lächelte. Auch Marlen erhob sich.

»Eine letzte Frage, bitte«, sagte sie.

»Ja?«

»Wie kommt es, daß Sie so ausgezeichnet Deutsch sprechen?«

Fiorilla erklärte auf deutsch, ihr Vater sei Neapolitaner, ihre Mutter jedoch Deutsche, die Kinder, sie und ihre Schwester, seien von klein auf zweisprachig aufgewachsen, die Mutter habe darauf bestanden. Nach dem Abitur habe sie zwei Jahre in München gelebt, danach ein Jahr in Paris und eins in London. »Sprachen kann man immer gebrauchen, war ein Leitspruch meiner Mutter«, schloß sie.

Marlen nickte. »Und – haben Sie sie gebraucht?«

»Gerade eben, zum Beispiel.«

20

»Ich schwöre dir, die Dinger sind mindestens 200 Jahre alt!« Livia packte Marlen aufgeregt am Arm, als sie wieder durch den langen, gekachelten Gang zum Fahrstuhl gingen.

»Jetzt warte doch, bis wir draußen sind«, zischte Marlen zwischen den Zähnen und setzte eine extra gleichgültige Miene auf. »Wenn sie uns über eine Kamera beobachtet!«

»Wir sind doch nicht in einem Krimi«, flüsterte Livia.

»Ich schon«, zischte Marlen zurück. »Spätestens seit meiner Ankunft in Neapel. Und jetzt halt die Klappe! Bitte.«

»Er muß eine Menge Geld gehabt haben«, sagte Livia, als sie im Aufzug nach oben fuhren. »Eine Nobelvilla am Meer, Posillipo, Toplage, die Einrichtung ... Das wird man ja wohl sagen dürfen«, betonte sie, »selbst wenn sie es hört, schließlich verstecken die ihr Geld nicht.«

Marlen grinste. »Über Geld spricht man nicht«, dozierte sie. »Einer der Lieblingssprüche meines Vaters, er hatte auch ein paar Nebensprüche, aber wehe man hat ihn danach gefragt, wieviel er verdient oder was das Haus damals gekostet hat. Flüchtlingsethik. Wer weiß. Über Geld spricht man nur, wenn es sich in den Dingen versteckt, in Porzellan, antiken Möbeln, echten Perserteppichen, Bildern – gesäuberte, aufpolierte Ware ...«

Die Gittertür fiel hinter ihnen ins Schloß, sie standen wieder an der Via Posillipo, kniffen die Augen gegen die späte Nachmittagssonne zusammen, die sich in einem noch flachen Winkel über das Wasser ergoß.

»Wie zum Beispiel in den Majoliken im Badezimmer«, nahm Livia ihren Gedankengang wieder auf. Auf der Suche nach der Gästetoilette war sie versehentlich im Badezimmer der Cacciapuoti gelandet. Und dort waren ihr sofort die herrlichen alten gelb-blau gemusterten Kacheln auf dem Fußboden und an den Wänden ins Auge gefallen, die nicht so recht zur sonstigen trendgerechten Ausstattung paßten. Die zwei Waschbecken, die in die Ecke eingepaßte, dreieckig-ovale Badewanne, Toilette, Bidet – alles vom Teuersten und Neuesten, doch je aufwendiger diese Teile blinkten und glänzten, desto spöttischer schienen die Kacheln zurückzulächeln, sich einer gewissen Würde bewußt, die die Jahre ihnen verliehen hatten. Livia hatte auf der Toilette gehockt, das Kinn in die Hände gestützt, die Ellbogen auf den Knien, und diesen imaginären Zweikampf zwischen alt und modern auf sich wirken lassen, an dem auch die Handtuchhalter, Lampen, Zahnputzbecher, die gelbe Klobürste und die gelbe, fischförmige Seife teilhatten.

Vom Badezimmer ging noch eine zweite Tür ab. Livia nahm an, daß sie zum Schlafzimmer führte, damit die Eheleute ohne den weniger intimen Umweg über den Flur morgens direkt vom Bett ins Bad gelangen konnten. Alle guten Manieren über Bord werfend, hatte Livia auch diese Tür geöffnet und den Bruchteil einer Sekunde die Luft angehalten, bis die Vision eines zwischen zerwühlten Laken auffahrenden, natürlich nackten Liebhabers sich wieder verflüchtigt hatte. Blödsinn, Fiorilla war eine frischgebackene Witwe, die ihren Liebhaber, selbst wenn es einen gab, mit Sicherheit, noch dazu während eines Interviews, nicht im Ehebett zurücklassen würde. Maximal läge dort eine Katze.

Klischees beiseite: Das alte, aufpolierte Messingbett war faltenfrei gemacht und leer. Livia, die Malerin, Kunstrauberfasserin und Frau des Auges sah sich um. Wenige, aber kostbare Möbel, vermutlich Erbstücke aus Umbertos Familie. Das Schlafzimmer war geräumig, licht und insgesamt geschmackvoller ausgestattet als das Badezimmer. An den Wänden hingen zwei Gemälde von Tavernese, einem zeitgenössischen Maler aus Rom, den auch Livia kannte und im Gegensatz zu Boschetti nicht besonders schätzte, wenngleich sie zugeben mußte, daß seine Bilder gut waren, surrealistische Varianten des Kampfes zwischen den Geschlechtern, der, wie hier an den Wänden, als Waffenstillstand oder als stumme, leidenschaftliche Umarmung ausfallen konnte. Ein drittes Gemälde zeigte die von der Brandung umspülten Klippen von Posillipo und ein Fischerboot am Strand. Neben dem Fenster hingen senkrecht untereinander eine Reihe von Fotos in Mahagonirahmen. Zwei Landschaftsfotos, auf dem dritten saßen zwei Männer und zwei Frauen auf einer Bank, Livia erkannte Fiorilla und neben ihr Umberto, die anderen beiden Personen waren ihr unbekannt. Livia verließ das Schlafzimmer durch das Badezimmer.

Das letzte, was ihr auffiel, waren zwei Marmorengel, die über den beiden Kopfenden des Bettes schwebten – Schutzengel, von denen einer offenbar versagt hatte.

»Aber du hättest erst mal das Bad sehen sollen«, schloß Livia.

»War leider nicht drin«, sagte Marlen bedauernd. »Fiorilla stand neben mir, da war kein Irrtum in der Tür möglich. Aber auch das Gästeklo war nicht übel. Mickymaushefte, leider nicht der richtige Augenblick, um darin zu schmökern. Worüber habt ihr denn draußen im Flur geredet, als ihr auf mich gewartet habt?«

»Das ist es ja«, sagte Livia aufgekratzt. »Du warst zu kurz weg. Ich habe sie ganz unschuldig nach den Kacheln im Bad gefragt. Sie war nicht gerade begeistert, daß ich die falsche Tür genommen hatte. Dann hat sie gesagt, daß Umberto sich um die Innenausstattung des Hauses gekümmert und viele Einzelstücke bei Antiquitätenhändlern erstanden habe. Und dann kamst du wieder dazu, und das war's.«

Marlen runzelte die Stirn. »Worauf willst du hinaus?«

»Die Kacheln sahen verdammt alt aus und verdammt echt. Wie die im Kloster von Santa Chiara, beinahe jedenfalls.«

»Und was würde das bedeuten?«

»Daß irgendein Antiquitätenhändler von irgendeinem Zwischenhändler gestohlene Stücke kauft und weiterverkauft. Ohne daß er unbedingt offiziell wissen muß, daß die Stücke gestohlen sind. Und natürlich ohne daß der Käufer es weiß.« Livia seufzte. »Wenn du diese Gegend hier abklapperst, findest du vermutlich in mindestens einem Drittel der Häuser irgendwelche Antiquitäten zweifelhafter Herkunft. An irgendwen muß das geklaute Zeug ja verkauft werden.« Sie seufzte. »Ich sag dir, das ist wahrscheinlich meine neue Berufskrankheit – die Wirklichkeit nach gestohlenen Kunstwerken abzugrasen. Gerade für Leute wie die Cacciapuoti wird ja geklaut. Gerade weil sie scharf sind auf Kunst und alles Alte, blüht der Markt. Du hast ja keine Ahnung. Vor ein paar Jahren kam auf einmal der Handel mit Grabdeckeln in Mode, schweres, dickes Holz, zu eindrucksvollen Eßtischen umgearbeitet. Speziell Friedhöfe in den kleinen Gemeinden um den Vesuv waren betroffen. *Buon appetito*.«

Marlen sah sie ungläubig an. »Vielleicht haben die Leute keine Ahnung, wo das Holz herkommt.«

»Du bist vielleicht naiv«, entrüstete sich Livia.

»Mir fehlt nur die kriminelle Phantasie«, verteidigte sich Marlen.

»Wer hatte denn Angst vor der Überwachungskamera?«

»Wir stammen eben aus verschiedenen Welten«, sagte Marlen. »Ich lese zu viele amerikanische Krimis, und du beschäftigst dich zuviel mit Kunstraub.«

»Laß uns doch zusammenarbeiten«, schlug Livia vor und legte ihrer Freundin den Arm um die Schulter. »Aber jetzt sag mal ehrlich, was hältst du von den beiden?«

Marlen wiegte den Kopf. »Gemischte Gefühle. Natürlich war sie gut vorbereitet. Trotzdem war das Gespräch hintergründig.«

»Die Witwe hat sich gut unter Kontrolle«, stimmte Livia ihr zu. »Was immer in ihr vorgeht.«

»Warum sollte sie uns beiden etwas vorweinen. Trauer hat viele Gesichter. Aber anscheinend ist ihr Mann keine jahrelange Trauer wert«, sagte Marlen. »Er war offenbar kein Kind von Traurigkeit. Sie hat nicht mit der Wimper gezuckt, als die Rede auf seine Geliebten kam.«

»Sie ist selbst eine attraktive Frau«, sagte Livia. »Und ein Stück größer als er. Vermutlich hat sie es ähnlich gehalten.«

»Von ihr wissen wir jedenfalls gar nichts. Nur daß sie Deutsch spricht. Und die Läden übernimmt. Nach *ihrem* Leben haben wir sie nicht gefragt. Die übliche Zuordnung. Die Frau zum Mann, die Signora Cacciapuoti.«

»Und das Alibi?«

Livia schlug sich vor die Stirn. »Haben wir sie etwa nicht danach gefragt?«

»Sie hat mit Sicherheit eins. Sonst wäre sie nicht so cool.«

»Oder erst recht.«

Livia schlug vor, sie sollten sich den Haupteingang zur Cacciapuoti-Villa ansehen, ein kleiner Spaziergang wäre jetzt nicht übel. Die Kombination aus Aufzug und unterirdischem Korridor konnte nicht der einzige Zugang zum Haus sein. Irgendwie mußte man auch mit dem Auto heranfahren können.

Sie waren ungefähr fünf Minuten stadtauswärts gegangen,

als tatsächlich linkerhand eine schmale Gasse abzweigte. Sie führte zwischen parkähnlichen Gärten, in denen sich Villen vermuten ließen, in weiten Kurven und leichtem Gefälle zu einem schmalen Kieselstrand. Auf halber Strecke kam den Frauen ein Auto entgegen. Sie traten links an den Straßenrand, um es vorbeizulassen, und erkannten im Vorbeifahren das Profil und die kurzen, schwarzen Haare von Fiorilla Cacciapuoti, die auf dem Beifahrersitz saß. Am Steuer, neben ihr, ein Mann mit Sonnenbrille und kurzen, dunklen Haaren. Einen Moment lang glaubte Livia, den Mann von irgendwoher zu kennen, doch solche Männer gab es in Neapel wie Miesmuscheln im Meer. Sie blickten dem Auto nach, ein BMW in silbermetallic, mindestens seine 60.000 DM wert. Jemand hatte Fiorilla abgeholt. Aber wer? Ein Freund von Umberto? Ein Freund von Fiorilla?

Zwei Fischerboote lagen auf den Kieseln am Strand. Männer waren mit dem Aufbau der Holzstege für die Sommersaison beschäftigt. Ab Ende Mai würden sich die Leute in dieser höchstens dreißig Meter langen Bucht tummeln, in der Sonne braten, Steaks grillen. Links oberhalb der Badebucht lag ein Restaurant. Auch dort waren Männer mit Renovierungsarbeiten zugange. Das Restaurant sollte Ostern wieder geöffnet werden. Livia fragte einen Arbeiter in neapolitanischem Dialekt nach dem Haus der Cacciapuoti. Der Mann gab die Frage an einen anderen Mann weiter, der dabei war, die Fensterrahmen zu streichen. »*'O muorto*?« rief er zu Livia hinüber.

Livia nickte. Ja, sie meinte den Toten.

»Das Haus da oben.« Er wies mit dem hellblauen Pinsel auf ein Haus, das weiter rechts auf einer Klippe stand, umgeben von Sträuchern und Büschen, dort, wo der Strand zu Ende war. »Es ist der dritte Eingang von unten, wenn Sie die Straße wieder hochgehen, das goldlackierte Tor.«

Das Haus, in dem Fiorilla nun allein wohnte, sah von hier aus relativ neu aus. Es war vielleicht zehn, maximal fünfzehn Jahre alt: eine auch von außen geschmackvolle, nicht zu große, nicht zu kleine Villa, die rostrot angestrichen war. Die Fenster, in denen sich jetzt die Sonne spiegelte, mußten zum Salotto gehören, wo die Frauen noch vor einer halben Stunde gesessen hatten. Darüber, ein wenig zurückversetzt, befand sich eine Terrasse, vermutlich mit Zugang zu weiteren Zimmern. Es sah aus wie ein gestrandetes Schiff. Es erinnert mich an irgend etwas, dachte Marlen, aber an was. Dann fiel es ihr ein: an das rote Haus von Curzio Malaparte auf Capri.

Als die beiden Frauen zu Livias Vespa zurückschlenderten, entdeckten sie auf der anderen Straßenseite eine Autowerkstatt. Livia hatte eine Idee. Sie überquerten die Straße, näherten sich dem Eingang dieses in Tuffstein gehauenen Gewölbes. Ein untersetzter Mann war gerade dabei, das Heck eines Autos zu polieren.

Livia sagte, sie habe das Alfa-Schild draußen gesehen. »Das ist doch die Werkstatt von Signor Cacciapuoti, stimmt's?«

»Habt ihr gehört, Leute? Die *signorine* sind wegen dem Cacciapuoti hier.«

Das Dengeln und Klappern hörte augenblicklich auf. Zwei ölverschmierte Männer im Alter von Anfang bis Mitte dreißig tauchten unter und aus dem Y 10 auf, an dem sie gerade herumfummelten.

»Zeitung oder Kripo?« fragte der Untersetzte kaugummikauend zurück und musterte die Frauen von Kopf bis Fuß. »Ich schätz mal Zeitung.«

Die Frauen nickten. Es hatte keinen Sinn, diesen Männern etwas vorzumachen. Entweder sie schickten sie weg, oder sie waren gesprächig. Zwischentöne gab es nicht.

»Sauerei«, sagte einer der Ölverschmierten unaufgefordert. »Hab's heute morgen gelesen.«

»Ich hab's doch immer gesagt: die Frauen bringen den noch mal unter die Erde«, sagte der andere.

»Scheißweiber«, bestärkte ihn der erste.

»Das verstehe ich nicht«, sagte Livia.

»Das versteht sie nicht«, wiederholte der Untersetzte amüsiert. »Habt ihr's gehört?«

»Sie meinen, seine Frau hat ihn unter die Erde ...?« sagte Livia mit aufgerissenen Augen.

»Ich meine gar nichts«, sagte der eine und sah seinen Kollegen an. »Hast du etwas gesagt?«

Der erste Mechaniker kratzte sich im Schritt. »Ich hab ihm

immer gesagt, man kann rumfummeln so viel man will, aber wenn sie heißlaufen: Finger weg.«

»War sein Motor kaputt?« fragte Marlen.

Jetzt klopften sich die drei Automechaniker vor Begeisterung auf die Schenkel. »Im Gegenteil«, prustete der eine. »Gut gekontert, *ragazza*«, sagte der Untersetzte.

»Und was war nun mit den Frauen?« Marlen tat so, als komme sie nicht mit.

»Ja, was ist eigentlich mit den Frauen«, grinste der mit dem Schraubenschlüssel in der Hand. »Was glauben Sie denn?« Er sah Livia und Marlen herausfordernd an.

»Er hatte eine Menge Freundinnen«, sagte Livia unbeeindruckt.

»Stimmt.«

»Und seine Frau?«

Die Männer verschränkten die Arme vor der Brust. »Die läßt ihren Wagen woanders reparieren«, sagte der Untersetzte und schob das Kaugummi über die Zunge. »Kein Kundendienst. *Mi dispiace*.«

Nachdem sie die Autowerkstatt verlassen hatten, klapperten Livia und Marlen die anderen Geschäfte gegenüber des Palazzo Donn'Anna ab. Der junge Mann im Zeitungsladen tippte nur mit dem Finger auf das Titelblatt und wandte sich stumm dem nächsten Kunden zu. Die beiden Frauen in der Reinigung waren gesprächiger. Die Cacciapuoti seien ein vorbildliches Ehepaar gewesen. Aufgezählt wurden all die positiven Eigenschaften, die die meisten Menschen auch sich selbst gern andichteten. Eine andere Frau wiegte zweifelnd den Kopf, sagte aber nichts. Kein schlechtes Wort über Tote und Trauernde. Und die Bäckersfrau jammerte: »Es trifft immer die Falschen. Die Ehrlichen, die Anständigen, die niemandem etwas zuleide tun.«

21

Irgendwann in der Nacht läutete sich jemand per Telefon hartnäckig in Marlens Träume hinein. Voller Zorn über die Störung torkelte sie aus dem Bett zum Telefon. Marlen wunderte sich über Livias festen Schlaf. Sollte dies ein mieser Pubertätsscherz von Luzie sein? Oder ein Hilferuf? War etwas passiert? Sie erreichte das Telefon schon beim fünften Klingeln, doch als sie ein unfreundliches *Pronto* in die Muschel bellte, wurde am anderen Ende der Leitung aufgelegt. Telefonterror? Oder ein ehemaliger Liebhaber von Livia, der ein verschlafen hingehauchtes Livia-*Pronto* erwartet hatte? Die Tür zu Livias Zimmer stand offen. Aha. Die Verabredung mit Jean schien sich in die Länge zu ziehen. Marlen zog den Stecker aus der Wand, tappte zurück ins Bett und hoffte, daß die vielversprechenden Träume noch irgendwo über dem Kopfkissen schwebten und sich ihr erneut offenbaren würden.

Am anderen Morgen setzte sie noch im Schlafanzug die Espressokanne auf, trank wie immer ein Glas Leitungswasser und bediente sich aus der aufgerissenen Packung Dolci del Mattino. Längst hatte sie die deutschen Langzeitfrühstücksgewohnheiten mit Brot, Butter, Marmelade oder gar Müsli abgelegt. Livias Tür stand noch immer offen. Sie war vermutlich direkt von ihrem Rendezvous zur Arbeit gefahren. Marlen schaltete das Radio ein. Notizen vom Sport, Wetterbericht, dazwischen eine Sequenz hysterisches Reklamegeplapper, im Ausland erträglicher, weil es exotischer klang. Es war kurz nach acht. Sie reckte sich und beschloß, eine Runde laufen zu gehen.

Es war noch früh, und die Straßen relativ leer. Selbst der Tabakladen war noch geschlossen. Die Luft war klar, es würde ein lauer Frühlingstag werden, gerade richtig, um am Nachmittag in der Villa Floridiana hinter dem Porzellanmuseum auf den Stufen in der Sonne zu sitzen, zu lesen, zu schauen. Kinder würden Steine in den Springbrunnen werfen, Mütter würden auf Bänken sitzen, sich angeregt über Lappalien und Kinderkrankheiten unterhalten, das erste Liebespaar stünde an die Mauer der Aussichtsterrasse gelehnt, den Blick nur ins eigene Universum gerichtet. Dahinter lagen das Meer, Capri, unsichtbar am Horizont die Äolischen Inseln, dann kam irgendwann Sizilien, dahinter der Rand der italienischen Erdscheibe. Frühlingsschwärmerei.

Am Springbrunnen, der friedlich vor sich hin plätscherte, machte Marlen ein paar Dehnübungen. Ihr fiel ein, daß sie sich seit Tagen nicht um die *quattro giornate* gekümmert hatte. Die Mordsgeschichte hatte alle anderen Projekte in den Hintergrund treten lassen, Marlen war seit ihrer Ankunft noch nicht einmal nach Capri gefahren. Dabei hatte sie sich doch die Villa Malaparte ansehen wollen – gemeinsam mit Salvatore ... Was Salvatores Mutter ihr wohl hatte mitteilen wollen? Als Marlen nach dem Besuch bei Fiorilla Cacciapuoti abends nach Hause gekommen war, hatte sie eine Nachricht auf Band vorgefunden: »Bitte rufen Sie mich an. Es geht um meinen Sohn.« Und dann die Nummer. Marlen hatte die Stimme von Signora delle Donne wiedererkannt. Offensichtlich war Salvatores Mutter nicht daran gewöhnt, mit Tonbändern am anderen Ende der Leitung zu sprechen, und hatte daher vergessen, ihren Namen zu nennen. Marlen hatte sogleich versucht zurückzurufen, aber es war niemand an den Apparat gegangen.

Es geht um meinen Sohn ... War er womöglich aufgetaucht? Hatte Salvatore sich bei seiner Mutter gemeldet? Etwa eine Nachricht für sie, Marlen, hinterlassen? Sie machte sich auf den Heimweg. Ihr Herz klopfte, unbeabsichtigt hatte sie einen Zahn zugelegt. *Mi faccio i cazzi miei* ... Hoffentlich war nichts passiert. Aber die Stimme der Mutter hatte sich nicht besorgt angehört. Marlen, stell dich nicht dumm, sagte sie sich und verlangsamte keuchend die Schritte: Du würdest ihn gern wiedersehen und etwas zu Ende führen, was unterbrochen wurde. *Ecco.*

Keine Nachricht auf dem Anrufbeantworter. Als sie unter der Dusche stand, fiel ihr schlagartig ein, daß sie ja das Telefon mitten in der Nacht ausgestöpselt hatte. Tropfnaß lief sie durch den Flur und fummelte den Stecker wieder in die Buchse. Dann lief sie zurück ins Badezimmer, ließ sich noch einmal heißes und dann kaltes Wasser über den Körper laufen, trocknete sich ab, zog sich an und wählte dann die Nummer von Signora delle Donne. Wieder ließ sie es lange klingeln. Aber niemand nahm ab.

Livia und sie hatten Möglichkeiten aufgelistet, wie sie an weitere Informationen über Umberto Cacciapuoti, womöglich sogar an den Namen einer seiner Geliebten, herankommen konnten. Marlen sollte ihren Journalistenstatus ausspielen, um sich bei Kollegen umzuhören, die über den Fall berichteten. Sie hatte auch die Aufgabe, Italo erneut auf das Thema anzusprechen und dem Weinladen einen Besuch abzustatten. Livia wiederum hatte mit einer Freundin in Bologna telefoniert. Diese Freundin sollte sich ein wenig umtun, wie es um die Vini Divini Francesi und den dahingegangenen Besitzer bestellt war und wer den Laden dort leitete. Außerdem war verabredet, daß Livia ihren neuen Freund Jean ein wenig über die Cacciapuoti ausfragen sollte. Ob Livia daran wohl noch gedacht hatte …

Tatsache war nun einmal, daß weder sie noch Livia auch nur annähernd über die gleichen Möglichkeiten verfügten wie die Kriminalpolizei. Aber Mund, Augen und Ohren aufsperren und eigene Schlußfolgerungen ziehen, das konnten sie sehr wohl. Es war noch zu früh, um einen Nachtschwärmer wie Italo aus dem Bett zu klingeln. Marlen versuchte es also zunächst bei den beiden Tageszeitungen Neapels. Beim *Giornale di Napoli* hatte sie Glück. Sie wurde mit einem der für den Lokalteil zuständigen Journalisten verbunden, der Interesse an ihrer Geschichte zeigte. Sie verabredeten sich für den späten Vormittag. Danach rief sie Livia im Büro an. Rosaria war am Apparat und sagte, Livia habe sich krankgemeldet. Es folgte ein weiterer erfolgloser Versuch bei Signora delle Donne.

Dafür hatte Marlen bei Signor Uccello mehr Erfolg. Schon der vierte Name im Telefonbuch war der richtige. Er nahm persönlich den Hörer ab, und sie verabredeten sich für Freitag nachmittag, um über die Zerstörung des Grande Archivio del Regno di Napoli durch deutsche Soldaten zu sprechen.

Bis zu dem Termin mit dem Journalisten blieb noch eine Stunde Zeit. Marlen beschloß, sich die Vini Divini Francesi einmal näher anzusehen. Sie hatte soeben die Glastür abgesperrt, als drinnen das Telefon zu läuten begann. Hektisch schloß sie wieder auf und lief zum Apparat.

Es war Salvatores Mutter. Sie hatte eine Nachricht von Salvatore. Eine recht indirekte Nachricht jedoch. Ein Freund ihres Sohnes hatte sie am Tag zuvor angerufen: im Auftrag von Salvatore. Salvatore habe ihn gebeten, ein paar Sachen für ihn abzuholen. Heute nachmittag. Sie hatte gefragt, warum ihr Sohn nicht selbst vorbeikomme, aber der Freund hatte nur gesagt, Salvatore sei verhindert. Ob sie zwischen drei und sechs zu Hause sei?

»Stellen Sie sich vor!« empörte sich Signora delle Donne. »Zwischen drei und sechs, hat er gesagt. Als ob man nichts anderes zu tun hat. Als ob man nur darauf wartet, daß ein Freund des Sohnes vorbeikommt, um die Post und die gebügelte Wäsche abzuholen!« Sie fragte Marlen, ob sie am Nachmittag Zeit habe und »ganz zufällig« auch da sein könne, wenn dieser Freund kam. »Als wenn sie zufällig gerade vorbeigekommen sind, um meinem Sohn dieses Buch zu bringen«, sagte sie. »Vielleicht sagt er Ihnen ja, wo Salvatore gerade steckt. Und ich dachte, dann könnten Sie ihm das Buch selbst ...«

So läuft der Hase, dachte Marlen. Sie macht sich Sorgen. Und sie hofft, daß ich erreiche, was ihr selbst als Mutter nicht mehr gelingen kann. Diese Rolle gefiel Marlen ganz und gar nicht. Und darüber hinaus bezweifelte sie, daß der Plan funktionieren würde. Aber sie hatte schon einen anderen parat ...

»Dummerweise habe ich heute nachmittag keine Zeit«, sagte sie. »Tut mir wirklich leid.« Sie bedankte sich bei Salvatores Mutter für den Anruf und betonte, daß sie sich sehr freuen würde, wieder etwas von ihr zu hören, falls ihr Sohn sich melden sollte.

Auf dem Weg zum Weinladen schaute Marlen kurz bei der Tabakfrau vorbei, die wie eine Kartenlegerin hinter dem Ladentisch thronte und bediente: mit geschürzten roten Lippen und rotlackierten Fingernägeln griff sie hinter sich oder nach rechts oder links, gruppierte die Objekte vor sich auf dem Zeitungspapier, wickelte sie ein und schnürte sorgfältig ein Band drumherum: ein Geschenk. Sie machte Marlen ein Zeichen, daß sie warten solle, bediente die nächste Kundin, ließ die übernächste wiederum warten, stand auf und kam um den Ladentisch herum.

»Ich habe mit meiner Mutter gesprochen«, sagte sie halblaut zu Marlen. »Wegen damals, im Krieg. Sie würde Sie gern kennenlernen. Paßt es am nächsten Sonntag?« Auch Livia sei eingeladen, sofern sie Lust und Zeit hatte. Vielleicht konnten sie alle drei gemeinsam nach der Malsitzung zu ihrer Mutter fahren, schlug die Tabakfrau vor.

22

Die Vini Divini Francesi waren ein gut geführter, geschmackvoll eingerichteter Laden in der Via Carlo Poerio: gute Gegend, übersichtliche Regale, ein Tischchen mit offenen Flaschen zum Probieren, blauweißrote Fähnchen hier und dort, eine riesige Karte der Weinbaugebiete Frankreichs an der Wand. Kein Schnickschnack, keine Kunstgegenstände weder in der Vitrine noch im Laden selbst – jedenfalls soweit Marlen das mit ihrem Laienblick beurteilen konnte. Ein dicklicher, etwa fünfzigjähriger, in einen dunklen Anzug gekleideter Herr, der Marlen bis zum Kinn, Fiorilla maximal bis zur Schulter reichte, beriet soeben zwei elegante Damen. Marlen sah sich im Laden um, nahm die eine oder andere Flasche in die Hand, studierte das Etikett, versuchte eine Kennermiene aufzusetzen.

Der Verkäufer – oder Geschäftsführer – unterbrach sein Gespräch und erkundigte sich, ob er ihr behilflich sein könne. Sie gab ihm zu verstehen, daß sie Zeit habe, und zeigte auf den Tisch mit den bereits geöffneten Flaschen. Sie würde zwei, drei Weine probieren, wenn es recht sei.

»*Ma certo, signora, prego, prego*, bedienen Sie sich, dafür stehen die Flaschen ja da.«

Beflissen wandte sich der Mann wieder den beiden Kundinnen zu. Marlen hörte, wie er etwas von »atlantischer Brise« sagte, »unterlegt mit Orangenblüte«, dann: »Sandsturm im Frühling«. Es ging offenbar um eine Weinprobe, die bei einer der beiden Damen zu Hause stattfinden sollte. Der Mann im dunklen Anzug erwähnte diverse Weinsorten, machte sich Notizen. Und Marlen probierte derweil. Sie schenkte je einen Daumen breit in die bereitgestellten Gläser ein. Der Wein stieg ihr schnell zu Kopf. Sie mußte sich dazu zwingen, nach der fünften Flasche aufzuhören.

Sie wählte einen Volnay, einen Château des Moines und eine Flasche der »atlantischen Brise« für die Tabakfrau.

»Sehr wohl, *signora*, selbstverständlich, *signora*.« Der Mann verzog dabei keine Miene.

Beim Bezahlen äußerte Marlen, sie sei doch sehr erstaunt darüber, daß das Geschäft überhaupt geöffnet habe, nach dem tragischen Tod des Signor Cacciapuoti.

Der kleine, dicke Mann im dunklen Anzug sah sie ausdruckslos an. Einen Moment dachte sie, er sehe aus wie ein Angestellter eines Beerdigungsinstituts, seriös, pietätvoll, unpersönlich, diskret.

»Das Leben geht weiter«, sagte er tonlos, was vielleicht seine Trauer zum Ausdruck bringen sollte. »Signor Cacciapuoti ...«

»Ich dachte, bei solch einem Trauerfall sei der Laden geschlossen«, insistierte Marlen ungerührt.

»Selbstverständlich«, sagte der Mann. »Signor Cacciapuoti hätte es nicht anders gewollt. Es ist ganz in seinem Sinne.«

Er wechselte das Thema: »Ich habe Sie bisher noch nie als unsere Kundin begrüßen dürfen: wie ist der werte Name?«

»Malaparte«, sagte Marlen und fügte hinzu: »Ich bin Journalistin. Vielleicht könnten Sie mir sagen, ob es hier in Neapel große Konkurrenz ...«

»Bedaure«, sagte der Mann tonlos. »Keine Auskünfte.« Er ging zur Ladentür und hielt sie Marlen auf. Dann setzte er ein Kundenlächeln auf, das ihn ebenso wie der eiskalte Tonfall vom Angestellten eines Beerdigungsinstituts unterschied: »Wenn ich Sie bei anderer Gelegenheit wieder bei uns begrüßen darf ... *Buon giorno, signora.*«

»Glauben Sie, daß es eine seiner Geliebten war?« sagte Marlen provokativ im Vorübergehen.

Als Antwort fiel die Tür hinter ihr zu.

Sie zuckte die Achseln, schlenderte aber trotz dieses brüsken Rauswurfs beschwingt zurück in Richtung Via Chiaia, was wohl auf den Wein zurückzuführen war. Gut, sie hatte das Gespräch falsch angepackt. Wenn sie ehrlich war, hatte sie es überhaupt nicht angepackt. Hatte sich keine Strategie überlegt und noch dazu am hellichten Vormittag nicht gerade wenig Wein probiert. Was soll man da machen, dachte sie. Manchmal fand man keinen Zugang zu einer Situation, zu einem Menschen, konnte reden und reden, ohne daß etwas dabei herauskam. An anderen Tagen klappte es auch ohne viele Worte. Und dann wieder gar nicht. Dann mußte eben Livia dort ihr Glück versuchen.

23

Gutgelaunt ging Marlen durch die Galleria Umberto I., in der vormittags vor allem ältere Männer standen und palaverten, zur Piazza Municipio, dann weiter zur Piazza Borsa. Das *Giornale di Napoli* hatte seine Büros in einer der Seitenstraßen, die zur Marina führten: ein eierschalenfarbener Klotz aus Beton mit Schmutzspuren im Gesicht, der sich zwischen den jahrhundertealten Häusern ausnahm wie ein Kuckucksei. Der Portier kündigte sie in der Redaktion an, Marlen solle warten, Signor Limoncelli würde gleich herunterkommen.

Sie gingen in eine Bar an der Piazza Borsa. Giorgio Limoncelli bestellte einen Martini, Marlen einen Espresso und ein Mineralwasser. Wenn ihr Gespräch mit dem Journalisten nicht ähnlich erfolglos verlaufen sollte wie die Begegnung mit dem Verkäufer im Weinladen, mußte sie den nicht einmal unangenehmen Alkoholschleier im Kopf, der zu unbedachten Fragen und übereilten Schlußfolgerungen führte, dringend loswerden.

Giorgio Limoncelli war Mitte bis Ende zwanzig, eloquent und sichtlich vom Leben unterfordert. Gleich in den ersten fünf Minuten ließ er durchblicken, daß er zu Höherem geboren war als dem Lokalseitentratsch über Fünflingsgeburten, durchgetickte Ehemänner und kriminelle Kinder. Er hatte Politikwissenschaften, Anglistik und Germanistik studiert und war davon überzeugt, daß seine Zeit noch kommen würde.

Ein eindeutiger Fall von Selbstüberschätzung, dachte Marlen und war gespannt, ob sich dahinter mehr verbarg als ein Hohlraum aus überspannten Erwartungen an das Leben.

»Und bis dahin öle ich meine Gehirnwindungen und lauere auf den großen Coup. Und wenn ich ihn in der Hand habe«, er öffnete die Handfläche und blies eine imaginäre Feder weg, »dann heißt es: *Addio mia bella Napoli!*« Giorgio lachte zuversichtlich. »Wie sind Sie gerade auf mich gekommen?«

»Ich lese Zeitung«, sagte Marlen schlicht. »Sie schreiben über den Fall. Und ich habe, über die übliche Berichterstattung hinaus, ein, wie soll ich sagen, tiefergehendes Interesse aus Ihren Artikeln herausgelesen.«

Giorgio nickte geschmeichelt. Der Fall Cacciapuoti sei für ihn in der Tat einer dieser großen Coups. Er fragte Marlen, was sie als ausländische Journalistin mit dieser Sache zu schaffen habe.

Mit der Frage hat Marlen gerechnet. Als ausländische Journalistin lief sie hierzulande zwar außer Konkurrenz, doch Giorgio wollte sichergehen, daß sie ihre – und dazu seine – Informationen nicht doch in irgendwelchen italienischen Blättern verwerten würde. Sie hatte ihn mit ihrem Interview mit Fiorilla Cacciapuoti geködert – nun galt es, sich in wohldosierten kleinen Happen an die Informationen des anderen heranzupirschen.

Sie antwortete, sie sei nach Neapel gekommen, um über zwei Dinge zu schreiben: die legendären *quattro giornate di Napoli* – er zog die Augenbrauen hoch – und die Gänge unter der Stadt. Sie habe eine Führung durch das unterirdische Neapel gemacht. Dann sei der Tote gefunden worden. Daß sie selbst den Toten als allererste entdeckt hatte, behielt sie vorerst für sich. »Sie haben geschrieben, daß unter der Erde viel mehr Tote liegen, als bisher bekannt wurde ...«

»Naturgemäß«, grinste er lakonisch.

»Ich meinte eigentlich die unfreiwillig ins Totenreich Beförderten«, grinste sie zurück. »Glauben Sie wirklich, daß auch der Mord an Umberto Cacciapuoti dem organisierten Verbrechen zuzuschreiben ist?«

Typische Frage einer ausländischen Journalistin und ein guter Einstieg zugleich, weil keine direkte Antwort möglich war, ohne weitere Fragen und Begründungen heraufzubeschwören.

Giorgio lächelte nachsichtig und legte los. So leicht ließe sich die Frage natürlich nicht beantworten. Die Camorra könne nicht für alle Verbrechen verantwortlich gemacht werden. Dennoch, er habe da so seine Vermutungen.

»Im *Mattino* stand, Cacciapuoti war drogenabhängig.«

»Was nicht alles im *Mattino* steht«, grinste Giorgio. »In den Kreisen, in denen die Cacciapuoti verkehrten, gehört Kokain genauso zum Outfit wie eine Witwe.«

Marlen sah ihn verständnislos an.

»Eine Flasche *Veuve Cliquot*, kurz auch ›Witwe‹ genannt.«

Ein Insiderlächeln. »Doch befassen wir uns erst einmal mit der richtigen Witwe, dem Blümchen: Fiorilla …«

Marlen berichtete von dem Gespräch mit Fiorilla Cacciapuoti. Vom Gespräch, wohlgemerkt, nicht von Livias Ausflug in die privaten Gemächer des Ehepaars. Die Witwe habe alles unter Kontrolle, sogar die Trauer, es sei sehr schwer, hinter ihre Fassade zu blicken. Andererseits habe sie unumwunden zugegeben, daß ihr Mann am laufenden Band Affären hatte. Sie habe fast einen Tick zu cool gewirkt, zu selbstsicher und über den Dingen stehend. Sie fragte Giorgio, was er von Umbertos Frauengeschichten halte. Ob er eine der Betroffenen – oder Beglückten – habe auftreiben können? Und ob er in Betracht ziehe, daß Fiorilla selbst ihren Mann aus dem Weg geräumt haben könnte?

»Ein Eifersuchtsdrama?« Giorgio schüttelte energisch den Kopf. Zu alltäglich. Über so etwas schreibe er jeden Tag. Das interessiere ihn nicht.

»Weil sich damit nicht Karriere machen läßt?«

»Auch.« Er sagte, Karriere habe nichts mit guten oder schlechten Meinungen zu tun oder damit, ob jemand spurte oder nicht, sondern mit Machtinteressen. Mit der Frage, ob man zufällig auf die richtige Spur geriet. Sich nicht abwimmeln ließ. Und daß einem niemand in die Quere kam. Nein, er war davon überzeugt – mußte es letztlich sein, dachte Marlen –: um Eifersucht ging es hier nicht.

»Außerdem hat sie ein handfestes Alibi: zur fraglichen Zeit war sie bei einer Großtante von Umberto.«

Marlen sagte, sie habe den Eindruck gehabt, daß die Witwe das Frage- und Antwortspiel bereits dutzendfach durchgezogen habe, und war dann völlig überrascht gewesen zu hören, daß sie den einheimischen Journalisten bislang ein Interview verweigert hatte.

Giorgio nickte. Weder er noch sein Kollege vom *Mattino* waren an Fiorilla herangekommen. Die Witwe hatte alle Interviews kategorisch abgelehnt. »Vielleicht redet sie lieber mit Frauen.«

»Oder mit Deutschen«, sagte Marlen. »Wußten Sie, daß Fiorilla Deutsch spricht? Sie hat eine Zeitlang in München gelebt.«

Giorgio horchte interessiert auf. »In Deutschland? Sieh mal einer an.«

»Was denn?« fragte Marlen.

»Die Verbindung ins Ausland«, murmelte er. Sein aufgesetzter, gefallsüchtiger Gesichtsausdruck verflog. Er wurde ernst. »Wie wär's mit einer kleinen Runde runter zum Hafen?«

Giorgio setzte sich mit großer Geste die Sonnenbrille auf und zahlte. Sie bogen in eine Nebenstraße ein und schwiegen eine Weile. Es schien auf einmal schwer, das Gespräch wiederaufzunehmen. Sie fragte noch mal nach, weshalb er mit seinem doch recht interessanten Job eigentlich unbedingt weg wolle aus Neapel.

»Ich habe Ihnen ja schon aufgezählt, worüber ich tagtäglich berichte. Entweder man sichert sich selbst eine Scheibe der Macht oder man sieht zu, daß man die Kurve kratzt, solange man nicht zu alt dafür ist. Ich habe keine Beziehungen«, fügte er cool, gleichzeitig aber auch traurig und verächtlich hinzu.

»Wie vielen gelingt das?«

»Wirklich wegzugehen? Woanders neu anzufangen? Wenigen. Das Leben ist teuer, überall. Und Arbeit gibt es immer weniger. Auch in anderen Städten.«

»Und was ist mit denen, die hierbleiben?«

»Die haben sich daran gewöhnt. Harren aus.«

»Kein schönes Bild von Neapel«, sagte Marlen.

»Wer hat denn gesagt, daß Neapel schön ist?« Er legte ihr kurz die Hand auf die Schulter, zog sie dann wieder weg. »Sehen Sie sich doch mal um: Häuser, Kirchen, Brunnen, Statuen – alles verkommt. Rolläden runter, zack, Augen zu, Augen auf, nichts gesehen, nichts geschehen. Das Wasser im Golf von Neapel? Damit möchte ich nicht mal Blumen gießen. Wo es auch nur einen Fetzen Grün gibt, wird er mit einer Schicht Dosen und Plastiktüten vermüllt. Dafür schwimmt Neapel nur so in Kunst und Geschichte. Und was passiert? Ganz nach den Gesetzen der Marktwirtschaft: Was es im Überfluß gibt, verliert an Wert, an materiellem wie ideellem. Es ist ja quasi umsonst. Wußten Sie, daß im Museo Nazionale Abertausende von Ausgrabungsstücken aus etruskischen Gräbern lagern, die noch nicht einmal registriert sind? Und in der Zwischenzeit gammeln die Sachen vor sich hin, Witterung, Vandalismus,

Achtlosigkeit. Das kunstgeschichtliche Erbe dieser Stadt vermodert. Touristen kommen kaum, höchstens mal für einen Tag, Napoli ist ihnen zu gefährlich, die bleiben lieber auf Ischia und unter sich. Aber Touristen bringen Geld, Touristen bringen Arbeit. Wo sonst soll denn die Arbeit herkommen, hier in Neapel?« Er fuchtelte mit den Händen in der Luft. »Fischfang? Pizza? Daß ich nicht lache! Das einzige, was hier im Moment Geld einbringt, sind Diebstahl, Drogen, Politik. Wer hier jung ist, hat drei Möglichkeiten: er wird protegiert, haut ab oder wird kriminell. Der Charme der Verkommenheit – ein schlechter Witz! Die Leute verrotten genauso wie die Stadt drumherum. Innerlich, meine ich. Und genau das kann man jeden Tag im Lokalteil nachlesen.«

»Und Sie selbst?« fragte Marlen vorsichtig.

»Was glauben Sie wohl?« In seinem Blick lagen Trotz, Trauer und Ekel. »Ich schreibe darüber. Ich finde Worte für diese Scheiße. Großartig, was?«

Er zündete sich eine Zigarette an, sog den Rauch tief ein. »Lassen wir das. Zurück zum Fall Cacciapuoti. Da haben wir wenigstens etwas in der Hand.«

Er faßte zusammen, was er herausgefunden hatte. Umbertos Mutter war früh gestorben, und sein Vater war ein angesehener Prokurist bei einer namhaften neapolitanischen Bank gewesen. Umberto selbst hatte viele Jahre den wilden Kerl markiert und eine Stelle in der Bank, wo der Vater arbeitete, dem Banco di Napoli, abgelehnt. Statt dessen hatte er ausgedehnte Reisen nach Lateinamerika unternommen, eine Weile mit Kunstgewerbe aus Guatemala, Peru, Mexiko gehandelt, bunte Taschen, Gürtel, Portemonnaies, Tukane aus Stoff, Silberschmuck, Hängematten. In dieser Zeit war er natürlich viel gereist. Dann waren die wilden Jahre vorbei. Umberto absolvierte ein Wirtschaftsstudium, heiratete, stieg ein ins Weingeschäft, sein Vater starb, das Ehepaar zog nach Posillipo.

»In Mittelamerika war Umberto nicht allein unterwegs«, sagte Giorgio bedeutsam. »Sie waren zu dritt.«

Auf die Fährte mit Mittelamerika hatte ihn ein Pförtner der Bank gebracht, in der der Vater gearbeitet hatte. »Pförtner sind hierzulande in jeder Hinsicht Schlüsselfiguren. Sie hüten die Schlüssel zu den einzelnen Wohnungen oder Häusern sowie die Geheimnisse über die Leute, die dort wohnen. Oft wissen sie mehr als die Leute selbst, weil sie alles beobachten, immer da sind, unparteiisch, aber durchaus bestechlich.«

Natürlich hatte der ältere Mann Zeitung gelesen, sich an die Signori Cacciapuoti senior und junior erinnert, und nach Erhalt von zwanzigtausend Lire auch daran, daß der junge Signor Cacciapuoti damals mit zwei Freunden nach Mittelamerika gereist war. Er wußte auch, daß die drei Freunde gemeinsam ein Konto bei der Bank hatten. Für einen weiteren »Unkostenbeitrag« von hunderttausend Lire – die er gerecht verteilen werde, wie der Pförtner hoch und heilig versicherte – erinnerte er sich auch an die Namen dieser beiden Freunde. Einen von ihnen habe er bereits aufgespürt, verkündete Giorgio, ohne allerdings einen Namen zu nennen.

Marlen hörte aufmerksam zu.

»Ein echtes Kind dieser Stadt«, sagte er, was aus dem Munde eines Endzwanzigers überheblich klang, zumal der, um den es ging, ungefähr fünfzehn Jahre älter war. »Anfang vierzig, schräger Vogel, schreibt Gedichte, die gar nicht mal so übel sind, kommt aus katastrophalen sozialen Verhältnissen, acht Kinder, Vater Säufer und so weiter. Hat offenbar schon als Kind in Bars ausgeholfen, an Kreuzungen gestanden und Windschutzscheiben geputzt, was eben gerade gefragt war. Eine Kinderfreundschaft, er und Umberto haben zusammen auf der Straße gespielt.«

»Ich dachte, die Cacciapuoti seien wohlhabende Leute gewesen«, wandte Marlen ein.

Giorgio sagte, daß Arm und Reich in bestimmten Kernvierteln Neapels seit jeher Tür an Tür wohnten. Das soziale Gefälle sortiere sich vertikal nach Stockwerken, nicht nur nach Stadtstrichen. Das war so in den Quartieri, in der Altstadt, in der Pignasecca. Herrschaften und Bedienstete wohnten im gleichen Haus, was für alle Beteiligten praktisch war und zum Teil noch heute so gehandhabt werde.

»Dem Vater von Umberto Cacciapuoti hat in den Quartieri ein ganzes Stockwerk eines Palazzo gehört«, fuhr er fort. »Bei der Großtante verhält es sich genauso. Sie bewohnt ganz allein mindestens zwölf Zimmer. Als sein Vater starb, hat Umberto verkauft und sich die Villa in Posillipo umbauen lassen.

Die Familie Carotenuto hauste in einem Basso schräg gegenüber.«

Marlen merkte sich stillschweigend den Namen, der Giorgio soeben herausgerutscht war. »Und was soll dieser Freund aus Kindertagen mit dem Mord zu tun haben?«

»Das ist noch nicht spruchreif.« Giorgio blieb stehen und nahm die Sonnenbrille ab. »Er ist drogenabhängig. Und hat ein Alibi. Ich habe schon mit ihm gesprochen. Er hilft in einem Plattenladen aus und will, wie er sagt, seit vielen Jahren keinen Kontakt mehr zu Umberto gehabt haben. Seit der Heirat mit Fiorilla.«

»Und der dritte im Bunde?«

Giorgio grinste. »Sie werden mich nicht dazu bringen, auch diesen Namen auszuspucken.«

»Wie wäre es mit Salvatore?« sagte Marlen herausfordernd. »Salvatore delle Donne?«

»Alle Achtung! Sie haben ja doch was auf dem Kasten!«

»Was dachten Sie denn?« fragte Marlen und versuchte, ihre Aufregung zu überspielen.

»Daß Sie nur ein wenig pokern.«

24

Hinter dem angerosteten Schild mit der Aufschrift »Vini e Olii« verbarg sich eine der besten Küchen der Gegend, wie Giorgio versicherte. Geschniegelte Leute in Anzug und Krawatte saßen ebenso wie Bauarbeiter in schmutzverkrusteten Overalls in einem zu dieser Jahreszeit noch recht kalten Hinterzimmer an Resopaltischen. An einer Wand waren Getränkekisten gestapelt, an einer anderen stand eine Vespa. Die restlichen Wände waren versehen mit Fotos von Totò, einem Knoblauchzopf gegen böse Geister und einer düster dreinblickenden, in eine Nische gezwängten Madonna, neben der, von einer Plastikhülle vor Fett und Rauch geschützt, die Ausschanklizenz der Comune di Napoli hing. Daneben die Speisekarte, die mit dem tatsächlichen Angebot nie übereinstimmte. Ein mürrischer Mann mit gelblicher Gesichtshaut brachte Wasser und Wein, seine Söhne servierten das Essen, das man zuvor in der Küche ausgesucht hatte, wo Signora Anna, eine rundliche Frau mit Schürze, seelenruhig Regiment führte. Marlen bestellte eine Portion *spaghetti alle vongole*, danach *alici fritte* und *spinaci*, Giorgio *pasta e lenticchie*, danach eine Portion *provola ai ferri* mit *friarielle*.

»Was wissen Sie über delle Donne?« fragte Giorgio.

»Nichts«, sagte Marlen, und das entsprach beinahe der Wahrheit. »Er fährt Taxi. Er hat früher mal bei der LAES mitgemischt und kennt sich daher in den unterirdischen Labyrinthen gut aus.« Und sein Blick geht unter die Haut, fügte sie für sich hinzu.

»Fotograf, nicht verheiratet, kein fester Wohnsitz«, fuhr Giorgio fort. »Ein weiterer Lebenskünstler, genau wie dieser Dante, der übrigens in Wirklichkeit Ciro heißt. Auch delle Donne und Cacciapuoti kannten sich schon seit Schulzeiten.«

Marlens Herz klopfte. »Haben Sie auch schon mit ihm gesprochen?«

»Mit delle Donne?« Giorgio schüttelte den Kopf. »Der scheint im Moment abgetaucht zu sein. Ist jedenfalls nicht aufzutreiben.«

Seine Stimme senkte sich. Er war davon überzeugt, daß Umberto Cacciapuoti im Drogengeschäft mitgemischt habe, und zählte die verdächtigen Punkte an einer Hand auf: Mittelamerika, Cacciapuoti kommt problemlos an Marihuana und Haschisch heran, handelt nicht nur mit Kunsthandwerk, sondern, unter dem Tisch, auch mit leichten Drogen, steigt gemeinsam mit seinen Freunden tiefer ins Geschäft ein, bis er Geld erbt, das er in Weinläden investiert, die in Italien von vornherein zum Mißerfolg verurteilt sind und in Wirklichkeit nur der Tarnung dienen. Während Cacciapuoti selbst zum Mittelsmann für härtere Drogen avanciert, mit wem und wie sei noch unklar. Mit Sicherheit gab es Verbindungen nach Frankreich, England, vermutlich auch nach Deutschland. Und für sich selbst und für Freunde habe Umberto hin und wieder eine Prise abgezweigt, siehe Obduktion.

Eine beunruhigende These, fand Marlen. Es war verzwickt: einerseits war sie direkt froh darüber, daß Giorgio Salvatore noch nicht ausfindig gemacht hatte, andererseits hoffte sie ja gerade, mit Hilfe Giorgios etwas über Salvatores Verbleib zu erfahren.

»Haben Sie keine Angst?« fragte sie. Vor ein paar Jahren war ein Journalist von der Camorra ermordet worden, der es bei seinen Nachforschungen zu weit getrieben hatte.

Giorgio zuckte die Schultern. »Man muß etwas wagen, wenn man es zu etwas bringen will«, sagte er. Dann kniff er die Augen unmerklich zusammen. »Aber eins muß klar sein: Sie verfolgen Ihre Spur und ich meine.«

Sie nickte. »Ich bin lernfähig. *Ognuno si fa i cazzi suoi.*«

Zwei dampfende Teller wurden vor ihnen auf den Tisch gestellt. Marlen hatte Hunger. Auch Giorgio machte sich konzentriert über sein Pasta-Linsen-Gericht her. Ein alter, verwahrlost wirkender Mann setzte sich zu ihnen an den Tisch. Giorgio nickte ihm zu wie einem Bekannten und schenkte ihm ein Glas von ihrem Wein ein. Der alte Mann nickte, nahm einen großen Schluck und begann leise vor sich hin zu plappern.

»Zur Abwechslung mal ein kleiner Beitrag zu Ihrer Recherche«, sagte Giorgio und wischte mit einem Stück Weißbrot den Teller sauber.

»... läßt sich halb Neapel bei mir besohlen«, nuschelte der alte Mann mehr zu sich selbst oder zum Tisch gewandt, als zu Marlen und Giorgio, und biß in ein reichhaltig belegtes Sfilatino, das der Sohn von Signora Anna ihm gebracht hatte. »Zwei Frauen und drei meiner insgesamt acht Kinder hab ich nun schon überlebt und immer in dieser Straße gewohnt, Nummer elf, das könnt ihr mir glauben, ich erzähl euch keine Märchen, ich kann es beweisen, das ist keine Propaganda!« Seine Stimme wurde kurz lauter, dann versank sie wieder in einer gleichförmigen Litanei. Der Mann sprach starken Dialekt. Marlen mußte sich sehr konzentrieren, um ihm folgen zu können. »Auf die Piazza Borsa haben sie die Leute getrieben und von dort auf die Kreuzung Mezzocanone und Rettifilo, gleich hier um die Ecke, alle mußten sich hinknien, alle, sage ich, und klatschen, dann haben sie einen Matrosen angezündet und erschossen, ein junger Kerl so wie ihr, vor dem Eingang der Universität, und die Leute, Maschinenpistolen im Nacken, aber nicht im Bild: Hochrufe auf den Duce und den Führer ...«

Er schluckte den Rest seines Brötchens hinunter und trank das soeben nachgefüllte Glas Rotwein in einem Zug leer. »Die Nazis haben Zigaretten und Lebensmittel verteilt, alles Plünderware, und das haben sie dann gefilmt, den Zigarettenregen, nicht das Feuer in den Häusern, das Feuer in meinem Basso, meine Frau und zwei meiner Töchter waren dabei, die können es bezeugen.« Er machte eine Pause und wiederholte dann: »bezeugen.«

Seine Erinnerung schien sich im Krieg verhakt zu haben, er kam nicht darüber hinaus – oder nicht darüber hinweg. Vielleicht hielt er Zwiesprache mit seinen verstorbenen Verwandten und Bekannten. Giorgio warf Marlen vielsagende Blicke zu und schenkte dem Alten Wein nach – auch eine Art, Leute zum Reden zu bringen, dachte Marlen.

»... das weiß heute ja gar keiner mehr, will auch keiner wissen, in Schutt und Asche gelegt haben sie die Stadt, was da alles draufging, die schönsten Hotels, das *Excelsior*, das *Vesuvio*, das *Vittoria, Alfa Romeo* in Pomigliano, kein Strom, kein Gas, kein Wasser, keine Verkehrsmittel – nichts, wir haben Meerwasser abgekocht und die Deutschen haben ihren Schwarzhandel organisiert, darin waren sie gut, im Organisieren, im Verkaufen von Diebesgut, dann auch noch die Verordnung mit dem Arbeitsdienst, alle zwischen achtzehn und dreiunddreißig, da fiel ich auch drunter, aber kaum jemand hat sich gemeldet.« Er kicherte, das Kichern ging in bellendes Husten über, das er mit einem weiteren Schluck Wein hinunterspülte. »Von dreißigtausend nur hundertfünfzig. Darin sind wir gut. Im Verschwinden. Sind einfach nicht hingegangen.« Er selbst hatte, wie Marlen sich zusammenreimte, gemeinsam mit anderen Männern durch Keller und die verwinkelten Gassen fliehen können. »Da paßten keine Militärautos durch, wir haben uns versteckt, vier Tage lang, in einem Abwassergraben, und als ich nach Hause kam, ging der Aufstand los.«

Der alte Mann registrierte, daß die Weinflasche nun leer war. »Ja, so war das«, brummte er, stand dann leicht schwankend auf, neigte den Kopf und machte eine weite, ehrerbietige Geste mit dem Arm. »Mein Herr, meine Dame, bedanke mich fürs Zuhören.« Und schlurfte davon.

»Er kommt regelmäßig hierher, läßt sich aushalten, läßt seine Geschichte ab und geht dann wieder«, sagte Giorgio. »Als Sie sagten, daß Sie über die *quattro giornate* schreiben, dachte ich gleich, es könnte Sie interessieren.«

Marlen mußte sich eingestehen, daß sie sich in Giorgio getäuscht hatte.

Signora Anna räumte höchstpersönlich den Tisch ab. »Der Ärmste hat diese fixe Idee im Kopf«, sagte sie kopfschüttelnd. »Hoffentlich hat er Sie nicht belästigt. Es ist immer dasselbe. Zu Hause können sie es schon nicht mehr hören. Die einen sagen, seine erste Frau sei von den Deutschen, na Sie wissen schon, die anderen sagen, sein ältester Sohn sei von einem Panzer, ist ja auch egal, es wird schon irgendwas sein, das sich bei ihm im Kopf eingenistet hat, *poveraccio*, der Ärmste. Seine jetzige Frau, die dritte, schickt ihn jeden Freitag hierher, *poveraccia*.«

25

Bisher hatte niemand das Haus betreten. Marlen war gerade erst zwanzig Minuten auf dem Posten. Sie trug eine Sonnenbrille und ging auf der anderen Straßenseite vor einem städtischen Kindergarten auf und ab, als wartende Mutter getarnt. Alle fünf Minuten hielten irgendwelche Kleinwagen mit Müttern, die ihre Kinder abholten. Die Frage war, wie lange sich das Kinderabholen hinziehen würde. Und ob die Angabe, »er komme am Nachmittag vorbei«, annähernd den gleichen Zeitraum abdecken würde. Er – das war besagter Freund von Salvatore, der die Post und die gebügelte Wäsche abholen sollte.

Diese Mütter, dachte Marlen und beobachtete, wie eine junge Mutter ihren Sohn im Auto auf den Vordersitz verfrachtete, damit sie ihn noch besser unter Kontrolle hatte. Immer besorgt. Können sich nie raushalten. Sie erinnerte sich gut an die offenen und verdeckten Kämpfe, die sie früher mit Luzie ausgefochten hatte – oder besser: Luzie mit ihr. Auch sie, Marlen, kannte diesen unabwendbaren Drang, immer einzugreifen, vorzudenken, dabeisein zu wollen. Sie spürte noch, wie es ihr in den Fingern gejuckt hatte, wie sie hatte lernen müssen, sich zurückzuhalten. Es zu ertragen, nicht immer darüber informiert zu sein, was im Kindergarten, was in der Schule lief. Was Luzie träumte. Was sie mit den Freunden und Freundinnen spielte. Ein Verzicht auf Wissen, der ein Verzicht auf

Macht war – und schmerzhaft. Jetzt gingen Luzie und sie ihre eigenen Wege. Einmal Mutter, immer Mutter. Wer hatte das gesagt? Ein Anflug von Wehmut packte Marlen, als sie die Vier-, Fünf-, Sechsjährigen aus dem Kindergarten kommen sah. Als Luzie so klein war ... Für solche Momente gab es zum Glück Fotoalben, Tuschbilder aus Kinderhand, selbstgebastelte Osternester. Marlen reckte sich. Der Anflug von Sentimentalität war vorbei. Sie war froh, daß Luzie und sie jetzt weitgehend unabhängig voneinander waren. Keine Vierbeinerkonstruktion mehr, Schluß mit der Mutterkuh.

Nach dem Mittagessen war Giorgio losgehastet, zu einem Termin, der dringender war als der Espresso. Sie hatten verabredet, einander unter Kollegen auf dem laufenden zu halten. Das Gespräch mit Giorgio machte sie unruhig. Umberto und Salvatore und dieser Dante hatten also zusammen einen lukrativen Handel mit Mittelamerikazeug betrieben. Sehr plausibel der Gedanke, daß auch Drogen mit im Spiel gewesen waren. Aber das war lange her. Keiner der drei war je wegen eines Drogendelikts verdächtigt oder angeklagt worden, wie Giorgio dank seiner offenbar guten Polizeikontakte herausgefunden hatte. Also, was sollte das Ganze? War es nur der Spleen eines jungen Journalisten, der heiß auf *seine* Story war? Hatte Giorgio ihr alles gesagt, was er wußte? Mit Sicherheit hatte er – genau wie sie selbst – ein paar Informationen zurückgehalten. Die Sache gefiel ihr nicht. Marlen hoffte, daß er sich täuschte. Ihr mißfiel die Vorstellung, daß Salvatore in den internationalen Drogenhandel verwickelt sein sollte. Frommer Wunsch. Sie beschloß, diesen Dante oder Ciro Carotenuto aufzuspüren und sich noch einmal bei den Leuten von der LAES umzuhören. Schließlich hatten auch die längere Zeit mit Salvatore zusammengearbeitet. Mal sehen, was für ein Bild sich daraus ergab. Aber vielleicht war diese Recherche völlig überflüssig.

Jetzt ging sie schon über eine Stunde vor dem Kindergarten auf und ab und wartete darauf, daß irgendein Mann aufkreuzte, der wie ein Freund von Salvatore aussah und auf einen der mittleren Klingelknöpfe rechts von der Haustür drückte. Ein älteres Ehepaar betrat das Haus. Marlen las zum dreiunddreißigsten Mal die Ankündigungen auf dem Schwarzen Brett des Kindergartens: die Aufforderung, den Kindern eigene Getränke mitzugeben, Ferienzeiten, der Informationszettel einer Musikschule.

Ein paar Minuten später sah sie aus dem Augenwinkel, wie jemand sich dem Eingang näherte, die Namensschilder absuchte, dann rechts unten klingelte – der Pizzajunge. Sie warf einen Blick auf die Uhr: kurz nach fünf. Die Tür des Kindergartens ging auf, drei Kinder und ihre Mütter kamen heraus, eine junge Frau, offenbar die Kindergärtnerin, sah Marlen fragend an. Marlen winkte ab, schlenderte weiter zur Straßenecke und nahm sich vor, höchstens noch eine, maximal zwei Stunden zu warten. Der Kindergarten wurde zugesperrt. Womöglich hatte dieser Freund in der Zwischenzeit noch einmal angerufen und gesagt, er komme später oder an einem anderen Tag, und sie stand sich hier völlig umsonst die Beine in den Bauch. In dem Moment näherte sich ein Mann mit Turnschuhen und Halbglatze zielstrebig der Haustür, drückte kurz auf einen Klingelknopf und schloß dann auf. Marlen ging blitzschnell hinter einem Auto in Deckung. Wieso klingelte der Mann, wenn er einen Schlüssel hatte? Um seiner Frau anzukündigen, daß er da ist? Ein Hausbewohner also? Dann fiel ihr ein, daß Salvatores Mutter gesagt hatte, ihr Sohn komme manchmal in ihrer Abwesenheit vorbei. Demnach mußte er einen Schlüssel zur Wohnung der Mutter besitzen, den er diesem Freund gegeben haben konnte. Doch warum sollte dieser Freund vorher anrufen und den Besuch ankündigen? Damit die Mutter keinen Schreck bekam, wenn plötzlich ein Fremder in die Wohnung trat …

Die Haustür ging auf, und der Mann mit Halbglatze verließ das Haus. Er trug eine volle Plastiktüte. Marlen stieg auf die Vespa, stülpte den Helm über, ließ den Motor an, beobachtete den Mann im Seitenspiegel. Er verschwand aus dem Blickfeld. Kurz danach sah sie, wie ein schmutzigweißes Fahrzeug auf der anderen Straßenseite aus der Parklücke herausfuhr. Zum Glück befand sie sich in einer wenig befahrenen Nebenstraße. Sie wendete – doch in dem Moment wendete auch das schmutzigweiße Auto und fuhr in entgegengesetzter Richtung an ihr vorbei. Der Mann mit der Halbglatze und der Plastiktüte saß am Steuer. Marlen ließ ihn ein paar Meter vorfahren, wendete dann erneut. Aus dem linken Augenwinkel sah sie einen anderen Mann eilig in der Haustür verschwinden. Sie zögerte. Was, wenn sie dem Falschen folgte? Wenn sie wartete, würde der Mann mit der Halbglatze weg sein. Wenn sie hinter ihm herfuhr und der zweite Mann der richtige gewesen war – hätte sie Pech gehabt. Berufsrisiko. Sie gab Gas.

Das Auto fuhr den Viale Kennedy entlang stadtauswärts und bog dann vor dem Fußballstadion rechts ab. Marlen kam auf der Vespa gut hinterher. Es war Feierabendverkehr und niemand fuhr schneller als fünfzig. Das schmutzigweiße Auto, irgendein älteres Fiat-Modell, fuhr in Richtung Tangenziale. Marlen konnte nur hoffen, daß der Mann nicht die Stadtumgehung nehmen würde, um von dort auf die Autobahn zu fahren. Mit der Vespa würde sie ihm nicht lange folgen können. Drei, vier Fahrzeuge schoben sich vor sie. In einem langen Tunnel verlor sie den weißen Fiat aus den Augen und sah ihn, als sich ihre Augen wieder an das Tageslicht gewöhnt hatten, gerade noch rechtzeitig in der Biegung der Ausfahrt zum Vomero verschwinden. Bei einer großen Kreuzung, an der fast alle Fahrzeuge brav an der roten Ampel warteten, schlängelte sie sich so weit vor, bis sie sich auf gleicher Höhe mit dem Fahrer befand. Der Mann mit der Halbglatze trug jetzt eine Sonnenbrille und hatte das Fenster heruntergedreht, den Ellbogen wie ein Warndreieck herausgeschoben. Marlen konnte sein Profil erkennen – leichte Hakennase, hohe Stirn –, sie sah die brennende Zigarette in der rechten Hand, die auf dem Schaltknüppel lag. Die weiße Plastiktüte lag auf dem Nebensitz. Etwas Dunkelblaues, was ganz oben lag, ein Sweatshirt vielleicht, hing aus der Plastiktüte heraus. Die Ampel sprang um, der Ellbogen wurde eingezogen, der Fahrer gab Gas. Hellblauer Abendhimmel, die letzten Sonnenstrahlen, die die Fensterläden streiften. Vermutlich sangen irgendwo in den Platanen, die die Straßen auf dem Vomero säumten, Vögel. Sie waren nicht zu hören, jedenfalls nicht hier, mitten im Verkehr, wo man gefangen war von den Krakenarmen der Stadt. Dennoch, es kam vor, daß Marlen auch diesen Auswurf der Zivilisation voll Hingabe in sich aufsog wie salzhaltige Luft am Meer oder den Geruch von Gras und Blütenblättern: das Ruchlose, Verruchte von Großstadt, die Anonymität, den Dreck.

In der Via Tasso war der Verkehr so dicht, daß es im Schritttempo wie auf einem Kinderkarussell gemächlich die kurvige Straße bergab ging, nur einige Vespas flitzten quäkend von einer Lücke zur nächsten. Auch auf dem Corso Vittorio Emanuele hatte Marlen keinerlei Problem, dem Auto zu folgen. In Höhe der Funicolare bog der weiße Fiat rechts in eine schmale Gasse ein, die in die Quartieri Spagnoli führte. Marlen rollerte in einigem Abstand hinterher. Das Fahren machte ihr Spaß, sie war nicht mehr besonders konzentriert. Direkt hinter einer Linkskurve stauten sich die Autos. Marlen mußte scharf bremsen, kam ins Schlittern und wäre dem schmutzigweißen Gefährt beinahe in den Kotflügel gefahren. Sie sah, wie der Mann mit der Halbglatze in den Rückspiegel schaute. Es ging nicht vor und nicht zurück. Schon schlossen von hinten weitere Autos auf. Die Abgase, jetzt weniger sinnlich, sammelten sich in der Häuserschlucht.

Marlen beschloß, links auf dem schmalen Bürgersteig an den hupenden, spotzenden Autos vorbeizufahren und weiter unten zu warten. Der weiße Fiat mußte in jedem Fall hier durch. Sie kam auf eine kleine Piazza, die aus der Vogelperspektive aussehen mußte wie ein lebendes Mosaik aus verschiedenfarbigen Blechtieren. Kriechend schoben sie sich umeinander, stöhnten hupend auf und stießen immer wieder Gliedmaßen unter dem Panzer hervor, die Zeichen gaben, auf die mit Zeichen anderer Gliedmaßen reagiert wurde.

Marlen fuhr nahe an einen Gemüsestand heran, stellte den Motor ab und sah sich das Geschehen an. »*Tutti pazzi*«, sagte die Gemüsefrau kopfschüttelnd. Die spinnen doch alle.

Beide Gassen, die in die Piazza mündeten, waren Einbahnstraßen, und alle Autos, die aus diesen Gassen kamen, wetteiferten um die Einfahrt in die dritte Gasse, die bergab führte. Doch so einfach war es nicht, denn einige der Autos, die aus Marlens Richtung kamen, drängten umgekehrt in die andere Einbahnstraße hinein und setzten für sich die Verkehrsregeln außer Kraft, nur kurz, nur solange sie brauchten, um an ihr Ziel zu kommen, und zwar auf direktem Wege. Offenbar war hier jede Richtung die falsche. Beziehungsweise die richtige. Alle wollten überall hin. Nur die Gassen waren zu eng.

Jetzt setzte sich etwas in Bewegung. Die ersten Vehikel fuhren an, stoppten wieder, weil ein Vespafahrer aus dem Nichts auftauchte und sich zwischen den Stoßstangen hindurchfädelte, der Knoten auf der Piazza löste sich, bis alle anderen Autos nachgerückt waren und sich erneut ineinander verkeilt hatten. Die Gemüsefrau sagte, das sei fast jeden Tag so. »Feierabendverkehr.« Achselzucken. »Wenn die Polizei unten die Zufahrt zu den Quartieri sperrt, drängen hier von oben alle rein. Ein Teufelskreis.«

Marlen beschirmte die Augen mit der Hand und suchte nach dem schmutzigweißen Fiat, der mittlerweile auf die Piazza nachgerückt sein mußte, doch sie konnte ihn nicht entdecken. Ging es so langsam vorwärts? Sie stieg von der Vespa und ging zu Fuß die Gasse zurück, versuchte dabei, was völlig sinnlos war, nur durch den Mund zu atmen, doch der Fiat war nicht mehr da. Unmöglich! Sie hastete zur Piazza zurück und ein Stück weit die andere Gasse entlang. Nichts. Konnte sich das Auto unbemerkt in Gegenrichtung an all den wartenden Fahrzeugen vorbeigeschoben haben? Sie hatte doch nur kurz mit der Gemüsefrau geredet! Das Auto hatte sich in Luft aufgelöst! Marlen war verblüfft. Es war einfach weg. Wie der Panzer in Malapartes Roman.

26

Was Beziehungen anging, war Livia grundsätzlich skeptisch. Sie hatte im Laufe ihres Liebeslebens die Überzeugung entwickelt, Männer und Frauen seien zu unterschiedlich, um einander wirklich nahekommen zu können. Was ihr mittlerweile als befriedigende Begründung dafür diente, daß ihre Beziehungen zwar kurzfristig intensiv, aber selten von Dauer waren. Marlen sah das anders. Sie fand, Livia zog es zu den falschen Männern hin: Sie schienen unterschiedlich zu sein, aber innerlich waren diese männlichen Wesen alle gleich. Sie suchten eine unabhängige, selbständige Frau, weil es moderner und simpler war: Sie brauchten sich auf nichts einzulassen, keine Verantwortung zu übernehmen und konnten mit geblähten Segeln bei Windstärke Null die eigene Angst vor Nähe, vor sich und den anderen umschiffen. Und sobald Livia sich einen

Schritt näher heranwagte, machten sie die Biege, als verstoße das gegen die Regeln und als sei sie die Spielverderberin. Der einzige Unterschied: in Marlens Sicht gab es, zumindest theoretisch, auch andersgeartete Mannsbilder, in Livias Sicht nicht. Was sie nicht davon abhielt, sich immer wieder mit Männern anzulegen – im sinnlichsten aller Sinne.

Die Nacht bei Jean mochte Auftakt zu einer dieser Beziehungsvarianten oder Ausnahme von der Regel gewesen sein – in jedem Fall war sie ein Lichtblick nach einem langen, eintönigen Winter ohne jeden erotischen Tupfer. Jean – *direttore*, wie der Portier ihn genannt hatte, mit jener typisch italienischen Mischung aus untertänigem Spott und Hochachtung – hatte die Wohnung nicht geschniegelt und gestriegelt in Anzug und Krawatte verlassen, sondern mit Jeans und Jackett.

Livia saß, in den gestreiften Frotteemantel ihres Gastgebers gehüllt, in einem Liegestuhl auf der Terrasse und trank den zweiten Kaffee. Jean hatte ihr bereits einen Milchkaffee mit einem aufgebackenen Croissant ans Bett gebracht, eine aufmerksame Geste eines aufmerksamen Liebhabers, so haben wir's gern. Ganz im Gegensatz zu jenen absurden Nächten, nach denen Livia entweder wie ein Phantom aus den Laken schlüpfte und sich davonmachte oder aber Schlaf simulierte, um sich mit dem nächtlichen Beiwohner nicht auch nur eine Sekunde länger austauschen zu müssen.

Das Haus, in dem Jean das oberste Appartement gemietet hatte, war neu und äußerst elegant. Von den obersten Appartements konnte man den Golf sehen. In der Tat war der Blick von der Terrasse einmalig und Grund genug, über alles andere hinwegzusehen: den nur selten funktionierenden Aufzug, das fehlende Fenster in der Küche, die Fernsehantennen der Häuser am Hang. Im Blick die unendlich blaue Fläche des Meeres. Wasserspuren der Boote wie Eidechsen. Manchmal die Inseln am Horizont. Jean sagte, er sitze dort Abend für Abend, schaue auf die Bucht, lasse den Gedanken freien Lauf.

Auf dem Terrassentisch lag das mobile Telefon. Livia hatte sich für diesen Tag bei ihrer Kollegin »schlappgemeldet«, so die mit Rosaria vereinbarte Chiffre für eine aus welchen Gründen auch immer ausufernde Nacht. Sie versuchte, Marlen zu erreichen, aber es nahm niemand ab. Auch der Anrufbeantworter war nicht angeschaltet. Zu dumm. Sie hätte ihr Wohlbefinden gerne mitgeteilt, ohne es allzu ausführlich erklären zu müssen. Außerdem hatte sie eine interessante Neuigkeit zu vermelden.

Jean hatte in einem Restaurant am Wasser einen Tisch reservieren lassen. Ein Abend, der auch noch in der Erinnerung gelungen war: angefangen beim Antipasto über ihre Gespräche bis hin zum Ambiente, zu dem auch zwei ältere Männer mit schütterem Haar und verwegener Kluft gehörten, die sich mit neapolitanischen Liedern von Tisch zu Tisch und von Lokal zu Lokal klampften. Das Essen war ausgezeichnet, der Blick aufs Wasser romantisch, und Jean hatte nicht zuviel und nicht zuwenig geredet, nichts Hochgestochenes, keine Bekenntnisse aus dem Leben eines geschiedenen Mannes oder aus dem eines einsamen Junggesellen. Statt dessen hatte er sich aufrichtig interessiert nach Livias Arbeit erkundigt – und war direkt ins Fettnäpfchen getappt, als er auf das unterirdische Kunstspektakel zu sprechen kam und sie fragte, ob sie als neapolitanische Künstlerin auch vertreten sei. Als Franzose betreute Jean einen bretonischen Bildhauer, der am Wochenende in Neapel eintreffen sollte. Er schlug vor, sie miteinander bekannt zu machen. Vielleicht würde Livia ihnen bei der Gelegenheit ein paar ihrer Bilder zeigen …

Livia hatte das Thema geschickt zum Anlaß genommen, auf die unterirdischen Gänge und somit auch auf den ermordeten Umberto Cacciapuoti zu sprechen zu kommen. Sie sagte, Marlen sei als Journalistin an der Geschichte interessiert, und erzählte von dem Gespräch, das sie und Marlen am Nachmittag mit der Witwe Cacciapuoti geführt hatten. Fiorilla hatte auf sie den Eindruck einer kontrollierten, geschäftigen, vitalen Frau gemacht, die nicht wirkte, als würde sie auf der faulen Haut liegen oder das Frauchen spielen. Und nicht so, als würde sie ein Jahr lang schwarze Hosenanzüge tragen wollen.

Jean schickte voraus, er sei kein enger Freund des Hauses gewesen. Sie hätten ihn ein paarmal eingeladen, zu Weinproben natürlich und zur Einweihungsfeier des umgebauten Hauses.

Aber so, wie er es beobachtet hatte, habe Fiorilla schon immer ihr eigenes Leben gelebt. Daran ändere der Tod Umbertos herzlich wenig. Es war seines Wissens ein offenes Geheimnis, daß Fiorilla und Umberto ihre eigenen Wege gegangen waren. Eine moderne Ehe eben. Umberto habe ständig Geschichten mit anderen Frauen gehabt, allerdings nie mit ihm darüber gesprochen. Wie unter Männern üblich, es sei denn, sie hockten nebeneinander auf der Saunabank oder am Tresen.

»Auch keine Anspielungen?«

Jean schüttelte den Kopf. »Das war er Fiorilla schuldig, und sich selbst auch«, sagte Jean. »Dennoch haben alle davon gewußt, auch Fiorilla. Die Wege der Liebe sind unergründlich«, fügte er mit amüsiertem Unterton hinzu. »Ehrlich gesagt, glaube ich, es war ihr gleichgültig, was er mit anderen Frauen hatte. Aber natürlich, man weiß nie, was bei den anderen Leuten zu Hause abläuft, geschweige denn im innersten Kämmerlein.«

Er berührte mit den Fingern Livias Hand. »Ich bin kein Experte für Frauen. Ich vertrete nur die männliche Seite des menschlichen Geschlechts. Und damit habe ich schon genug am Hals.«

»Hatte Fiorilla auch Affären?«

Er lächelte in sich hinein. »Schwer zu sagen. Vermutlich schon.«

Livia war sich einen Augenblick lang so gut wie sicher, daß Jean mit Fiorilla Cacciapuoti mehr verband oder einmal verbunden hatte, als er vor allem in dieser Situation zugeben mochte, irgendwann einmal, früher. Eine Erinnerung war aufgescheucht worden, über die Gesichtszüge gehuscht und wieder verschwunden. Livia kannte derlei Erinnerungen selbst, doch nicht alle zogen ein Lächeln nach sich wie einen Kometenschweif. Sie wollte die Hand wegziehen, schaute aufs Wasser, schwieg. Und schon war der Augenblick wieder vorbei.

Jean nahm seine Hand weg und begann, Brotkrumen vom Tischtuch zu schnippen. »Fiorilla ist schwer zu durchschauen«, sagte er, als müsse er nun unbedingt etwas hinzufügen. »Sie geht ihre eigenen Wege, läßt sich von niemandem reinreden. Auch nicht von Umberto. Vielleicht war das der größte Konfliktpunkt zwischen den beiden. Auch Umberto wollte alles. Alle Freiheiten und immer die Kontrolle. Fiorilla hat sich dem entzogen. Das hat er schwer ertragen. Und gleichzeitig hat genau diese Bereitschaft zur Unabhängigkeit die zwei zusammengehalten, so paradox es klingt.«

Er merkte, daß er noch immer Brotkrumen vom Tischtuch schnippte, und fing selbstironisch die eine Hand mit der anderen ein. »So sehe ich das jedenfalls, aus der Distanz.«

»Dann ist Fiorilla doch mit Sicherheit nicht nur Hausfrau oder Repräsentationsgattin gewesen.«

Sie spreche fließend mehrere Sprachen, sagte Jean, sei viel unterwegs, aber nie zusammen mit Umberto. »Komisch, ich habe sie nie danach gefragt, was sie eigentlich macht. Darüber haben wir nie gesprochen.«

»Eher typisch, würde ich sagen«, konterte Livia. »Was die Frauen tun und lassen, bleibt außen vor.«

»Und du hast mir immer noch nichts von deiner Arbeit erzählt«, sagte er und griff erneut nach ihrer Hand.

Sie zog ihre Hand weg. Sie war mit dem Thema noch nicht durch. Hatte Umberto Freunde? Hatte er Feinde? Irgendwelche Interessen außer Frankreich? Ein Hobby?

Jean schürzte die Lippen. »Ein Hobby? Außer Frankreich? Laß mich nachdenken ... vielleicht Architektur, Inneneinrichtung, edle Möbel, Kunst ... Ja, das hat ihn interessiert. Du hast das Haus ja von innen gesehen. Eins ist klar: er hatte Geld.«

»Und jetzt hat Fiorilla es.«

»Fiorilla hatte auch vorher genug Geld. Wenn das eine Anspielung sein sollte.«

»Sagt dir der Name Salvatore etwas?«

»Im Zusammenhang mit den Cacciapuoti?« Jean dachte nach, trank sein Glas leer. »Meinst du diesen Pseudoarchitekten? Da war ein Salvatore, der ihn und Fiorilla beraten hat, bevor sie das Haus umgebaut haben. Ich habe ihn bei einer Weinprobe kennengelernt, ein sympathischer Kerl mit einem Hang zu ausgeflippten Ideen wie Umberto. Schon verrückt, das Haus von diesem Dichter, wie heißt er noch«, er schnippte mit dem Finger, »mein Namensvetter, Malimpert ...«

»... Malaparte«, sagte Livia.

»... richtig, Malaparte, nachbauen zu wollen. Jedenfalls war Umberto davon fasziniert. Das war das Faszinierende an Umberto: daß er sich rückhaltlos begeistern konnte für eine Idee und dann auch alles drangesetzt hat, sie zu verwirklichen. Umberto hat sich nicht abhalten lassen. Von nichts und niemandem. So war es mit dem Weinhandel und mit dem Malaparte-Haus. Und vorher offenbar mit dem Mittelamerika-Handel. Solche Typen gibt's«, schloß er und zuckte halb bedauernd, halb neidisch die Achseln.

»Vielleicht ist genau das ihm zum Verhängnis geworden«, überlegte Livia.

»Denkbar ist es.«

»Daß er jemandem in die Quere gekommen ist.«

»Möglich. Aber wobei?«

»Erinnerst du dich an den Nachnamen dieses Architekten?«

Er lachte. »So einen ausgefallenen Namen kann man nicht vergessen: Salvatore delle Donne. Der Retter der Frauen, ein herrlicher Name, nicht wahr?«

»Dann wundert es mich aber, daß Fiorilla uns gegenüber so getan hat, als würde sie ihn nicht kennen«, hatte Livia hinzugefügt, und es wunderte sie jetzt, am Morgen nach einer wunderbaren Nacht, auf der Terrasse mit dem weiten Blick, noch immer. Warum sollte Fiorilla abstreiten, daß sie einen Freund von Umberto gekannt hat? Den Mann, der die Entwürfe für das Haus gemacht hatte, in dem sie jetzt lebte? Hatte sie vielleicht ein Verhältnis mit ihm? Aber weshalb zum Teufel sollte das ein Geheimnis bleiben, wenn alle Welt wußte, daß ihr Mann sie nach Strich und Faden betrogen hatte? War Salvatore doch enger in den Mordfall verwickelt, als Livia und Marlen es gern gesehen hätten? Irgend etwas war faul. Livia war fest entschlossen, der Sache nachzugehen.

27

Livia war zwar von Natur aus neugierig, wäre jedoch nie auf die Idee gekommen, ohne Erlaubnis fremde Briefe, Schubladen oder Türen zu öffnen. Anders sah es aus, wenn Türen bereits offen standen und noch dazu zum Wohn- und Arbeitszimmer führten, wo Jean am Abend zuvor die Flasche Rotwein aus Umbertos Laden entkorkt hatte – einen 1990er Clos Vongeot Grand Cru. Draußen war es dunkel und drinnen schummerig gewesen. Jetzt hatte Livia Jeans Stimme im Ohr, die ihr etwas von sich-zu-Hause-fühlen zurief, bevor die Tür hinter ihm ins Schloß fiel. Also los, was gab es an Musik, Büchern, Bildern? Standen Blumen auf dem Tisch? Aus welchem Material war das Sofa? Welche Farben bevorzugte er? Lagen zentimeterdick Staubflocken – sicherlich bezahlte Jean eine Putzfrau – oder getragene Socken in der Ecke?

In den Regalen, die zwei ganze Wände einnahmen, fand Livia vorwiegend französische Titel, ein paar Kunstbände und Ausstellungskataloge, einige Bücher über Neapel, eine Menge französischer Werke und in der untersten Reihe die wichtigsten italienischen Dichter von Dante bis Calvino. Vor und zwischen den Büchern standen Figuren aus verschiedenen Materialien, winzige Buddhas aus Porzellan, geschnitzte afrikanische Trommler, ein Bronzepärchen beim stilisierten Tanz, feine, unspektakuläre Skulpturen, von denen jede eine ganz eigene Ausstrahlung hatte. Livia sah sie sich an, nahm die eine oder andere in die Hand. Jean war offenbar viel gereist – es sei denn, er hatte die Figuren auf Auktionen erstanden. Livia war bei der Musikabteilung angelangt, viel Klassik, der ganze Jacques Brel. Sie zögerte zwischen Tina Turner, Miles Davis und einer ihr unbekannten Gruppe aus Afrika, Youssouf N'Dour, für die sie sich entschied. In dem Schrank in der Ecke befand sich die Hausbar. Auf dem niedrigen Tisch aus Plexiglas – das einzige Stück, das Livia nicht gefiel – lagen diverse Zeitschriften, ein aufgeschlagenes Buch von einem Schriftsteller namens Albert Cossery, der Name sagte Livia nichts. Und an den Wänden? Irgendwelche Bilder? Sie war enttäuscht. Nichts als Schwarzweißfotos. Ein riesiges Doisneau-Poster, ansonsten Abbildungen von Skulpturen. Sie erkannte Auguste Rodin, Camille Claudel, ein Foto, das die Heiligenfiguren auf der Front der Peterskirche von hinten zeigte. Dann sah sie die Statue – und stieß einen Schrei aus.

Die Statue war nicht sehr groß, vielleicht sechzig, siebzig Zentimeter, und halb von einer Grünpflanze verdeckt, die rechts der Tür stand: Es war eine der neun Marmorstatuen, die vor ein paar Jahren aus einer Villa in Portici gestohlen worden waren. Livia war sich ganz sicher. Ihr fotografisches Gedächtnis trog sie nie. Vielleicht hätte sie sich nicht so genau erinnert, wenn sie nicht vor kurzem erst im Rahmen der geplanten Ausstellung über die verschwundenen Kunstwerke *Furti d'Arte* sämtliche Fotos gesichtet hätte, die in der Begleitbroschüre abgedruckt werden sollten.

Nicht zu fassen! Genau diese Statue – Marmor, schmutzigweiß, blicklos, abgebrochene Nase –, die Livia sich in allen Details aufmerksam ansah, um die Sache im Büro noch mal überprüfen zu können, dieses Diebesgut befand sich in der Wohnung ihres Liebhabers.

Eine halbe Stunde später hockte Livia bereits an ihrem Schreibtisch vor dem Bildschirm. Fieberhaft ging sie die Dateien durch. Ansichten einer Sache konnte sie sich merken, bei Daten, Zahlen, Stichworten war sie verloren. Sie trommelte ungeduldig mit den Fingern auf den Tisch und fand den Computer auf einmal hoffnungslos langsam und veraltet, während sie sonst über unsinnige hochtechnologische Neuerungen zu schimpfen pflegte. Endlich. Sie hatte sich nicht getäuscht. Die neun Renaissancestatuen Erato, Euterpe, Kalliope, Klio, Melpomene, Polyhymnia, Terpsichore, Thalia, Urania, Abbildungen der Töchter des Zeus und der Mnemosyne, so hieß es im kleingedruckten Infotext, waren am fünften Dezember 1990 unter nicht geklärten Umständen aus der Villa Cecilia in Portici gestohlen worden. Keine von ihnen war bisher wiederaufgefunden worden. Ihre Statue, das heißt die Statue aus Jeans Wohnung, war die dritte in der Reihe der Musen: Kalliope, die Muse der erzählenden Dichtung.

Livia mußte sich sehr zusammennehmen, um nicht aufzuspringen und den Fund an Ort und Stelle auszuposaunen. Aber was war mit Jean? Wußte er, daß Diebesgut in seinem Wohnzimmer lagerte? Von wem hatte er die Statue gekauft? In der Aufregung rief sie im französischen Kulturinstitut an und mußte sich anhören, daß *monsieur le directeur* zur Zeit in einer Besprechung sei. Sie hinterließ ihre Telefonnummer und bat um dringenden Rückruf.

Sie sagte sich zur Beruhigung, daß es immer wieder vorkomme, daß gestohlene Kunstobjekte über diverse Zwischenhändler »gesäubert« und an Privatleute verkauft wurden. Jean mußte nicht zwingend etwas mit kriminellen Machenschaften zu tun haben. Nicht einmal der Händler, von dem er die Statue erstanden hatte, mußte direkt beteiligt sein – höchstens »ein bißchen«, um fünf Ecken. Doch wer wollte dieses »bißchen« in Prozenten ausdrücken und vor allem strafrechtlich erfassen? Mit dem Kunstdiebstahl war es wie mit diesen russischen Puppen: hatte man die erste Schicht geknackt, kam eine zweite zum Vorschein, darunter eine dritte, bis man nach vier, fünf, sechs Püppchen zu einer Miniaturgestalt vordrang – die Drahtzieher im Kunstraubgewerbe wurden von vielerlei anderen schillernden Figuren geschützt, mit dem feinen Unterschied, daß die Polizei selten bis zu ihnen, bis zum Kern der Organisation vordrang, sondern höchstens einige der äußeren Püppchen schnappte.

Die Tür ging auf, Roberto kam mit einem Kuvert in der Hand ins Zimmer, blieb, als er Livia erblickte, wie angewurzelt stehen. »Ich dachte, Sie sind krank«, sagte er überrascht.

»War ich auch«, murmelte sie und tat beschäftigt. Zu dumm, daß man den Bildschirm nicht wie Geheimdokumente, Liebesbriefe oder einen spannenden Krimi, den man unbedingt, und sei es während der Arbeit, weiterlesen mußte, unter andere Papiere schieben konnte, damit er unsichtbar wurde. Auch zum Schließen der Datei war es zu spät. Jeder, der hereinkam, konnte auf der Stelle sehen, woran Livia gerade arbeitete – und das war ihr gerade jetzt nicht recht. Sie drehte dem Schreibtisch den Rücken zu, als könne sie ihn damit verstecken. Sie lächelte. »Es war so viel zu tun, da dachte ich, ich komm lieber doch und ...«

Ausgerechnet heute war Roberto im Büro, und ausgerechnet heute stand ihm der Sinn nach einem kleinen Plausch. Ganz im Gegensatz zu Livia. Sie hatte andere Dinge im Kopf. Die Statue. Jeden Moment konnte Jean anrufen. Aber offenbar wollte Roberto die angekokelte Stimmung, die seit dem Patzer mit der unterirdischen Ausstellung zwischen ihnen herrschte, mit ein paar netten Worten aus der Welt räumen. Eine Krankheit solle man unter allen Umständen auskurieren, sagte er, sonst schlage sie um so heftiger zurück. Und: am Samstag müsse sie wieder fit sein.

»Wieso? Was ist am Samstag?«

»Haben Sie das etwa vergessen?« Er mimte den Betroffenen, lachte über sich selbst und überreichte ihr ein Kuvert.

»Kleine Einladung. Samstag abend. Ich hoffe, Sie haben noch nichts vor.«

»Kommt drauf an«, gab sie kampflustig zurück. »Was wird gefeiert, wenn ich fragen darf?«

Er lächelte versöhnlich. »Ein runder Geburtstag. Halbes Jahrhundert. Eigentlich wollte ich ihn überspringen, aber meine Frau hat darauf bestanden.«

»Kompliment.« Livia überlegte. »Darf ich jemanden mitbringen?«

»Natürlich.« Er zwinkerte ihr komplizenhaft zu. »Auch zwei Männer, oder drei.«

»Ich meinte eigentlich eine Frau«, sagte Livia amüsiert.

»Oh«, Roberto schluckte, einen Moment lang blätterte sich sein Öffentlichkeitsgesicht auf wie die Seiten eines solide eingebundenen Buches im Wind – darin ein konservativer Biedermann –, dann straffte sich sein Gesicht wieder, der Mann von Stadt und Welt gewann erneut die Oberhand und hatte eine tolerante Geste auf Lager. »Selbstverständlich auch eine Frau.«

Er drückte sich im Zimmer herum, suchte nach einem weiteren Ansatzpunkt für ein Gespräch. Sein Blick fiel auf die beiden Gemälde aus Livias Produktion, mit denen sie die Bürowände schmückte, eine Wechselausstellung, seit Anfang April die Porträts von einem Mann und einer Frau, Freunden von ihr, die gern Modell gesessen hatten, sich die Bilder aber selbst nicht leisten konnten.

»Interessant«, begann er unsicher, »äußerst eigenwillig, ich meine, man könnte an Karikaturen denken, aber es sind keine, ich meine, die Leute sehen verletzlich aus, bei der Frau diese ausgeprägten Falten oder bei dem Mann das Doppelkinn, nicht schön, aber so sieht man nun mal aus, ich meine, Sie bevorzugen offenbar die unschönen Seiten in den Menschen, nein, das ist das falsche Wort, ich meine, das Innerste wird nach außen gekehrt, wenn Sie wissen, was ich meine ...«

»Ich weiß schon, was Sie meinen«, konterte Livia ironisch. War dieser Sermon als direkteres Friedensangebot zu verstehen?

Roberto faßte sich endlich ein Herz. »Hören Sie, tut mir wirklich leid, die Geschichte mit der unterirdischen Ausstellung, aber ich habe einfach nicht an Sie gedacht, schließlich ist nur *ein* neapolitanischer Künstler vorgesehen, das wird natürlich kritisiert, aber ...« Er hob hilfesuchend die Arme, ließ sie fallen, sah sie an wie ein geprügelter Hund. »Tut mir leid.«

Livia nickte. Wenigstens hatte er sich endlich entschuldigt und die Sache angesprochen, ohne mit »Schwamm drüber« oder ähnlichem Blödsinn zu kommen. Das machte es zwar nicht besser, war aber ehrlicher. »*Va bene.*« Sie wollte sich wieder ihrer Arbeit zuwenden. Roberto kam näher und legte ihr die Hand auf die Schulter – eindeutig zuviel des versöhnlich Guten. Sein Blick fiel auf den Bildschirm. Er runzelte die Stirn.

»War die Datei nicht verschwunden?«

Livia nickte. Aber seit Pepe aus der Statistik ihr einmal bei der Suche nach verlorenen Daten geholfen hatte, pflege sie Kopien anzulegen.

Roberto stimmte ihr zu. »Natürlich. Gut. Auf die Idee hätten wir auch selbst kommen können, oder? Bei den vielen Netzabstürzen in Neapel ...« Er wandte sich zur Tür, hatte es auf einmal eilig. Livia wollte ihn noch fragen, ob er einen besonderen Geburtstagswunsch habe, doch in dem Moment klingelte das Telefon, und Roberto hatte ihr Büro verlassen.

Sie riß den Hörer hoch, als könnte ihn ihr jemand wegschnappen. Es war Jean. Sie verabredeten sich zum Mittagessen in einer Trattoria an der Piazza dei Martiri.

28

Marlen hatte gekocht, und sie war schlecht gelaunt. Livia hatte sich ein typisch deutsches Gericht gewünscht. Aber bitte kein Labskaus! Der Besuch eines exquisiten Fischrestaurants an der Elbe war ihr noch deutlich in Erinnerung: und der undefinierbare, rötlichbraune Klacks Essensreste mit dem für sie unaussprechlichen Namen *Labskaus* auf dem edlen Porzellanteller auch. Da nützte es gar nichts, daß Marlen ihr die Zutaten einzeln aufgezählt hatte, keine Essensreste, sondern: Corned beef, Kartoffeln, Zwiebeln, saure Gurken, dazu rote Bete, Ei, Matjesfilet ... Marlen kannte sich nicht aus mit typisch deutscher Küche. Sie konnte weder einen Schweinebraten zubereiten noch Sauerkraut oder eine Hamburger Fischsuppe. Also gab es Bratklopse mit Bratkartoffeln. Und dazu, aus der Lebensmittelabteilung von Standa: Beck's Bier. Die Bratklopse waren viel zu salzig und die Bratkartoffeln fast roh.

»Wie kann man nur in Neapel deutsch kochen«, schimpfte Marlen. Livia winkte ab. Sie war beeindruckt von Marlens Kochkünsten und von ihrer Verfolgungsfahrt, während Marlen nach wie vor nicht verstand, wie sie den Mann im Verkehrsstau hatte aus den Augen verlieren können. Idiotisch!

»Immerhin hast du nicht den falschen Mann verfolgt«, versuchte Livia ihre Freundin aufzumuntern. »Und irgendwo muß der Kerl ja abgeblieben sein. Wir könnten uns in der Gegend mal umsehen. Piazzetta Mondragone, hast du gesagt? Das ist nicht weit von hier. Übrigens wohnt Jean gleich um die Ecke. Wer weiß, vielleicht läuft uns dabei zufällig dein Salvatore über den Weg.«

»Sehr witzig«, grummelte Marlen und goß sich den Rest Bier ein, das ihr davon abgesehen nicht einmal schmeckte. »So was habe ich zuletzt als Fünfzehnjährige gemacht.«

Als sie nach Hause gekommen war, hatte sie erneut bei Salvatores Mutter angerufen und sich erkundigt, ob dieser Freund tatsächlich aufgetaucht sei und ob es Neuigkeiten über Salvatore gäbe. Ja, der Freund war vorbeigekommen. Was er mitgenommen hatte? Das Übliche. Die Post der letzten Wochen, einen Stadtplan, ein paar Klamotten. »Wer weiß, vielleicht meldet er sich ja bei Ihnen«, hatte die Mutter in den Hörer geseufzt, und Marlen mußte ihr versprechen, sofort mit ihr Kontakt aufzunehmen, falls dem so wäre.

Jemanden in Neapel über ein Autokennzeichen ausfindig zu machen? Livia hatte nur laut gelacht. Vielleicht war es genau das, was Marlen jetzt umtrieb: Während Livia etwas Konkretes herausgefunden hatte, tappte sie selbst auf der Suche nach Salvatore nach wie vor im dunkeln. Und je länger dieser Zustand anhielt, desto überzeugter war sie davon, diesen Mann unbedingt finden zu müssen. Es war absurd.

»Er hat die Statue über Umberto gekauft.« Livia hing ihren eigenen Gedanken nach und zwirbelte dabei eine Haarlocke um den Zeigefinger. »Aber er hätte doch aus allen Wolken fallen müssen, als ich ihm gesagt habe, daß die Statue geklaut ist«, überlegte sie weiter und wickelte die Locke fester um den Finger.

»Und wie hat er statt dessen reagiert?«

»Er hat sich verschluckt«, mußte Livia zugeben.

»Das ist doch schon etwas«, sagte Marlen grimmig. »Ist es dir lieber, wenn er seine Finger mit im Spiel hat oder nicht?«

»Dumme Frage«, sagte Livia entrüstet. »Natürlich nicht.«

»Und was sagt dir die weibliche Intuition?«

»Das übliche.«

»Egal, wie heftig Jean reagiert hätte, verdächtigen würdest du ihn in jedem Fall, stimmt's?«

Livia nickte. »Zumindest bin ich auf der Hut.«

»Das bist du bei Männern immer«, sagte Marlen. »Außerdem bist du gefühlsmäßig vorbelastet. Lassen wir Jean als Verdächtigen lieber erst mal außen vor.« Sie dachte nach. »Weiß er, daß du bei der Dokumentation Kunstdiebstahl arbeitest?«

Livia schnalzte verneinend mit der Zunge.

»Und wie hast du ihm erklärt, daß du die Statue als gestohlen identifizieren konntest?«

»Ich habe ihm erzählt, daß wir während des Studiums verschiedene Villen in und um Neapel aufgesucht und dort unsere Zeichenkünste vervollkommnet haben, Villa Pignatelli, Villa Cecilia, Pompeji und so weiter. Er hat es mir geglaubt.«

»Hat er erzählt, wie der Handel mit Umberto überhaupt zustande kam?«

»Hat er.«

Die Marmorstatue war offenbar nicht das erste Stück, das Umberto an Jean verkauft hatte. Auch eine der holzgeschnitzten mexikanischen Figuren im Bücherregal im Wohnzimmer war vor ein paar Jahren aus Umbertos in Jeans Besitz übergegangen. Die Figuren hatten in den Vini Divini Francesi auf einem Sockel im Schaufenster gethront, und Jean hatte sie nach langen Verhandlungen erstanden. Überreste aus dem Mittelamerika-Handel, wie er vermutete. Und vor ziemlich genau zwei Jahren, sagt Jean, hatte Umberto ihm beiläufig von dieser Marmorstatue erzählt, die ein Bekannter von ihm verkaufen wollte. Jean fand daran nichts Merkwürdiges, schließlich wußte Umberto Cacciapuoti um sein Faible, und außerdem konnte man auf sein Kunsturteil voll und ganz vertrauen.

»Und dann hat er die Statue gekauft«, resümierte Marlen. »Hat er dir auch gesagt, wieviel er dafür hingeblättert hat?«

»Zehn Millionen, Transport inklusive.«

»Und der einzige Kontaktmann war Umberto?«

»Der jetzt mucksmäuschenstill unter der Erde liegt«, sagte Livia. »Beziehungsweise in einem Kühlfach.«

»Und er hatte keinen Verdacht, daß an der Sache etwas faul sein könnte?«

»Das ist es ja. So wie er die Sache darstellt, hat er es vorgezogen, sich auf die Rolle des Käufers zu beschränken. Geld gegen Kunst. *Ecco.* Aber das ist noch nicht alles. Er hat gesagt, selbst wenn er den Verdacht gehabt *hätte*, daß die Statue geklaut sein *könnte*, hätte er sich trotzdem nicht darum geschert. Und weiter, indirektes Zitat«, Livias Stimme wurde schneidender, »in Italien gebe es jede Menge Statuen, die in irgendwelchen Parks vor sich hin gammeln und von jugendlichen Pseudonihilisten, die auch nichts anderes seien als spießige Kunstbanausen in Kriegsbemalung und Fliegerkluft, mit Farbe besprüht werden, eine einzige kulturelle Sauerei, abgehackte Hände, aufgemeißelte Torsi, besprühte Löwenpranken, rette sich, wer kann. Sein Motto dagegen: Sei gerettet, was sich retten läßt. Die Amerikaner würden sogar eine kopflose Skulptur mehr in Ehren halten.« Sie schnaubte verächtlich.

»Womit er durchaus recht hat«, sagte Marlen mit Genugtuung. »Ihr Italiener seid total verwöhnt, jedenfalls, was Kunst und Geschichte anbelangt. Auf Schritt und Tritt Meisterwerke, paradiesische Natur, und dazu Mythen, wo man hinguckt: der in Richtung Rom vorbeisegelnde Aeneas, die Sibylle von Cumae, Grotten, dampfende Erdspalten, überall Geschichte, wackere Vorfahren, die vor Tausenden von Jahren gemalt, gemeißelt, gebaut haben. Und selbst wenn es im Zweiten Weltkrieg Luftangriffe gab, sind die meisten italienischen Städte unzerstört geblieben ...«

»... zum Glück«, rief Livia erbost, »während bei euch jede einzelne Statue, die in einem Park steht, umhegt und gepflegt wird, einen Zaun mit Stacheldraht drumherum und dann fünf Mark Eintritt ...«

»... natürlich. Natur und Kunst sind für alle da«, sagte Marlen ironisch. »Und besonders für diejenigen, die ein kleines

Stück von der großen, runden Erdentorte ganz für sich allein reservieren können. Einen kleinen Park mit Musen und einem Bellini-Brunnen. Einen Picasso, eine Picone …«

»Sehr witzig«, fauchte Livia. »Was ist eigentlich mit dir los? Suchst du Streit?«

»Ich meine, das könnte mir genausogut passieren. Stell dir vor, ich gehe auf den Antiquitätenmarkt oder auf irgendeine Messe und habe ein nettes Sümmchen zur Verfügung, und da ist ein Bild oder eine Skulptur, irgend etwas, das mir gut gefällt, ich kaufe es, und später stellt sich heraus, das Ding ist geklaut. Woher soll ich das denn wissen? Und überhaupt, was passiert dann mit dem geklauten Objekt? Wird es einfach einkassiert oder bekomme ich eine Entschädigung?«

»Es geht natürlich zurück an den ursprünglichen Besitzer«, sagte Livia. »Ist doch logisch. Stell du dir umgekehrt doch mal vor, du kaufst ein Auto, es wird geklaut, dann zufällig bei irgendwem wiedergefunden, der nichts davon gewußt haben will und vielleicht wirklich ein Unschuldslamm ist. Das Auto geht trotzdem an dich zurück. Aber wenn es statt um Autos um Kunst geht, stellen die Leute sich gleich fürchterlich an.« Livia fuchtelte erregt mit den Händen in der Luft. »Als ob eine Renaissanceskulptur einem mehr gehört als eine Harley Davidson. Beides sind Tauschobjekte, für die man Geld hinblättern muß. Und Luxus obendrein.«

»Ausgerechnet du wirst ja wohl nicht behaupten wollen, daß man ein Motorrad mit einem deiner Bilder gleichsetzen kann.«

»Warum eigentlich nicht«, bockte Livia. »Erstens ist es eine Liebhabersache, zweitens eine Frage von Leidenschaft, und drittens wäre ich froh, wenn meine Bilder so viel wert wären.«

»Sind sie doch«, lenkte Marlen ein.

»Sind sie nicht«, knurrte Livia.

Sie hielten inne, sahen einander verstimmt an. In die Stille hinein hörte man Marlens Magen knurren. Sie runzelte die Stirn. »Worum geht's hier eigentlich?«

»Wollte ich dich auch gerade fragen«, murrte Livia versöhnlich. »Frustriert wegen Salvatore?«

»Schon möglich.«

Sie schwiegen. Livia stand auf und rief in der Pizzeria an der Ecke an.

»Ich hab da noch was für dich«, sagte sie. »Wird dich vielleicht aufmuntern, eine klitzekleine Überraschung, die ich in der Aufregung ganz vergessen hatte: Fiorilla hat uns angeschwindelt, als sie gesagt hat, sie kenne keinen Salvatore. Das Haus der Cacciapuoti ist mit Hilfe deines Retters nach dem Vorbild der Malapartevilla auf Capri umgebaut worden. Was sagst du nun?«

Marlen staunte tatsächlich, und ihre Laune verbesserte sich augenblicklich. Andererseits machte Fiorillas Lüge auch Salvatore verdächtiger. Irgend etwas war da im Busch. Die zwei versteckten etwas. War Salvatore Fiorillas Geliebter, und Fiorilla wollte nicht, daß die Öffentlichkeit davon erfuhr? Es war dumm gewesen, die Bekanntschaft Salvatores abzustreiten, wenn jedermann – zum Beispiel Jean – wußte, daß die zwei miteinander befreundet gewesen waren. Aber jeder machte Fehler. Und Salvatore? War er womöglich angesichts des Toten so erschrocken gewesen, weil ihm schlagartig klar geworden war, daß er als Liebhaber Fiorillas sofort unter Verdacht stehen würde? War er deshalb von der Bildfläche verschwunden? Andererseits war die Polizei noch nicht bei Salvatores Mutter aufgetaucht. Also wußte sie nichts. Oder es gab nichts zu wissen.

In dem Moment klingelte das Telefon. Es war Giorgio, der Marlen den Termin von Umbertos Beerdigung mitteilen wollte. Bei Beerdigungen tauchten alle möglichen Bekannten auf, die bis dato im verborgenen geblieben waren. Er sagte, er frage sich auch, ob Salvatore wohl aus dem Versteck käme – sofern er sich tatsächlich versteckte –, um seinem Freund Umberto am Freitag um elf die letzte Ehre zu erweisen.

Es klingelte erneut, diesmal an der Tür. Kurze Zeit darauf kam der Pizzajunge herein und stellte zwei flache, quadratische Pappkartons, ein in fettfleckiges Papier eingewickeltes Schälchen sowie zwei eisgekühlte Halbliterflaschen Peroni auf dem Tisch ab. Livia wimmelte Marlen ab, die zahlen wollte. Der Pizzateig war zäh und weich, was an den Pappkartons lag, die Fett und Dampf der ofenheißen Pizzen ansaugten und als Niederschlag wieder fallen ließen. Die frittierten Zucchiniblüten schmeckten süßlich-herb nach Gartengrün und salzigem Schmalzgebäck, das Bier leicht und erfrischend. Die Frauen aßen, jede in eigene Gedanken versunken, hungrig und erschöpft. Livia starrte auf die Pizzakartons. Dann sprang sie, wie von der Tarantel gestochen, auf.

»Ich hab's!« rief sie triumphierend. »Ich hab's! Der Engel! *L'angelo*!« Ihre Augen leuchteten. Sie riß einen Pappkarton vom Tisch, hielt die Verpackung hoch und wies auf die Beschriftung. Pizzeria dell'angelo stand dort in schwarzer Schönschreibschrift, darunter war ein feister Engel zu sehen, der auf einer runden Platte hockte, augenscheinlich eine Pizza. »Die Engel aus dem Schlafzimmer der Cacciapuoti, ich kenne sie, ich weiß, woher sie stammen, wo sie ursprünglich hängen«, rief Livia aufgeregt. »Und weißt du auch wo? In einer Seitenkapelle der Kirche, in der ich als Kind immer zur Beichte mußte.«

Marlen sah sie gespannt an. Livia holte tief Luft. »Also, ich hab da gekniet, jahrelang, und mir irgendwelche Vergehen ausgedacht, damit die Prozedur möglichst schnell vorbei ist, und dabei hingen immer diese beiden Engel in meinem Blick, und ich habe gedacht, ihr habt's gut, ihr schwebt da oben und seid über alles erhaben und könnt leicht grinsen. Und manchmal war es, als würden sie mir antworten und mir einflüstern, was ich während der Woche alles angestellt hatte, es war lustig, dieses Spiel.« Sie sah Marlen mit glänzenden Augen an. »Ich bin mir ganz sicher. Ich habe sie mir damals genau angesehen. Die beiden Engel, die über dem Ehebett von Fiorilla und Umberto hängen, stammen aus genau dieser Kapelle, nur ist es mir nicht sofort eingefallen, aber jetzt, durch diese banale Pizzaverpackung.« Die Livia nun übermütig in die Luft warf.

»Jetzt brauchen wir also nur ein Foto von den Engeln«, sagte Marlen.

Die Frauen beschlossen, die Witwe erneut zu kontaktieren, möglicherweise sogar zu Hause aufzusuchen. Marlen würde sie in ein Gespräch verwickeln, während Livia sich in den Zimmern umsehen und Fotos machen würde. Warum hatte Fiorilla gelogen? War Salvatore Umberto womöglich auf die Schliche gekommen? Oder umgekehrt: war er eingeweiht? Marlen fand, sie sollten auch die Vielweiberei Umbertos nicht außer acht lassen, hatte jedoch bisher keinen einzigen Anhaltspunkt. Sie machten gemeinsam eine Liste, verteilten die

Aufgaben. Marlen fiel ein, daß sie am übernächsten Tag einen Termin mit Signor Uccello hatte. Und daß sie und Livia am Sonntag mittag bei der Mutter der Tabakfrau zum Mittagessen eingeladen waren. Volle Tage. Draußen hörte man vereinzelt Tropfen fallen, dann fing es sturzbachartig an zu regnen. Sie traten unter das schützende Vordach vor der Tür.

»Triffst du dich wieder mit ihm?« fragte Marlen.

»Jean?« Livia nickte.

»Verliebt?«

»Quatsch«, wehrte Livia ab. »Verliebtsein ist anders, Verwirrung rundum, Schwitzen, die Angst, du sagst das Falsche, und der andere ist ein Rätsel und du dir selbst noch mehr, und die Verzauberung löst sich nicht mit einem Schlag auf wie im Märchen, sondern bleibt bestehen, über Wochen und Monate hinweg. Nein, verliebt bin ich nicht, noch nicht jedenfalls, aber ich hätte nichts dagegen, ein wenig mehr davon zu kosten und die Geschichte weiter auszureizen ...«

»Du hast wenigstens einen Mann aus Leib und Seele, an den du dich halten kannst«, sagte Marlen.

»Bleibt die Frage, womit man besser fährt ...«, grinste Livia. »Und was bleibt.«

29

Marlen hielt die Augen geschlossen. Sie tat, als schliefe sie, und führte sich selbst damit hinters Licht. Auf diese Weise gelang es ihr, den letzten Zipfel des nächtlichen Traums zu erhaschen: Fritz, der mit einer ihr bislang verborgen gebliebenen Unerschrockenheit, noch dazu ohne Helm, auf einer Vespa durch die engen Gassen Neapels brauste. Ihm waren die Haare ausgefallen, er hatte jetzt eine Halbglatze, und im Traum war klar, daß das einzig und allein dem Tragen des Helms zuzuschreiben war. Fritz war guter Dinge und entschlossen, alle Angewohnheiten hinter sich zu lassen, die zum Verlust von Haaren wie Potenz führten, wie zum Beispiel Abendbrot zu dritt mit Körnerbrot, Aufschnitt, Käse und Küchenlampenlicht. Sie sah nun, daß Fritz nicht allein war. Auf dem Sozius hockte Luzie mit kurzgeschnittenen, grün eingefärbten Haaren und einer lila Jeansjacke mit der Aufschrift *fuck the duck*. Sie schwenkte ein Gemälde durch die Luft, das offenbar zum Rahmen gebracht werden sollte, ein Portier aus der Tate Gallery hatte es ihr in die Hand gedrückt. Auf dem Bild war ein Engel zu sehen, dessen Flügel im Fahrtwind flatterten, die Vespa zischte haarscharf um eine Häuserecke. Marlen lief in Joggingklamotten hinterher, doch sie kam nicht schnell genug voran, einige Leute feuerten sie an, andere lachten sie aus, schließlich schnappte die Tabakfrau sie an einem Arm und zog sie von der Straße weg in den sicheren Laden, als müsse sie sie vor einem Verfolger retten, der Laden war dunkel und roch muffig, es war einer dieser unterirdischen Räume, der Tisch war bereits gedeckt, die Mutter der Tabakfrau stand einladend neben dem Alten aus der Trattoria vor einer riesigen Schüssel Spaghetti und klingelte fröhlich mit dem Weihnachtsglöckchen ...

Es war das Telefon: Luzie aus London. Sie teilte ihrer Mutter, die sich verschlafen die Augen rieb, fröhlich mit, sie sei völlig blank und habe sich von einer Freundin Geld gepumpt, um die letzten drei Tage noch über die Runden zu kommen, London sei klasse, gestern hätten sie eine Versteigerung bei Sotheby's miterlebt, heute stehe ein Besuch in der Tate Gallery auf dem Programm, und im Sommer wolle sie unbedingt nach Cornwall zum Surfen und gleich sei das der letzte ...

Damit war das Gespräch beendet, das letzte Fivepencestück durchgerattert. Marlen sah auf die Uhr: kurz nach neun. Sie war jetzt hellwach und der Traum endgültig verschwunden. Sie erinnerte sich nur noch an die Mitwirkenden, die Tabakfrau, Fritz, Luzie, spürte die Atemlosigkeit, die Ohnmacht, die dieser periodisch wiederkehrende Traum vom Laufen wie in Pfannkuchenteig stets mit sich brachte. Unter der Dusche dachte sie mit einer zärtlichen Aufwallung an Luzie, die am Sonntag aus England zurückkam. Vielleicht lag es an dem Traum, jedenfalls verspürte sie immense Lust, Fritz zu sehen, und zwar so wie vor zehn Jahren, als sie sich gerade erst kennengelernt hatten. Beim Frühstück schrieb sie ihm eine der Ansichtskarten, die die Tabakfrau ihr geschenkt hatte, die mit dem von Geröll verschlossenen Schlund des Vesuvs. Vielleicht sehnte sie sich nach etwas Vertrautem, zumal dieser Salvatore immer mehr zu einem Phantom wurde.

Was ihr den Tagesplan vergegenwärtigte. Sie rief bei der LAES an, um sicherzugehen, daß im Verlauf des Vormittags jemand im Büro sein würde. Sie schlug im Telefonbuch nach, ob ein Dante oder ein Ciro Carotenuto verzeichnet war, hatte doppelt Glück, denn erstens brauchte sie nicht schon wieder auf Giorgios Dienste zurückgreifen – allzu viele Informationen und Gefallen würde sie ihm nie zurückzahlen können, ein wenig befürchtete sie künftige Rückerstattungsansprüche –, und zweitens wohnte dieser Carotenuto, mit welchem Vornamen auch immer, im historischen Zentrum. Sie konnte diesen Teil der Recherchen auf dem Weg zur LAES erledigen.

Zunächst schaute sie kurz bei der Tabakfrau vorbei, beinahe schon ein Ritual, eine freundschaftliche morgendliche Vergewisserung. Als Alibi nahm sie die alten Zeitungen mit, die sich im Lauf der letzten Tage angesammelt hatten. Eine Kundin verließ gerade den Laden.

»*Come sta?*«

»*Benissimo*«, sagte die Tabakfrau mit ungewohntem Glanz in den Augen. Sie nahm Marlen am Arm und zog sie in den Hinterraum. »Trinken Sie ein Gläschen mit?« Ohne die Antwort abzuwarten, schenkte sie Marlen, die dankend, aber vergeblich abwehrte, ein Glas Prosecco ein. Sie erkundigte sich, ob die Tabakfrau Geburtstag habe.

»Ich bin Löwe«, sagte die Tabakfrau mit gespielter Entrüstung.

»Irgend etwas feiern Sie doch«, insistierte Marlen, die nicht glauben wollte, daß die Tabakfrau zur Trinkerin geworden sein sollte und jetzt morgens Alkoholisches statt Espresso anbot.

Die Tabakfrau nickte. »Die hundert Kilo sind unterschritten«, verkündete sie freudig. »Es geht bergab! Oder bergauf, wie man's nimmt.« Sie stellte ihr Glas auf dem ovalen Tisch auf einer klebrig aussehenden Plastiktischdecke ab. »Hier. Ich habe einen Atlas gekauft. Jetzt kann's losgehen«, verkündete sie triumphierend.

Das große Buch mit den nach unten aufgeschlagenen Seiten löste sich nur zögerlich von der Plastiktischdecke, wodurch eine Flasche Rotwein, die ebenfalls auf dem Tisch stand, bedenklich ins Taumeln geriet. Marlen warf automatisch einen Blick auf das Etikett, stellte erstaunt fest, daß es sich um französischen Rotwein handelte.

Die Tabakfrau bemerkte ihren Blick. »Ganz richtig, *cara*«, sagte sie, »ich habe mich für Frankreich entschieden. Reisen«, fuhr sie fort, »für Sie ist das etwas völlig Normales, aber ich bin in meinem ganzen Leben nicht weiter gekommen als nach Kalabrien. Stellen Sie sich das nur einmal vor, wo Sie doch so viel herumgekommen sind in der Welt: Seit meiner Kindheit bin ich jeden Sommer vierzehn Tage nach Kalabrien gefahren, und als ich meinen Mann heiratete, ging das weiter so, nicht derselbe Ort, sondern zwei, drei Orte weiter südlich, als ob das einen großen Unterschied machen würde – gräßlich, was? Jedes Jahr dasselbe, immer dasselbe.« Sie schüttelte sich. »Damit ist jetzt Schluß.«

Sie tippte mit dem Finger auf den Atlas: »Europa. Hier, Frankreich, Spanien, Griechenland, Türkei, Ungarn, Polen, Norwegen, Irland, Portugal, so viele Länder, die kann man sich doch nicht entgehen lassen! Wenn ich genug Geld hätte, würde ich eine Europareise machen«, fügte sie hinzu. »Mit Sicherheit würde Anna auf andere Gedanken kommen. In einer anderen Umgebung.«

»Und wenn Sie den Laden verpachten«, sagte Marlen aufs Geratewohl, biß sich dann auf die Zunge. Die Idee war dämlich, die Tabakfrau verdiente mit dem Laden vermutlich gerade eben genug, um tagtäglich über die Runden zu kommen.

Die Tabakfrau fand den Vorschlag jedoch gar nicht so abwegig, was möglicherweise auf den Prosecco zurückzuführen war. »Manchmal ist so etwas leichter, als man denkt«, sagte sie beschwingt. »Sehen Sie, hier: von Neapel nach Südfrankreich, eine Daumenlänge.« Sie spitzte die Lippen, zog die Augenbrauen hoch, neigte den Kopf und lächelte in die Landkarte hinein. Ihr Zeigefinger wanderte zur Atlantikküste. »Ich will ans Meer, ans richtige Meer, nicht in diese spiegelglatte, lauwarme Mittelmeerbrühe, wo wir Frauen uns die Beine in den Bauch stehen wie auf dem Markt, nur daß es unten naß ist und von oben die Sonne knallt, wo einem Plastiktüten um die Waden schwappen und die Strände so überfüllt sind wie das Fußballstadion an guten Tagen. Nein, nein, ich will einen richtigen Ozean, einen mit Wellen und kilometerlangen Sandstränden, mit Überseedampfern und Hochseefischern und einer anderen Sprache meinetwegen auch.« Sie ging zum Regal und zog einen dünnen Stapel Zeitungsausschnitte hervor. »Sehen Sie, hier, ich habe schon fleißig gesammelt. Reiseberichte. Tourismustips. Angebote für Ferienhäuser, Campingplätze, Pauschalflüge. Aber wir fahren mit der Bahn.« Sie begann, von Südwestfrankreich zu schwärmen, ohne je dort gewesen zu sein, und Marlen ließ sich von ihrer Begeisterung anstecken.

30

»Komm rein. Dante steht noch unter der Dusche.« Ein Mann mit Zigarette im Mundwinkel, hoher Stirn und spärlichen, langen Haaren, die im Nacken mit einem Gummiband zusammengehalten wurden, hatte die Tür geöffnet und schlurfte nun durch einen halbdunklen Korridor vor Marlen her. »*Vuoi un caffè?*« In der Küche saß ein weiterer Mann, Nickelbrille, kariertes Hemd, hinter einer Zeitung. Er sah kurz auf, grüßte, vertiefte sich dann wieder in seine Lektüre. Auf dem Tisch vor ihm stapelten sich Zeitungen und Zeitschriften. Marlen setzte sich auf einen der Stühle an den Tisch, während der Mann mit dem Zopf eine Zwölftassenkanne Espresso aufsetzte. Sie sah sich um. An der Küchendecke hing ein Kristalleuchter, dessen Glasteilchen leicht gelblich schimmerten, vermutlich vom hochgespritzten Fett. Das Geschirr stapelte sich in einer Plastikwanne. In der Luft hingen kalter und frischer Zigarettenrauch, ein Päckchen Tabak lag auf dem Tisch.

»Zum ersten Mal hier?« fragte der Mann mit dem Zopf, der sich jedoch nicht umdrehte und ihr Nicken daher nicht sehen konnte.

»Ja«, sagte Marlen. »Eine große Wohnung, oder?«

»Elf Zimmer.«

»Und wie viele Leute wohnen hier?«

»Vier. Eduardo«, er zeigte auf den Mann hinter der Zeitung, der unmerklich nickte, »Dante, Omar und ich. Ich bin Enzo«, fügte er hinzu.

Auf alles mögliche war Marlen gefaßt gewesen, aber nicht auf eine Männer-WG. Sie hatte wirklich Glück gehabt, daß Dante Carotenuto derjenige unter den vier Männern war, der im Telefonbuch stand.

»Und was machen Sie hier?«

»Ich bin Journalistin«, sagte Marlen.

»He, Eduardo, hast du gehört? Hier will endlich jemand was über unseren großen, unsterblichen Dichter Dante schreiben. Unseren *poeta dei vicoli*. Den Dichter der Witwen und ...« Der Rest ging im Zischen der Espressokanne unter.

Marlen erkundigte sich, woher dieser Spitzname stamme. Enzo schenkte ihr und sich Espresso ein, warf eine Tüte mit Keksen auf den Tisch, langte hinein und begann, Kekse in den schwarzen Kaffee zu tunken, offenbar sein Frühstück. Er erklärte grinsend, für solch ein Image brauche man mindestens ein halbes Leben. Dante habe schon als Kind in Bars ausgeholfen, an Kreuzungen gestanden, Windschutzscheiben gesäubert, nachts an der Via Roma Zigaretten verkauft, ein typischer neapolitanischer Gassenjunge, der alle möglichen legalen und illegalen Jobs übernommen hatte, die schrägsten Vögel in den abgelegensten Ecken der Stadt kannte, Oberwelt wie Unterwelt, ein dichtes Netz an Kontakten, die das improvisierte Leben, das er führte, ohne richtigen Beruf, erst möglich machten. Und das Schreiben? Sein Lebenselixier. Er sitze jeden Tag dran, habe ein paar kleinere Bücher veröffentlicht, in neapolitanischen Verlagen. Gedichte, Kurzprosa. In der Szene sei er jedenfalls bekannt, brummte Eduardo hinter seiner Zeitung. Marlen fragte Enzo auf gut Glück, ob auch Salvatore öfter vorbeikomme.

»Salvatore, der Retter der Frauen?« Er nickte, fügte aber hinzu, er habe ihn längere Zeit nicht gesehen. »Du, Eduardo?« Ein verneinendes Zungenschnalzen. »Ist vielleicht in Rom.«

Marlen fragte, ob sie Umberto gekannt hätten.

»Der Tote von unter der Erde? Sind Sie wegen dem hier? Was hat unser Dante damit zu tun?«

Eduardo schaltete sich ein. »Die waren damals zusammen in Mittelamerika, da warst du noch nicht in Neapel«, sagte er. »Ist lange her.«

»Hat er nie erwähnt.«

»Alte Geschichten«, brummte Eduardo, raffte die Bücher zusammen und schickte sich an aufzustehen.

Marlen wollte gerade nachhaken, als eine Stimme hinter ihr sagte: »Wer redet hier von alten Zeiten?« Der Mann, der in die Küche getreten war, mußte Dante sein: übernächtigt, Ringe unter den Augen, eingefallene Wangen, Stoppelbart. Marlen fand, man konnte ihm den Drogenabhängigen ohne weiteres abnehmen. Oder den Dichter der Gassen. Sie wollte gerade ihren Namen nennen, doch Enzo war schneller.

Dante lächelte, wobei sich sein Gesicht völlig veränderte, wachsame, weiche Züge traten hervor, ein Funkeln in den Augen. »Habe die Ehre«, sagte er schmunzelnd. »In letzter Zeit reißen die Zeitungsleute sich ja geradezu um mich.« Er goß Espresso in eine Tasse, ging zum Fenster, warf einen Blick nach draußen, schlug dann vor, gemeinsam eine Runde durch die Altstadt zu drehen, bis zwölf habe er Zeit. Marlen war einverstanden, froh darüber, in Dante einen offensichtlich gesprächigen, noch dazu gut gelaunten *poeta dei vicoli* aufgetan zu haben und keinen mürrischen, weltfremden Kauz, dem jedes Wort zu teuer war oder zu schwer wog.

Vom Dichter Dante Carotenuto hatte Marlen keine einzige Zeile gelesen und würde in nächster Zukunft auch keine einzige Zeile über ihn schreiben. Sie war einzig und allein gekommen, um etwas über die Mittelamerika-Touren und über das Dreierteam Dante, Umberto und Salvatore zu erfahren. Doch ob er einer wildfremden Frau freiwillig Einblick in seine Vergangenheit geben würde, war höchst zweifelhaft. Die meisten Männer, die sie kannte, redeten entweder ungern von persönlichen Angelegenheiten, oder aber sie machten eine Therapie und quatschten sich die Seele aus dem Leib. Es hieß also, sich abwartend vorzutasten, im richtigen Moment die richtigen Fragen zu stellen.

Sie gingen die breiten, ausgetretenen Stufen der zum Innenhof offenen Treppenaufgänge hinunter. Der Palazzo mußte früher einmal prächtig gewesen sein, jetzt wirkte er heruntergekommen: verdreckte Hauswände, abblätternde Farbe, dunkle Spuren von heruntergeronnenem Wasser unterhalb der Fenster.

»War schon mal wesentlich schlimmer«, sagte Dante, als hätte er ihre Gedanken erraten. »Fünfzehntes Jahrhundert, vor zehn Jahren restauriert.« Er holte Luft und setzte mit einem provozierenden Seitenblick hinzu. »Und? Welche Mordsthese wird heute serviert?«

Marlen blieb wie ertappt stehen, zog verständnislos die Augenbrauen zusammen. »Wieso Mordsthese?«

Dante grinste in sich hinein, ohne zu antworten. Irgend etwas führte er im Schilde. Unten, in einem Innenhof, wo Autos und Vespas parkten, schlängelte er sich zwischen den Fahrzeugen hindurch, bis zu einer kitschigen, aufgeklappten Muschel aus Stein. Er sagte, die untere Schale der Herzmuschel habe noch vor ein paar Jahren als Springbrunnen fungiert und sei damals giftgrün angestrahlt worden. Jetzt war sie verdreckt und diente allenfalls als Auffangbecken für Taubenscheiße und Zigarettenkippen. Aus der gegenüberliegenden Wand ragte zwischen zwei Autos ein steinerner Pferdekopf hervor, auf den Dante Marlen hinwies. »Da stoßen die Jahrhunderte aufeinander«, sagte er spöttisch. »Das Pferd ist in die Wand gelaufen und bewacht seinen Konkurrenten und Nachfolger: *la macchina*. Eine Nachbildung«, fügte er hinzu, »nicht das Auto, aber das Pferd. Das Original befindet sich im Museo Nazionale. Geschenk von Lorenzo il Magnifico an Diomede Carafa, 1471.«

Marlen mußte zugeben, daß sie weder die Muschel noch den Pferdekopf von selbst entdeckt hätte.

»Die Gegenwart verstellt den Blick auf das Vergangene«, sagte Dante noch einen Tick spöttischer. »Der Brunnen soll echt sein. Ein Bellini. Damit hat der gute Bellini posthum erreicht, was ein nachmodellierter Pferdekopf, die Bedürfnisse der Bewohner und die Häuserkämpfe der siebziger Jahre nicht bewirken konnten: den Erhalt des Erhaltenswerten.«

Marlen runzelte die Stirn. Was nützte ihr ein gesprächiger Mann, wenn er in Rätseln sprach und sich obendrein über sie lustig machte?

Dante plapperte bereits etwas von Demonstrationen gegen die Verfilzung von Bauunternehmen, Politikern und Camorra, von Altstadtspekulation, Palastbesetzungen und einer dokumentarischen Fotoausstellung über den elenden Zustand der vergammelnden Palazzi in der Altstadt und den Prunk der herausgeputzten Villen der Sagenhaften.

»Der Sagenhaften?«

»Derjenigen, die das Sagen haben und die sagenhaft leben. Die die Gelder einstreichen. Während die Altstadt verkommt, absichtlich, mit wohlspekulierenden Hintergedanken. Kennst du doch sicherlich auch aus Deutschland. Es leben der Kapitalismus und der Narzißmus, oder: So bin ich zu dieser Wohnung gekommen.«

»Geerbt?« fragte Marlen.

»Geschenkt«, sagte Dante triumphierend. »Jedenfalls fast. Die Miete, meine ich. Ein progressiver Stadtrat aus einflußreicher Familie fand irgendwann heraus, daß besagter Brunnen von Bellini stammt. Und weil dieser Mann nicht nur progressiv war, sondern zudem aus einer einflußreichen Familie stammte, und weil er sich verantwortlich fühlte für das kulturelle Erbe dieser Stadt, das jahrelang den machtpolitischen Spielchen zum Opfer fiel, konnte er sich durchsetzen. Mit seiner Entdeckung hat er dem Palazzo das Ansehen gerettet, sprich: die Fassade erhalten, um nicht zu sagen das Leben, was zu prosaisch wäre, wie du siehst, wenn du dich umsiehst. Und uns von der Straße geholt. Was wiederum zu poetisch klingt. Mit anderen Worten: Uns eine größere Wohnung beschafft.«

Dante lachte. Marlens Verwirrung war ihm augenscheinlich eine Riesenfreude. Er spazierte gestikulierend durch den Innenhof und beobachtete aus dem Augenwinkel die Stimmungslage seiner Begleiterin. Insgeheim wartete er darauf, ob sie platzte, Einspruch erhob oder von selbst zur Sache kam. Marlen zwang sich zur Geduld. Dieser Dante war nicht dumm, und irgendeinen Sinn würde auch diese Geschichte über neapolitanische Baupolitik haben. Es kam ihr vor, als spiele er mit ihr Katz und Maus. Und als wisse Dante ganz genau, was sie wirklich von ihm wollte.

»Ich nehme an, das war vor der Mittelamerikazeit«, unternahm Marlen einen vorsichtigen Vorstoß in die richtige Richtung.

»Ist lange her, wie Eduardo schon richtig sagte. Um es kurz zu machen: Unsere Fotos bei der Ausstellung gefielen diesem Stadtrat. Das heißt, eigentlich hatte Salvatore die Fotos gemacht, ich die Texte, und Umberto hat sich um die Öffentlichkeitsarbeit gekümmert.« Ein Schatten huschte ihm über das Gesicht. »Die Ausstellung machte – auch mit Hilfe dieses Stadtrats – Furore, und zwar nicht nur in den Kreisen, wo sowieso alle schon alles wissen und aufgeklärt genug sind. Und dann bekamen wir tatsächlich die Wohnung, die wir vorübergehend besetzt hatten. Einmalige Leistung der Geschichte.«

»Ihr drei?« fragte Marlen.

»Wir drei«, nickte Dante. »Salvatore, Umberto und ich. Gehen wir weiter?«

»Woher weißt du, daß ich mit dir über Salvatore und Umberto und über damals sprechen möchte?« fragte Marlen, als sie auf der Piazza San Domenico Maggiore standen und den Palazzo von außen betrachteten.

»Du bist nicht die erste«, sagte Dante schlicht.

»War Giorgio da?« fragte sie. Jetzt verstand sie auch die Anspielung mit der »Mordsthese«.

»Wenn du damit diesen lächerlichen jungen Schnösel meinst, der sich in den Kopf gesetzt hat, uns als Drogenbosse zu überführen ...« Dante kratzte sich am Kopf, dabei rutschte der Ärmel des Sweatshirts hoch, Marlen sah die Einstiche am Unterarm und dachte sich ihren Teil.

»Du wirst sicher ein Alibi haben«, sagte Marlen, und Dante neigte zum Zeichen, daß er verstanden habe, leicht den Kopf. »Drogengeschichten interessieren mich in diesem Fall nicht.«

»Sehr weise«, nickte Dante.

»Mich interessiert dieser Mittelamerikahandel«, fuhr Marlen fort. »Ich will etwas über Umberto schreiben. Eine Art Lebensrückblick. Seine Witwe war mit Auskünften eher sparsam. Und als ich von Giorgio hörte, daß da damals diese Geschichte lief, dachte ich ...«

»Und warum redest du mit mir und nicht mit Salvatore?« fragte Dante. Sie gingen hintereinander die enge Gasse hoch, denn immer wieder kamen Autos. Keine guten Bedingungen für ein Gespräch. Aber eine gute Pause, um sich über eine Antwort klarzuwerden. Marlen wollte eigentlich nichts von ihrer ganz privaten Begegnung mit Salvatore erzählen. Andererseits hatte sie den Eindruck, diesem Dante gegenüber offen sein zu müssen, damit auch er mit offenen Karten spielte. Er war aufmerksam, hochsensibel, registrierte jede Geste, jeden Gedanken. Den Versuch, sich durchzuschummeln, würde er durchschauen. Außerdem hatte sie wirklich nichts zu verlieren. »Wir haben einen Nachmittag miteinander verbracht«, sagte sie schlicht, als sie in der Via Tribunali wieder nebeneinander gehen konnten. »Salvatore hat mir das unterirdische Neapel gezeigt. Seither ist er verschwunden.«

»Der Tod ist in Neapel immer mit von der Partie«, brummte Dante zynisch und zeigte auf den bronzenen Totenkopf, der vor einer unscheinbaren Kirche auf einem Pfeiler ruhte und immer eine rote Nelke zwischen den Zähnen trug. »Du hast Angst, daß es ihn auch erwischt hat?«

Marlen blieb abrupt stehen und starrte ihn an. Auf die Idee war sie noch gar nicht gekommen. Bisher, vor allem auch nach dem Besuch bei der Mutter, hatte sie immer vermutet, daß Salvatore abgetaucht war, weil er irgend etwas wußte. Daß auch er, genauso wie Umberto, möglicherweise in einem dunklen Gang irgendwo unter ihren Füßen lag, hatten weder sie noch Livia in Betracht gezogen. Ihr brach der kalte Schweiß aus. Hinter ihr hupte ein Auto, sie sprang wie ein Kaninchen zur Seite. Dante faßte sie am Arm, zog sie in eine düstere, schmutzige Bar und bestellte zwei Espresso und zwei Grappa.

»Hier gibt es den besten Espresso in ganz Neapel«, sagte er. »Selbstgebrannt.«

Marlen nickte beklommen. Einen Kaffee konnte sie gebrauchen, über Kaffee reden mochte sie nicht. »Was ist mit Salvatore?« fragte sie und packte Dante am Arm. »Was weißt du? Sag's. Bitte.«

»Nichts weiß ich«, gab Dante zur Antwort. »Ich weiß nur, daß ich nichts weiß. Manche Leute ziehen es zeitweilig vor, sich selbst aus dem Verkehr zu ziehen. Vielleicht ist ihm der Anblick des toten Umberto zu nahe gegangen.« Als er ihre aufgerissenen Augen sah, tätschelte er ihr die Hand. »*Non ti preoccupare, non ti preoccupare!* In Neapel ist es manchmal wichtig, den Unterschied zwischen legalen, illegalen und halblegalen Dingen zur Kenntnis zu nehmen und manchmal nicht. Kapiert? Über den Dingen zu stehen. Sich nicht anmachen zu lassen. Sich auszuklinken.« Er lächelte nicht mehr, sah angespannt aus, zündete sich eine Zigarette an, rauchte hastig.

Mit wenigen, eindrücklichen Sätzen umriß er die Freundschaft zu Umberto, die seit der Kindheit nicht abgerissen war, trotz der sozialen Abgründe, die zwischen ihnen klafften. Salvatore war erst im Aktionskomitee gegen den Abriß alter Palazzi zu ihnen gestoßen, das heißt, Umberto war die letzten Schuljahre mit ihm in eine Klasse gegangen. Eine intensive Zeit, die zweite Hälfte der siebziger Jahre, die Hoffnung einer Regierungsbeteiligung der KPI war spätestens durch den Mord an Moro zunichte, die jungen Leute nahmen den Kampf gegen den Machtfilz selbst auf. Sie bekamen die Wohnung in der Via Croce, die erste Männer-WG in ganz Neapel. Von einer Reise nach Guatemala war Umberto rundum begeistert zurückgekehrt, drei Monate später waren sie zu dritt losgefahren, ein halbes Jahr durch Mittel- und Südamerika, dort entstand die Idee mit dem Aufkaufen und Verkaufen von Kunsthandwerk, Schmuck, Hängematten, eine Weile kümmerten sich umschichtig immer zwei von ihnen um die Organisation des Verkaufs in Neapel, der dritte sorgte für Nachschub und ließ es sich in Mexiko oder sonstwo gutgehen. Auch das Geschäft ging gut. Dante geriet ins Schwärmen über die Zeiten, als noch wild durch die Gegend gelebt und gevögelt wurde, ohne Rücksicht auf Verluste. Er sagte, in Neapel hätten sie sich das erhalten, in Neapel halte sich jede Vergangenheit am längsten.

»Und wann war das zu Ende?«

Ernüchternde Frage. Dante sah sie abschätzig an, grinste dann. »Als die Frauen kamen.«

»Klingt wie der Titel eines Horrorfilms«, gab Marlen zurück.

»Fast«, sagte Dante. »Aber nur, wenn man die Sache zu wichtig nimmt. Gehen wir.« Er war unruhig geworden.

Unter den Arkaden in der Via Tribunali wurde Fisch verkauft, außerdem Gemüse, Turnschuhe, Osterküken. An der Piazza San Gaetano bogen sie in die Via San Gregorio Armeno ein, wo das ganze Jahr über Weihnachtskrippenfiguren feilgeboten wurden. Dante erging sich in assoziativen, ungeordneten Sätzen, denen Marlen entnahm, daß Umberto ihm eine Frau ausgespannt haben mußte. Was offenbar häufiger vorgekommen und nicht weiter tragisch war, Frauen seien schon immer auf Umberto abgefahren, den zweiten Platz teilten sich, wenn er eine Rangliste aufstellen müßte, Dante und Salvatore. Dann sei da einmal eine Frau gewesen, in die er, Dante, ernsthaft verliebt war, er hatte Umberto gewarnt, mehrfach. Vergeblich. Das war schon lange her. Seither, sagte Dante, habe er den Kontakt zu Umberto abgebrochen. Konsequent. Funkstille.

Marlen fragte ihn, ob er Fiorilla kenne.

»Nur vom Hörensagen«, sagte Dante. »Salvatore hat damals

von ihr erzählt. Daß der tolle Hecht Umberto sich verliebt habe, auf einer Antiquitätenmesse in Florenz, in eine Witwe, die dort einen Stand betreute, daß es ernst sei, daß sie heiraten würden. Das war drei, vier Jahre später. Da konnte ich schon wieder meine Witze drüber reißen, nach dem Motto, was Umberto nun wohl mit seinem Hang zur Vielweiberei anfangen würde? Ob er sich in einen zahmen Hausmann verwandeln würde?« Er zuckte die Achseln. »Aber die Freundschaft zu Umberto war vorbei. Für immer. Und für ewig, wie sich jetzt herausgestellt hat.«

»Es ist ein eher offenes Geheimnis, daß Umberto sich in seiner Ehe keineswegs zurückgehalten hat«, sagte Marlen.

»Darüber weiß ich nichts.«

»Vielleicht hat ihn irgendein eifersüchtiger Ehemann umgebracht?«

»Könnte ich mir sogar vorstellen«, grinste Dante. »Genug Haß auf ihn hätte ich damals auch zusammengebracht. Leid tut er mir jedenfalls heute noch nicht.«

»Und Salvatore?«

»Was – Salvatore?«

»Hat Umberto auch ihm die Frauen ausgespannt?« Ein Motiv wie aus dem Bilderbuch, dachte Marlen.

»Ob Agnese Umberto an sich rangelassen hat?« Dante lachte wiehernd auf. »Da habe ich meine Zweifel.«

»Wer ist denn das schon wieder?« fragte Marlen.

»Agnese di Napoli. Salvatores Ex-Freundin.«

Sie waren auf der Piazzetta Nilo angelangt und blieben vor dem Abbild des Nilgottes stehen, der mit wallenden Haaren und drallen Muskeln, den Kopf auf die Hand gestützt, auf einer steinernen Bank lag und von dort aus dem Treiben in den Vicoli zusah, spöttisch, nachsichtig, unbeeindruckt.

Schräg gegenüber war der Plattenladen, in dem Dante arbeitete.

Dante sagte, Salvatore und Agnese hätten sich ungefähr zur gleichen Zeit kennengelernt wie Umberto und Fiorilla oder kurz danach, er habe keine Ahnung, wer wem durch wen vorgestellt worden war, und es war ihm auch gleichgültig. Seines Wissens sei auch Agnese eine Schulfreundin Fiorillas. Wie das so läuft, wenn man zu viert ausgeht. Ob er sie gut kenne? Er sagte theatralisch: »Wer kennt wen schon gut? Oder gar wirklich? Eine der Grundfragen überhaupt ...«

»Wäre es denkbar, daß Salvatore der Liebhaber Fiorillas ist ...«

»... und Angst hat, sie wollen ihm den Mord anhängen?« vollendete Dante den Satz. Er tätschelte dem Nilgott den Bauch. »Männer reden nicht über Beziehungen. Salvatore ist ein guter Freund. Nach wie vor.« Er sah Marlens angespanntes Gesicht und fügte hinzu: »Aber ob Fiorilla sein Typ ist, möchte ich doch bezweifeln.«

Dann zog er ein zerfleddertes, winziges Adreßbuch aus der Hosentasche und kritzelte eine Telefonnummer auf ein Blatt Zigarettenpapier. »Ruf Agnese doch selbst an, wenn du was von ihr wissen willst.« Er wandte sich zum Gehen. »*Ciao, bella. Ci vediamo.*«

»Wenn du Salvatore siehst, grüß ihn bitte von mir«, sagte Marlen. »Und sag ihm, aller guten Dinge sind drei.«

Dante grinste und nickte.

Sie ging die Via Biagio dei Librai zurück in die Richtung, aus der sie gekommen waren und nahm sich vor, bei der nächsten Gelegenheit eines von Dantes Büchern zu kaufen. Dann dachte sie über das nach, was Dante ihr erzählt hatte. Vielleicht ist ihm der Anblick des toten Umberto zu nahe gegangen, hatte Dante gesagt. Woher wußte er, daß Salvatore den toten Umberto gesehen hatte, wenn nicht von ihm selbst? Hatte Salvatore ihm womöglich auch von seiner Begegnung mit ihr, Marlen, erzählt? War Dante deshalb so gesprächig gewesen? Würde er Kontakt mit Salvatore aufnehmen? Und würde Agnese di Napoli, wenn sie eine so gute Freundin des Hauses gewesen war, auf Umbertos Beerdigung erscheinen?

31

Der Gang zur LAES war vergleichsweise lohnend. Diesmal saß nicht Vittorio hinter dem Schreibtisch, sondern Carmine. Er ließ sie ungehindert in den Akten blättern und die Fotos durchsehen und stellte ihr sämtliches Material zur Verfügung, das er über die unterirdischen Gänge gesammelt hatte.

Die Stadt unter der Stadt war im Lauf der Jahre sein Hobby

geworden, seine Leidenschaft, er unterstützte jede Bemühung, Gelder zur weiteren Erforschung der weitverzweigten Gänge locker zu machen, seinem unterirdischen Neapel Öffentlichkeit zu verschaffen – wie zum Beispiel durch das Kunstspektakel, das nun doch am kommenden Sonntag stattfinden sollte.

Er erkundigte sich, ob Marlen diesen Salvatore ausfindig gemacht habe. Genau in dem Moment stieß sie in der Jahreschronik 1988 auf ein Foto, auf dem sie eindeutig Salvatore erkannte: Salvatore, den Taxifahrer, Untergrundführer und seither Verschollenen. »Das ist er, nicht wahr?«

Carmine bestätigt es. »Und der da bin ich.« Auf dem Foto war eine Gruppe von Menschen abgebildet, die bis zu den Oberschenkeln im Wasser vor einem Höhleneingang standen, sich umarmten, lachten. »Hier geht es Richtung Meer«, lautete die Bildunterschrift. »Da hatten wir ein weiteres Gangsystem entdeckt«, erläuterte Carmine. »Bis zu dem Zeitpunkt waren alle davon ausgegangen, daß die Gänge jenseits der Quartieri Spagnoli zumindest teilweise überflutet sind, was nicht ganz richtig ist, denn auch unter der Erde ist nicht alles eben, einige Gänge und Höhlen sind höhergelegen, und die hatten wir entdeckt.«

»Und wer ist die Frau neben Salvatore?«

»Agnese di Napoli«, antwortete er mit Blick auf das lachende Frauengesicht, »die damalige Freundin von Salvatore.« Er nannte ihr auch die anderen Namen zu den Gesichtern, aber Marlen hörte nicht richtig zu. Sie wollte mehr über diese Agnese di Napoli erfahren. Laut Carmine hatte sie es länger bei der LAES ausgehalten als Salvatore. Sie war ungefähr drei Jahre mit dabei geblieben, bis 1990. Carmine blätterte weiter in den Fotoalben, die die Arbeit der LAES dokumentierten, fand ungefähr zehn weitere Fotos von Agnese, drei davon neben Salvatore. Über Agnese wußte Carmine zu berichten, daß sie damals mit Salvatore befreundet war und einen Sohn hatte, der mittlerweile sechzehn, siebzehn sein mußte, nein, nein, nicht von Salvatore. »Eine engagierte Untergrundforscherin«, schloß er. »Sportlich, abenteuerlustig, fast draufgängerisch. Sie hat viele Leute immer wieder angestachelt, gute Ideen gehabt.«

»Und warum hat sie nicht weitergemacht?«

»Sie war gelernte Restauratorin und wollte wieder in ihrem Beruf arbeiten«, hatte Carmine gesagt. »Es war ihr zuviel. Das Kind, die Arbeit bei uns, das Geldverdienen. Verständlich. Ich habe gleich drei von der Sorte.«

»Und eine Frau, die sich um Sie kümmert ...«

»Irrtum. Meine Frau arbeitet genauso viel wie ich.«

Livia war mit ihren Recherchen zu den gestohlenen Kunstobjekten ein gutes Stück vorangekommen. Sie hatte ihre Kollegin Rosaria in die Sache eingeweiht, angefangen beim unterirdischen Toten und dem verschwundenen Salvatore bis zur Kalliope in Jeans Wohnung und der Vermutung, daß sich auch im Haus der Cacciapuoti einiges an gestohlenen Objekten befinde. Vermutlich war Umberto, der unterirdische Tote, in die internationale Kunstraubszene verwickelt, es fehlten bislang aber Beweise, und wenn man die gestohlenen Stücke beschlagnahmen ließ, würde alles auffliegen. Es war also Vorsicht geboten. Livia und Rosaria hatten beschlossen, auch Corrado einzuweihen, um an weitere Informationen heranzukommen, die die Ermittlungsstelle Kunstraub bei den Carabinieri unter Verschluß hielt: zum Beispiel die Protokolle der jeweiligen Diebstähle, Namen von Hausmeistern, Nachtwächtern, Angestellten, Verdächtigen, Vorbestraften und so weiter. Fall für Fall war dort alles schön ordentlich gespeichert, und dann und wann paßten ein paar der Mosaiksteinchen zusammen, irgendein Fund wurde irgendeiner Verlustmeldung zugeordnet, jemand wurde verhaftet, spuckte ein, zwei Namen aus. Und in dem Zusammenhang sollte Corrado prüfen, ob der Zentralrechner der Carabinieri auch auf die Namen di Napoli, Gentile, Cacciapuoti, delle Donne reagierte. Rosaria hatte versprochen, sich darum zu kümmern.

Doch der Computer war nach wie vor kein assoziierendes Wesen, auch wenn er mit Hilfe spezieller Programme bestimmte Querverbindungen herzustellen vermochte, Stichwortlisten führte und regelmäßig alle Eingaben daraufhin durchging. Livia war davon überzeugt, daß Zufälle die Welt regierten und daß niemand in der Ermittlungsstelle querdachte, Einzelheiten verglich oder zwei Engel aus der Kirche wiedererkennen würde, in der er als Kind allsonntäglich hatte beichten müssen. Sie wollte jetzt alles ganz genau wissen. Unter welchen Umständen und wann genau waren die Statuen aus Portici und die beiden Engel aus der Kirche gestohlen worden? Wer hatte damals in der Villa Aufsicht gehabt, wer hatte den Diebstahl entdeckt und gemeldet, welche Spuren waren verfolgt, welche Verdächtigten befragt worden? Vielleicht hatten die Kriminalpolizei und die Carabinieri das alles schon abgecheckt – und wenn schon, man konnte die Sache neu überdenken. Wer auch immer Umberto Cacciapuoti umgebracht hatte, war ihr dabei mittlerweile ziemlich egal.

Am Abend stellten die beiden Freundinnen, gespeist von Informationen und Spekulationen und Marlens Gespräch mit Dante, erneut die wildesten Szenarien auf. Marlen fand es, animiert durch das Gespräch mit Dante, durchaus denkbar, daß die betrogenen Ehemänner der Frauen, mit denen Umberto seine Spielchen trieb und sie mit ihm, sich gemeinschaftlich gerächt, Umberto unter die Erde gelockt und dort getötet hatten. Ein kollektiver Rachefeldzug. Ausführung der folgerichtigsten Phantasien eines gehörnten Süditalieners, wie er im Buche stand. Und Salvatore, der die Leidenschaften und Liebschaften Umbertos kannte und sich dabei an der eigenen Nase gepackt fühlte, war durchgedreht und abgehauen, weil er befürchtete, ihm würde etwas ähnliches widerfahren.

»Angst vor der späten Rache von Fritz«, folgerte Livia. »Dabei dachte ich, die Zeit der Solidaritäten sei vorbei.«

»Die der Männer kommt erst noch«, erwiderte Marlen.

Livia bevorzugte eine andere Mordvariante. Danach hatten Fiorilla und Agnese den armen Umberto um die Ecke gebracht, weil sie eine finanzielle Beteiligung an seinen schmutzigen Kunstgeschäften erpressen wollten, denen sie auf die Spur gekommen waren.

»Die lieben Frauen gegen den bösen Mann, der an allen Ecken und Enden betrügt, hehlt, stiehlt? Aber warum hätten sie ihn gleich umbringen sollen?« Marlen fand den Vorschlag unlogisch. Wer eine Beteiligung an etwas will, dreht sich nicht selbst den Hahn ab. Und was für eine Rolle sei Salvatore in dieser Variante zugedacht?

»Vielleicht wollten sie es ihm in die Schuhe schieben«, schlug Livia vor. »Vielleicht haben sie es zeitlich genau so eingefädelt, daß Salvatore an dem Abend kein Alibi vorweisen konnte oder aber eins, mit dem man vor der Polizei nicht prahlt.«

»Zum Beispiel?«

»Was weiß ich, vielleicht doch etwas mit Drogen. Dieser Giorgio hat vielleicht gar nicht mal so unrecht.«

Ein weiteres Szenario wiederum machte Salvatore zu der Figur, die in erster Linie für den Kunstraub oder zumindest für Verbindungen zu Kunstdieben verantwortlich war und den Cacciapuoti die gestohlenen Kunstobjekte verkauft hatte, die Umberto dann zum Teil, ob mit, ob ohne Salvatores Wissen, an Leute wie Jean weiterverscherbelt hatte ...

Aber es fehlten für jede der Thesen Beweise. Es fehlte der Magnet, der das Knäuel an Informationen entwirren und ordnen konnte. Oder es fehlte die richtige Information.

Die Gedankenketten wurden vom Klingeln des Telefons unterbrochen. Es war Luisa, Livias Freundin aus Bologna. Sie wollte die Früchte ihrer Erkundungen zum besten geben. Erstens: pechschwarze Zahlen bei den Vini Divini in Bologna, der Laden lief prächtig, Cacciapuoti hatte eine Reihe erstklassiger Restaurants in der ganzen Emilia Romagna beliefert. Keine Konkurrenz. Die Kontakte zu den anderen Weinhändlern: bestens. Zweitens – eine Information, die Luisa einzig und allein ihren scharfen Augen verdankte: Der Laden in Bologna gehörte bereits Fiorilla. Offenbar hatte Umberto ihn ihr aus steuerrechtlichen Gründen bereits vor Jahren überschrieben. Rechts oben über der Tür stand ein winzigkleines Schild mit den Namen: F. Gentile, darunter: U. Cacciapuoti. Die Lösung war Luisas Ansicht nach simpel: Gentile, so tippte sie, sei vermutlich der Mädchenname Fiorillas. Drittens: Im Telefonbuch standen unter dem Namen U. Cacciapuoti zwei Telefonnummern. Die zweite gehörte zu einem Appartement in einem ehrwürdigen, gepflegten Palazzo in der Altstadt. Luisa hatte ein wenig mit dem Portier geplaudert, einem alleinstehenden Mann um die Siebzig, der dem Wein durchaus zugeneigt war und erwähnte, daß er auch von Signor Cacciapuoti dann und wann eine Flasche erhalten habe. Ergebnis der gemeinsam geleerten Flasche Wein sowie viertens: Signor Cacciapuoti kam meistens in Damenbegleitung. Namen kannte der Portier selbstverständlich nicht. Die Signora Gentile sei einmal gemeinsam mit ihrem Mann angereist und namentlich vorgestellt worden. »Der kleine Unterschied«, nickte der Portier. »Die Frauen mit Namen und die ohne.«

Fiorilla Gentile, überlegte Livia. Irgend etwas an diesem Namen kam ihr bekannt vor. Doch so sehr sie sich auch anstrengte, konnte sie sich nicht daran erinnern, wo sie ihn schon einmal gehört hatte.

32

Sie standen im strömenden Regen unter einem riesigen Regenschirm vor dem Eingang des Friedhofs Cimitero Nuovo und begutachteten die anderen Trauergäste, die sich – allesamt dunkel gekleidet – auf Grund familiärer, emotionaler oder anderweitiger Verpflichtung zu dieser unwirtlichen Zeit mit ernsten Mienen zum letzten Geleit eingefunden hatten. Die meisten waren mit dem Auto vorgefahren, das für einen höheren Satz als üblich – den Toten ihren Tribut – diesseits der Friedhofsmauer von selbsternannten Parkplatzwächtern bewacht wurde.

Wie Marlen von Giorgio erfahren hatte, sollte es eine bescheidene Trauerfeier werden: nur Familienangehörige, engste Freunde, die jeweiligen Geschäftsführer der Vini Divini Francesi. Kein großes Tamtam, kein Leichenzug von der Kirche Gesù Nuovo quer durch die Stadt mit aufwendigem Bestattungsritual und tausend in die Luft geschlagenen Kreuzen. Und somit auch kein Tribut an eines der neapolitanischen Beerdigungsunternehmen, die nicht nur den Weg ins Jenseits blumig und kostspielig gestalteten, sondern – das wußte jeder Gassenjunge – als *famiglia* vor allem im Diesseits absahnten. Von Giorgio hatten die Frauen erfahren, daß Fiorilla Cacciapuoti den Leiter der kriminalpolizeilichen Ermittlungen höchstpersönlich darum gebeten hatte, dafür zu sorgen, daß der Presse gewisse Dinge vorerst geheimgehalten werden. Dazu gehörte – aus Pietätsgründen – auch der Beisetzungstermin. Und noch etwas anderes, etwas offenbar Brisantes, worüber Giorgio sich unter keinerlei Bedingung äußern mochte – eine mit seinen Worten ebenfalls pietätheischende Angelegenheit.

Marlen musterte die Menschen und fragte sich, ob der Mann

im tadellos sitzenden schwarzen Anzug von der Kripo sei oder vom Bestattungsinstitut oder einer der Geschäftsführer. Ob Fiorilla Umbertos Freunde von früher benachrichtigt hatte? Ob Agnese di Napoli da sein würde, als Freundin, als Stütze? Und die Großtante?

Drei elegante schwarze Autos fuhren durch das Portal. Vorweg der Leichenwagen. Im zweiten Wagen erkannten die Frauen Fiorilla und eine alte Dame. Im Fond des dritten Wagens saßen zwei ältere Leute, vermutlich Fiorillas Eltern. Fast alle Wartenden setzten sich nun in Bewegung und folgten unter diskretem Gemurmel und riesigen, ebenfalls dunklen Regenschirmen dem motorisierten Teil des Trauerzugs. Fast nur Männer, lediglich zwei ältere, korpulente Damen. Salvatore war nicht zu sehen, ebensowenig Dante. Und keine einzige jüngere Frau, die man für eine der Geliebten Umbertos hätte halten können. Livia hatte Jean über den Termin informiert, sie hoffte unter anderem, er könnte sie mit Agnese di Napoli bekannt machen, der er mehrmals in Begleitung von Salvatore im Haus der Cacciapuoti begegnet sein mußte. Bisher war Jean jedoch nicht aufgetaucht, vielleicht steckte er auf der Tangenziale im Stau.

Ein besonderes Augenmerk Livias galt den männlichen Trauergästen. Doch selbst wenn sie ihnen mit ihrem Malerinnenblick versuchsweise eine dunkle Sonnenbrille auf die Nase setzte, sah keiner von ihnen so aus wie der Unbekannte in dem BMW, der Fiorilla zu Hause abgeholt hatte. War es also doch kein guter Freund Umbertos gewesen? Oder ein zu guter Freund Fiorillas, als daß es schicklich war, sich auf der Beerdigung ihres Mannes zu zeigen?

Marlen stieß Livia an, nickte in Richtung Ausgang, von wo sich ein junger Mann in energischem Laufschritt näherte: der Journalist Giorgio Limoncelli, der nach wie vor die Absicht hegte, den mutmaßlichen Drogendealern Umberto, Salvatore, Dante und damit gleich der ganzen neapolitanischen Camorra das Handwerk zu legen.

»Und du diesem Salvatore.«

»Ich bin bescheiden«, grinste Marlen. »Ich will nur einen Mann.« Sie fragte sich, wo eigentlich die Betonung lag, bei der Anzahl oder dem Geschlecht.

Sie näherten sich dem offenen Grab. Die Trauergäste schwiegen andächtig. Es regnete noch immer in Strömen. Marlen und Livia hielten sich in gebührlichem Abstand.

»Das sind die Geschäftsführer aus Bologna und Florenz«, flüsterte Giorgio Marlen ins Ohr und zeigte auf zwei Herren in dunklen Mänteln. »Der Dicke da drüben ist der Geschäftsführer des Ladens in Neapel. Die anderen drei sind von der Konkurrenz. Der da ist von der Kripo, mein Kontaktmann.« Ein beleibter Herr beugte sich vor. »Dem gehört das Hotel Vesuvio. Dem da das Ristorante Quattro Fontane. Direktor des Bellavista. Geschäftsführer von Alfa Lancia.«

Der Journalist versorgte die beiden Frauen, fast ohne dabei die Lippen zu bewegen, flüsternd mit Namen, Berufen, Besitztümern. »Von wegen Beisetzung im familiären Kreis. Die Witwe hat alle wichtigen Geschäftspartner eingeladen. Kluge Maßnahme, wenn sie am Ball bleiben will. Aber vielleicht handelt es sich ja auch um Geschäftsverbindungen der besonderen Art. Wer es in Neapel so weit gebracht hat, kommt um bestimmte Kontakte nicht herum – und sei es, daß er deftige Schutzgelder zahlen muß. Der Besitzer des Bellavista ist zum Beispiel mit der Nichte eines Camorrabosses verheiratet«, raunte er. Er rieb sich die Hände, die Umstehenden sahen ihn mißbilligend an.

Fiorilla Cacciapuoti warf soeben einen Strauß dunkelroter Rosen in ein Erdloch. Erstaunlicherweise hatte sie sich am Telefon zu einem erneuten Gespräch mit Marlen und Livia bereit erklärt, selbstverständlich erst nach der Beerdigung. Und aus Gründen der Pietät – in Neapel werde viel geklatscht und getratscht, auch sie müsse sich an gewisse Regeln halten – hatte sie darum gebeten, es nicht herumzuerzählen. Eine Witwe, die einen Tag nach der Beisetzung ihres Mannes bei sich zu Hause Journalisten empfing, würde ins Gerede kommen. Dabei hatte diese Witwe, von wegen Pietät und Takt, nicht einmal vor der Beisetzung den Weinladen schließen lassen. Da war doch etwas faul.

Die Frau mit den schulterlangen, lockigen, dunkelrot getönten Haaren, bei der Fiorilla sich eingehakt hatte, war unverkennbar Agnese di Napoli, die Ex-Freundin von Salvatore und gute Freundin des Hauses. Marlen erkannte sie sofort anhand der Fotos der LAES. Ein älteres Ehepaar beugte sich über das offene Grab, offensichtlich die Eltern Fiorillas, die Ähnlichkeit mit dem Mann war unverkennbar. Außerdem umstanden das Grab: zwei Angestellte des Bestattungsinstituts mit anstudierter Trauermiene, der Geschäftsführer aus den Vini Divini Francesi, der Marlen bereits bemerkt und mit einem giftigen Blick bedacht hatte, der jedoch ebensogut Giorgio gelten konnte, der neben ihr stand.

Die Trauergesellschaft löste sich allmählich auf. Die beiden Frauen kondolierten erst Fiorilla, dann der alten Dame, Umbertos Großtante, und schließlich Fiorillas Eltern. Marlen sprach die Mutter auf deutsch an, die überrascht auf deutsch antwortete. Sie tauschten ein paar Höflichkeitsfloskeln aus. Fiorilla, selbstverständlich ganz in Schwarz und völlig gefaßt, blickte durch Livia und Marlen hindurch, als habe sie sie noch nie im Leben gesehen.

33

»Man sollte alle Haupt-, Neben- und Feriendomizile einer gewissen Gesellschaftsschicht durchforsten, und die Hälfte aller geklauten Kunstschätze Italiens würde wieder auftauchen«, lautete Rosarias These. »Angefangen bei all denen, gegen die wegen Korruption, Bestechung, Unterschlagung, Begünstigung und Zusammenarbeit mit einer mafiosen Vereinigung ermittelt wird, und dann alle Politiker und höhere Angestellten des öffentlichen Dienstes, Bankdirektoren, Fabrikbesitzer, Showmaster ...«

»Ein wirklich anarchischer Ansatz«, unterbrach Livia sie spöttisch. »Warum schreibst du das nicht in die Einleitung zu unserer Dokumentation und reichst gleichzeitig die Kündigung ein?«

»Ist doch wahr«, beschwerte sich Rosaria, die einen der schlechten Tage hatte, an denen sie den Frust über ihre Sisyphostätigkeit wild entschlossen herausposaunte, um anschließend mit neuer Kraft weiterarbeiten zu können. »Wir dokumentieren und sammeln und machen und tun, um diese Ausstellung vorzubereiten, und die Herren Carabinieri entdecken alle Jubeljahre mal ein Depot mit ehemals intakten, jetzt ramponierten, arm- oder sogar kopflosen Statuen, mit flügellosen Engeln, Marmorfragmenten, irgendwelchen Säulchen irgendeiner Balustrade aus irgendeiner Kirche, und das meiste davon läßt sich nicht einmal mehr zuordnen.«

»Immerhin sind auf diese Weise die beiden Putten aus San Paolo Maggiore wieder aufgetaucht«, wandte Livia ein. Sie war trotz der Beerdigung am Vormittag unbeirrt guter Dinge, am Abend war sie mit Jean verabredet, und die Dinge gingen voran.

»Meinst du etwa das Depot in Viterbo?« Rosaria lachte höhnisch auf. »Selbst da sind sich die Fachleute noch nicht einig. Meine Putten, deine Putten, unsere Putten, kannst du gern durchdeklinieren, wenn sie gut erhalten sind, haben sie auf einmal in allen möglichen Kirchen im Friaul, in der Toskana, in Apulien gehangen, und jeder will sie haben. Ach, zum Teufel damit!«

Sie waren dabei, den Teil der Ausstellung zu planen, der die *recuperi* umfaßte, die einst gestohlenen, dann meist per Zufall wiedergefundenen Kunstobjekte. Livia setzte in Gedanken bereits die Statue aus Jeans Wohnzimmer und die beiden Engel aus Fiorillas Schlafzimmer unten auf die Liste. Und das war bestimmt noch nicht alles. Sie war davon überzeugt, einem gigantischen Kunstraub auf der Spur zu sein, in den Umberto, eventuell Fiorilla, vielleicht Jean und möglicherweise auch Salvatore verwickelt waren. »Gib mal her, die Liste.« Sie las vor:

»Zwei Marmorlöwen vom Fuß des Hochaltars aus der Kirche San Domenico Maggiore, gestohlen 1984, wiederaufgetaucht 1985 in Neapel; zwei Cherubime vom Hochaltar der Kirche Santa Maria delle Grazie a Caponapoli, gestohlen 1985, wiederaufgetaucht 1985 in Viterbo; Puttenpärchen aus der Kirche San Paolo Maggiore, Cappella delle Madonna della Purità, gefunden 1988; Gemälde von Luca Giordano, Crispano, Kirche von San Gregorio Magno, gestohlen und wiederaufgefunden 1991.«

»Da waren sie aber mal schnell!«

»Gemälde von Aniello Aloysio, Palazzo Reale di Napoli, gestohlen 1990, wiederaufgetaucht 1993; Unbekannter Maler des 18. Jh., Gemälde Madonna mit Kind, gestohlen 1979, gefunden 1994 in Neapel; 34 Pfeiler der Balustrade des Hochaltars sowie das Wappen eines Grabmals mit der Justitia und der

Prudentia von Annibale Caccavello, gestohlen 1984 aus der Kirche Santa Maria delle Grazie a Caponapoli, wiedergefunden 1985 in einem Lager für Marmorbüsten in Viterbo; Cherubime von Dionisio Lazzari, gestohlen 1983 vom Altar der dritten Kapelle rechts aus der Kirche Santa Maria delle Grazie a Caponapoli, wiedergefunden 1985, keine Ortsangabe; Balustrade aus der Kirche Santa Maria Vertecoeli, gestohlen vor 1985, gefunden 1993 in Madrid!«

»Donnerwetter, es wird international!«

»Zwei Weihwasserbecken, geraubt 1985 in Santa Maria di Vertecoeli, wiederentdeckt bei einem Sotheby-Verkauf, keine Jahresangabe; Putten, 1979 aus der Kirche del Gesù e Maria entwendet, wiederentdeckt 1987 in der Zeitschrift *Il giornale dell'arte* anläßlich der Antiquitätenmesse im Palazzo Strozzi in Florenz.«

»Unglaublich!«

»Hör dir das an! Balustrade, geraubt 1982 in Santa Maria di Vertecoeli, wiedergefunden 1993 in Madrid, erstmals wiederaufgetaucht im Katalog der Antiquitätenmesse im Palazzo delle Esposizioni in Rom.«

Livia ließ die Liste sinken. »Klingt doch recht erfolgreich.«

Rosaria schnaubte verächtlich. »Besonders im Vergleich zur zehnmal so langen Liste mit den noch vermißten Werken. Laß mich bloß zufrieden mit deinem Zweckoptimismus. Madrid, London, Rom – das sind doch alles Zufälle. Irgendein Stück wird gestohlen, und wenn es wertvoll genug ist, wird es in die Schweiz verschickt, wegen der guten Luft und der hohen Berge und der Nummernkonten, und erhält dort eine neue Identität, dann geht's weiter über den Kanal zu einem hochdotierten Sotheby-Verkauf oder über die Alpen nach München, Hamburg, Wien, Stockholm, Städte gibt's genug, Kunsthändler, Auktionshäuser und Kunstliebhaber auch. Der Rest landet in Amerika. Oder umgekehrt. Es ist letztlich völlig egal.«

»Hat Corrado schon was rausgefunden?«

Rosaria schnalzte mit der Zunge. »Nichts, was unsere speziellen Anfragen anbelangt.«

»Sondern?«

Corrado sei einer anderen Geschichte auf der Spur, die, sollte sie je aufgedeckt werden, wesentlich heißer zu werden versprach, sagte Rosaria. In Italien war es seit Jahrzehnten gang und gäbe, daß von den staatlichen Museen Leihgaben an ebenfalls staatliche Ämter und Institutionen ergingen – überwiegend Gemälde und Plastiken und Keramikarbeiten, die dann in Direktorenzimmern, Sitzungssälen, hochrangigen Korridoren ausgestellt wurden. Jede Menge Kunstwerke wurden somit dauerhaft aus den Depots entliehen. Eine im Grunde sinnvolle Aktion: besser, die Kunstwerke wurden einer – wenn auch ausgewählten – Öffentlichkeit zugänglich gemacht, als daß sie jahrelang in dunklen Depots vor sich hin staubten.

Alarmierend hingegen war die Tatsache, daß ein zunehmender Schwund festzustellen war. Viele der ausgeliehenen Kunstobjekte waren schlicht und einfach von der Bildfläche verschwunden.

»Aus den Katasterämtern, den Rathäusern, der Rundfunkanstalt, den staatlichen Industriebetrieben, den Arbeitsämtern, ich kann sie dir gern alle aufzählen ...«, sagte Rosaria, »... aus den Finanzämtern, den Polizeipräsidien, den Kulturbehörden ... Laut Corrado bisher an die dreißig Prozent der Gesamtausleihe, stell dir das mal vor!«

»Hat das denn nie jemand überprüft?« fragte Livia irritiert. »Es muß doch Listen gegeben haben. Und Fristen. Irgendeine Abteilung, die sich darum kümmert.«

Sie hatten zwar selbst tagtäglich mit Kunstraub zu tun, doch das betraf den Bereich des organisierten Verbrechens, die kleineren und größeren Banden, die in den letzten Jahren aus dem Osten Europas Verstärkung und Konkurrenz erhalten hatten, was den Kunstmarkt um einiges härter machte und die Arbeitsbedingungen auch. Aber das hier war etwas anderes. Hier beklaute, wenn man so wollte, der Staat den Staat. Niedrige, mittlere, höhere Angestellte des öffentlichen Dienstes ließen mitgehen, was man mitgehen lassen konnte, beziehungsweise ließen sie sich dafür bezahlen, daß sie beide Augen zudrückten, oder aber sie heuerten jemanden an, der für sie tätig wurde – der Gipfel des Infamen. Und letztlich nur eine weitere logische Konsequenz des durch und durch korrupten Landes.

»Unglaublich!« Livia stieß die Luft aus.

»Es kommt noch besser«, sagte Rosaria und senkte die

Stimme. »Eine Liste der verschwundenen Objekte ist aufgetaucht. In einer abseitigen Computerdatei. Niemand weiß, woher sie kommt. Die Sache ist streng geheim und offenbar nicht ungefährlich.«

»Wenn es eine Liste gibt, kann man doch leicht herausfinden, wann, wo und an wen welches Objekt ausgeliehen wurde«, wandte Livia ein.

»Das ist es ja gerade«, sagte Rosaria, die während ihrer Ausbildung zur Juristin zweimal sechs Monate in staatlichen Betrieben ein Praktikum gemacht hatte. »Es gibt keine solche Liste. Die Bilder wurden einfach aus den Depots herausgeholt und verliehen. Ohne daß es irgend jemand verzeichnet hätte. Und nun taucht wie aus heiterem Himmel doch so eine Liste auf ... Entweder sie ist gefälscht, oder ...«

»Entweder jemand hat geplaudert oder damals mitgeschrieben, oder die Liste ist eine Fälschung und reine Provokation.«

»Auch möglich«, sagte Rosaria nachdenklich. »Oder die Bestechungsgelder sind ausgegangen. Oder aber sie waren zu niedrig. Also, wenn diese Liste stimmt und wenn das wirklich ans Licht kommt, dann haben die Carabinieri jedenfalls wieder jede Menge zu tun. Dreißig Prozent aller ausgeliehenen Werke, alle Achtung!«

Rosaria fuchtelte dabei wild mit den Armen durch die Luft, als wollte sie ein Orchester dirigieren. »Man muß sich das mal lebhaft vorstellen, du bist Direktor von irgendwas, beantragst einen Modigliani aus einem staatlichen Museum, erhältst ihn als Leihgabe für dein Büro, das reinen Repräsentationszwekken dient, und nach ein paar Jahren ist dieser Modigliani einfach verschwunden, durch die Wand geschlüpft und futsch. Das kommt in den besten Familien vor, und nur dort. Und wenn dann eine Anfrage vom Museum kommt, heißt es, ach ja, der Modigliani, was, der hing bei mir, stimmt, der ist nicht mehr da, daß ich das nicht bemerkt habe, den hat doch tatsächlich jemand mitgehen lassen.« Sie ließ die Arme sinken. »Was ist das nur für ein Land, in dem wir leben.«

»Das Land, wo die Zitronen blüh'n«, sagte Livia lakonisch.

»Die wachsen wenigstens jedes Jahr neu.« Rosaria zeigte auf die Wände. »Gut, daß deine Bilder noch da sind.«

»Wäre ja noch schöner«, schnaubte Livia. »Wer weiß, vielleicht würden sie über Nacht ihren Wert vervielfachen, wenn jemand sie sich unter den Nagel reißen würde.«

Sie erzählte von ihrer letzten Begegnung mit Roberto und von seinem Versuch, sich wegen der Sache mit dem Kunstspektakel zu entschuldigen. »Apropos, hast du schon ein Geschenk?«

Natürlich nicht. Rosaria schlug sich vor die Stirn. Daran hatte sie überhaupt nicht gedacht. »Kann ich mich bei dir einklinken?«

»Ich hab selbst nichts.«

Livia dachte nach, griente dann über das ganze Gesicht, als habe sie soeben einen wunderbaren Streich ausgeheckt. »Ich hab's. Wo wir gerade das Thema am Wickel hatten – wie wär's mit einem netten Bild für sein Büro? Kahle Wände? Wir helfen ab. Ihm ist immer eindeutig unbehaglich zumute, wenn er sich meine Porträts ansieht ...«

Rosaria war begeistert. »Wir schenken ihm einen Gutschein: ein Porträt der Malerin Livia Picone. Er muß sich nur die Zeit für die Sitzungen nehmen, und du sagst mir, wie hoch mein Anteil ist.«

Die letzte Rate der zuckersüßen Rache. Im Geiste sah Livia Roberto vor sich: das glatte Gesicht, die noch dunklen Haare, wenige graue Härchen an den Schläfen, die hellen, vertrauenerweckenden Augen – und die zusammengekniffenen Lippen, das heruntergeschluckte Frohe, die angestrengte Leutseligkeit, die zum Erfolg geführt hatte. Erfolg und was er gekostet hatte und was dahinter stand. Sie würde versuchen, dieses Gesicht zu malen. Einem geschenkten Gaul sah man nicht ins Maul.

34

Marlen hatte die Stelle gefunden, wo Malaparte auf die Vertreibung der Deutschen zu sprechen kam, und auch die Szene mit dem Panzerwagen, der innerhalb von zwei Stunden vollständig auseinandergeschraubt und zerlegt wurde und bis auf eine Ölspur auf dem Basalt und eine vergessene Schraube vom Erdboden verschwand. *Die Haut*, ein zutiefst ironisches, häßliches, amüsantes, dann wieder bitterböses, erbarmungsloses, unverhohlen ehrliches, sinnliches Buch, das ihr buchstäblich unter die Haut gegangen war. Malaparte bohrte, wie es schien, so lange mit dem Finger in einer Wunde, bis man nicht mehr wegzusehen wagte. Und wenn die Versuchung, das Buch angeekelt zur Seite zu legen, überhand nahm, nahm wiederum Malaparte, so schien es, den Leser bei der Hand und führte ihn, sanft, liebevoll auf ihn einredend, fort, machte einen kleinen Umweg, einen seelentröstenden Erholungsschlenker – bis zum nächsten Skandal, den der Zweite Weltkrieg im Grunde darstellte, dachte Marlen: einen einzigen kontinuierlichen Skandal, der sich aus Millionen winziger Skandale zusammensetzte, von denen jeder für sich einen Aufschrei des Schreckens hervorriefe, würde man genau hinsehen, so, wie Malaparte hinsah, der nichts anderes tat, als nicht zu beschönigen und die Dinge unerbittlich beim Namen zu nennen: die Prostitution aller Bevölkerungsschichten, sinkende Preise für Kinderfleisch und steigende Preise für Lammfleisch und die allerhöchsten für einen schwarzen US-Soldaten, der die hungernden Familien mit Lebensmitteln versorgte und dafür für eine kurze Zeit mit aufgenommen wurde in Herzen und Frauenleiber; das qualvolle Ende Tausender von Neapolitanern, die in der eingestürzten Grotte in Santa Lucia Schutz gesucht hatten vor den Bomben; die Gruppen von Scugnizzi, die bei dem Versuch starben, mit brennenden Strohbündeln Panzer in Brand zu setzen; die Mädchen, die den durstigen Deutschen, die im Bauch der in der Sonne glühenden Panzer eingeschlossen waren, Trauben anboten, und dann, sobald die Soldaten die Luken öffneten und sich hinausbeugten, um die Gabe in Empfang zu nehmen, wurden sie aus dem Hinterhalt mit einem Hagel von Handgranaten umgebracht.

Marlen klappte das Buch zu. Malaparte war unerträglich, aber auch die Geschichte war unerträglich, und insofern war Malapartes Vorgehen legitim.

Ebenso drastisch und unverblümt waren die Schilderungen Signor Uccellos ausgefallen, den sie am Nachmittag aufgesucht hatte. Der Mann war knapp achtzig, aber im Vollbesitz seiner geistigen Kräfte. Er hatte vor fünfzig Jahren als Fahrer beim Leiter des Grande Archivio del Regno di Napoli gearbeitet. In dem Archiv wurde eine im fünfzehnten Jahrhundert unter König Alfonso I. von Aragon gegründete Sammlung von Justizakten aufbewahrt, außerdem eine ebenso einzigartige Sammlung von Dokumenten, die bis ins siebte Jahrhundert zurückreichten. Sämtliche Schriftstücke waren im Verlauf des Zweiten Weltkriegs aus Angst vor Luftangriffen aus dem Archiv ausgelagert und unter absoluter Geheimhaltung in der Privatvilla des Leiters untergebracht worden. Ob durch Bestechung, Verrat oder ausgefeilte Spitzelei, das Versteck wurde entdeckt, und – symbolische Rache für den Tod zweier deutscher Soldaten, wie bei Malaparte beschrieben – die insgesamt mehr als fünf Millionen Schriften 1943 in Brand gesetzt: eines von unzählbaren Verbrechen am Abgrund der Vergessenheit – auf Grund von Unwissenheit, Scham, Überfluß an Schändlichkeiten.

Giovanni Uccello war Augenzeuge der Schriftenverbrennung und als solcher in einer Fußnote des Buches über die *quattro giornate* erwähnt. Er war eine der wenigen Personen, die bereit waren, sich mit Marlen zu treffen, sich zu erinnern. Er hatte beim Erzählen nicht viel Aufhebens um die Sache gemacht, nur Fakten wiedergegeben: das plötzliche Auftauchen schwerbewaffneter deutscher Soldaten, die dann das Verminen der einzelnen Räume der Villa vorgenommen hatten, das Ausschütten der Benzinkanister, ein einziges Streichholz war genug. Und eine halbe Stunde später war von den Millionen an Dokumenten nicht mehr übrig als eine Schicht schwelender Asche. »Sie haben gewußt, was sie taten«, hatte Signor Uccello gesagt, »sie haben es mit eigenen Augen gesehen, daß es Papier war, Schriften, Dokumente, Bücher. Vielleicht waren sie schon völlig abgestumpft, als Soldat muß man ja abstumpfen nach soundsoviel Toten und Verletzten. Was ist da schon ein Buch, werden die gedacht haben, ein Haufen Zahlen, Worte, Papier.« Was er selbst gefühlt habe? »Ich war froh, daß die sich nicht mich für ihre Rache ausgesucht haben«, hatte Signor Uccello schlicht geantwortet. »Einen einfachen Chauffeur. So egoistisch ist der Mensch: Ich war froh zu überleben.«

Es hatte aufgehört zu regnen, und die Luft war klar. Es duftete intensiv, als Marlen vor die Tür trat und tief durchatmete. Genug Kriege, Kriegsberichte, Überlebenskämpfe. Doch wie hatte die Tabakfrau gesagt? Der Krieg von damals, der ist vorbei, der Krieg von heute zieht ganz andere Kreise. Sie schüttelte sich und beschloß, auf einen Sprung im Chiatamone vorbeizugehen, um auf andere Gedanken zu kommen. In dem Lokal spielte jeden Freitag abend eine Band.

Sie warf das schwarze Jackett über und schloß die Glastür, durchquerte den Vorgarten, verriegelte auch das eiserne Tor und ging zielstrebig durch die dunklen, menschenleeren Gassen bis zur Via Roma hinunter. An den Ecken der Gassen, die wie eine Vielzahl von Zuflüssen der Quartieri Spagnoli in die Via Roma mündeten, hockte irgendwer hinter einem provisorischen Stand aus Sperrholzkisten und verkaufte geschmuggelte Zigaretten und Feuerzeuge. Die Via Roma war hell erleuchtet, viele Grüppchen waren unterwegs, niemand allein, ein eindeutiges Hindernis für abendliche Spaziergänge, wie Marlen sie gern und oft unternahm. Sie kannte es bereits, das Gehupe, die heruntergekurbelten Fenster, aus denen unzweideutige Einladungen ergingen, und hatte nicht nur ihren Schritt darauf eingestellt. Das war kein Schlendern mehr, kein gemächliches Schauen und Flanieren, eher ein Eilen, ein zielstrebiges Gehaste dem Ziel entgegen, das nach außen cool und sicher wirken mußte. Schritt vor Schritt, *ciao bella*, im Augenwinkel drei schwarzhaarige Jünglinge in irgendeinem *Fiat* – sie überquerte die Via Chiaia und den riesigen halbrunden Parkplatz gegenüber dem Palazzo Reale mit seinen steinernen Wächtern. Ja bist du denn verrückt? das macht hier niemand, nimm dir ein Taxi, du provozierst doch geradezu, sagte man ihr immer wieder. Nur Livia verstand, was Marlen meinte, wenn sie darauf beharrte, allein auszugehen. »Ich lasse mich nicht einsperren!« Sie wußte, was sie tat und wohin sie ging: zur Chiatamone-Bar in der Via Chiatamone. Es war brechend voll. Genau das Richtige. Fusion Jazz mit Musikern aus Neapel und Salerno. Marlen holte sich an der Bar ein Bier und drängelte sich die schmalen Stufen hinunter in das Kellergewölbe. Jemand tippte ihr auf die Schulter. Es war Gino, der Schuhdesigner, in der Pause redeten sie miteinander. Marlen sah sich seine letzten Entwürfe an, die er wie immer zerknautscht in der Jackentasche trug, um sie *live* beim Damenpublikum auszutesten. Ein Schuh gefiel ihr, sie hätte ihn sofort gekauft, doch Gino sagte, da müsse sie mindestens ein Jahr warten, bis er in die Läden komme, falls das Modell überhaupt in die nächste Kollektion aufgenommen werde.

Gino bot an, sie nach Hause zu bringen. Sie wollte an der Via Roma aussteigen, doch er bestand darauf, sie bis vor die Haustür zu chauffieren – eine Frau nachts allein unterwegs in den Quartieri Spagnoli, undenkbar. Sie winkte, die Rücklichter von Ginos Wagen verschwanden um die Ecke, sie schloß das Tor auf. Sie sah nicht, wie sich ein Schatten aus dem Hauseingang schräg gegenüber löste und sich ihr von hinten näherte. Als sie das Tor von innen zuschieben wollte, spürte sie Widerstand, eine dunkle Gestalt schlüpfte hinter ihr in den Garten, drückte die Tür zu. Sie war viel zu überrascht, um zu schreien oder schnell in Richtung Haus zu laufen. Ihr blieb fast das Herz stehen, nein, es raste, rannte an ihrer statt davon.

»Du wolltest mich sprechen?« Die Stimme klang vertraut. Sie bekam kein Wort hervor, starrte ins Dunkel.

»Ich bin's«, sagte die Stimme freundlich. »Salvatore.«

35

Sie lagen auf dem Bett, ihre großen Zehen berührten sich. Salvatore schlief. Marlen war wach, betrachtete die Umrisse seines Körpers unter dem Laken. Seine Hand lag quer über ihrem Bauch. Sie nahm die Hand herunter, legte sie behutsam auf seinen Bauch, rückte ein wenig ab und setzte sich auf, die Knie an die Brust gezogen, den Kopf schräggelegt.

Es war besser, Dinge nicht zu vermischen. Zu viele Fragen wirbelten in ihrem Kopf umher: Warum war er abgehauen, nachdem sie den toten Umberto in dieser unterirdischen Höhle entdeckt hatten? Was wußte er über Umbertos Tod? Warum hielt er sich seither versteckt? Vor wem versteckte er sich? Wußte er etwas über die zweifelhafte Herkunft der Kunstobjekte in Umbertos Haus? Ahnte oder wußte er, wer der Mörder sein könnte? Und Giorgios Vermutungen über die Drogengeschäfte? Hatte er Angst? Hatte er ein Alibi?

Es war absurd. Die meisten Fragen konnte sie ihm nicht stellen. Wegen dieser Nacht, weil sie sich kaum kannten, weil er ihr nicht vertrauen würde, weil er sein Leben lebte und sie ihrs und sie sich ein drittes Mal begegnet waren, vermutlich war es das letzte Mal, auch wenn sie lieber nicht daran denken wollte.

Sie hatten kaum etwas gesprochen. Als Marlen erkannte, wer hinter ihr durch die Tür in den dunklen Garten geschlüpft war und so dicht vor ihr stand, daß sie seinen Atem in den Haaren spürte, war es keine Frage gewesen, was geschehen würde – und zwar diesmal an Ort und Stelle und in keiner Jugendhöhle. Danach waren sie ins Haus gegangen, hatten noch immer kaum gesprochen, dafür dem körperlichen Verlangen Genugtuung verschafft, sich aneinander gerieben, gestoßen, umeinander gerollt, das Raumgefühl verloren, jeden Versuch der Orientierung fahrengelassen, sich einander hingegeben, bis er eingeschlafen war, während sie, glücklich und erschöpft, zunächst stets hellwach war.

Er würde keine Antworten geben, dachte sie. Oder andere als die, die ihr recht wären. Und die, die ihr nicht recht waren, wollte sie in diesem Moment überhaupt nicht hören. »Ich habe einen heißen Draht zur Drogenszene. Soll ich dir was besorgen?« Oder: »Ja, ich habe Umberto umgebracht.« Undenkbar! Nein! Sie wollte nichts wissen. Nichts, was diese Nacht stören oder gar zerstören könnte. Lieber verzichtete sie auf ihre Fragen. Und wenn der Mann neben ihr eine Unzahl an Fragezeichen barg – gut so! Was wußte er umgekehrt denn schon von ihr ... Sie wußten nichts vom Vorher und Vorvorher des anderen, das manchmal innere Türen öffnete und manchmal zufallen ließ. Sie hatten einander gespürt, rundum, das war mehr als genug. Zur Abwechslung eine Begegnung der überirdischen Art, dachte sie lächelnd. Sie glitt unter das Laken, wo es keine Fragen gab und keine Antworten, nur Begehren und Schlaf.

Sie wachte davon auf, daß eine Tür klappte. Einen Augenblick wußte sie weder, wo sie war, noch, daß jemand neben ihr gelegen hatte. Schlagartig fiel es ihr wieder ein, sie tastete nach dem Körper neben sich, das Bett war leer. Sie schaltete das Licht an. Es war kurz nach halb fünf. Neben dem Bett ein Haufen abgeworfener Klamotten, schwarzes Jackett, T-Shirt, eine Jeans, eine zweite Jeans, sie atmete auf, ein dunkelblaues

Sweatshirt, auch der Ärmel einer schwarzen Männerlederjacke spitzte hervor: Er war noch da, hatte sich nicht einfach davongemacht.

Sie stand auf, ging in die Küche, holte sich ein Glas Wasser. Die Tür zu Livias Schlafzimmer stand auf – die zweite Nacht bei Jean, folgerte Marlen, ging hinüber ins Wohnzimmer und öffnete das Fenster. Sie hörte leises Rauschen, nicht vom Regen, sondern aus dem Badezimmer, dann das Klappen der Badezimmertür. »Ich bin hier«, rief sie leise. Das Tappen nackter Fußsohlen auf dem Kachelfußboden, er umschlang sie von hinten, sie wiegten sich, wiegten ihre Lust, die zugleich schlummerte und lauerte, ohne Hast, ohne daß es sie eilig zu irgend etwas drängte. Sie dachte, wir könnten uns fallen lassen, es auf dem nackten Boden treiben, wir könnten ebensogut stundenlang hier stehen und warten, bis der Morgen kommt. Und beides wäre gut.

»Frag mich lieber nichts«, sagte er nach einer Weile. »Je weniger du weißt, desto besser.«

»Ich weiß«, murmelte Marlen. »Auch wenn für mich normalerweise eher das Gegenteil gilt: Je mehr ich weiß, desto besser.« Sie schwieg. »Je mehr ich weiß, desto weniger weiß ich. Läuft aufs gleiche hinaus, findest du nicht?«

Er lachte lautlos.

»Ich will gar nicht wissen, weshalb du hier aufgekreuzt bist und mich halb zu Tode erschreckt hast, statt einfach anzurufen«, murmelte sie und streichelte seine Beine.

»Oh, dabei ist die Frage leicht beantwortet, auch wenn es keine war«, sagte er und küßte sie auf den Hals. »Ich wußte nur, daß du hier wohnst, nicht bei wem.«

Marlen entwand sich, drehte sich um, sah ihn an. Hatte er etwa das Buch samt Adresse und Telefonnummer, das sie bei seiner Mutter abgegeben hatte, nicht erhalten?

»Welches Buch?« fragte Salvatore verdutzt. »Und bei wem hinterlassen?«

»*Die Haut*«, sagte Marlen verschmitzt. »Bei deiner Mutter. Delle Donne, so heißt du doch, oder?«

Salvatore begann zu lachen, verschluckte sich, hustete. »Ein Buch von Malaparte? Du warst bei meiner Mutter?«

Es war Marlen unangenehm. Um die Mütter ihrer Liebhaber hatte sie bisher stets einen großen Bogen gemacht. Dies war das erste Mal, daß sie den Weg über die Familie gegangen war. Lag es daran, daß sie sich in Neapel befand? Die deutschen Männer, die sie kannte, wären jedenfalls ausgerastet. Doch Salvatore zeigte keinerlei Anzeichen von Empörung. Im Gegenteil. Die Sache schien ihn zu amüsieren.

»Meine Mutter ist hochgradig eifersüchtig. Seit Ewigkeiten: Meisterin im Nichtausrichten von Telefonanrufen, sofern weibliche Stimme am Apparat. Sie hält den Weltrekord im Verschwindenlassen von Briefen. Und jetzt auch noch im Zurückhalten wichtiger Dokumente.« Er lachte auf. »Das würde sie natürlich nie zugeben, *la mia cara mammina*. Da warst du an der falschen Adresse.« Er zog sie zu sich heran, fuhr mit den Lippen über ihr Ohr. »Aber es scheint dir ja ein tiefgehendes Anliegen gewesen zu sein, mir noch einmal über den Weg zu laufen«, flüsterte er.

»Und dir, dich aus dem Staub zu machen«, flüsterte Marlen zurück.

»Anspielung?«

»Nein, Tatsache.«

»Mir wird kalt.«

»Mir auch.«

Sie gingen zurück ins Bett. Marlen holte zwei Weingläser aus der Küche, verteilte den Rest des Brouilly – Bestände aus dem Italo – auf die Gläser. Salvatore zündete sich eine Zigarette an. »Darf ich fragen, wie du auf Dante gekommen bist?« fragte er nach einer Weile.

Marlen überlegte. Sie wollte ihm nichts von Giorgio und seinem Verdacht erzählen. Dennoch war es ihr jetzt nicht mehr unrecht, wenn das Gespräch eine Richtung nahm, in der Salvatore zwar keine Fragen zu seiner Person beantworten mußte, aber ein wenig über andere Beteiligte plauderte.

»Fiorilla hat ihn erwähnt«, erfand sie.

»Fiorilla kann Dante nicht ausstehen.«

»Scheint auf Gegenseitigkeit zu beruhen.«

»Zu Recht.«

»Ich dachte, ihr seid Freunde«, entgegnete Marlen.

»Hat sie das gesagt?« fragte Salvatore.

»Nein. Sie hat sogar abgestritten, dich überhaupt zu kennen.«

»Auch eine Art, sich Leute vom Hals zu schaffen«, murmelte er und versuchte sich an einem Rauchring, der mißglückte. »Sagen wir so: Wir waren gute Freunde. Früher. So etwas kann sich ändern. Nichts hält ewig.«

»Kann ich dich etwas zu Fiorilla fragen«, tastete Marlen sich vor. »Was hat sie früher gemacht? Ich meine, beruflich? Bevor sie Umberto kennengelernt hat?«

»Studierte Wirtschaftswissenschaftlerin, dann Ehegattin«, sagte er. »Sie war mit einem Kunsthändler verheiratet, hat in der Schweiz gelebt. Sie ist viel gereist, war überall mit dabei.«

»Und dann?«

»Der Mann war dreißig Jahre älter als sie. Herzinfarkt vermutlich. Jetzt ist sie zum zweiten Mal Witwe«, sagte er und drückte die Zigarette aus.

»Dann hat sie damals sicherlich eine Menge Geld geerbt?«

Salvatore schüttelte den Kopf. »Eben nicht. Zu ihrem verständlichen Ärger nur einen geringen Teil. Den Bärenanteil bekamen seine Kinder aus erster Ehe.« Er dachte nach, sagte dann mit leicht gehässigem Unterton: »Dafür hat sie einiges an unbezahlbaren Erfahrungen mitgenommen, Insiderwissen, Kontakte, Know-how.«

»Und was hat sie daraus gemacht?«

Er schwieg lange. »Frag mich lieber nach alten Kamellen, wenn du es schon nicht lassen kannst. Lassen wir die Gegenwart aus dem Spiel.«

Marlen lachte auf. »Du bist einer der wenigen Menschen, die gerne über die Vergangenheit reden.«

»Über die Vergangenheit der anderen«, grinste Salvatore. »Wie sagt man so schön: Die Gegenwart ist dazu da, gelebt zu werden.« Er begann, sie zwischen den Beinen zu streicheln.

Sie hielt die Hand fest. »Moment«, sagte sie. »Noch mal zwei Schritte zurück. Ich bin noch nicht fertig. Weißt du zufällig auch, wie dieser Kunsthändler hieß?«

»Gentile«, sagte Salvatore. »Dario Gentile.«

»Aha«, machte Marlen. Gentile war also nicht Fiorillas Mädchenname, sondern der Name ihres ersten Ehemanns. »Und Umberto?«

»Ist 'ne arme Sau«, sagte Salvatore mit rauher Stimme.

»Weil er tot ist?«

»Weil er ein Mann war. Ein Opfer der Frauen.«

»Wieso Opfer? Offenbar hat er sich gern und ausgiebig verlustiert.«

»Das beruhte immer auf Gegenseitigkeit«, beharrte Salvatore, als müsse er seinen toten Freund Umberto vor einem schlechten Nachruf in Schutz nehmen. »Umberto hat seine Sachen gemacht, seinen Weinladen, früher die Mittelamerika-Reisen ...«

»... und den Handel mit gestohlenen Kunstwerken«, platzte Marlen heraus.

»Nein«, sagte Salvatore mit Bestimmtheit. »Er hatte keinen Dreck am Stecken. Wer immer ihm etwas anhängen will – glaub's nicht.«

»Und was ist mit dieser Agnese di Napoli?«

»Was soll mit ihr sein?«

»Hatte er was mit ihr?«

Salvatore brach in lautes Gelächter aus. »Dante hat dir doch gesagt, daß wir ein paar Jahre zusammengelebt haben. Agnese war meine Freundin, nicht Umbertos Geliebte.«

»Hätte ja sein können.«

»Nein«, sagte Salvatore scharf. »Auf keinen Fall. Unter Freunden hätte das nicht sein können.«

»Was für eine Frau ist sie?«

»Gutaussehend, intelligent, energisch – genau wie du. Nein, wirklich, lassen wir sie lieber aus dem Spiel. Keine Aussage zu meinen Ungunsten.«

»Eine enge Freundin Fiorillas?«

»Ja.«

»Lohnt es sich, mit ihr zu reden?«

»Halt dich da raus«, sagte Salvatore einen Deut schärfer. Dann, betont weicher: »Agnese würde dir nur tausend unschöne Wahrheiten über mich erzählen, sie redet gern und viel über Verflossene, also laß es lieber bleiben.«

»Was würde sie mir beispielsweise erzählen?« insistierte Marlen, die immer noch Salvatores Hand festhielt.

»Daß ich ein guter Liebhaber bin«, flüsterte Salvatore kokett, der das Thema satt hatte und begann, Marlen zu küssen.

»Hast du ein Alibi?«

Er stieß einen Pfiff aus. »Das ist eine der unerlaubten Fragen«, sagte er ernst und zog die Hand weg. »Aber ich will sie dir beantworten, sonst geht die Nacht vorbei und du bist eine von der Sorte, die nicht locker läßt: Nein, ich habe kein Alibi. Und bevor du weiterfragst: Nein, ich habe Umberto nicht umgebracht. Ein lückenloses Alibi, wer hat so etwas heutzutage schon, vor allem nachts? Du etwa? Ich jedenfalls nicht. Es sei denn, ich ließe mir eins machen. Ein Konfektionsalibi, gefälscht aus erster Hand. Ich war in der besagten Nacht allein, in der Wohnung eines Freundes. Keine Zeugen. Das muß reichen. Dir wenigstens.«

Er schwieg. Auch Marlen sagte nichts mehr. Jetzt waren sie doch aufs Glatteis geraten, hatten sich in der Gegenwart verfangen.

»Halt dich da raus«, sagte er noch einmal leiser, nachdrücklicher. »Fahr zurück nach Deutschland, schreib meinetwegen deinen Artikel über die Befreiung der Neapolitaner, über den drohenden Wassernotstand, über die notwendige Sanierung der Altstadt, aber laß die Finger von dieser Geschichte. Mit gewissen Leuten ist nicht zu spaßen.«

Marlen hatte die eindeutige Warnung, vor wem auch immer, verstanden. »In Ordnung«, sagte sie, was sich auf Salvatores Alibi bezog. »Ich weiß jetzt genug.«

»Man weiß nie genug«, spöttelte er erleichtert und zog sie zu sich herüber.

»Stimmt«, grinste Marlen, die jetzt auf ihm lag und sich rundum wohl fühlte. »Ist das Haus von Umberto und Fiorilla wirklich eine Hommage an die Malaparte-Villa auf Capri?«

»Natürlich«, murmelte Salvatore und versenkte sein Gesicht in ihren Haaren. »Wenn ich mir solch ein Haus nicht selbst leisten kann, dann muß ich meine Ideen eben bei anderen Leuten umsetzen, die sie sich leisten können.«

Und in wortlosem Einverständnis holten sie zum dritten Mal nach, was bei ihrem Ausflug unter die Erde nicht geklappt hatte, Gegenwart, reine Gegenwart.

36

Sowohl bei der Vespa als auch beim alten Fiat waren die Reifen platt. Sauberer Stich, wie Livia, die soeben von der zweiten prickelnden Nacht mit Jean zurückgekehrt war, säuerlich diagnostizierte.

»Jemand scheint mächtig daran interessiert zu sein, meine gute Laune zu untergraben und noch dazu meinen Geldbeutel zu plündern«, schimpfte sie vernehmlich, als sie zur Tür hereinkam. »Alle sechs Reifen aufgeschlitzt. Schweinerei! *Managgia la miseria*!«

Unwahrscheinlich, daß das Zufall war, Vandalismus irgendwelcher Jugendlicher. Schließlich standen die Fahrzeuge in einem Innenhof. Irgendwer mußte mitten in der Nacht über die Mauer geklettert sein ...

»Vielleicht will dich jemand in deine Schranken verweisen«, sagte Marlen nachdenklich. »Uns einen kleinen, aber wirksamen Schreck einjagen.« Als Salvatore am frühen Morgen das Haus verließ, hätte er ohne Probleme die Reifen zerstechen können, dachte sie bei sich. Sie sah dafür zwar keinerlei Grund – es sei denn, er wollte verhindern, daß sie ihm folgte, was absurd war, denn als er ging, lag sie nackt im Bett, und außerdem war am frühen Morgen kaum jemand unterwegs, so daß es aufgefallen wäre, wenn sie sich ihm an die Fersen geheftet hätte, und überhaupt: undenkbar nach einer solchen Nacht. Aber vielleicht hatte Salvatore die Tür nicht richtig zugezogen? Hatte denn sie selbst nach dem überraschenden Auftauchen Salvatores die Tür überhaupt wieder verschlossen? Durchaus möglich, daß sie es vergessen hatte in dem Taumel. »Eins ist klar: Irgend jemand hat die Reifen zielgerichtet zerstochen!«

Livia war der gleichen Ansicht. Sie hatte sich in der Gasse umgesehen: alle anderen Autos waren intakt. »Was, nebenbei gesagt, ein Hinweis darauf ist, daß wir auf der richtigen Fährte sind«, sagte sie trocken.

»Kennst du eine Werkstatt, wo das schnell repariert werden kann?«

Livia nickte. Sie hatte alles bereits arrangiert. Massimo, der Handlanger der Gasse, würde sich darum kümmern. Gegen

Mittag sind Fiat und Vespa wieder startklar, hatte er versprochen. Livia ging in die Küche, setzte die Espressokanne auf. »Schon gefrühstückt? Ich hab was mitgebracht.«

»Wieso bist du überhaupt so früh schon hier?« Es war Samstagmorgen, Marlen hatte eigentlich gedacht, daß Livia nicht vor zwölf auftauchen würde.

Livia verzog den Mund. »Jean mußte zum Flughafen. Dieser französische Bildhauer kommt heute an. Du weißt schon, wegen des unterirdischen Spektakels. Vermutlich kommen sie heute abend auf einen Sprung vorbei, um sich meine Bilder anzusehen.«

»Ich hatte heute nacht auch Männerbesuch«, sagte Marlen verschmitzt, als sie am Tisch saßen und Espresso schlürften.

Livia hob erstaunt die Augenbrauen, grinste. »Das ging aber schnell. Wo hast du ihn aufgegabelt? Wer ist der Glückliche?«

Marlen kostete die Situation aus und ließ Livia raten, die natürlich nicht darauf kam.

»Salvatore? Ist nicht wahr! Der Retter! Also hast du ihn doch noch aufgetrieben?«

»Er mich ...« Marlen umriß zufrieden den Verlauf der nächtlichen Stunden.

»Und jetzt?«

»Nichts jetzt. Das war's. Eine grandiose Nacht. Und im Morgengrauen ist er fort.« Sie senkte die Stimme. »Die Stadt schläft noch, er schwingt sich auf sein Pferd, das Liebchen bereitet ihm einen starken Trunk, als Wegzehrung tausend Küsse – ein Vogelfreier, der im ganzen Lande gesucht wird.«

Livia fand den Vergleich nicht übel. Zumindest war Salvatore abgetaucht, als ob er gesucht würde. »Wäre es denkbar, daß er die Reifen ...?«

Marlen schüttelte entschieden den Kopf. »Nein. Aber wir sind irgendwem zu dicht auf die Pelle gerückt, hautnah sozusagen, womit wir wieder bei Malaparte wären.«

Sie erzählte, was sie von Salvatore erfahren hatte. Allmählich ergab die Sache einen Sinn und führte in eine andere Richtung als erwartet. Umberto, Opfer und bisher Hauptverdächtiger, trat in den Hintergrund wie das Männchen mit Regenschirm im Wetterglas in sein Häuschen, und heraus kam die Schönwetterfrau, Fiorilla. »Sie ist zum zweiten Mal verwitwet«, resümierte Marlen. »Erste Ehe mit einem gewissen Dario Gentile, ein international angesehener Kunsthändler, mittlerweile verstorben. Sie hat ihm jahrelang assistiert, spricht mehrere Sprachen, weiß um die Gepflogenheiten auf dem Kunstmarkt, hat entsprechende Verbindungen gepflegt und bewahrt. Sie lernt Umberto kennen, die beiden tun sich zusammen. Soweit die Fakten. Wie könnte es weitergegangen sein?«

»Umberto gründet den Weinhandel als Deckorganisation und Zwischenlager und organisiert den Raub der Kunstwerke, entweder über Mittelsmänner oder direkt«, schlug Livia vor. »Vielleicht kauft er wiederum geklaute Sachen auf. Und Fiorilla kümmert sich um den Weiterverkauf der gestohlenen Kunstwerke. Sie hat die Verbindungen zur internationalen Kunstszene. Ein perfektes Paar.«

»Und dann? Wie erklärst du dir den Mord an Umberto?«

»Eine konkurrierende Bande von Kunsträubern?«

»Oder jemand, der sich hintenrum an der Sache beteiligen will. Erpressung. Eine Art Schutzgeld. Sie haben abgelehnt zu zahlen, Umberto mußte dran glauben«, sagte Marlen.

»Was erklären könnte, wieso Fiorilla hinter ihrer Maske doch Angst hat. Und was ist mit deinem Salvatore? Wie paßt der hinein?«

»Er weiß wesentlich mehr, als er gesagt hat. Er hat uns gewarnt, hat gesagt, wir sollten uns da raushalten. Was bedeutet, daß wir ganz richtig liegen ... Und das wiederum bedeutet, daß Salvatore entweder mit drin steckt oder selbst etwas herausgefunden hat«, sagte Marlen nachdenklich.

»Vielleicht hat er mit den beiden zusammengearbeitet und es mit der Angst bekommen. Vielleicht hat er Angst, er könnte der nächste sein«, überlegte Livia.

»Zu viele Vielleichts. Vielleicht dies, vielleicht das.« Marlen schüttelte den Kopf. »So kommen wir nicht weiter. »Wir haben keinerlei Beweise. Höchstens die Fotos, die du heute nachmittag erst noch machen mußt. Und Jeans Statue.«

»Das reicht nicht«, sagte Livia kopfschüttelnd. »Fiorilla kann jederzeit aussagen, daß Umberto die Stücke über irgendwelche Händler erstanden hat. Die Cacciapuoti haben darüber hinaus soviel Geld, daß das glaubwürdig erscheint. Außerdem kann Jean ihre Aussage prinzipiell bestätigen.«

»Hör mal«, begann Marlen nach einer nachdenklichen Pause. »Die Sache scheint nicht ganz ungefährlich zu sein. Was ist mit den Warnungen, mit der von Salvatore und der durch die Reifenstecher? Machen wir weiter oder hören wir auf?«

»Aufhören? Spinnst du? Jetzt, wo's heiß wird? Überall kann was passieren, zu jeder Tages- und Nachtzeit, du kannst dich schützen, in einem gewissen Maße, aber mehr auch nicht. Angst kannst du dir als Frau nicht leisten, sonst lebst du an den prickelnden Seiten des Lebens vorbei. Und solange es nur sechs zerstochene Reifen sind ...«

Livia hatte eine Idee, stand entschlossen auf und ging zum Telefon. Fünf Minuten später rief Rosaria zurück und meldete, ihr Auto sei unversehrt. Aus *der* Ecke konnte die Drohung also nicht stammen. Die beiden Frauen beratschlagten, ob es sinnvoll sei, sich eine Waffe zu besorgen. Es wäre vermutlich kein Problem, Dante oder Italo kannten mit Sicherheit jemanden, der eine besorgen könnte. Nach einigem Für und Wider kamen sie überein, daß es unnötig sei, sich zu bewaffnen, zumal es nicht darum ging, sich vor Überfällen Drogenabhängiger oder zudringlicher Männer zu wehren.

Das Telefon klingelte. Marlen nahm ab. Am anderen Ende war Fiorilla, die das Treffen am Nachmittag mit eisiger Stimme absagte. Nach den neuesten Enthüllungen würden die Frauen das sicherlich verstehen.

Welche Enthüllungen?

Eine Pause.

»Werfen Sie doch mal einen Blick in die Zeitung ...« Eisig und spöttisch. Dann legte Fiorilla auf.

Livia war schon an der Tür. Als sie wiederkam, grinste sie über das ganze Gesicht. »Unter den Bedingungen hätte auch ich keine Lust auf ein Gespräch mit der Presse«, rief sie und warf Marlen den *Mattino* und das *Giornale di Napoli* in den Schoß. »Das Testament ist raus. Umbertos Vermächtnis. Er hat die Hälfte seines Vermögens Fiorilla vermacht.«

Marlen wollte erst sagen, wie schön, dann stutzte sie. Und die andere Hälfte? »Einem mildtätigen Kloster in Südfrankreich mit Weinanbau und Hühnerzucht? Oder einem unehelichen Sohn?«

»Noch skandalöser«, sagte Livia. »Du kommst nicht drauf.

Der Mann hatte Phantasie. Hör zu: die zweite Hälfte des Vermögens geht anteilig an den Rest des Harems, als da waren: siebenunddreißig Geliebte, die sich im Laufe der Jahre angesammelt haben ...«

37 Geliebte beerben den Liebhaber, stand schwarz auf weiß auf dem Titelblatt. *Der unterirdische Tote öffnet seine Schatztruhe.* Auf Bitte der Witwe Cacciapuoti sei diese Nachricht solange zurückgehalten worden, bis ihr Mann zum zweiten Mal unter der Erde lag, hieß es im dazugehörigen Artikel, um ihr die Schmach zu ersparen, auf dem Friedhof einer Vielzahl von Frauen gegenübertreten zu müssen ... Namen wurden aus Gründen der Diskretion nicht genannt. »Wie großzügig«, sagte Marlen.

»Und was für ein großzügiger Mann«, kicherte Livia. »Eine ganze Reihe von Frauen geht zur Abwechslung mal nicht leer aus. Der Mann hatte wirklich Humor. Wie sie das wohl ihren Männern beipulen?« Livia fand den Coup rundum gelungen. »Wieviel jede von ihnen wohl bekommt?«

»Und Fiorilla kriegt auch diesmal nur die Hälfte vom Kuchen«, ergänzte Marlen. »Jetzt muß sie noch ein drittes Mal heiraten.«

»Und was machen wir?«

»Wir halten uns an die Frauen«, schlug Marlen vor.

»An die siebenunddreißig Geliebten? Wie willst du an all die Namen herankommen? Über Giorgio?«

»Ich meine Agnese di Napoli: Salvatores Ex-Freundin, gelernte Restaurateurin, LAES-Erfahrene und Schulfreundin Fiorillas.«

37

Sie beschlossen, Agnese di Napoli unangekündigt in der Mittagszeit einen Besuch abzustatten, sobald der Fiat und die Vespa wieder fahrtüchtig waren. Kurz vor zwölf klingelte es, und Massimo, der Handlanger der Gasse, schwankte auf den Hof. Er war mindestens fünfzig und ziemlich klein, hatte dichte, graue, an einigen Stellen weiße Haare, die ungekämmt abstanden, und kaum noch Zähne im Mund. Man sah ihm sofort an, daß er trank, außerdem roch er nach Schnaps. Wenn er nicht oder nur wenig getrunken hatte, schleppte er für die Leute, die in der Gasse wohnten, schwere Einkaufstüten hoch und pralle Müllbeutel wieder herunter, kümmerte sich um die Reparatur platter Autoreifen, das Waschen von Autos und das Entfernen der Taubenscheiße auf Balkonen und Giebeln. Er arbeitete für den Mann mit den Stühlen, Pasquale, half beim Auf- und Abladen, holte Wasser, putzte jeden Klappstuhl und jeden Klapptisch. All das zu einem – immerhin regelmäßigen – Hungerlohn. Mittags, wenn die Arbeit beendet war, zog er sich in eine dunkle Ecke zurück und begann zu trinken. Später ging er in einen der Weinläden im Viertel, wo sich die Männer trafen, mittags, nachmittags, abends, an verbogene Eisenregale gelehnt, auf Fässern sitzend, rauchend, redend, trinkend, direkt an der Quelle. Dann war mit Massimo nicht mehr zu rechnen. Wenn Livia ihm zufällig über den Weg lief, verkürzten sich seine Sätze auf wenige Brocken, ergänzt durch fahrige Gesten, bis er schließlich nur noch einzelne Laute hervorbrachte, schwankte, beinahe das Gleichgewicht verlor und sich kurz vor dem Fall wieder aufrichtete, als hätte er die Szene perfekt einstudiert: euer Stehaufmännchen Massimo. In letzter Zeit war es immer häufiger passiert, daß er hinfiel und sich die Stirn aufschlug. Jugendliche, die zu mehreren an den Ecken standen und nicht wußten, wohin mit sich und dem Leben, nahmen ihn als Zielscheibe, lachten ihn aus, verhöhnten und schubsten ihn, manchmal schlugen sie auch zu: Massimo stolperte, fiel hin, stand torkelnd wieder auf, ein öffentliches Schauspiel, von den Balkonen sahen die Bewohner des Viertels dem Spektakel zu, einige lachten, andere feuerten die Jugendlichen an, wenige – zu wenige – versuchten einzugreifen. Massimo wehrte sich nie. Manchmal kam seine Frau angelaufen und sammelte ihn ein. Es hieß, sie und die Söhne würden ihn zu Hause schlagen, ihm nichts zu essen geben. Genaues wußte keiner, geredet wurde viel.

»*Ecco, signorina, tutto a posto!*« Der Fiat und die Vespa waren draußen an der Mauer geparkt. Livia fragte ihn besorgt, ob er etwa selbst gefahren sei. Massimo winkte entrüstet ab. Er habe doch keinen Führerschein! Der Junge aus der Autowerkstatt habe erst den Fiat, dann die Vespa hergefahren. Livia nickte. Sie kannte den Jungen aus der Werkstatt. Er war fünfzehn. Sie gab Massimo fürs Organisieren zwei Zehntausendlirescheine, die er abwehrte – »*E troppo, signorina, troppo!*« –, dann dankend einsteckte. Er verabschiedete die beiden Frauen mit einer angedeuteten galanten Verbeugung. »*Buona giornata, signorine!*«

Diesmal drehte Livia den Schlüssel mehrfach im Schloß herum, bis der dicke Eisenriegel sich vollständig hinter die Tür in der Mauer geschoben hatte. Dann stiegen die beiden Frauen auf die Vespa und knatterten nach Bagnoli, wo Agnese di Napoli wohnte.

In diesem Vorort Neapels kannte sich auch Livia nicht aus. Es war zwar keine üble Gegend, aber auch keine, wo Freunde von ihr wohnten. Bagnoli stand für das riesige, verlassene Monstrum der Stahlwerke Italsider, für ehemals vornehme, nun heruntergekommene Villen, einst mit Blick aufs Meer, nun auf Fabrikumzäunungen. Der Strand war verdreckt, vom Wasser ganz zu schweigen. Mit dem Auto oder mit der Cumana fuhr man normalerweise an Bagnoli vorbei nach Pozzuoli, Miseno, Baia, Cuma, an den ehemaligen Rand der westlichen Welt vor Neapel. Dabei war Bagnoli eine völlig durchschnittliche Wohngegend, insgesamt noch ein ganzes Stück wohnlicher als der Osten der Stadt, wo die Ölraffinerien vor sich hin stanken.

Die Freundinnen hielten vor einem Wohnblock und fragten zwei ältere Männer, die an einem Auto lehnten und schwatzten, nach der Via Rufino. Die Männer hoben entschuldigend Schultern und Hände. Mit Straßennamen war das so eine Sache. Man kannte Häuser, Läden, Leute und Straßen, die für das Allgemeinwohl von Bedeutung waren: Geschäftsstraßen, Hauptverkehrsadern, Plätze mit Kirchen. Mehr nicht. Marlen und Livia kurvten weiter durch die rechtwinklig angelegten Straßenzüge: Via Virgilio, Via Catullo, Via Seneca, hochgestochene Namen für hoch aufragende Häuser. Die Via Rufino lag um die Ecke.

Ein schlaksiger Halbwüchsiger öffnete die Tür und rief, sobald er sie sah, genervt nach hinten: »Mamma, für dich, schon wieder Frauen …« Woraufhin er sich abwandte und davontrottete. Marlen und Livia blieben – unschlüssig, ob das einer Aufforderung gleichkam, ihm zu folgen – auf der Türschwelle stehen, vernahmen einen kurz heftigen Wortwechsel, ohne Genaueres zu verstehen, dann wurde eine Tür zugeknallt. Am hinteren Ende des Flurs erschien eine mittelgroße Frau in Jeans und Herrenhemd. Dunkelrot gefärbte, schulterlange, lockige Haare, eine energische, tatkräftige, sinnliche, ungekünstelte Ausstrahlung. Livia fand sie auf Anhieb sympathisch, vielleicht, weil sie an Wochenenden zu Hause oft ähnlich herumlief.

Sie betraten einen großen, hellen Raum, der offenbar zugleich als Eß-, Wohn- und Arbeitszimmer diente. Durch einen Wandbogen ging es in eine winzige Küche, eine weitere Tür führte vermutlich in das Zimmer des Sohnes. Agnese di Napoli stellte zwei weitere Gläser auf den Tisch. »Wasser? Wein?« Sie schenkte ein, die Frauen sahen sich um. In einer Ecke stand ein großes Bett mit einer buntgemusterten Tagesdecke – ein Geschenk von Salvatore, dachte Marlen –, an der Wand daneben befand sich eine Art Tapeziertisch, darauf mit verschiedenfarbigen Flüssigkeiten gefüllte Marmeladengläser, Pinsel, Tuben, Fläschchen mit Lack, Spachtel, Messer, Feilen in diversen Größen.

Agnese sagte, sie arbeite auch zu Hause, kleine Aufträge, ein Zusatzverdienst. Als Restauratorin verdiene man nicht gerade üppig. Dann kam sie sofort zur Sache.

»Ich habe Sie gestern auf dem Friedhof gesehen. Fiorilla hat mir erzählt, daß Sie auch mit ihr gesprochen haben«, sagte sie und musterte ihre Besucherinnen aufmerksam. »Was möchten Sie von mir wissen? Sie möchten doch etwas von mir wissen, nicht wahr?«

Marlen ließ ihren Spruch über das unterirdische Neapel und die Kontakte zur LAES los. Sie erwähnte Dante. Sie sagte, ein gemeinsamer Bekannter habe ihr vor ein paar Tagen die Gänge unter der Stadt gezeigt, Salvatore delle Donne. Genug Bezugspunkte, wie sie fand.

»Dante? Wie lange ich den nicht gesehen habe.« Agnese di Napoli zeigte sich aufgeschlossen. Sie sagte, sie selbst habe jahrelang bei der LAES mitgearbeitet, ein interessantes Projekt, die Erforschung der unterirdischen Gänge. Leider fehle ihr für derartige Abenteuer mittlerweile die Zeit. Leider, das war einmal ...

»Jede Lebensphase entspricht irgendeinem Faszinosum, einer Manie, einem Projekt, mit dem man mehr verbindet als reinen Zeitvertreib. Sie kennen das sicherlich auch.« Sie lächelte. Ein Augenaufschlag voller Wärme und Verbindlichkeit.

Livia fragte, was die Untergrundforschung abgelöst habe?

»Die Arbeit«, sagte Agnese di Napoli mit einem ironischen Unterton. »Schlicht und überhaupt nicht ergreifend. Und was treiben Sie?«

»Ich bin Malerin«, sagte Livia schlicht.

Agnese di Napoli zog erstaunt die Augenbrauen hoch. »Fiorilla sagte mir, Sie seien Journalistinnen.«

»Meine Freundin«, korrigierte Livia.

»Und von der Malerei können Sie leben?«

»Nein.« Livia zögerte. Vielleicht war es zu riskant, Agnese zu sagen, womit sie ihr Geld verdiente. Sobald Agnese es wußte, würde auch Fiorilla davon erfahren. Und auf der Hut sein. Und sie mit Sicherheit nicht mehr ins Haus lassen. Andererseits … Nach dem Zwischenfall mit den Reifen reizte es sie ungemein, die Geschichte voranzutreiben, ein wenig im offenen Feuer zu stochern und zu sehen, ob ein Funke übersprang und die Dinge vorantrieb. »Ich arbeite in der Kulturbehörde in der Dokumentation Kunstdiebstahl.«

»Ach ja?« Agnese di Napoli zog erneut die Augenbrauen hoch. »Wie interessant. In den Kirchen wird ja so viel gestohlen. Wir befürchten manchmal sogar, daß zum Restaurieren nichts mehr übrigbleibt. Aber zum Glück gibt es ja in Neapel genug Kirchen, da geht uns die Arbeit nicht aus. Und Ihnen wahrscheinlich auch nicht«, fügte sie hinzu. »Aber, soweit ich weiß, werden nicht viele Werke wiedergefunden, oder?«

»Leider«, nickte Livia. »Aber es scheint ein Zusammenhang zu bestehen zwischen den Diebstählen und dem Restaurationsbeginn in den betroffenen Kirchen.« Sie war gespannt, wie Agnese di Napoli reagieren würde. »Wenn eine Kirche restauriert wird, ist beinahe durchweg nach kurzer Zeit ein Schwund in Mobiliar und Ausstattung zu registrieren. Seltsam, finden Sie nicht auch?«

Agnese di Napoli sah sie an. Sie zögerte mit einer Antwort. Schüttelte dann den Kopf. »Das wundert mich überhaupt nicht«, sagte sie nach einer Weile. »Sobald eine Kirche restauriert wird, steht sie tagsüber offen und ist nicht mehr verriegelt und verrammelt wie zuvor.« Dann runzelte sie die Stirn. »Oder wollen Sie damit etwa sagen, daß die Restauratoren selbst unter Verdacht stehen …?«

Livia verzog keine Miene. »In der Abteilung, in der ich arbeite, geht es nur um die Dokumentation. Wir stellen keine Nachforschungen an – und wir verdächtigen niemanden.«

Agnese nickte und wandte sich nun – Themenwechsel – an Marlen. Um ihre Beunruhigung zu verbergen, dachte Livia. »Aber Sie sind wirklich Journalistin?«

Marlen bejahte. »Und um auf die Lebensphasen zurückzukommen: Auch ich bin alleinerziehend. Meine Tochter ist vor kurzem ausgezogen. Ich mutiere sozusagen von der Mutter zurück zur Frau. Nennen wir es: neue alte Freiheiten.«

»Hört sich gut an«, sagte Agnese di Napoli und lächelte ansatzweise. »Mein Sohn ist siebzehn, aber von Erwachsenwerden keine Spur.« Sie schnalzte mit der Zunge. »Im Gegenteil. Er drückt.« Sie zündete sich eine Zigarette an.

»Und woher nimmt er das Geld?«

Hysterisches Auflachen. »Gute Frage. Zum Teil von mir. Oder er klaut. Pumpt es sich bei anderen Leuten zusammen. Gerät immer tiefer in Teufels Küche. Was kann ich schon machen … Pah!« Sie stieß die Luft aus und machte sich auf die Suche nach einem Aschenbecher.

Marlen dachte, sie sollte Agnese di Napoli und die Tabakfrau miteinander bekanntmachen. Sie hatten, zumindest was ihre Kinder anging, ähnliche Probleme, vielleicht würden sie gemeinsam leichter eine Lösung finden. Oder sich gemeinsam leichter damit abfinden, daß keine Lösung in Sicht war.

»Hat er sich von Ihnen auch Geld geliehen?«

»Wer? Ihr Sohn? Von uns?« Livia und Marlen kamen nicht nach.

Agnese lächelte süffisant. »Ich meine Salvatore. Eine Art intimer Bekannter, wenn ich richtig vermute.«

»Das geht Sie nichts an«, gab Marlen ungewollt patzig zurück. Was sollte diese Stichelei? Eifersucht? Rivalität? Wollte Agnese ihnen zu verstehen geben, daß sie sich zu wehren verstand?

Ihre Gastgeberin mit den dunkelrot getönten Haaren begann nun mit dem, was Salvatore als »sie redet gern und viel und besonders gern über Verflossene« bezeichnet hatte. Eine Aufzählung von Schwächen der Männer im allgemeinen und Salvatores im besonderen: die dicke Haut, die Angst vor den Frauen, die Fixierung auf den Schwanz, das felsenfeste Selbstbewußtsein. Man solle sich von Salvatores Flippigkeit und von seiner Samtstimme – noch gar nicht bemerkt, dachte Marlen – nicht täuschen lassen, er sei ein Mann, dem Frauen leicht aufsaßen, einer, der über Leichen ging, ohne es auch nur zu merken, ein Schmarotzer, der keinen richtigen Beruf habe und sich munter durchs Leben schnorre, ohne je eine Lira zurückzuzahlen, allein von Agnese: fünf Millionen, nicht gerade wenig für eine alleinstehende Restauratorin mit Kind.« Und wenn man ihn darauf anspricht oder wenn man ihn braucht, dann macht er sich aus dem Staub.« Für einen wie Salvatore sei die Welt groß genug, um immer wieder ein Fleckchen zu finden, wo er gut ankam. Als nächstes womöglich Deutschland? Sie warf dabei Marlen einen ironischen Blick zu.

Marlen wollte all das überhaupt nicht wissen. Sie beschloß, nur für sich, daß es sich um einen Namensvetter handeln mußte. Anderer Ort, andere Zeit, andere Personen. Nicht das gleiche Stück. Und überhaupt war sie nicht gekommen, um sich über das Versagen der vermeintlichen Retter dieser Welt belehren zu lassen.

»Und Sie sind eine gute Freundin von Fiorilla?« wechselte sie das Thema.

»Wir sind zusammen zur Schule gegangen«, antwortete Agnese ohne mit der Wimper zu zucken und zündete sich eine weitere Zigarette an, obwohl die erste, halb aufgeraucht, noch im Aschenbecher vor sich hin glomm. »Wir kennen uns seit knapp dreißig Jahren. Eine lange Zeit.« Sie stieß den Rauch aus, lächelte ein wenig gequält.

»Dann kennen Sie natürlich auch Fiorillas ersten Mann«, sagte Livia.

Agnese zögerte. »Ich habe ihn nur zwei- oder dreimal gesehen. Ein liebenswerter älterer Herr. Er und Fiorilla wohnten zu der Zeit in der Schweiz, und ich, beziehungsweise wir, in Neapel. Dazwischen liegen bekanntlich Welten.«

»Woran ist er eigentlich gestorben?«

»Dario Gentile? Herzversagen. Mitte sechzig, zu viel gearbeitet, ständig gereist«, zählte Agnese auf. »Fiorilla hat ihn zwar nach Leibeskräften unterstützt, aber leider ... und nun auch noch Umberto. Sie waren so ein vorbildliches Paar, trotz der Seitensprünge, vielleicht gerade deswegen. Arme Fiorilla. Sie kann einem wirklich leid tun.« Sie drückte die Zigarette aus. »War das alles, was Sie mich fragen wollten? Ich habe nämlich noch zu tun ...«

»Nur noch eine Kleinigkeit«, sagte Livia und tat, als sei diese Frage ihr ein wenig peinlich. »Uns sind Informationen zugespielt worden, daß ein Gemälde, das im Haus von Fiorilla Cacciapuoti hängt, aus Hehlerbeständen stammt. Wir wollten Fiorilla heute nachmittag gern selbst danach fragen und den Irrtum aufklären, aber wegen dieses schockierenden Testaments war sie verständlicherweise nicht in der Stimmung, sich ausgerechnet jetzt mit solchen Dingen herumzuschlagen. Können Sie uns da vielleicht weiterhelfen?«

Agnese di Napoli riß erstaunt – oder gekonnt – die Augen auf. Livia beobachtete, wie ihre rechte Hand sich um den Aschenbecher krampfte. Diese Bemerkung brachte sie nun offensichtlich doch aus dem Gleichgewicht. »Das kann nicht sein. Wie kommen Sie denn darauf? Kann ich mir nicht vorstellen.« Sie schüttelte energisch den Kopf. »Es sei denn ...«

»Es sei denn, was?« hakte Marlen nach.

»Es sei denn, Umberto hat dieses Gemälde, von dem Sie sprechen, ins Haus gebracht, natürlich ohne zu ahnen, worum es sich handelt. Er hat sich sehr für Kunst interessiert und gern das eine oder andere Stück erstanden. Das wäre ja schrecklich!«

Livia legte ihr die Hand auf den Arm und sagte beruhigend: »Bitte behalten Sie das vorerst für sich. Tun Sie uns und auch Fiorilla diesen Gefallen. Schaden kann es Umberto jetzt sowieso nicht mehr.«

Agnese di Napoli war sichtlich schockiert – oder sie tat so, als wäre sie es. Sie schüttelte fassungslos den Kopf. »Aber Fiorilla kann es schaden«, rief sie. »Jetzt, in dieser schlimmen Zeit, wo sie sowieso schon so viel durchmachen muß. Der Tod Umbertos, die Übernahme der Läden, dieses schreckliche Testament. Und dann auch noch solch ein Verdacht im Zusammenhang mit ihrem Mann!«

»Wenn sie nichts davon wußte, ist das alles kein Problem«, sagte Marlen.

»Das wird schwer zu beweisen sein«, setzte Agnese di Napoli unüberlegt hinzu. Dann, als habe sie sich und ihre Zunge wieder im Griff, sagte sie lächelnd: »Vielleicht ist aber auch Ihre Information falsch. Man kann sich täuschen ...«

»Da haben Sie völlig recht«, sagte Livia, um den Eindruck zu verwischen, sie könnten Fiorilla zu dicht auf den Pelz rücken. Sie fügte hinzu, das sei eigentlich alles. Sie bedankte sich dafür, daß Agnese ihnen ihre Zeit geopfert hatte.

»Das war doch selbstverständlich.« Agnese begleitete sie zur Tür.

»Ach, übrigens«, begann Livia zum Abschluß. Als Pointe hatte sie sich eine Frage aufgehoben, die wiederum auf dem beruhte, was sie am Tag zuvor mit Rosaria zusammengestellt hatte. »Haben Sie zufällig auch in San Giovanni a Carbonara gearbeitet? Und wie ist es mit Santa Maria degli Angioli ai Croci?«

Die rothaarige Frau verzog ihr Gesicht zu einem gewinnenden Lächeln, doch die Augen verströmten Eiseskälte. »*Buon giorno*«, sagte sie nur und schloß die Tür.

»*Arrivederci*«, rief Livia hinterher.

Ein befriedigender Abgang nach einem befriedigenden Gespräch. Und zur Krönung des Ganzen waren die Reifen der Vespa sogar unbeschädigt. Die beiden Frauen fuhren nur um die Ecke, stellten die Vespa ab und gingen zu Fuß zurück zu der Pizzeria schräg gegenüber von dem Haus, in dem Agnese di Napoli und ihr Sohn wohnten. Sie setzten sich an einen Tisch in der Nähe des Fensters, bestellten je eine Margherita und ein Bier und hofften insgeheim, Agnese würde sich Zeit lassen und nicht wie von der Tarantel gestochen aus der Haustür stürzen und losfahren, wohin auch immer. Während sie warteten, ließen sie das Gespräch Revue passieren und kamen zu dem Schluß, daß Agnese di Napoli auf jeden Fall in die Sache verwickelt sei. Erstens hatte sie nicht viel Geld, brauchte aber welches. Zweitens konnte sie exzellent schauspielern und hatte nachweislich in zwei der später ausgeraubten Kirchen als Restauratorin gearbeitet. Und drittens hatte sie zu bereitwillig Umberto ins Spiel gebracht, sofort ihm den Erwerb des gestohlenen Gemäldes angelastet. Ein Toter war doch eine perfekte Projektionsfläche für alle Arten von Verdächtigungen. Jetzt galt es nur abzuwarten, was passieren würde. Sie prosteten sich zu.

»Auf die weibliche Entdeckerlust.«

»Auf das unterirdische Neapel.«

»Auf einmalige Nächte.«

»Was wird denn gefeiert?« mischte sich der Kellner ein, der die ofenheißen Pizzen auf der Wachstuchtischdecke abstellte.

Livia beugte sich verschwörerisch vor. »Die Wiederentdekkung der verschwundenen Schätze.«

»Hört sich an wie ein neuer Film«, sagte der Kellner.

Marlen und Livia nickten. »Einer, der sich lohnt.«

38

Livia bugsierte soeben das letzte Stück Pizza in den Mund, Marlen kämpfte noch mit dem fruchtlosen Zusammentreffen von stumpfem Messer und mittlerweile kaltem und zähem Pizzateig, als schräg gegenüber die Haustür aufging. Eine rothaarige Frau trat auf die Straße. Agnese di Napoli hatte sich weder umgezogen noch zurechtgemacht. Sie war nicht allein. Hinter ihr verließ eine zweite Person das Haus, eine Frau in Jeans und Sweatshirt, dunkle Haare in Streichholzlänge und ein ganzes Stück größer als Agnese di Napoli – unverkennbar Fiorilla Cacciapuoti. Marlen und Livia lehnten sich unwillkürlich in den Stühlen zurück. Die beiden Frauen auf der anderen Straßenseite kümmerten sich jedoch nicht um etwaige Beobachter. Sie entfernten sich eilig.

Livia hatte vorsorglich zwei Zehntausendlirescheine auf den Tisch gelegt und war im Nu auf dem Weg zurück zur Vespa. Marlen trennte sich leichten Herzens vom letzten Drittel ihrer Pizza. Sie verfolgte von der Tür aus, wie Fiorilla und Agnese in ein dunkelrotes, ungewaschenes Auto stiegen, ausparkten, schwungvoll wendeten und – Marlen drückte sich in den Eingang der Pizzeria – in der Richtung, aus der Livia mit der Vespa auftauchen mußte, davonbrausten. Sie konnte nur hoffen, daß Livia nicht ausgerechnet jetzt um die Ecke bog und von den Frauen erkannt wurde. Sie beugte sich vor und sah das Auto an der nächsten Ecke links abbiegen und hinter den Häuserblocks verschwinden. Sie lief die Straße hinunter. Da bog Livia schon um die Ecke. Marlen sprang auf und stülpte sich im Fahren den Helm über. Das dunkelrote Auto war nicht mehr zu sehen. Auf Verdacht fuhr Livia so lange geradeaus, bis sie zu einer breiteren Straße kamen. Links ging es Richtung Bahnlinie, rechts hinunter zum Meer, sie fuhren rechts. An der nächsten Ampel staute sich der Verkehr. Marlen gab Livia mit dem Daumen ein Zeichen. Drei Autos vor ihnen stand das schmutzigrote Gefährt. Sie hielten sich im Schutz der breiten Ladefläche einer Ape und folgten dem am Kotflügel leicht lädierten Fiat von da an mühelos, stets im Schutz anderer Fahrzeuge. Es ging in Richtung Neapel. An der Mauer der ehemaligen Stahlwerke Italsider bog der Wagen links ab und schlug den Weg über den Hügel in Richtung Via Manzoni und Posillipo ein. Marlen und Livia mußten jetzt größeren Abstand halten, weil der Verkehr sich lichtete.

»Sie fahren zu Fiorilla«, rief Marlen Livia zu.

Jetzt hatten sie auch den Kommentar von Agnese di Napolis Sohn verstanden. Schon wieder Frauen ... Fiorilla Cacciapuoti hatte hinter irgendeiner Tür gehockt und vermutlich alles mitangehört. Sie wußte nun, daß Livia in der Dokumentation Kunstdiebstahl arbeitete. Und sie wußte auch, daß Livia und Marlen den Verdacht hegten, mit den Kunstwerken in ihrem Haus ginge nicht alles mit rechten Dingen zu. Daß sie Umberto verdächtigten. Und sie selbst eventuell auch. Was war also naheliegender, als die entsprechenden Objekte vorerst von der Bildfläche verschwinden zu lassen. Bevor es womöglich eine polizeiliche Durchsuchung gab.

In der Tat fuhr der dunkelrote Fiat über den Hügel in die Via Posillipo und bog nach kurzer Zeit in die bereits bekannte, idyllisch gelegene Straße, die hinunterführte zum Meer. Es wäre zu auffällig gewesen, dem Wagen zu folgen. Fiorilla und Agnese mußten in jedem Fall wieder hier vorbeikommen – »es sei denn, sie nehmen ein Boot«, sagte Livia trocken. Marlen und Livia konnten also ebensogut oben an der Hauptstraße warten. Sie postierten sich so, daß sie sowohl den Eingang zum Haus der Cacciapuoti in der Via Posillipo als auch die Abzweigung im Auge hatten. Es dauerte über eine Stunde, bis sich etwas tat.

Die kleine Straße war vielbefahren, zumindest samstagnachmittags. Jede Menge Ausflügler, Restaurantbesucher, Leute, die ein Boot mieten oder schlichtweg eine Weile am Meer verweilen wollten. Zwei dunkelrote Autos fuhren vorüber, es gab in Neapel jede Menge dunkelrote Autos, diese hatten jedoch eine andere Autonummer. Abgesehen davon, daß Marlen und Livia Meerblick hatten und zugleich in einer Brise aus Abgasen standen, war es langweilig. Livia wollte gerade vorschlagen, doch zum Haus der Cacciapuoti hinunterzufahren, als Marlen hinter einem Auto in Deckung ging, Livia am Arm packte und zu sich herunterzog. Ein dunkelblauer Alfa brauste in mittlerer Geschwindigkeit elegant an ihnen vorbei. Marlen hatte gerade noch die roten Haare von Agnese di Napoli auf dem Beifahrersitz erkannt. Von hinten sahen sie die Silhouette einer großen Person mit kurzen Haaren am Steuer – Fiorilla.

Sie sprangen auf die Vespa, die erst beim dritten Versuch ansprang. Livia aktivierte sämtliche Flüche, über die das Neapolitanische verfügte. Das blaue Auto war längst außer Sicht. Verdammter Mist! In Mergellina gab es drei Möglichkeiten: Entweder waren Fiorilla und Agnese durch den Tunnel von Piedigrotta wieder stadtauswärts Richtung Bagnoli gefahren, was unwahrscheinlich war, weil sie in dem Fall ebensogut die Via Posillipo hätten nehmen können, oder sie hatten die Straße hinauf zum Corso Vittorio Emanuele eingeschlagen, oder aber sie waren weiter die Via Caracciolo entlang in Richtung Zentrum unterwegs. Die Chancen standen eins zu drei. Intuitiv wählte Livia die Via Caracciolo zwischen Villa Comunale und der Meerespromenade. Zum Glück fuhren sie auf einer Vespa und konnten sich zwischen Autos hindurchschlängeln. Als sie auf der Höhe des Aquariums angelangt waren, erspähte Marlen weiter vorn einen dunkelblauen Wagen, der der Alfa hätte sein können – sie gehörte nicht zu den Menschen, die sämtliche Autotypen sofort erkannten – und am Ende der Villa links in Richtung Piazza Vittoria abbog, dann in Gegenrichtung die Riviera di Chiaia zurückfuhr. Livia gab Gas, doch in dem Moment, als sie ebenfalls in die Riviera di Chiaia einbiegen wollte, kam eine Straßenbahn aus der Via Chiatamone und nahm ihr die Sicht. Es war wie verhext. Als die Straßenbahn vorbeigezuckelt war, war das blaue Auto natürlich nicht mehr zu sehen. Livia fluchte erneut.

Marlen schlug vor, in die erste Gasse rechts ins Häusermeer des Viertels Chiaia einzubiegen, wo sich auch die Filiale des Weinladens befand. Vielleicht waren Fiorilla und Agnese dorthin gefahren? Die nächste Querstraße war bereits die Via Carlo Poerio. Und tatsächlich sahen sie den dunkelblauen Alfa, wie er sich im Schneckentempo in Zentimeterarbeit zwischen einem Lieferwagen und einer Phalanx geparkter Autos hindurchschob. Livia bremste ab, fuhr, um nicht aufzufallen, in eine Einfahrt, passierte dann gemütlich den Lieferwagen. Der blaue Alfa fuhr jedoch am Laden vorbei, bog in die erste Gasse rechts, dann links, dann wieder rechts und am Ende der Gasse noch einmal rechts in die Via Cavallerizza, wo er im Innenhof eines auf der linken Seite gelegenen Palazzo verschwand.

Livia parkte die Vespa vor der Vitrine eines Schuhgeschäfts, und sie gingen die letzten fünfzig Meter zu Fuß. Sie winkte einen ungefähr zehn Jahre alten Jungen heran, der mit seinem Plastikschwert in die Luft drosch und unsichtbare Feinde zerfleischte. Er solle in den Innenhof gehen und nachsehen, ob dort ein dunkelblaues Auto stand, ob jemand im Auto saß oder sich im Hof befand. Blitzschnell war der Junge zurück, lieferte seine Informationen ab und erhielt einen Tausendlireschein. Die Luft war rein.

Marlen zog los, den Palazzo zu erkunden, in dem es zwei Aufgänge gab. Der Alfa leer. Kein Koffer, keine Tasche, kein in Zeitungspapier eingeschlagenes Gemälde – nichts dergleichen.

Eine der zwei Glastüren, hinter denen die Treppenaufgänge begannen, fiel mit einem vernehmbaren Knall ins Schloß. Marlen fuhr zusammen. Es war eine ältere Frau mit Handtasche und zeitlosem Kostüm, die Marlen eher mißtrauisch als neugierig fragte, ob sie jemanden suche. Marlen nannte irgendeinen Namen, zeigte auf die hinter Fensterläden verschlossenen Fenster. Die Frau runzelte die Stirn, schnalzte verneinend mit der Zunge. Da müsse sie in einem anderen Palazzo suchen. Und das Auto? Ob sie wisse, wem das blaue Auto gehöre? Die Frau schnalzte erneut mit der Zunge. Niemandem, der hier wohnte. Vielleicht irgendwelchen Verwandten, die gerade zu Besuch waren.

Währenddessen hatte Livia das Gemüsegeschäft schräg gegenüber betreten, Orangen und Artischocken gekauft und die Ladenbesitzerin in ein Gespräch verwickelt. Wie gut die Artischocken aussähen, daß sie in den Quartieri knappe fünfhundert Lire mehr kosteten und daß man hier unten im Viertel Chiaia sicherlich angenehmer wohne, so nah am Meer, nur zu schade, daß man heutzutage nicht mehr gleich hier unten baden könne ... Schließlich fragte Livia wie nebenbei nach der großen Frau mit den kurzen Haaren, die in dem Palazzo schräg gegenüber wohnte. Die Frau wollte erst den Kopf schütteln, legte dann den Finger auf den Mund und winkte Livia näher zu sich heran. Das sei doch die Witwe. Livia machte große Augen. Welche Witwe? Na, die aus der Zeitung. Die vom unterirdischen Toten. Tatsächlich? Nicht zu fassen. Livia kniff die Augen zusammen. »Wohnt sie denn hier?«

Die Frau schüttelte erneut den Kopf. Nicht die Witwe, aber die Großtante dieses Weinhändlers. Ihr gehöre das ganze obere Stockwerk. Auch die Polizei sei schon einmal dagewesen. Die Witwe komme jetzt häufiger zu Besuch. Das sei ja auch ganz natürlich, schließlich lebe die Großtante alleine. Eine gehbehinderte alte Dame, die ihre Wohnung schon seit Jahren nicht mehr verlasse. »Da freut man sich über jeden Besuch. *Una donna perbene. Una vera signora.*«

Livia nickte, nahm Anteil am Schicksal der Großtante von Umberto Cacciapuoti, das ihr unter dem Siegel des Stillschweigens unterbreitet wurde, bis eine andere Frau aus der Nachbarschaft den Laden betrat und sich im Nu herausstellte, daß auch diese Kundin längst eingeweiht war. Man kannte sich aus im Viertel, in dem man wohnte, wußte voneinander, ohne sich einzumischen, verweilte gern auf der Schwelle zwischen Klatsch, verschwörerischer Intimität und dörflicher Gemeinsamkeit, in die gelegentlich auch Besucher aus anderen Vierteln einbezogen wurden.

Wie Livia erfuhr, hatte die Großtante mindestens zehn Kanarienvögel, war steinreich, schwerhörig und schlecht zu Fuß. Dreimal pro Woche kam eine Putzfrau. Ihren Großneffen, den einzigen noch lebenden Verwandten, der auf so mysteriöse Weise ums Leben gekommen war, hatte sie vergöttert. Sofort kam die Sprache auf die vielen Affären des Großneffen, eine weitere Kundin, die den Laden betreten hatte, fand es richtig, auch den Geliebten Geld zu vermachen, jedoch falsch, überhaupt welche zu haben. Die arme Witwe. Jetzt auch noch das. Verständlich, daß sie der Großtante jetzt täglich einen Besuch abstatte – beide hatten Trost bitter nötig. In der Not halten die Frauen eben zusammen, hieß es, und: Jeder hat sein Päckchen zu tragen. Der vergötterte Umberto hingegen habe seiner Großtante höchstens zweimal im Jahr die Ehre erwiesen, zu ihrem Namenstag und zu Weihnachten. Ja, so sei das immer, diejenigen, die man liebt, kümmern sich nicht um einen, und alle anderen kommen ungefragt. Aber was soll's, man muß zufrieden sein mit dem, was man bekommt. Drei nickende Köpfe, man war sich einig. Livia verabschiedete sich, bevor die Rede auf das Sonntagsessen und die eigenen Kinder kam und sie passen mußte.

Die Freundinnen warteten eine gute Stunde, schlenderten in der sich mit Leuten füllenden Straße von Schaufenster zu Schaufenster, doch weder das blaue Auto noch Fiorilla oder Agnese di Napoli verließen den Palazzo. Sie beratschlagten, ob es überhaupt sinnvoll sei zu warten. Sie konnten Fiorilla und Agnese ja nicht vierundzwanzig Stunden lang beschatten. Schließlich waren sie nur zu zweit. Sie harrten eine weitere halbe Stunde vor dem Palazzo aus, beschlossen dann, sobald wie möglich der alten Dame, sofern diese sie überhaupt empfangen würde, einen persönlichen Besuch abzustatten und gaben vorläufig auf. Es war bereits spät, sie mußten noch nach Hause, sich umziehen, in einer Stunde erwarteten sie Jean und den französischen Bildhauer, und abends waren sie auf Robertos Geburtstagsfest eingeladen.

39

Roberto Mazzacane wohnte direkt an der Piazza dei Martiri – ein Katzensprung von Livias Wohnung in den Quartieri, und doch war es eine völlig andere Welt. An der Piazza hing keine Wäsche zwischen den Balkonen, statt der ebenerdigen Einzimmerwohnungen gab es rundum hochkarätige Boutiquen namhafter Modemacher, und im Café schob man für einen Espresso mindestens zweitausend Lire über den Tresen. Die Männer standen, gewichtig ins Gespräch vertieft, mit tragbaren Telefonen neben ihren Luxusschlitten, die Frauen trugen keine Kittelkleider, sondern Kostüme und waren überwiegend blond – künstlich vom Scheitel bis zur Sohle, wie Livia fand.

Ähnliches Publikum stand sich in der Wohnung Robertos die Beine in den Bauch. In der Hand das Glas Prosecco, Kellner in blütenweißen Hemden und Fliegenlächeln reichten Häppchen auf Silbertabletts: Lachs, Kaviar, Parmaschinken, Meeresfrüchte. Wer wollte, konnte sich auch selbst bedienen, es gab Vorspeisen aller Art, eine gigantische Käseabteilung, ein ganzer Tisch mit Cremespeisen, Törtchen und Obst.

»Ich bin schon vom Zuschauen satt«, flüsterte Rosaria Livia zur Begrüßung ins Ohr und verschwand in einem Nebenzimmer. Livia war zum ersten Mal bei ihrem Chef eingeladen. Eine riesige, zweistöckige Wohnung in den obersten Stockwerken eines neuen Palazzo, weitläufige Terrasse mit Blick auf die Bucht und den Hafen von Mergellina, teure, geschmackvolle Einrichtung, im Flur eine Zeichnung von Stradone und eine weitere von Mascherini, die Livia sofort bewundert hatte, und im Salotto zwei Originale von Guttuso, was bewies, daß Roberto nicht nur Kunstmacher, sondern auch Kunstkenner war. Zu allem Überfluß stand die Wohnung auch noch einen Großteil des Jahres leer, da die Töchter auswärts studierten, Roberto viel auf Reisen war und seine Frau es vorzog, auf Capri zu residieren.

Von wegen »kleine Geburtstagsfeier« – es waren alle gekommen, die in Sachen Kultur in Neapel einen Namen zu machen, zu verteidigen oder zu verlieren hatten: die oberste Riege sämtlicher Museen und Kunstsammlungen, Vertreter der Parteien und der Gewerkschaften, Leute von der Presse und aus der Kunstszene. Ein Fotograf schlich auf Turnschuhen durch die Räume und schoß Fotos für eine kleine Stippvisite in das gesellschaftliche Leben der Stadt: neapolitanische Adlige, Neureiche, Kulturszenensnobs, Geschäftsleute, Bankiers, Künstler. Eine Jazzband, die nach Mitternacht spielen würde, baute in der Ecke die Instrumente auf. Roberto feierte in seinen Geburtstag hinein, weshalb auch die Geschenke vorerst nicht überreicht und geöffnet, sondern von einer jungen Frau mit Punkfrisur – eine der Töchter Robertos – in Empfang genommen und in einem Nebenzimmer deponiert wurden.

Jetzt kam auch Jean in Begleitung von Claude, der wegen des unterirdischen Kunstspektakels angereist war, das am Sonntagabend Premiere haben würde. Die beiden Männer hatten Livia und Marlen eigentlich abholen wollen, aber Jean hatte angerufen und abgesagt: Claude sei von der Stadtführung erschöpft und würde sich lieber ein anderes Mal und in aller Ruhe Livias Bilder anschauen. Der französische Bildhauer war ein schüchterner Einsneunzigmann mit krausen Haaren, der kein Wort Italienisch sprach. Da Livia kein Französisch konnte, ließ sich das Gespräch in einer Ecke des Salotto schleppend an. In ihr regte sich wieder leiser Groll wegen der verpatzten Kunstausstellung, zumal sie sich auf dem Fest desjenigen befanden, der dafür verantwortlich war, daß sie nicht teilnehmen durfte. Außerdem, und das war in diesem Moment wesentlicher, zeichnete sich deutlich ab, daß Jean den ganzen Abend und vermutlich noch einige Tage länger Claudes offiziellen Begleiter und Gesellschaftseinweiser spielen würde. Sie sagte, sie müsse Marlen ein paar Leuten vorstellen, und wünschte den Herren einen angenehmen Abend.

Sie machten die Runde durch alle Räume, gesellten sich zu dieser oder jener Gruppe, jeder redete mit jedem, man gab sich offen und war in Feierlaune. Gino, der Schuhdesigner, kreuzte wieder auf, unrasiert, das Hemd hing ihm aus der Hose, er hakte sich bei ihnen ein, hechelte die Fußbekleidung der anwesenden Damen durch und beschwor Livia, unbedingt Schuhe mit höheren Absätzen zu tragen. Dann schwirrte er weiter, um seine Weltsicht zu verbreiten, die bei den Schuhen begann und dort auch endete. Zwischendurch wurde Marlen Roberto vorgestellt, der ihr im Rausch seiner Gastgeberpflichten im Vorübergehen geistesabwesend die Hand schüttelte. Livias ehemaliger Chef aus dem Museo di Capodimonte, ein Mann von Mitte Sechzig, der Ende des Jahres pensioniert werden sollte, nahm sich hingegen ein paar Minuten Zeit und schwärmte – Marlens Herkunft zu Ehren – von den Bildern Caspar David Friedrichs in der Hamburger Kunsthalle. Marlen war überzeugt, daß er sich für jede größere Kunstsammlung in Europa auf ähnliche Weise hätte begeistern können, würde sie zufällig aus der entsprechenden Stadt stammen. Sie wechselten ein paar Nebensätze über die vielen Kunstschätze in Neapel, und anschließend wurde die deutsche Journalistin herzlich eingeladen, sich in der derzeit geschlossenen Abteilung, neapolitanische Malerei des 19. Jahrhunderts, umzusehen. »Rufen Sie mich an, ich stehe gerne zu Ihrer Verfügung!«

Ein Small talk der kultivierten Art, abgelöst durch Jean und Claude, die die geschäftliche Runde bei den wichtigsten neapolitanischen Galeristen und Künstlern machten und natürlich auch den *direttore* begrüßten, der – wie Marlen und Livia aufschnappten – begeistert auf seinen letzten Besuch im Louvre zu sprechen kam und insbesondere Géricault über den grünen Klee lobte.

Marlen, die in der Schule immerhin sieben Jahre Französisch gelernt hatte, beschloß, Livia ein Tête-à-tête mit Jean zu verschaffen, und verwickelte Claude in ein Gespräch über seine ersten Eindrücke von der Stadt. Um kurz vor Mitternacht wurde die Stimmung hochgequirlt, um Roberto einen gebührenden Empfang in die zweite Jahrhunderthälfte zu bereiten. Jean und Livia gesellten sich zu ihnen, zu viert standen sie etwas abseits in der Nähe der Terrassentür. Die Kellner gingen herum und schenkten Champagner aus. Dann stimmte jemand ein *Happy Birthday* an, die Gläser klangen. Ein paar Stimmen riefen unüberhörbar: »*silenzio*!«, und als alle verstummt waren, hielt ein sympathisch aussehender Mann, offenbar ein Freund aus der Schulzeit, eine launige Rede auf Roberto. Insider hatten viel Freude an den kleinen Spitzen, Neckereien und vergessenen Anekdoten – die Tramptour durch Skandinavien, der Koffer, den seine Frau ihm vor ungefähr fünfzehn Jahren einmal nachgeworfen hatte. Auch Außenstehende wie Livia bekamen einen anderen Roberto präsentiert als den, den sie aus öffentlichen Zusammenhängen kannten.

Gegen eins, als die Rede und die Ovationen vorbei waren, verabschiedeten sich Jean und Claude. Claude schlief beinahe im Stehen ein, Jean wollte ihn ins Hotel begleiten und dann selbst nach Hause fahren. Livia und Marlen beschlossen, ein letztes Glas Wein zu trinken, aus dem mindestens drei letzte

Gläser wurden. Die Nacht ging mit Gesprächen, Gelächter und vor allem Alkohol dahin. Gegen zwei erschien auch Rosaria plötzlich wieder auf der Bildfläche. Sie hatte einen kleinen Schluckauf und bat, man solle ihr Champagner einflößen. »Kohlensäure entspannt.«

Livia fragte nach Corrado. War er auch schon wieder gegangen? Was war nur los mit den Männern?

»Gute Frage«, brummte Rosaria. »Vermutlich hockt er jetzt mit roten Augen vor seinem Computer, und wenn ich nachher komme, sieht er aus, als hätte er jede Menge Alkohol intus und nicht ich. Corrado ist ein alter Fetenmuffel. Das ist einer seiner wenigen Defekte: daß er größere Menschenansammlungen nicht erträgt. Und verbohrter ist als ein Holzwurm. Wenn er ein Problem am Wickel hat, hört er nicht eher auf, als bis die Sache geklärt ist.«

Wieso war er dann überhaupt mitgekommen?

»Roberto zuliebe natürlich«, grinste Rosaria. »So läuft das meistens. Er kommt kurz mit, um den schönen Schein zu wahren und um mir einen Gefallen zu tun, und ich sage ihm zuliebe nichts, wenn er schnell wieder die Kurve kratzt. Dafür kann ich flirten, mit wem ich will. Ist doch auch was, oder?« Sie leerte ihr Glas in einem Zug und beugte sich zu Livia. »Na, meine Liebe, wen aus dieser Crème de la crème wolltest du schon immer mal porträtieren? Wie wär's mit den zwei Hübschen da drüben?« Flüsternd zeigte sie auf einen Mann aus der guten und dann auf einen aus der noch besseren Gesellschaft. Die drei Frauen kicherten. Der Wein zeigte endlich seine Wirkung.

Beide Herren waren Rosaria noch aus der Zeit in der Rotlichtbar in eindringlicher Erinnerung. »Aber sie wollten sich partout nicht an mich erinnern. Was hat schon eine ehemalige Bardame auf dem Geburtstag vom großen Roberto Mazzacane zu suchen? Oder sie sind inzwischen vollends vergreist und erinnern sich wirklich nicht an mich? Nein, nein, man konnte ihnen ansehen, daß es ihnen schrecklich peinlich war. Und als ich dann auch noch verlauten ließ, daß ich Juristin bin und für Roberto arbeite – Kinder, Kinder.« Sie klopfte Livia auf die Schulter. »Aber was sagt ihr zu diesem Weinhändler? Der hat wenigstens etwas springen lassen für seine Weiber.«

Rosaria äußerte sich voller Bewunderung für die testamentarische Hinterlassenschaft des toten Umberto: ein letzter Tribut an die Frauen, mit denen er einen – und wenn auch noch so geringfügigen – Teil seines Lebens verbracht hatte. »Apropos: wie war's heute bei Witwens? Wie heißt die Dame noch gleich?«

Livia winkte ab. Fiorilla Cacciapuoti habe sie nicht empfangen wollen. Dafür hatten sie etwas anderes herausgefunden. »Erzähl ich dir morgen.«

»Das heißt also: keine Fotos aus dem Hause Cacciapuoti«, resümierte Rosaria lallend. Marlen kam auf die alberne Idee, Rosaria inkognito bei den Cacciapuoti als Putzfrau einzuschleusen. Livia ergänzte, Rosaria könnte dann eine Kamera in ihrer Kitteltasche verstecken, um damit die Kunstgegenstände zu fotografieren, damit diese wiederum überprüft werden konnten. Sie spannen die Idee weiter aus und schwankten dann untergehakt und kichernd zur Bar, um den Abend mit einem Grappa zu beschließen.

Dort trafen sie auf Roberto und einige seiner Jugendfreunde, die die Gesellschaft von drei »Schönen der Nacht« auf eine Weise begrüßten, die nicht nur auf die Uhrzeit und die Prozente im Blut zurückzuführen war. Einer von ihnen, der kleinste und offenbar nüchternste der insgesamt fünf Männer – »wir sind zusammen zur Schule gegangen« –, legte Marlen den Arm um die Schulter und zog sie an sich. Ein zweiter, der die Rede auf das Geburtstagskind gehalten hatte, verneigte sich vornehm, was jedoch auf erste Gleichgewichtsprobleme zurückzuführen sein mochte, und lallte in Richtung Kellner, der mit müden Augen hinter der Bar stand, er solle unverzüglich eine Flasche öffnen für diese reizenden Signorine, die Roberto ihnen bisher vorenthalten habe, ein nahezu unverzeihlicher Akt von purem Egoismus. Und bevor Roberto, der seinerseits ein wenig wankte, den Mund aufmachen und zwei der Frauen als seine Mitarbeiterinnen vorstellen konnte, fiel in der freudigen Begrüßung des weiblichen Geschlechts ein Name: Wieso sie eigentlich nicht gekommen sei, die Blume, die Fiore, warum er ihnen Fiorilla so oft vorenthielt? Woraufhin derjenige der Männer, der sich bislang standhaft an Marlen festhielt und auch die Lautstärke seiner Stimme nicht mehr unter Kontrolle hatte, galant fragte, wer denn von Blumen spreche, wenn er Rosen im Arm halte. Die anderen, vor allem Roberto, stimmten ihm grölend zu.

40

Auch in Livias Gesicht waren die Spuren der vergangenen Nacht zu sehen. Sie hatte zwar keinen übermäßig dicken Schädel, aber wenig geschlafen und noch immer eine gehörige Dosis Alkohol im Blut. In diesem Zustand war sie ganz besonders kreativ, auch wenn die Bilder, die dabei entstanden, sich am schlechtesten verkauften.

Sie konnte sich nicht mehr daran erinnern, wie sie und Marlen nach Hause gekommen waren, vermutlich zu Fuß. Die Bilder der vergangenen Nacht liefen ineinander wie die Werke der Pflastermaler im Regen. Da waren Jean und Claude, die irgendwann verschwunden waren. Da war die dreistöckige Geburtstagstorte mit den fünfzig Zuckerröschen, deren Reste sie, Marlen und Rosaria gemeinsam mit ein paar ebenfalls betrunkenen Männern unter viel Gelächter verspeist hatten. Und sie hatte auch in Erinnerung behalten, daß irgendwann der Name Fiorilla gefallen war und daß Roberto Fiorilla kannte. Alle weiteren Überlegungen stammten aus den frühen Morgenstunden, als die Sonne aufging und Marlen und Livia mit einem starken Espresso, einer Karaffe Wasser und zwei Alka Seltzer auf der Terrasse saßen und abwechselnd den Moment verfluchten und priesen, da sie sich an die Bar begeben hatten. Oder war schon das eine oder andere Glas vorher eins zuviel gewesen? Laut Volksmund sagen Kinder und Betrunkene die Wahrheit. Offenbar war weder Marlen noch Livia so geistesgegenwärtig gewesen, nachzuhaken oder sich zumindest die Namen dieser Schulfreunde Robertos zu merken oder einen von ihnen auszuhorchen. Wie im Nebel hatte jede von ihnen registriert, daß es offenbar einen Draht gab zwischen Fiorilla – Fiore! – und Roberto. Warum auch nicht? Alle Menschen sind Brüder und Schwestern, und im Suff verschwimmen die Grenzen. Livia hatte sich einen der Fünfzigjährigen geschnappt und deftig herumgemacht – zu mehr war es zum Glück nicht gekommen, denn selbst wenn ihr Kopf weiße Flecken –

schwarze Löcher? – aufwies, fungierte der Körper immer auch als Erinnerungsorgan und sagte: nix gewesen! Marlen konnte sich noch daran entsinnen, daß sie sich aus der Umarmung des lautstarken Mannes befreit hatte. Daraufhin habe sie sich an Roberto gehalten, half Livia ihrem Gedächtnis nach, dem als Geburtstagskind ein Anrecht darauf zugesprochen wurde, mindestens eine der drei Frauen abzubekommen. Da Livia und Rosaria in einem anderen Sinne seine Untergebenen waren, war die Wahl auf Marlen gefallen. Die sich nur vage daran erinnerte und zugleich, mit dem Abstand, den die Morgendämmerung der Nacht gegenüber einnimmt, überzeugt die These vertrat, Roberto sei Fiorillas Liebhaber, punktum. Sie fand es völlig logisch. Umberto hatte seine Frauen – Fiorilla hatte ihre Männer. Einen Liebhaber mindestens. Und hatte ihn offenbar noch. Was der Sache eine brisante Färbung gab. Was war denn, wenn Fiorilla Umberto doch auf dem Gewissen hatte? Oder Roberto dem Konkurrenten den Garaus gemacht hatte? Ein Eifersuchtsdrama?

Livia war skeptisch. Sie gab zu bedenken, daß sich bestimmte Leute in einer gewissen gesellschaftlichen Schicht Neapels eben kannten, daran sei überhaupt nichts Ungewöhnliches. Man kannte einander von Festen bei gemeinsamen Bekannten, von hochkarätigen Veranstaltungen, aus dem Foyer der Oper. Vielleicht hatte Roberto als Kunstliebhaber ebenso wie Jean Kontakte zu Umberto gehabt und dabei Fiorilla kennengelernt. Sie nahm sich vor, Jean danach zu fragen, und stellte fest, daß der Gedanke an ihn ihr Blut keineswegs in Wallung brachte. Was war los? Verstimmung wegen mangelnder Aufmerksamkeit? Entzauberung eines Kurzzeitzaubers? Oder einfach das Naheliegendste, die Müdigkeit, der Alkohol? Gegen sieben gingen die Frauen endlich ins Bett.

Einen Augenblick später klingelte es an der Tür. Die Uhr zeigte zehn. Livia wälzte sich mit schwerem Kopf aus dem Bett. Natürlich, die Tabakfrau. Livia hatte völlig vergessen, daß die dritte Malsitzung anstand. Sie entschuldigte sich und bat die Tabakfrau, es sich einen Augenblick im Wohnzimmer gemütlich zu machen. Eine kurze, kalte Dusche, Klamotten übergeworfen, ein Joghurt im Stehen, während der Espresso durchlief. Dann verschwand sie mit der Tabakfrau im Atelier.

Währenddessen lag Marlen im Halbschlaf auf dem Bett. Doch plötzlich wurde sie geweckt, und zwar von einem durchdringenden Schrei, auf den eine Schimpftirade folgte: »Nein! Das ist nicht möglich! *Va' fa' 'n culo! Figli di puttana, maledetti! Stronzi di merda! Maledizione! Porca miseria! Va' al diavolo! Va' a fatte fottere!*« Es war Livia, die da brüllte, zuerst entgeistert, dann zunehmend wütend und lauter. Marlen sprang aus dem Bett und lief im T-Shirt ins Atelier. In der Mitte des Raumes fand sie fassungslos die Tabakfrau, zwei Schritte weiter weg stand Livia, die Fäuste geballt, der die Tränen über die Wangen liefen. Dann sah auch Marlen das zerfetzte Gemälde. Es war das Selbstbildnis Livias, eines der ersten Bilder aus der Zeit an der Akademie, an dem Livia sehr hing. Es war völlig zerstört. Jemand hatte die Leinwand zerschnitten, und zwar so gründlich, daß das Bild in Fetzen aus dem Rahmen hing.

»So eine Gemeinheit«, schluchzte Livia. Marlen nahm sie fest in den Arm. Sie fragte sie, ob irgend etwas fehle, ob Bilder gestohlen seien. Aber Livia schüttelte nur den Kopf und ließ sich erst einmal von Marlens Armen tragen. Keine der drei Frauen sagte ein Wort. Schließlich stieß Livia einen abgrundtiefen Seufzer aus, der all ihre Wut und ihre Trauer an die Luft setzte, löste sich von Marlen, stampfte mit dem Fuß auf. »Scheiße. Verdammte Scheiße. Wenn ich den kriege.« Am Abend zuvor, das wußte sie genau, war das Bild noch intakt gewesen. Irgendwer mußte im Verlauf des Abends, in der Nacht, als Livia und Marlen auf Robertos Fest waren, eingestiegen sein – das Fenster stand in der Tat halb offen – und das Bild, ausgerechnet dieses Bild, mutwillig zerstört haben. Eine unglaubliche Schweinerei.

»Da will sich jemand rächen«, sagte mit rauher Stimme die Tabakfrau, die die Szene schockiert verfolgt hatte. Das zerstörte Porträt war genau das Bild, das sie bei ihrer letzten Malsitzung so ausführlich betrachtet hatte. Sie hatte noch im Ohr, wie Livia erzählte, sie habe es Artemisia Gentileschi nachempfunden. Die Tabakfrau hatte zwar keine Zeit gefunden, ins Museo di Capodimonte zu fahren, aber sie hatte in einem Buchladen in der Galleria Umberto I. gestöbert, der hauptsächlich Bildbände zu italienischer Kunst verkaufte, zum Teil billige Hefte in DIN-A4-Format, auch eines über diese Gentileschi.

Sie hatte es gekauft und tatsächlich das Selbstbildnis *La pittura* darin gefunden. Auch ein anderes Bild hatte sie beeindruckt: zwei Frauen, die dabei waren, einem Mann den Kopf abzuschneiden, den Titel hatte sie vergessen. Und nun war jemand tatsächlich mit dem Messer zu Werke gegangen. Messer statt Pinsel, dachte sie, nicht den Kopf abgeschnitten, sondern eine Leinwand zerfetzt.

Soweit sie es im Moment überschaue, sagte Livia, sei nichts gestohlen worden. Alle übrigen Bilder waren unversehrt. Wer auch immer hier eingedrungen war, war zielsicher vorgegangen.

»Sieht aus wie eine handfeste Drohung.« Marlen sprach aus, was die Tabakfrau als Rache bezeichnet hatte und wofür Livia kein Wort hatte. Ja, eine Drohung.

»Wer wußte denn, daß das ein Selbstporträt von Ihnen ist?« fragte die Tabakfrau.

Livia sah sie an. »Alle. Jeder, der mich einigermaßen gut kennt. Wollt ihr etwa sagen, das soll eine Vorwarnung sein? Zuerst das Bild und dann ich?« Sie lachte nervös. »Ich wußte noch gar nicht, daß ich in Camorra-Kreisen verkehre.« Dann fing sie Marlens Blick auf und verstummte. In Camorra-Kreisen vielleicht nicht. »Meinst du etwa ...«

Marlen nickte.

Die Tabakfrau blickte von einer zur anderen. »Wenn ich Ihnen irgendwie helfen kann ...«, begann sie vorsichtig.

Livia sah finster aus. »Wenn da jemand glaubt, daß ich mich durch eine Messerstecherei auf der Leinwand ins Bockshorn jagen lasse, hat er – oder sie – sich aber kräftig getäuscht.« Sie ballte die Fäuste, wandte sich an Marlen. »Was sagst du dazu? Sollen wir aufgeben? Gerade jetzt, wo die Sache ins Rollen kommt, wie man hier so anschaulich sieht?«

»Du bist es, die hier lebt«, sagte Marlen. »Nicht ich. Es sind deine Bilder, es ist dein Zuhause, deine Stadt. Und insofern auch eher dein Risiko. Ich fahre demnächst wieder nach Hause und bin dann weg vom Fenster. Aber du bekommst möglicherweise noch größere Scherereien. Also, wenn du willst, hören wir auf. Wenn du weitermachen willst, machen wir weiter.«

Livia nickte. Die Entscheidung war für sie schon gefallen, seit langer Zeit. Wie hatte sie gesagt? Als Frau kannst du es dir in Neapel nicht leisten, Angst zu haben. Das war nur halb richtig. Angst war völlig in Ordnung, aber etwas anderes war es, klein beizugeben. Sie wollte sich nicht abfinden mit der Kriminalität, die – aus welchen sozialen und politischen Gründen auch immer – in Neapel die Oberhand hatte. Es wäre gleichbedeutend gewesen mit Resignation, mit Selbstaufgabe. Sie war einer heißen Sache auf der Spur, und dieser Spur würde sie weiter nachgehen und notfalls die Kriminalpolizei einschalten.

»Jetzt erst recht«, zischte sie. »Wozu arbeite ich in der Dokumentation Kunstdiebstahl.«

Und zur Tabakfrau gewandt, mit Trotz und Kampfeslust in der Stimme: »Gut, daß Sie gekommen sind. Malen bringt mich auf andere Gedanken. Und solange ich malen kann, entstehen auch neue Bilder. Wie sieht es aus, wollen wir anfangen?«

Die Tabakfrau protestierte. Sie könne problemlos ein anderes Mal wiederkommen. Unter diesen Umständen sei Livia sicherlich nicht in der Stimmung ...

»Ha!« rief Livia. »Da kennen Sie mich aber schlecht. Ich lasse mich nicht so leicht ins Bockshorn jagen! Und Grübeln macht keine Sache besser. Vor allem dann nicht, wenn man sowieso Kopfweh hat.« Sie zeigte auf das Regal mit den Kassetten und hievte das halbfertige Porträt der Tabakfrau auf die Staffelei. »Suchen Sie bitte heute die Musik aus. Mir ist alles recht.«

Marlen sah sich das halbfertige Bild an. Sie erkannte die Nackenlinie, den auffallend schmalen, länglichen Kopf der Tabakfrau, der wie nachträglich auf den Körper gesetzt schien, zu klein, unproportioniert – ein unfleischlicher Beschluß, nicht in gleichem Maße in die Breite zu gehen wie der restliche Körper. Diese Leichtigkeit, diese Verletzlichkeit. Der rote Mund war der einzige Farbfleck auf der Leinwand. Lange, offene schwarze Haare mit vereinzelten grauen Strähnen. Ein Blick voller Neugierde. Eine Frau im Aufbruch. Wie gut, daß niemand auch dieses Bild zerstört hat, dachte Marlen, bevor sie das Atelier verließ.

41

Livia hatte das zerstörte Bild abgehängt. Die Tabakfrau blickte von ihrem Stuhl aus wie immer auf den Paravent, die Leinwand, nun auch auf das weiße Rechteck an der Wand, wo das Selbstporträt – vermutlich seit vielen Jahren – seinen Platz gehabt hatte. Sie machte sich Sorgen um die Malerin und um Marlen. Aber man konnte niemanden dazu zwingen, sich einem anderen Menschen anzuvertrauen. Und was konnte sie, Assunta Maria Balzano, schon tun? Wie hätte sie helfen sollen? In den wichtigsten Fragen des Lebens war man allein und mußte allein Entscheidungen fällen. Trotzdem, ein Ratschlag von außen konnte hilfreich sein. Sie dachte an ihre Kinder und daran, wie schwer es war, selbständig zu werden, daran, daß sie selbst immer noch damit beschäftigt war, erwachsen zu werden, sich zu lösen, ein langwieriger Prozeß, über Jahre hinweg, mit Rückschritten und Fortschritten: die Übernahme des Tabakladens, die Trennung von ihrem Ehemann, der Beschluß abzunehmen, das Entdecken des eigenen Körpers, das zunehmende Vertrauen in das eigene Ich.

Sie verlor nun auch das weiße Rechteck aus den Augen und blickte in eine unbestimmte, verschwommene Ferne, die allerdings immer näher rückte, als kurbelte sie an einer Zeitmaschine und verwandelte die Staubteilchen in lebendige Menschen: vor dem Tabakladen der Vater, mit Schnurrbart und Weste, untersetzt, aufrecht, blitzende, stolze Augen, bereits gewohnt, Mann zu sein und Mann der Frau, die neben ihm stand, vollschlank, ein wenig verloren in die Kamera schauend, einen Säugling im Arm. Dahinter die Großeltern väterlicherseits, vier Hände, die auf den Schultern des Vaters ruhten. Sein älterer Bruder war in Äthiopien umgekommen, Italienisch-Ostafrika, Kehle durchgeschnitten, ein Trupp Eingeborener, wer sonst, so hieß es, er war Soldat, doch niemand wußte es genau und niemand wollte es genauer wissen. Den jüngeren Bruder hatten die Deutschen erwischt, auf ähnlich undelikate Weise, oder es waren die Partisanen gewesen. In jedem Fall der Krieg, ein Ungeheuer wie in gruseligsten Kinderbuchtagen, das die Männer verschlang, die fahnenschwenkend und frauenküssend davonzogen. Und ihn verschmäht hatte, der somit den Laden bekam, das Familienerbe, mit Stolz auf sich und die Seinen aufgenommen vom Scheitel bis zur Sohle. Währenddessen ging seine Frau, ihre Mutter, langsam aber sicher in die Breite, erst eins, dann zwei, dann drei … Als müßten von jeder Schwangerschaft zwanzig Pfund übrigbleiben, als müsse man als Frau dick werden, um den Kindern Schutz zu geben …

Familienbilder, der Erinnerung ausgesetzt wie alte Häuser den Jahrhunderten. Nun sah sie sich ein Schminktäschchen öffnen, Lippenstift, Lidschatten und einen aufklappbaren Spiegel hervorkramen, ein Erbstück der Großmutter mütterlicherseits, mit Perlmutt verziert. Sie zog die Lippen in einem dunklen Altrosa nach und betupfte die Augenlider dezent mit grünem Lidschatten. Unter den diversen Fläschchen in ihrer Tasche wählte sie einen ebenfalls altrosafarbenen Nagellack aus, verschmierte aber im Geruckel des Zuges den Zeigefingernagel, verschob das Lackieren der restlichen Nägel auf später, fand Nagellackentferner und Papiertaschentuch und wischte den verschmierten Finger sauber. An derlei Einzelheiten erinnerte sie sich stets genau. Die Bahn war durch den Tunnel gebraust, immer ganz dicht an dunklen Wänden entlang, daß ihr vom Hinausschauen beinahe schwindlig wurde. Wahrscheinlich machte gerade die Distanz die Nähe aus: In zu großer Nähe verschwammen ihr die Konturen der Dinge und der Menschen vor den Augen, als wäre sie kurzsichtig. Sie selbst konnte alles besser begreifen, wenn sie nicht immer mittendrin lebte, wenn sie aus sich herausgehen konnte und Abstand nahm.

Die Tabakfrau hatte in der Metro zufrieden an sich heruntergesehen. Sie belegte mittlerweile nicht mehr zwei Sitzplätze, was ihr immer unangenehm gewesen war, sondern kam jetzt mit anderthalb Sitzplätzen aus. Sie war so in Gedanken versunken, daß sie die begehrlichen Blicke vom Platz gegenüber gar nicht wahrgenommen hatte. Erst als die Blicke immer aufdringlicher durch ein spürbar zwischen ihre Beine drängendes Knie ergänzt wurden, bemerkte sie den Mann. Er mußte um die Vierzig sein. In seinen Augen kein Quentchen Einsamkeit oder Sehnsucht, sondern einzig und allein Begierde. Sie hatte kurz überlegt. Warum nicht. Sie sah wieder vor sich, wie sie ihn gemustert hatte, hörte sich noch einmal fragen: »*Ce l'ha la macchina?«* Der Mann hatte verwundert gesagt, ja, ein Auto habe er wohl, und dann wieder sie: »*A mezzanotte a Mergellina.*« Es klang gut, dieses *a-me a-me*, es klang in ihr nach: *a me*, für mich, *a me*, zu mir. Der Zug war in Fuorigrotta eingefahren, die Tabakfrau war aufgestanden, wie eine Diva den Gang entlangstolziert und ausgestiegen. Eine neue Variante. Sie hatte in sich hineingelächelt, gespannt, ob der Mann auftauchen würde, später, wenn die anderen Leute schliefen. Das war erst drei Tage her. Wie schnell die Zeit vergehen konnte. Der Mann war nicht aufgetaucht. Er hat es vermutlich mit der Angst bekommen, dachte sie. Ich war ihm ein Quentchen zu forsch. Ist doch eigentlich unglaublich, da schiebt mir wer sein Knie zwischen die Beine, aber wenn ich ausspreche, was er will, und die Initiative ergreife, zieht er den Schwanz ein. Forsche Frauen – unerwünscht.

Sie reckte sich. Es war egal. Sie mußte sich nicht mehr über Männer definieren. Sie dachte an Umberto, an das Boot, das Zimmer auf Procida, sogar im Auto hatten sie es getrieben, im Parco della Rimembranza am Ende von Posillipo, wo sich Pärchen trafen, die keinen intimeren Ort hatten, den Blick nicht etwa auf die Sterne oder den Golf von Neapel, sondern auf das Kleingedruckte in den Zeitungen, mit denen man die Autoscheiben verdeckte. Immer hatte er eine gute Flasche Wein mitgebracht, der Feinschmecker. Und er war es auch gewesen, der ihr die unterirdische Höhle gezeigt hatte, oder, wie er sie nannte: »die Liebeskammer des Dionysos«.

Die Tabakfrau war jetzt völlig entspannt. Eine ideale Situation für erotische Phantasien, stillzusitzen und nichts zu tun: nicht lesen, nicht reden, nicht stricken, nicht fernsehen, nicht aufstehen, nicht einmal mehr denken oder sich anderweitig anstrengen, einfach nur dasein, schauen. Die Blicke wanderten nach innen, in unbekannte Gegenden. Die Haut begann zu prickeln. Doch es ging nicht mehr allein um den Körper. Noch einmal der letzte Abend – der sich auch in der Erinnerung keinen Deut romantischer ausnahm als in Wirklichkeit. Von wegen: die Zeit heilt alle Wunden und das Gedächtnis bügelt alles Krause glatt ... Sie hatten herausgefunden, daß sich diese Höhle von ihrem Laden aus in fünf Minuten erreichen ließ. Die Tabakfrau kannte die unterirdischen Gänge aus ihrer Kindheit. Sie und die Geschwister hatten eine Zeitlang vorzugsweise dort unten gespielt, Höhlenforscher, Schatzgräber, sogar Krieg, angelehnt an die Kinderbücher und die Erzählungen der Mutter. Also waren sie und Umberto übereingekommen, sich dort unten zu treffen.

Er kam spät an dem Abend. Fast wäre sie wieder gegangen. Es war ein wenig unheimlich, so ganz allein unter der Erde – aber gleichzeitig unglaublich reizvoll. Umberto war schließlich doch noch aufgetaucht, reservierter als sonst, angespannt wie ein Geschäftsmann. Keine Zeit für langes Vorgeplänkel, zur Sache Schätzchen. Er hatte sich aufgeführt, als sei er der Prinz und sie ein Aschenputtel auf dem Strich. Oder bereits unter dem Strich, dachte die Tabakfrau. Und dann auch noch dieses Pulver – wie idiotisch, mir eine Prise Kokain anzubieten, ausgerechnet *mir!* –, als hätte ich das nötig. Und sich dann selbst eine Linie reinzuziehen und wie Christus die Augen nach oben zu verdrehen, als wäre er schon im Paradies. Leck doch mal ... Dazu diese glänzenden, befehlenden Augen, herrisch, beherrschend, na los, mach schon, mach dies, mach das, komm schon, los doch, die dann wieder glitzerten und funkelten, sei doch nicht so, ich hab's nicht so gemeint, verführerisch, lockend, nun mach endlich, tiefer, tiefer, drükkend, drängend, schneller, schneller, jajajajetzt, *mamma mia*, ahhhhh ... Und dann Schluß. Aus. Untergewalzt. Weggewälzt. Das hatte er vorher nie gesagt, beim Orgasmus dieses: *mamma! mamma mia!* Das war der Gipfel. Und der Schluß. Alle Lust war in großen Placken von ihr abgefallen wie der Putz von den Häuserfassaden in den Quartieri. Nein, nicht alle Lust. Ein winzig kleiner Hoffnungskeim hatte sich irgendwo geregt und ihr zugeflüstert, das sei die Ausnahme gewesen, es würde wieder anders werden, so wie vorher, das Kokain sei schuld an diesem einen verkorksten Abend, die Arbeit, der Streß, die keifende Ehefrau, irgend etwas, aus dem sie immer ausgeschlossen sein würde. Sie hatte sich erneut mit ihm verabredet. Wegen der Hoffnung.

Und die Hoffnung zu Grabe getragen, dachte sie jetzt. Umberto war schon tot gewesen, als sie ihn auf dem Diwan gefunden hatte. Völlig unversehrt, bis auf das Loch in der Brust. Und im Gesicht der Ausdruck reinsten Erstaunens: daß ihm so etwas passierte. Sie hatte sich über ihn gebeugt, ihn sich noch einmal angesehen: das Gesicht eines Möchtegernprinzen, sein Eintagebart wie Gras im Frühjahr, der Körper leicht untersetzt, stämmige Beine, muskulöser Oberkörper, im offenen Hemd sichtbar: die behaarte Brust. Und sein Kettchen glitzerte wie ein Sonnenstrahl frühmorgens am Meer, dabei stand ihm das Wasser doch bis zum Hals, sie wartete auf ein Prusten, auf tausend Wassertröpfchen, das wilde Schütteln des Kopfes, ein verwegenes Zurückwerfen der Stirntolle, und natürlich geöffnete Augen, sternförmig zusammenklebende Wimpern … Aber nein. Diese Augen waren dunkel, er schlief den Dornröschenschlaf. Wer wollte ihn noch wachküssen, diesen Prinzen? Armer Umberto. Auch Prinzen waren letztlich nur Männer. Der Mann schrumpfte und verblaßte zugleich. Alle Farbe wich von ihm. Grautöne breiteten sich aus. Sie werden sogar seine Konturen auflösen, bis nur noch Staub bleibt, grauer Staub, und Stille, dachte die Tabakfrau, jenseits jeder Wut, jenseits der Trauer. Denn wenn sie ehrlich war, war Umberto schon beim Mal zuvor für sie gestorben …

In die Stille hinein hatte sie dann plötzlich Stimmen gehört, die lauter wurden, Frauenstimmen. Sie hatte sich in einen dunklen Gang zurückgezogen und gewartet, ein riesiger Resonanzraum aus Herzklopfen, das außer ihr niemand hörte. Die Frauen waren näher gekommen. Sie hatten den toten Umberto gepackt und davongeschleppt und -geschleift. Zwei weitere ehemalige Geliebte, hatte sie gedacht und Genugtuung verspürt. Jede Angst war gewichen, dahingegangen mit dem Toten, und sie war den Frauen auf dem Fuß gefolgt, hatte die Gespräche aufgeschnappt, auf die sie sich zunächst keinen Reim machen konnte. Die Frauen luden Umberto ab, gingen weiter, bogen irgendwann in einen Quergang ein, machten sich in einer Kammer zu schaffen. Sie hatte sich so nahe wie möglich herangeschlichen, Gesprächsfetzen erlauscht. Nach einer langen Weile waren die Frauen wieder herausgekommen, eilends um die Ecke gebogen und davongestapft. Sie hatte gewartet. Einfach gewartet, bis die Stimmen und die Schritte verklungen waren, und dann noch mindestens eine Viertelstunde länger, ob sie auch wirklich nicht wiederkamen. Erst dann hatte sie sich den Raum angesehen, der von dem Quergang abzweigte.

Es war unglaublich. Phantastisch. Skandalös. Die Schatzkammer des Prinzen ... Gemälde stapelten sich an den Wänden, unter Bettüchern waren etliche Statuen verborgen, flache Kisten voller Marmorplatten und Mosaikteilchen, hohe Kerzenleuchter, Kruzifixe, sogar zwei im Licht der Taschenlampe prächtig funkelnde Monstranzen. Sie hatte sich die Bilder angesehen, dann eines an sich genommen, das ihr sofort aufgefallen war: die Frau aus dem Volk, wie für sie gemalt. Instinktiv hatte sie gleich noch ein zweites mitgenommen, das ihr zwar weniger gut gefiel, aber hier mußte man einfach profitieren, und zwar ohne groß nachzudenken. Das kam später. War es ein Verbrechen, Verbrechern etwas zu klauen? Diebstahl von Diebesgut? Rückführung von Diebesgut unter außergewöhnlichen Umständen? War es ein Verbrechen zu schweigen? Sollte sie nicht doch zur Polizei gehen? Ehrlich währt am längsten, ein schöner Spruch, aber in Wirklichkeit währte Unehrlichkeit bedeutend länger. Ich hole mir meinen Teil auf meine Weise, dachte die Tabakfrau. Ich zweige etwas ab vom großen Kuchen, vergleichsweise nur ein paar Krümel, aber diese Krümel sind für mich Gold wert. Ich brauche das Geld, um hier wegzukommen – ein verständlicher, integrer Grund, oder etwa nicht? Sie mußte nur noch jemanden finden, der ihr das zweite Bild abnahm. Vielleicht kannte die Malerin sich aus. Sie nahm sich vor, sie zu fragen, ob sie nicht jemanden kannte, einen Kunsthändler zum Beispiel ...

»Basta!« Livia stöhnte auf und ließ wütend den Pinsel fallen. »Es klappt einfach nicht. Mist, verfluchter! Ich bin zu geschafft. Lassen wir es für heute gut sein! Tut mir leid!«

»Oh, das macht nichts«, sagte die Tabakfrau gelassen.

»Wann haben Sie wieder Zeit?«

»Dienstag abend?« schlug die Tabakfrau vor.

»In Ordnung.« Livia ließ sich in den Sessel fallen.

42

Die Mutter der Tabakfrau saß im Schatten einer von Weinreben umrankten Wellblechpergola in Santa Maria del Pozzo, einem Dorf im nördlichen Umkreis des Vesuvs, und schwatzte mit einer Nachbarin. Zwei dicke Frauen um die Siebzig, auf ihre Kinder wartend, die an diesem Sonntag zum Mittagessen kommen würden, das die Mütter einen Vormittag lang zubereitet hatten wie früher für die gesamte Familie. Der Vater der Tabakfrau war an Lungenkrebs gestorben, obwohl er nie geraucht hatte. Seither lebte die Mutter allein. Sie freute sich über jeden Besuch. Ihr Sohn Luigi, der mit seiner Familie in Triest lebte, ließ sich einmal pro Jahr in der südlichen, ärmeren Hälfte des Landes blicken, ihre älteste Tochter Elsa lebte in Rom und kam ein-, zweimal im Monat, und im Wechsel Assunta, die heute zwei Freundinnen mitbringen würde.

Es wurde ein ausschweifendes Mittagessen. Artischocken aus dem eigenen Garten, den die Mutter der Tabakfrau stolz vorzeigte. Sie erkundigte sich nach ihren Enkeln und wunderte sich, daß Livia keine Kinder hatte. Marlen erzählte von Luzie, und sie kamen auf Kindheiten zu sprechen und darauf, wie anders früher alles gewesen war.

Die Tabakfrau brachte das Gespräch behutsam auf die vier Tage im September 1943. Auch wenn Marlen sich im Moment nur marginal für das Geschehen vor fünfzig Jahren erwärmen konnte und – ähnlich wie Livia – anderen Dingen nachhing, erzählte sie kurz von ihrem Vater, wie sie auf das Thema gekommen war, was sie daran interessierte.

Die Mutter der Tabakfrau hielt ähnliche Geschichten bereit wie Livias Großmutter, auch wenn sie zehn Jahre jünger war. Sie erinnerte sich an die harmlosen ersten Luftschutzübungen vor Ausbruch des Krieges. »Ein Kinderspiel, das nur deshalb zu langweilig wurde, weil wir acht Stunden lang unten bleiben mußten, in den unterirdischen Gängen, die sie extra ausgebaut hatten. Aber 1939 war ja alles noch ein großer Jux«, fügte sie hinzu. Wie die meisten Nachbarn waren auch ihre Eltern für sechs Lire Mitglied der UNPA geworden, der Unione Nazionale Protezione Aerea, dem nationalen Luftschutzverband. Sie hatten damals in der Nähe der Piazza San Gaetano gelebt, im historischen Zentrum der Stadt, wo sich auch der Zugang zum Luftschutzkeller befand, eine breite Treppe, die immer tiefer in die Erde führte.

Die Mutter der Tabakfrau wandte sich an ihre Tochter. »Assuntina, du könntest deinen beiden Freundinnen diese

Gänge doch einmal zeigen.« Und zu Marlen und Livia: »Sie müssen nämlich wissen, daß in den Quartieri von fast jedem Haus aus eine Treppe nach unten führt, natürlich auch vom Tabakladen aus. Die Kinder haben früher manchmal da unten gespielt, ein herrliches Versteck.« Sie mimte nachträgliche Entrüstung. »Das war natürlich verboten! Weißt du noch? Als Luigi den Schlüssel geklaut hatte ...«

Die Tabakfrau tat ihr den Gefallen und erzählte die Geschichte aus ihrer Sicht. »Man mußte den Schlüssel stiebitzen, denn es war natürlich verboten, da unten zu spielen. Und einmal wollte Luigi, der Älteste, alleine runter, und Elsa, meine Schwester, mußte hinter ihm zuschließen und den Schlüssel zurückhängen, damit die Eltern nichts merkten. Luigi ist den ganzen Tag unten geblieben, und wir mußten so tun, als wüßten wir nicht, wo er steckt.« Sie schmunzelte. »Er hatte uns einen Anteil vom Schatz versprochen. Und wir hatten genug Zeit, uns alle möglichen Geschichten auszudenken, was für Ungeheuer oder Piraten ihm über den Weg laufen könnten, wie viele bis zum Rand mit Gold gefüllte Schatztruhen er wohl finden würde.«

Die Mutter der Tabakfrau nickte.

»Später ergab sich dann einfach keine Gelegenheit mehr, Luigi unbeobachtet wieder herauszulassen. Immer wenn meine Schwester oder ich den Schlüssel vom Haken nehmen wollten, kam irgendwer vorbei, es war wie verhext. Also kam unser Bruder abends nicht nach Hause, wie sollte er auch. Nachts sind wir heimlich aufgestanden, um ihn hereinzulassen, aber der Schlüssel war weg. Also haben wir am nächsten Morgen alles gebeichtet. Und als der Vater feierlich die Tür aufschloß, saß Luigi auf einer der oberen Treppenstufen und schlief.«

»Er sah dabei so friedlich und unschuldig aus, daß wir alle auf der Schwelle stehenblieben und staunten«, ergänzte die Mutter.

»Allerdings verschwand der Schlüssel auf Nimmerwiedersehen, und wir sollten eine ganze Woche lang nicht auf die Straße«, fügte die Tabakfrau verschmitzt hinzu. »Was zu so ausgiebigen Prügeleien unter uns Kindern führte, daß der Vater beschloß, die Strafe schon nach drei Tagen wieder auszusetzen.«

Später tranken sie Espresso. Die Tabakfrau bat Livia, von ihrer Arbeit zu erzählen, und Livia berichtete vom Verfall der

Kirchen nach dem Erdbeben und von den skrupellosen Diebstählen. Erst vor zwei Monaten waren aus Santa Maria Egiziaca a Forcella ein Gemälde von Luca Giordano und acht Bilder unbekannter Meister verschwunden. Sogar in den Palazzo Reale waren die Kunsträuber eingedrungen und hatten diverse Gemälde mitgehen lassen, darunter auch eines von Artemisia Gentileschi. »Die Malerin, von der ich Ihnen neulich erzählt habe.«

Die Tabakfrau nickte. Ihre Mutter war empört. Mit Kirchen kannte sie sich aus, sie kannte fast alle Kirchen im historischen Zentrum der Stadt. Ihr fiel eine weitere Anekdote aus Kriegstagen ein. In der Kirche Santa Patrizia, unweit der Piazza San Gaetano, sagte sie, lebten damals Nonnen in Klausur, für die in einem Brunnenschacht im Klosterhof ein Extrazugang unter die Erde gebaut wurde, damit die Nonnen sich bei Fliegeralarm bequem in Sicherheit begeben konnten, ohne mit anderen Sterblichen zusammenzutreffen. Und damit sich die Welten auch unter der Erde nicht vermischten, war der unterirdische Gang zugemauert und die Nonnen durch eine Luke mit Lebensmitteln versorgt worden. Sie selbst war damals achtzehn gewesen und sagte, besonders in den langen, beängstigenden Tagen und Nächten unter der Erde habe sie lange darüber nachgedacht, ob es sich wohl lohne, zu beten und ebenfalls in ein Kloster zu gehen. Aber sobald sie wieder hoch ans Sonnenlicht kam, gehörten derlei Gedanken dem Spuk der Unterwelt an. Kurz nach dem Krieg hatte sie ihren Mann kennengelernt, dann drei Kinder bekommen, inzwischen sieben Enkel und wer weiß, vielleicht bald einen Urenkel.

Sie zwinkerte ihrer Tochter zu, die keinerlei Reaktion zeigte. »Wie das Leben so spielt. Wie Gott es will.«

43

Doch nun studierten sie zunächst die Klingelknöpfe der beiden Aufgänge des Palazzo. Die Großtante Umbertos hieß, wie die Gemüseverkäuferin verraten hatte, mit Nachnamen Bevilacqua. Natürlich gab es kein Schild mit dieser Aufschrift. Also versuchte Marlen es nacheinander bei den vier unbeschrifteten Klingeln. Nichts rührte sich. Die gegenüberliegende Haustür fiel mit einem lauten Knall ins Schloß.

»Suchen Sie jemanden?« Eine Frau mit Schürze schlurfte heran.

»Die Signora Bevilacqua«, sagte Livia.

»Da können Sie lange klingeln«, sagte die Frau. »Die hört nichts. Ist schwerhörig. Außerdem empfängt die sowieso niemanden.«

Marlen und Livia sahen sich ratlos an und traten einen Schritt zurück.

Die Frau holte einen Schlüssel aus der Schürzentasche und machte sich am Schloß der Haustür zu schaffen. Livia hatte jedoch einen Fuß in die zuklappende Tür gestellt, und die beiden Frauen waren bereits auf dem ersten Treppenabsatz angelangt, als man plötzlich aus dem Innern des Treppenhauses ein Scheppern und Getöse vernahm wie von einem blechernen Putzeimer, der irgendwelche Stufen hinunterschepperte.

»Managgia la miseria!« rollte ein mißlauniger Fluch hinterher.

Marlen fuhr zusammen und blieb wie erstarrt stehen. Dann packte sie Livia an beiden Armen. »Ich hab's«, flüsterte sie mit aufgerissenen Augen: »Die Tür. Der Innenhof. Das Geräusch. Der Eimer. Salvatore. Die Gänge. Verstehst du?«

Livia schüttelte den Kopf und befreite sich aus dem Griff der Freundin. »Ich verstehe kein Wort.«

»Warte mal kurz«, sagte Marlen und lief die Treppe hinunter zu der offenen Tür, in der die Frau verschwunden war. Als sie wiederkam, hatte sie vor Aufregung rote Flecken im Gesicht. »Komm. Laß uns hier abhauen«, sagte sie halblaut. »Ich erklär's dir woanders.«

Es sei das scheppernde Geräusch des Eimers gewesen, das bis dahin lose nebeneinander hängende Fäden miteinander verknüpft hatte, sagte Marlen, als sie in der Villa Comunale auf einer der Steinbänke beim Brunnen mit den auf Wasser wartenden Löwen hockten. Marlen hatte bei dem scheppernden Eimer an die Situation vor zehn Tagen denken müssen, als sie mit Salvatore die Gassen in die Quartieri Spagnoli hochgestiegen war. Heute wie damals der Innenhof, eine unfreundliche Frauenstimme – und ein Blecheimer, der mit Getöse die

Treppe hinunterfiel … Und wohin hatte die Treppe vor zehn Tagen geführt? In die unterirdischen Gänge. Wie die Treppe im Innenhof des Palazzo, in dem die Großtante Umbertos wohnte. Mit dem einzigen Unterschied, daß die eine Treppe vom Innenhof aus zugänglich war und die andere vom Treppenhaus.

»Und wie sagt man, wenn Dinge gestohlen werden, nicht mehr da sind, von der Bildfläche verschwinden, sich einfach in Luft auflösen? Sie sind wie vom Erdboden verschluckt.« Sie wiederholte: »Wie vom Erdboden verschluckt, verstehst du? Und das ›wie‹ kannst du diesmal streichen: *vom Erdboden verschluckt.*«

Livia stieß einen Pfiff aus. »Nicht zu fassen.«

Jetzt war also klar, wohin Fiorilla und Agnese am Tag zuvor verschwunden waren – ins unterirdische Neapel, und nicht etwa in die Wohnung der schwerhörigen Großtante.

»Die vermutlich nicht einmal mehr die Klingel hört«, sagte Marlen, »weshalb Fiorilla natürlich einen Schlüssel hat, mit dem sich auch die Haustür aufschließen läßt … Und hinterher: ein kurzer Alibibesuch bei der Großtante, die sich freut.«

Livia nickte. »Raffiniert. Und wie bei meiner Großmutter ist Zeit in dem hohen Alter eine andere Größe, die sich relativiert. Wann etwas geschieht, wie lange es dauert, verschwimmt im Verhältnis zu dem langen Leben, das bereits hinter einem liegt und den ungewissen Tagen, die noch auf einen warten. Was sich auf das Alibi Fiorillas auswirken könnte … Jedenfalls bin ich sicher, daß die Frauen gestern die Bilder aus dem Haus geholt und unter die Erde geschafft haben.«

Marlen zählte mit den Fingern: »Erstens: Agnese di Napoli war bei der LAES und kennt sich in der unterirdischen Stadt aus. Zweitens: Umberto wurde unter der Erde gefunden. Drittens: Agnese und Fiorilla bringen die Sachen unter der Erde in Sicherheit. Viertens: Salvatore, Fachmann für das unterirdische Neapel, war ein Freund von Umberto, außerdem mit Agnese di Napoli liiert und kennt natürlich auch Fiorilla. Was fünftens den Verdacht zuläßt, daß es sich um eine Viererbande handeln könnte, die möglicherweise eine ganze Reihe von Kunstdiebstählen organisiert hat, unter anderem aus Kirchen in und um Neapel, wie die Heilige Patrizia uns heute ganz nebenbei als Information hat zukommen lassen.

44

Als sie zu Hause ankamen, waren die beiden Frauen erschöpft und aufgedreht zugleich. Unter anderen Umständen wäre Marlen auf der Stelle ins Bett gegangen. Jetzt versuchten sie, sich mit einem Glas Weißwein wachzuputschen. In einer Stunde war die Premiere des unterirdischen Kunstspektakels, das sie natürlich nicht versäumen wollten. Der Ausflug unter die Erdoberfläche paßte obendrein bestens in ihre taufrischen Überlegungen. Gleichzeitig war klar, daß sie bei dieser Veranstaltung kaum etwas würden auskundschaften können. Sie überlegten, wie sie – unabhängig von diesem Spektakel – selbst unter die Erde gelangen konnten, um sich nach dem vermuteten unterirdischen Lager umzusehen.

Sicherlich konnte Roberto als Mitveranstalter ihnen Zugang verschaffen, was jedoch nicht in Frage kam, weil er Fiorilla kannte, die wiederum mittlerweile wußte, daß Livia bei der Dokumentation Kunstdiebstahl arbeitete. Sie mußten vorsichtig sein, durften kein noch so geringes Risiko eingehen. Livia überlegte, sie könnte Jean vorschicken unter dem Vorwand, Claude wolle sich die Ausstellung einmal in aller Ruhe und alleine ansehen. Weiterhin gab es die Möglichkeit, daß Marlen erneut Carmine von der LAES ansprach. Doch Livia hielt es für unwahrscheinlich, daß er zwei Frauen allein, ganz ohne Begleitung, in die unterirdischen Gänge lassen würde. Es würde diesmal ja auch nicht ungefährlich sein, in die dunklen Gänge tief unter der Erdoberfläche einzudringen, wandte Marlen ein. Sie einigten sich, daß die Treppe im Haus der Großtante Umbertos zwar am vielversprechendsten war, weil das Lager vermutlich nicht allzu weit entfernt war – aber auch am gefährlichsten. Am naheliegendsten erschien ihnen der Vorschlag, den die Mutter der Tabakfrau am Nachmittag gemacht hatte: Es vom Tabakladen aus zu versuchen.

Es klingelte. Vor der Tür standen Jean und Claude, die gekommen waren, um die Frauen abzuholen. Treffpunkt war eine Piazzetta in den Quartieri Spagnoli, die von einem völlig entkernten, vor sich hin rostenden Autowrack eines ehemaligen Fiat 500 beherrscht wurde. Wie Livia sich erinnerte, hatte hier auch die Führung der LAES begonnen. Sie und Marlen begrüßten Carmine und Vittorio. In einer Gruppe von etwa fünfzig Personen begann der Abstieg in die Unterwelt.

Die Treppe, die in die Eingeweide der Stadt führte, war schmaler und steiler als die, die Marlen und Salvatore genommen hatten.

»Wurde da unten nicht vor kurzem dieser Tote gefunden?« sagte ein Mann aufgekratzt wie ein abenteuerlustiger Junge zu einem anderen.

Eine Frau, die ihn gehört hatte, flüsterte kichernd: »Es liegt was in der Gruft.«

»Der Schatten eines Toten«, kommentierte ihr Begleiter sachlich.

»Die Schatten vieler Toter«, sagte ein anderer lehrmeisterhaft, »angefangen bei den Griechen und Römern bis hin zu den christlichen Märtyrern, um hier einmal an unsere Geschichte zu erinnern.«

Unten angekommen, wartete man in einem weitläufigen, sich trapezförmig nach oben verengenden Raum auf den Beginn der Vorstellung. Mäntel und Jacken konnten an zu Garderobenhaken umfunktionierten Isolatoren aus hellem Porzellan aufgehängt werden. Ein Spektakel nur für Eingeweihte, wie Livia wußte. Für die erste Garde aller, die rund um die Kunst werkelten oder stichelten, Presse inklusive. Marlen erkannte unter den Anwesenden einige Gäste vom Vorabend, natürlich auch Roberto selbst, der als Initiator des Kunstspektakels als erster eine Rede halten mußte und nach seinem rauschenden Fest verständlicherweise ein wenig mitgenommen wirkte.

Sogar Giorgio war gekommen. Marlen fragte ihn, bevor das Spektakel losging, halblaut, ob es Neuigkeiten gebe. Er schüttelte den Kopf. »Sprich mich bloß nicht darauf an«, stieß er zwischen den Zähnen hervor. »Die blocken doch alle ab. Da kann ich mir hundert Jahre lang die Hörner abstoßen. Und wie sieht es bei euch aus? Die Sache mit dem Testament müßte dir doch ziemlichen Auftrieb gegeben haben.«

»Aber du kennst die 37 Namen«, flüsterte Marlen.

»Die ich unter keinen Umständen herausgeben kann«, flüsterte Giorgio zurück. Sein Chef hatte sich persönlich dafür verbürgt, daß sie nicht an die Öffentlichkeit kamen.

Jemand bat um Ruhe. »Ich ruf dich an«, flüsterte Marlen noch, und schon vernahm man Robertos Stimme, die von der vielfältigen Nutzung der unterirdischen Gänge seit der Stadtgründung der mythischen Parthenope sprach und dabei geflissentlich die beiden Weltkriege übersprang – da war wohl nicht genug mit Kunst, dachte Marlen. Dann kam er darauf zu sprechen, wie die Idee entstanden war, eine derartige, bislang beispiellose Kunstausstellung zu organisieren. Zuletzt nannte Roberto namentlich die mitwirkenden Künstler aus ganz Europa, denen er besonderen Dank schulde. »Parthenope, Neapolis, unser Neapel hat es bislang geschafft, alle bewegten Zeiten zu überleben, seine Einwohner haben immer wieder bewiesen, daß sie sich nicht unterkriegen lassen, und Sie werden mir recht geben, meine Damen und Herren, wenn ich Neapel mit einem Phoenix vergleiche, der sich immer wieder aus der Asche erhebt, dank seiner Bewohner, dank der Musen, dank der Kunst«, schloß Roberto pathetisch.

Livia verdrehte die Augen.

Es folgte die Begrüßung eines gewissen Dottore Blasio, eines Archäologen und Gründervaters der LAES, der die Versammelten durch das Spektakel führen würde und, wie sich herausstellte, über eine gute Portion schwarzen Humor verfügte.

»Es ist nicht lange her, daß in diesen Gängen ein toter Mann entdeckt wurde, dessen Mörder noch nicht gefaßt wurden«, begann er. »Wir haben lange mit der Kriminalpolizei verhandelt, um die Freigabe dieser Gänge zu erwirken und somit auch die Premiere unseres Spektakels im Rahmen der Ausstellung nicht verschieben zu müssen. Und dies ist uns gelungen. Ich werde Sie in den folgenden sechzig Minuten so sicher wie das Amen in der Kirche zu allen künstlerischen Objekten – und möglichen Toten – geleiten.« Er räusperte sich. »Wir haben mit dem Mörder ein Abkommen geschlossen: Jeder arbeitet in seinem Revier.« Erste Lacher. »Und damit niemand über eine Leiche stolpert, stellen wir Ihnen Taschenlampen zur Verfügung.« Zustimmendes Geraune. »Bleiben Sie dicht beieinander, verkriechen Sie sich nicht in dunklen Gängen, verlassen Sie nicht unsere Route und lassen Sie sich vor allem von der Licht-und-Ton-Schau nicht ins Bockshorn jagen.«

Die ungefähr fünfzig Teilnehmer begannen daraufhin, sich gesittet durch die ersten unterirdischen Gänge zu schieben. Vereinzelt hörte man Gekicher und Gehuste. In einem ersten Raum lagen, angestrahlt von wattstarken Theaterscheinwerfern, künstliche Leichen, bestehend aus Schaumgummi oder Stoffresten, eingehüllt in helle Leintücher. Man hatte die Objekte auf eine in den Tuff gehauene Stufe gelegt, die den Raum umkränzte. *Vom Subjekt zum Objekt* hieß das Projekt eines österreichischen Künstlers.

»Die unterirdischen Gefilde sind Quelle, Ursprung und Schutz der Stadt Neapel in jeder ihrer Entwicklungsphasen, seit dem Jahre 474 vor Christi Geburt«, fuhr Dr. Blasio fort. »Die Gänge und Räume dienten, wie Dr. Mazzacane soeben dankenswerterweise ausgeführt hat, Griechen und Römern als Gruften und den Christen als Katakomben. Die außerhalb der ehemaligen Stadtmauern befindlichen Katakomben von San Gennaro und San Gaudioso sind Ihnen natürlich bekannt, und vielleicht sogar die wichtigsten unterirdischen Räume aus der griechischen Epoche der Stadt im Vico Traetta, wo ein tempelähnlich ausgestatteter Raum und drei dahinterliegende Totenkammern entdeckt wurden.«

Es war das erste Mal, daß Marlen nach ihrem unterirdischen Ausflug mit Salvatore hier unten war. Sie hatte Angst gehabt, die grabähnliche Atmosphäre unter der Erde könnte ihr zusetzen. Doch die Anwesenheit so vieler Menschen und die künstlerische Verfremdung verliehen auch dem Ort eine andere Aura und nahmen Marlen die anfängliche Beklemmung. Beinahe fühlte sie sich wohl in dem durchlöcherten Tuffstein und dem leicht modrigen Geruch wie in alten Kirchen.

Weiter ging es durch zwei, drei Gänge, die sich nach hinten verengten. Die nächste Station sollte offensichtlich an die Bedrohung durch den Vesuv und an den Untergang Pompejis gemahnen. Die erste Skulptur, nur spärlich von Punktstrahlern beleuchtet, erinnerte Marlen an Leiber aus Pompeji, die von der glühenden Lava überrollt und durch die luftdichte Schicht Asche konserviert worden waren. Der schwedische Bildhauer hatte zwei hintereinander sitzende nackte Männer aus dem Stein gehauen. Mit der linken Hand hielt der Hintermann dem Vordermann den Mund zu. Mit der rechten umfaßte er dessen Penis. Es war eine Umarmung, die auch Umklammerung sein konnte, der Augenblick des Schwebens zwischen Todesangst und Wonne.

Das zweite Objekt im Raum stammte von Claude, der nun von Dr. Blasio gesondert begrüßt wurde und Applaus erhielt. Zu sehen war ein halbes Pferd. Die Pferdehufe schwebten braun glänzend über dem steinernen Boden. Ein mächtiger Pferdehintern reckte sich den Betrachtern entgegen. Kopf, Ohren, Nüstern, Augen waren unsichtbar. Das hölzerne Pferd war in den Tuff gelaufen, es konnte nicht vor und nicht zurück.

»Steckengeblieben«, kommentierte Jean, der sich zu den beiden Frauen gesellt hatte. »Die Männer verstecken sich, das Pferd läuft in die Wand. Schaurige Atmosphäre.«

»Oder es lebt noch, nur der Kopf erblickt bereits das Jenseits«, erwiderte Livia.

»Oder den Innenhof des Palazzo Carafa«, sagte Marlen launig.

Die Gruppe war bereits in den nächsten Gang eingebogen. Die ersten Ahs und Ohs, dann ein allgemeiner Aufschrei. Marlen dachte entsetzt, jetzt haben sie das Lager mit den gestohlenen Kunstwerken gefunden, irgendwo hier unten muß es ja sein. Aber die Kunsträuber würden nicht so dumm sein, sich ein Versteck mitten unter den Quartieri Spagnoli zu suchen, wo, wie auch Agnese di Napoli wußte, regelmäßig Führungen der LAES stattfanden, sondern irgendwo im Abseits, wo keine Freizeitarchäologen herumgeisterten. Es würde verdammt schwer werden, dieses Lager überhaupt zu finden – sofern es nicht nur in ihren Köpfen existierte. Ihr fiel der doppelte Stadtplan in Salvatores Zimmer ein. Und wenn sie die Signora delle Donne bezirzen würde, ihr diesen Plan auszuleihen, nur für einen Nachmittag? Womöglich hatte Salvatore – sofern er zu dieser Viererbande gehörte – verzeichnet, wo sich dieses Lager befand? »*Ammirabile!*« rief jemand.

Von einem sich drehenden Projektor wurden blaugetönte Dias an die vier Wände des Raums geworfen. Die rauhe, leicht rissige Struktur der Wände verwandelte das Licht in Wasser. Dazu hörte man das Plätschern einer Quelle, das seichte Heranrollen von Wellen, Riesenbrecher im Ozean, laufende Wasserhähne und andere Geräusche, die etwas mit dem feuchten

Element zu tun hatten. Als auch Marlen und Livia sich mit den letzten Teilnehmern in den Raum gedrängt hatten, hörten sie Dr. Blasio gerade noch sagen: »... das Aquädukt führte weiter bis zur Piscina Mirabile in Capo Miseno. Mirabile nach Petrarca, der 1340 bei einer Besichtigung mehrfach *ammirabile!*, bewundernswert, ausgerufen und seinen Namen somit auch in der Geschichte der Wasserleitungen verewigt hat.«

Gelächter. Blasio räusperte sich. Das Gelächter verebbte. »Mit der großen Bevölkerungsdichte und dem Ausbau der Stadt im 17. Jahrhundert wurden die offenen unterirdischen Gräben und stollenartigen Gänge leider zu einem ernsten Problem. 1884 brach die Cholera aus, weil höherliegende Brunnen das Wasser des Aquädukts verseucht hatten. Ab 1885 wurde der Bau einer neuen, geschlossenen Wasserleitung begonnen. Vielleicht wußten Sie schon«, fuhr Blasio nach einer kurzen Pause fort, »daß Neapel früher in fünf Bezirke unterteilt und jeder Bezirk wiederum einem *pozzaro* unterstellt war. Ohne den lief nichts. Wer waren nun die *pozzari*? Das waren die Brunnenverwalter, zuständig für die Erhaltung und Überprüfung der parthenopeischen Brunnen. Sie sorgten dafür, daß das Wasser sauber blieb und die unterirdischen Kanäle nicht verstopften. Schmutziges Wasser bedeutete, wie man am Beispiel der Cholera sieht, eine große Gefahr für die ganze Stadt. Die *pozzari* – übrigens ein Erbberuf – waren einflußreich und mächtig. Sie sandten besondere Botschaften aus: Dunkles Brunnenwasser zum Beispiel galt als unmißverständlicher Hinweis an die Bewohner der darüberliegenden Palazzi, daß es wieder einmal an der Zeit sei zu zahlen.« Blasio machte eine erneute Pause, die Zeit ließ für naheliegende Assoziationen in die Gegenwart. »Die *pozzari* wurden jedoch auch als segensreicher Glücksbringer betrachtet, als *benedizione di casa*, wenn sie in die Häuser hochgeklettert kamen, auf eisernen, in die Brunnenwände geschlagenen Stufen, die wir später noch sehen werden. Vielleicht ist Ihnen auf dem Weg hier herunter ein Symbol aufgefallen: ein gleichschenkliges Dreieck und auf der Verlängerung der nach oben weisenden Spitze des Dreiecks ein Kreuz, und ganz oben ein Stern: das war das Symbol des in diesem Viertel herrschenden *pozzaro*.«

Weiter ging es, von einer Etappe des Spektakels zur nächsten, untermalt von Informationen und Anekdoten des Dr. Blasio sowie von Kommentaren der Teilnehmer. Immer drehte es sich um Leben und Überleben in Neapel. Jedes Kunstwerk hatte eine bestimmte Bedeutung im Gesamtensemble des Spektakels. Jeder wollte möglichst schnell sehen, was als nächstes geboten war, wurde aber, sobald er oder sie vor dem Kunstwerk stand, wiederum energisch weitergeschoben. Blasio hatte sich neben einer Collage aus Wegwerfprodukten aufgebaut, nach zwei vergeblichen Anläufen aber auf jede weitere seiner wortreichen Untermalungen verzichtet. Es roch inzwischen nicht mehr nach modrigen Ausdünstungen der Erde, sondern nach Mensch.

Die nächste Etappe war mit »Lebensräume« betitelt. Es handelte sich um die unterirdischen Räume, die den Bewohnern vor über vierzig Jahren während der Bombardierungen der Stadt Schutz gewährt hatten, um Wohnräume, Liebesräume zu schaffen, durch schnell hochgemauerte Trennwände Aborte, Ecken für festliche Akte wie Taufe oder Heirat. Die Künstlerinnen, eine Gruppe von Frauen aus Mailand, hatten die ursprünglichen Wandbemalungen belassen und dezent durch spärlich in den Räumen verteilte Objekte unterstrichen. Blasio wies auf die unzähligen Graffitis hin: Tänzerinnen, Frauen, Geschlechtsteile, der erste Minirock, ein chinesisch aussehender Koch, Hitler, Mussolini, Hirohito, De Gaulle, Churchill mit einer dicken Zigarre, ein U-Boot, das im Golf von Neapel zerstört worden war, und zwar vom eigenen Militär, wie Blasio erläuterte, weil der Kommandant beim Auftauchen vergessen hatte, die italienische Flagge zu hissen. Weitere Boote, Flugzeuge, Beischlafszenen. Die Wünsche, Sehnsüchte und Ängste der Schutz suchenden Menschen waren hier unten in den Tuff geschrieben.

Das Spektakel – eine seltsame Mischung aus Kunst, Kitsch und Überlebensmoral, wie Jean fand – näherte sich dem Ende. Zwei Etappen standen noch bevor. Süßlich-modriger Gestank breitete sich nun aus, wurde intensiver, Taschentücher wurden unter Nasen gepreßt, selbst Blasio hatte es die Sprache verschlagen. Die Gruppe gelangte zu einem künstlich errichteten, jedoch durch und durch natürlich stinkenden Müllhaufen, um den herum in einem Kreis – beinahe faustisch – offene Parfümprobefläschchen aufgestellt waren: eine tödliche Mischung, deren Bedeutung nicht weiter erläutert werden mußte. Ein zweiter Kreis wurde von weggeworfenen Heroinspritzen gebildet, ein dritter von schmutzigen, abgenutzten Eintausendlirescheinen, die in den Erdboden genagelt waren.

»Der dritte Kreis der Hölle«, kommentierte Blasio.

»Einmal quer durch die menschliche Kloake«, sagte eine andere männliche Stimme.

Erst als alle Teilnehmer sich aus der binnen kurzem unerträglich werdenden Moderzone in einen weitläufigen hohen Raum gerettet hatten, spulte Blasio sein Sprüchlein ab: Die wirkliche Ruinierung der unterirdischen Stadt habe im wesentlichen erst nach dem Zweiten Weltkrieg begonnen, seit die Brunnenlöcher zur sorglosen Entsorgung von Trümmern, Schutt und Abfällen jeglicher Art entfremdet wurden. »Am achten November 1979 wurde am Corso Amedeo di Savoia ein unterirdischer Hohlraum entdeckt, ein *pozzo nero*, ein ehemaliger, nichtoffizieller Brunnen, der von sechzehn neuen Gebäuden als Kloake benutzt worden war. Am vierzehnten Dezember 1983 starb ein fünfjähriges Kind im Vico San Mandato in einem Brunnen, den jemand illegal geöffnet hatte, um sich des Bauschutts des gerade renovierten Hauses auf bequeme Weise zu entledigen. Das Kind fiel dreißig Meter tief.«

Blasio ließ die Information wirken, betroffenes Geraune war zu vernehmen. »Auf diese Weise«, schloß er dann, »wurde das unterirdische System, in dem man noch bis zum Beginn der vierziger Jahre von einem Ende Neapels bis zum anderen gelangen konnte, relativ schnell zerstört, und zwar von den Neapolitanern selbst. Und der Zerstörung der Stadt sowie ihrer Wiederauferstehung ist die letzte Etappe dieses Spektakels gewidmet.« Man hörte einige der Teilnehmer aufatmen.

Es konnte sich bei dieser letzten Etappe, so befürchteten Livia und Marlen, nur um den schon anfangs erwähnten Phoenix samt dazugehöriger Asche handeln. Die beiden Frauen sowie Jean und Claude hatten sich mittlerweile ins erste Drittel der Gruppe vorgedrängelt und bogen nun um die nächste Ecke. Das Gemälde des mexikanischen Künstlers, das wie vermutet einen grünen, punkähnlich gestalteten, aus orangegefärbter Asche aufsteigenden Vogel Phoenix zeigte, war hell angestrahlt und nicht zu übersehen. Unter dem Gemälde lag, als sei er aus dem Bild herausgefallen, ein Mann. Die Gruppe näherte sich. Einige Teilnehmer kicherten. Schließlich hatten sie schon ein in die Wand gelaufenes Pferd gesehen. Dr. Blasio, der als erster erkannte, daß dieser Mann nicht Teil des Kunstwerkes des Mexikaners war, runzelte die Stirn. Marlen, die näher herangetreten war, schrie auf.

Die Nachricht breitete sich schlagartig unter den nach vorn drängenden Teilnehmern aus: Der Mann, der dort lag, war keine Attrappe, sondern ein wirklicher Toter. Nur Livia hatte verstanden, was Marlen ihr entsetzt und mit aufgerissenen Augen zugeraunt hatte: Salvatore.

45

Als Marlen erwachte, war es drei Uhr nachmittags. Sie hatte, beschwert von einem letzten Schluck Grappa, geschlafen wie ein Stein. Jetzt war sie mit einem Schlag hellwach. Der Traum, das schützende Leintuch, war fort und die Gegenwart mehr als präsent. Salvatore war tot. Marlen sprang aus dem Bett. Aktiv bleiben, Körper und Geist in Bewegung halten, sich jetzt bloß nicht unterkriegen lassen. Jemand hatte Salvatore umgebracht. Sie ballte die Fäuste, Wut stieg in ihr hoch, und mit der Wut die Tränen. Sie kämpfte damit, sich nicht die letzte gemeinsame Nacht vor Augen zu führen. Wäre er Freitag nacht nur nicht aufgetaucht! Dann wäre der Schmerz erträglich, dachte sie. Jetzt war er mindestens um eine Nacht schwerer. Die Tränen flossen ungehemmt.

Sie fröstelte, schlüpfte in Livias Bademantel, ging in die Küche, setzte einen Espresso auf, öffnete ein Joghurt und löffelte es mit abwesendem Blick in sich hinein. War das wirklich Salvatore gewesen unter dem Phoenix des mexikanischen Malers? Vielleicht hatte sie sich getäuscht? Die Süditaliener sahen einander doch zum Verwechseln ähnlich. Sie träumte vor sich hin, gab sich dann einen Ruck. Blödsinn. Du hast ihn gesehen. Du hast ihn erkannt.

Geh laufen, Marlen, sagte eine innere Stimme, und eine andere: kriech wieder ins Bett, zieh die Decke über den Kopf.

Fahr zurück nach Deutschland, ließ sich eine dritte vernehmen. Scheiße! dachte sie, während sie in ihr Zimmer schlurfte, sich gehorsam Shorts und T-Shirt überzog und alle inneren Stimmen insgeheim verfluchte. Es wäre tausendmal schöner, einfach in den Schlaf des Vergessens zu fallen. Oder gleich zurück nach Hause zu fahren? Zu Luzie, zu Fritz? Vielleicht hatte die dritte Stimme recht. Überhaupt, wer hatte diesen Satz zuletzt ausgesprochen? Sie schloß die Augen, stöhnte dann auf. Natürlich. Salvatore, bei ihrer letzten Begegnung. Er hatte sie gewarnt, sich einzumischen, dabei hatte er sich selbst auf irgendeine Weise eingemischt und dran glauben müssen. Hatte Salvatore etwas herausgefunden? Wer hatte ihn umgebracht? Etwa der Mörder Umbertos?

Doch die Neugier kam diesmal auf lahmen Flügeln daher. Marlen würde nicht ihr Leben dafür aufs Spiel setzen, weiterzuforschen. Alles hatte seine Grenzen. Am besten, sie schnappte sich Livia und fuhr mit ihr für eine Woche auf die Äolischen Inseln, nach Stromboli mit seinem schwarzen Sand und dem ständigen leisen Grollen des Vulkans. Die Idee gab ihr Auftrieb. Genau, Stromboli. Meinetwegen auch Panarea. Oder gleich nach Filicudi, wohin nur zweimal wöchentlich ein Schiff verkehrte. Nichts wie weg hier! Wo war die Zeitung mit den Abfahrtzeiten der Schiffe?

Auf dem Tisch im Wohnzimmer fand sie einen Zettel von Livia.

Liebe Marlen! Endlich aufgewacht?

– »Endlich«, brummte Marlen, man wird ja wohl mal ausschlafen dürfen. –

Bin noch im Büro. Ruf mich an, sobald du wach bist, es ist dringend. Ich habe Neuigkeiten! Kuß – Livia.

Marlen ließ den Zettel fallen. Neuigkeiten interessierten sie nicht mehr. Und auch Livia sollte sich gefälligst hüten … Entschlossen ging sie zum Telefon und wählte Livias Nummer. Keiner nahm ab. Und wo zum Teufel war die Tageszeitung? Auf dem Fußboden neben der Toilette wurde Marlen fündig.

Zweiter unterirdischer Toter, prangte es dick und fett auf der Titelseite. Darunter, ein wenig kleiner: *Neues Opfer im Kampf um die Vorherrschaft auf dem Rauschgiftmarkt?*

Marlens Blick glitt über die Zeilen, suchte vergeblich nach dem Namen Salvatores. Sie las sich die Berichterstattung ein zweites Mal gründlicher durch. Aha, da stand etwas: Die Identität des Toten sei nach wie vor ungeklärt. Die Polizei arbeite fieberhaft an dem Fall, und so weiter. Die unterirdischen Gänge seien weiterhin gesperrt. Hinweise auf Opfer und Täter nehme jede Polizeidienststelle entgegen. Nachspann: Ein Kommentar von Giorgio Limoncelli.

Marlen schnappte sich entschlossen die Zeitung, ging zum Telefon und wählte Giorgios Nummer in der Redaktion. Er war schon beim zweiten Läuten am Apparat. Ohne Zögern sagte Marlen, sie kenne den Namen des unterirdischen Toten, er heiße Salvatore delle Donne. Sie nannte weder ihren Namen noch ließ sie sich auf ein Gespräch ein, in dessen Verlauf Giorgio schon bald ihren deutschen Akzent wiedererkennen würde, sondern legte einfach auf. Sollte doch Giorgio die Polizei informieren oder aus der Information machen, was immer er wollte. Er hatte sicherlich die besseren Verbindungen.

Ihr Blick fiel auf das Datum der Zeitung. Dienstag, der 20. April 1993, stand dort. Sie runzelte die Stirn. Wieso Dienstag? Das Kunstspektakel hatte am Sonntag abend stattgefunden. Also war heute Montag. Sie nahm erneut den Hörer ab und wählte die Nummer der Zeitansage. »Heute ist Dienstag, der 20. April 1993. Es ist fünfzehn Uhr siebenundvierzig und dreiundzwanzig Sekunden. Ich wiederhole ...«

Fassungslos legte sie den Hörer auf. Sollte sie so lange geschlafen haben? Zwei ganze Nächte und anderthalb ganze Tage lang? Was war los in der Welt? Was war in der Zwischenzeit passiert? Was hatte sie versäumt? Einerseits kam sie sich vor wie nach wochenlangem Koma, und andererseits verspürte sie nun doch mit einemmal wieder Neugier auf die Welt – neue Gier, dachte sie später, als sie die mittlerweile bekannte Strecke durch die Villa Comunale lief und dabei versuchte, sich von dem Moment zu entfernen, in dem sie unter dem Phoenix den toten Salvatore entdeckt hatte.

Als sie eine Stunde später verschwitzt zur Wohnungstür hereinkam, erwartete Livia sie bereits. Wie immer, wenn sie aufgeregt war, hatte Livia so rote Backen wie die Kinder auf den Verpackungen von Gesundheitssäften. Sie stürzte besorgt auf Marlen zu, schob ihr einen Stuhl hin. »Du hast ja einen knallroten Kopf.«

»Und du erst mal«, sagte Marlen.

»Setz dich, bevor du aus den Latschen kippst. Hier, trink einen Schluck.« Sie hielt der Freundin die Wasserflasche hin.

»Wieso sollte ich umkippen?« fragte Marlen.

»Du glaubst ja gar nicht, was in den letzten zwei Tagen passiert ist«, begann Livia aufgekratzt. »Was wir alles herausgefunden haben. Da kommt was ins Rollen, sage ich dir: ganze Gebirgszüge! Also, hör zu.«

»Nein, hör du mal zu«, unterbrach Marlen sie. »Ich habe über die ganze Sache noch einmal gründlich nachgedacht und glaube, wir sollten uns da raushalten. Ehrlich, ich habe verdammt noch mal keine Lust, meinen Kopf hinzuhalten, und finde, der tote Salvatore reicht. Mir jedenfalls. Mit anderen Worten: Schnauze voll. Und deshalb weiß ich gar nicht, ob ich all das, was dir da offenbar so heiß auf der Zunge brennt, überhaupt wissen will.«

Livia starrte sie an. »Das ist doch nicht dein Ernst.«

Marlen schwieg.

»Hör's dir wenigstens an. Bitte.«

Marlen schwieg weiter. Die Verdruß darüber, einen ganzen Tag verschlafen zu haben, siegte dann aber doch. Sie seufzte. »Also gut. Pack aus. Erzähl mir, was ich versäumt habe. Aber erwarte bitte keinen tosenden Applaus.«

Livia zögerte, wo sie anfangen sollte, da war so viel, was sie loswerden wollte. Sie beschloß, chronologisch vorzugehen. Am Montag früh sei sie wie verabredet in die Sanità zu Pater Gregorio gefahren, um mit ihm über die Diebstähle in seiner Kirche zu sprechen und ihn nach Einzelheiten zu fragen, was speziell den Raub der beiden Engel betraf. Sie hatte sich mit gemischten Gefühlen auf den Weg gemacht. Da war der Drang, endlich voranzukommen mit all den Vermutungen und Hypothesen, da war aber auch ein Stück Beklemmung nach der Entdeckung des zerstörten Selbstporträts und des toten Salvatore. Obendrein hegte sie ungute Gefühle bezüglich des Pfarrers und der Kirche. Denn selbst wenn sie, bevor sie mit der Arbeit in der Kunstraubdokumentation begann, zuletzt als Kind eine Kirche betreten hatte und mittlerweile seit Jahren einen großen Bogen um alles machte, was nach Religion roch, speziell nach katholischer Religion – Marlen ging es mit den Protestanten, wie Livia wußte, ähnlich –, so war eine durch Einbruch und Diebstahl profanierte Kirche doch ein Ort der Zerstörung und auch nach ihrem agnostischen Empfinden entweiht.

Livias Beklemmung hatte sich überraschenderweise aber dadurch aufgelöst, daß Santa Maria degli Angioli ai Croci in Wirklichkeit bei weitem nicht so groß war wie in ihrer Kindheitserinnerung. Die Kirche war geschrumpft wie die meisten Dinge aus jener Zeit, und Livia konnte sich den Schaden ohne aufwühlende Gefühle oder Ressentiments ansehen. Pater Gregorio war außerdem nicht mehr der anfangs gefürchtete, spätestens seit der Pubertät verlachte Gottesbeauftragte Roms im wallenden schwarzen Gewand mit der dunklen, dröhnenden Stimme, die aus dem Beichtstuhl drang, sondern ein kleiner, dicklicher, bescheidener Mann von Ende Sechzig, der sogar herzhaft lachen konnte. Livia hatte sich angeregt mit ihm unterhalten, von ihrer Arbeit erzählt und wurde nicht ein einziges Mal nach der Anzahl ihrer Kirchenbesuche gefragt. Schließlich hatte Pater Gregorio die These, was die unterirdischen Zugänge zu den Kirchen betraf, bestätigt und sie prompt zu der entsprechenden Tür geführt, deren Schloß er vor ungefähr einem halben Jahr hatte auswechseln lassen.

Er hatte gesagt, die Polizei sei nicht einmal persönlich vorbeigekommen, um sich den Schaden in der Kirche anzusehen. Traurig, traurig ... Er hatte nur ein Formular erhalten und die fehlenden liturgischen Objekte, darunter die beiden Engel, auflisten müssen. Nie hatte ihn irgend jemand zu den Umständen des Diebstahls befragt. Nicht daß es viel zu erzählen gab, aber ein bißchen mehr Einsatz hätte er sich schon gewünscht. Das kaputte Schloß hatte er ein paar Wochen nach dem Einbruch entdeckt, doch bisher nie einen Zusammenhang zum Diebstahl in der Kirche gesehen.

»Unsere Vermutung scheint also zu stimmen«, sagte Livia. »Man kann die Kirchen, vielleicht nicht alle, aber einige, auch von den unterirdischen Gängen aus betreten. Und zweitens bin ich mir jetzt hundertprozentig sicher, daß die beiden Engel aus dem Schlafzimmer der Cacciapuoti identisch sind mit denen aus Santa Maria degli Angioli ai Croci. Pater Gregorio hat mir Fotos der gestohlenen Objekte gezeigt.«

Marlen nickte, nun schon ein Quentchen interessierter.

»Aber das Beste kommt noch«, fuhr Livia aufgeregt fort. »Am Nachmittag rief Rosaria an, ich solle unbedingt zu ihr nach Hause kommen, so rasch wie möglich, mehr könne sie am Telefon nicht sagen. Ich bin also sofort hingeflitzt. Corrado war auch da.« Ihre Stimme senkte sich geheimnisvoll. »Und er hatte die Liste dabei.«

»Welche Liste?«

»Na die, von der ich dir am Freitag erzählt habe. Die Liste mit einigen Kunstwerken, die aus den öffentlichen Institutionen verschwunden sind, übrigens überwiegend Gemälde.«

»Hmm.« Marlens Enthusiasmus hielt sich trotz allem noch in Grenzen.

»Und was glaubst du, was noch auf besagter Liste steht?« fragte Livia triumphierend. »*Der Frauenakt* von Tavernese aus dem Schlafzimmer der Cacciapuoti. Was beweist, daß sie das Bild illegal erworben haben. Was heißt ›erworben‹ – das Gemälde wurde vermutlich an irgendein Amt ausgeliehen, und irgendwann war es aus einem Korridor oder einem Direktorenzimmer verschwunden, ohne daß jemand das überhaupt bemerkt hätte. Entweder haben die Cacciapuoti das Bild auf Umwegen gekauft oder aber direkt vom Täter.«

»Gut«, sagte Marlen. »Damit wären wir Fiorilla wieder einen Zentimeter näher auf den Leib gerückt. Aber das andere verstehe ich nicht. Entschuldige, ich bin heute etwas langsam. Wieso ist diese Liste so geheim? Es wird doch irgendwelche Schriftstücke geben, auf denen steht, wann welche Gemälde an welches Amt verliehen wurden, selbst wenn das alles inzwischen beinahe fünfzig Jahre her ist.«

»Eben nicht!« rief Livia. »Mensch, Marlen, komm zu dir, wir sind in Italien! Laut Corrado wurde damals nicht einmal registriert, welche Bilder sich überhaupt in den Depots befanden!«

»Aber wie kommt so eine Liste zustande, wenn die Gemälde damals gar nicht registriert worden sind?« beharrte Marlen.

Livia gab zu, daß auch Corrado darauf keine Antwort gewußt hatte. »Irgendwer hat die Liste in die Datei eingespeist, und zwar mit der Absicht, daß jemand anders sie entdeckt, liest und der Sache dann nachgeht. Und wer immer das war, will ungenannt bleiben, das ist klar. Da sind schließlich etliche Milliarden im Spiel – und vermutlich auch einige prominente Köpfe, die möglicherweise ins Rollen kommen, wenn jemand der Sache energisch genug nachgeht.«

»Und einen dieser Köpfe habt ihr bereits am Wickel ...«, mutmaßte Marlen.

»Nicht so schnell. Wart's erst mal ab«, sagte Livia. »Auf der Liste steht unter anderem eine Reihe von Werken von Consalvo Carelli, Gaetano Esposito, Antonio Mancini, den Brüdern Palizzi und anderen. Neapolitanische Maler, die in der zweiten Hälfte des vorigen Jahrhunderts gelebt haben, zum Teil in Paris. Jeder von diesen Malern hat Unmengen an Bildern produziert, von denen ein kleinerer, ausgewählter Teil in den Museen für moderne Kunst in Rom, Florenz und Neapel ausgestellt ist.«

Sie machte eine Pause und sah Marlen an. Die genau die Frage stellte, auf die Livia gewartet hatte: »Und der größere Teil?«

Livia grinste. »Der verschwand, wie du dir bereits denken kannst, in den Depots der Museen, größtenteils unregistriert, wie Corrado sagt. Er hat sich mittlerweile informiert. Nach Ende des Krieges wurden diese Gemälde offenbar als relativ wertlos angesehen, und da gleichzeitig die Depots buchstäblich aus allen Nähten platzten, hat man die Bilder eben elegant entsorgt. Den Rest kennst du: Sie wurden aus vollen Händen an öffentliche Institutionen entliehen. Frei nach dem Motto: Kunst unter die Leute, eine Massenspeisung anderer Dimension. Weißt du, was ein völlig durchschnittlicher, damals völlig wertloser Mancini heutzutage wert ist? Bis zu 30 Millionen Lire. So. Und Roberto ist im Besitz dreier Gemälde von Mancini«, sagte Livia. »Die auf der Liste stehen. Und behauptet, er habe sie von seinem Großvater geerbt. Was gelogen ist, wenn diese Bilder jahrzehntelang in einem Depot standen.«

»Woher wißt ihr das? Habt ihr ihn etwa gefragt?«

»Bist du verrückt? Natürlich nicht!«

»Und woher weißt du dann, daß Roberto Bilder von Mancini besitzt? Hast du sie bei dem Geburtstagsfest bei ihm an den Wänden hängen sehen? Falls die wirklich geklaut sind, wird er doch nicht so dumm sein und die Bilder in seiner Wohnung zur Schau stellen, wenn halb Neapel zu Besuch kommt.«

Livia grinste spitzbübisch. »Rosaria war es, die auf Roberto gekommen ist, nicht ich.«

Rosaria hatte am Morgen, noch vor der Arbeit, die Liste durchgeschaut, die Corrado ihr gegeben hatte. Ihr waren drei Bilder von Mancini aufgefallen, die sie schon einmal gesehen hatte, da war sie sich ganz sicher. Und sie wußte auch genau, wo. Trotzdem hatte sie zunächst gezögert, denn die Sache war privat und delikat. Sie hatte sich krank gemeldet, war in die Nationalbibliothek gefahren und hatte sich einen Bildband über das Gesamtwerk Mancinis zeigen lassen. Zwei der drei Gemälde waren tatsächlich darin abgebildet. Dann war sie nach Hause gefahren und hatte Corrado und Livia zusammengetrommelt. Und ihnen von ihrem Verdacht erzählt.

»Wieso sollen die Bilder bei Roberto hängen?« hatte Corrado skeptisch gefragt.

»Wieso, weiß ich auch nicht. Aber ich weiß, daß sie dort hängen. Hundertprozentig. Sofern er sie nicht inzwischen abgenommen hat.«

»Und woher weißt du das so genau?«

»Er hat sie mir gezeigt«, hatte Rosaria schlicht erwidert.

»Wann denn das?« Auch Livia war begriffsstutzig.

»Ja, was glaubt ihr denn, woher ich Roberto kenne? Und wie ich an meinen Job gekommen bin?«

Der Groschen war gefallen, man hörte es geradezu doppelt klingeln. Livia war einen Moment lang so verdutzt, daß sie gar nichts sagte. Dann hatte sie grinsend erwidert: »Na, weil du gut bist.«

»Genau das bin ich«, hatte Rosaria gelacht, nur Corrado machte eine finstere Miene.

»Läuft das etwa immer noch?« hatte Livia gefragt, ohne auf die tötenden Blicke zu achten, die Corrado mittlerweile aussandte.

Rosaria schnalzte mit der Zunge. »Natürlich nicht! Seit dem ersten Tag meines Arbeitsantritts war das vorbei. Und überhaupt, Leute, das ist über vier Jahre her, da ist längst Gras drübergewachsen. Und wenn wir jetzt nicht zufällig tiefer gebuddelt hätten als üblich, hätte ich gar nicht mehr daran gedacht«, hatte sie mit besänftigendem Blick hinzugefügt. »Das war in einer anderen Welt.«

»Du hast nie was davon gesagt«, hatte Livia gespielt vorwurfsvoll gesagt.

»Du hast nie danach gefragt«, hatte die Antwort gelautet.

Corrado, der nicht nur die flachsigen Kommentare der Frauen alles andere als witzig fand, war mit hochrotem Kopf wortlos aufgestanden und hatte türenknallend die Wohnung verlassen. Was Rosaria eher gelassen hingenommen hatte. »Verrückt, was? Die Sache mit dem Kunstklau nimmt er gelassener als eine Bettgeschichte seiner Freundin, die über vier Jahre zurück liegt. Verstehe einer die Männer.«

»Lieber nicht«, sagte Livia.

»Und jetzt?« fragte Marlen.

»Funkstille.«

»Nein, ich meine, was passiert jetzt? Was ist, wenn Roberto diese Gemälde ehrlich erworben hat«, wandte Marlen ein.

»Genau den Einwand hatte ich auch«, sagte Livia. »Aber nicht umsonst ist Rosaria Juristin: kein gestohlenes Gemälde ist ehrlich erworben. Außerdem – denk doch mal nach! Ein Bild aus der Liste hängt bei den Cacciapuoti, zwei weitere hängen bei Roberto. Roberto kennt, wie wir nun wissen, Fiorilla und hat vermutlich auch Umberto gekannt. Er ist, was Kunst anbelangt, einer der mächtigsten Leute in ganz Kampanien.«

»Und Jean hat bei sich zu Hause eine gestohlene Statue stehen, die er über Umberto erworben hat«, ergänzte Marlen.

»Moment mal!« Livia krauste die Stirn. »Wo du das sagst, fällt mir ein, daß ich vor einer Woche im Büro die Dateien nach Abbildungen durchgegangen bin, um sicherzugehen, daß die Statue bei Jean auch wirklich die aus der Villa Cecilia in Portici ist, weißt du noch ...«

Marlen erinnerte sich vage.

»... und da kam Roberto ins Zimmer und fragte, ob die Datei wieder aufgetaucht ist ...« Livia schnippte mit den Fingern. »Natürlich! Wieso ist mir das nicht eher aufgefallen. Augenblick.« Sie stürzte zum Telefon.

»Das ist es«, rief sie, als sie zurück ins Zimmer kam. »Wir haben ihn. Ich habe gerade mit Pepe gesprochen, das ist der

Kollege aus der Finanzabteilung, der mir immer hilft, wenn irgend etwas mit dem Computer schief läuft. Er hat mir auch damals geholfen, als die Dateien verschwunden waren. Und er hat mir versichert, daß er darüber mit *niemandem* auch nur ein einziges Wort gesprochen hat. Vor allem nicht mit Roberto, zu dem er ein angespanntes Verhältnis hat und mit dem er von sich aus nur das Nötigste spricht«, sagte sie. »Und weißt du, was das bedeutet? Das bedeutet, daß Roberto gar nicht wissen konnte, daß die Datei verschwunden war. Es sei denn ...«

»... er hat sie selbst verschwinden lassen«, ergänzte Marlen.

46

Die letzte Sitzung, hatte die Malerin gesagt. Die Tabakfrau spürte, daß sie traurig, froh und wütend zugleich war. Porträt zu sitzen hatte ihr wider Erwarten gutgetan. Nie war sie sich selbst so nahe gewesen.

So schlank würde sie allerdings nie werden, dachte die Tabakfrau mit Blick auf die Frauen auf dem Paravent in ihren türkisfarbenen, dunkelroten, weißen Kimonos, hinter dem sie nun verschwand. Sie verspürte kein Bedauern. Ich will keine andere Figur als meine eigene, dachte sie weiter, kein in zu enge Kleider gezwängtes Fleisch. Und wenn ich weiterhin so abnehme, muß ich mir jeden Monat neue Kleider kaufen. Ein teurer Spaß, aber was für ein Spaß. Mir wird alles zu weit. Die Welt wird weiter. Da soll noch mal jemand kommen und sagen, daß sich sowieso nichts verändern läßt. Ich lasse meine Sachen ändern, bei *Vinsk*, einer der letzten alteingesessenen Schneidereien in Neapel, die von den Damen der sogenannten besseren Gesellschaft frequentiert wird – und nun auch von mir. Außerdem werde ich mir morgen solch einen dunkelroten Kimono kaufen, oder einen türkisfarbenen ...

»Suchen Sie die Musik aus«, sagte Livia wie schon bei der vorigen Malsitzung. Sie wirkte immer noch ein wenig zerstreut und ging in die Küche, um etwas zu trinken zu holen. Die Tabakfrau zog eine der unordentlich auf einem Haufen liegenden Kassetten hervor und steckte sie in den Kassettenrecorder. Es würde schon das Richtige sein. Bisher hatte Livias Musik ihr immer gefallen. Sie drückte auf die Starttaste.

»*... interessiert sich eine deutsche Zeitung für den Tod meines Mannes?*« erklang eine weibliche Stimme in beinahe akzentfreiem Deutsch. »*Sie sprechen deutsch?*« sagte eine andere weibliche Stimme.

Die Tabakfrau blieb wie erstarrt stehen. Sie kannte diese Stimmen, beide Stimmen, auch wenn sie eine Sprache sprachen, die sie nicht verstand.

»*Sie haben meine Frage nicht beantwortet*«, fuhr die erste Stimme, nun auf italienisch, fort. »*Und da ich Ihnen vermutlich noch viele Fragen beantworten soll, dachte ich, auch ich hätte eine Frage gut.*«

»*Natürlich*«, sagte die zweite Stimme. »*Ich schreibe unter anderem für die ›Frankfurter Rundschau‹ und für die ›Wochenpost‹ und bin interessiert an ...*«

Die Tabakfrau ließ sich auf den Stuhl sinken, schloß konzentriert die Augen und rief die Situation in sich wach, in der sie die erste der beiden Stimmen schon einmal gehört hatte. Erst als die Malerin mit klapperndem Tablett hereinkam, schrak sie zusammen und öffnete die Augen.

Livia blieb ihrerseits mit offenem Mund mitten im Atelier stehen und starrte die Tabakfrau an, ging dann zum Kassettenrecorder und wollte auf die Stoptaste drücken.

»Nein, nicht!« rief die Tabakfrau erregt und erhob sich. »Bitte, lassen Sie das an. Diese Stimme kenne ich.«

»Das ist Marlen«, sagte Livia. In dem Moment setzte ihre eigene Stimme ein. Dann die Stimme Fiorillas. Nicht zu fassen. Das war das Band mit dem Interview, das sie und Marlen mit Fiorilla Cacciapuoti geführt hatten. Wie zum Teufel war es in den Kassettenrecorder gelangt?

»Die Kassette lag obenauf«, sagte die Tabakfrau zur Entschuldigung. Ihre Stimme zitterte. »Ich habe sie eingelegt. Ich dachte, es wäre eine Musikkassette. Aber – wer ist das? Haben Sie mit dieser Frau gesprochen? Kennen Sie ihren Namen?«

»Wieso interessiert Sie das?« fragte Livia mißtrauisch. »Und woher kennen Sie diese Stimme?«

»Bitte, sagen Sie mir doch den Namen«, drängte die Tabakfrau.

»Das ist Fiorilla Cacciapuoti, die Witwe des unterirdischen Toten.«

Die Tabakfrau starrte sie an. »Das ist nicht möglich«, flüsterte sie und schüttelte den Kopf. »Bitte, geben Sie mir einen Schluck Wein.« Und ich Dummchen hatte geglaubt, sie wäre eine seiner Geliebten gewesen, dachte sie.

Livia reichte ihr ein volles Glas. Sie verstand kein Wort. »Woher kennen Sie diese Stimme?«

Die Tabakfrau trank das Glas in einem Zug leer. Währenddessen plätscherte im Hintergrund das Interview mit der Witwe Umbertos vor sich hin. »… *und ich habe gefragt, wie Sie das meinen, flexibel, in welcher Beziehung*?« war Marlens Stimme zu vernehmen. Eine kurze Pause. Dann wieder Fiorilla: »*Wir haben jeder unser eigenes Leben gelebt. Sie wissen ja, wie das ist in Italien, man kann nicht so genau sagen, was wann passiert: Die Flexibilität ist Teil unseres Arrangements mit dem Leben. Darf ich Ihnen etwas anbieten? Einen Pomerol vielleicht? Natürlich aus den Beständen meines Mannes …*« Man hörte, wie eine Flüssigkeit in Gläser gegossen wurde, das Gescharre von Füßen, jemand räusperte sich. Dann wieder Marlen: »*Und warum hat Ihr Mann ausgerechnet mit Wein aus Frankreich gehandelt*?« – »*Er hatte eine Schwäche für Frankreich*«, antwortete Fiorilla.

Ein Klick.

Die Tabakfrau hatte den Kassettenrecorder ausgeschaltet. Schweißperlen standen ihr auf der Stirn. *Eine Schwäche für Frankreich.* »Ich auch«, sagte sie leise. Heute stand ihr der Sinn nicht nach einer Malsitzung. Daß Livia und Marlen diese Fiorilla kannten, ja sogar mit ihr gesprochen hatten, brachte all ihre Gedanken, Erinnerungen, Erlebnisse, all ihre Gefühle, Pläne, Entschlüsse durcheinander. Sie bat Livia in bestimmtem, eindringlichem Tonfall, der kein Nachfragen und kein Zögern zuließ, ihre Freundin Marlen zu rufen. Sie habe eine Art Geständnis abzulegen.

Und so kam es, daß sie sich alles vom Leibe redete. Die ganze Geschichte mit Umberto von Anfang an und sogar über den Anfang hinaus, ihre Begegnungen mit Männern im allgemeinen und mit dem Ehemann im besonderen. Denn wie sonst sollte sie den beiden Frauen verständlich machen, wer oder was sie, Assunta Maria Balzano, dazu getrieben hatte, mutterseelenallein und ohne Angst die Gänge unter der Erde aufzusuchen? Der Geliebte? Die mutmaßlichen Mörderinnen des Geliebten, der zu dem Zeitpunkt, zumindest was ihr eigenes Herz anbelangte, längst kein »Geliebter« mehr war. Sie erzählte, wie es gewesen war, als sie den toten Umberto auf dem Diwan entdeckt hatte, von den Stimmen, die sich näherten, von den beiden Frauen – »eine der beiden war die auf der Kassette« –, die den Toten fortgeschleift hatten und ein paar Gänge weiter einfach ablegten. Sie berichtete, wie sie den Frauen gefolgt war, ohne jede Scheu, getrieben von einem eigentümlichen Gemisch aus Neugier, Abscheu, Wut, Furcht und dem Drang, jeden Anflug von Furcht zu überwinden. Es ging im Zickzack durch die unterirdischen Gänge, und längst wußte die Tabakfrau nicht mehr, wo sie sich befand. Sie dachte an die Märchen ihrer Kindheit und bedauerte, keine Brosamen oder kein Wollknäuel zur Markierung des Wegs zur Hand zu haben. Doch irgendwie würde sie wieder ans Tageslicht gelangen. Schließlich würden auch die beiden Frauen, denen sie folgte, die unterirdischen Gänge irgendwann wieder verlassen. Andere Leute mochten das Gottvertrauen nennen. Sie nannte es innere Ruhe. Hauptsache, die Frauen merkten nicht, daß sie verfolgt wurden. Einmal waren die Frauen stehengeblieben, es hatte einen lauten Wortwechsel gegeben, einen Streit. Die Tabakfrau hatte Gesprächsfetzen aufgeschnappt, in denen es um den toten Umberto ging, Vorwürfe der einen an die andere Frau, jetzt hätten sie die Scharerei und womöglich die Polizei am Hals, während die Tonbandstimme schneidend entgegensetzte, sie könne gerne aussteigen, wenn sie wolle. Einmal vernahm die Tabakfrau den unverkennbaren Duft gebakkener Teigwaren, ein anderes Mal mußte sie durch seichtes Wasser waten. Doch all das hatte an Bedeutung verloren.

Sie war einem Verbrechen auf der Spur. Sicherlich, so hatte sie angenommen, handelte es sich bei den beiden Frauen um ehemalige Geliebte Umbertos, die sich gerächt hatten. Und einen Augenblick lang verschwammen die Gezeiten, und sie erblickte ihren Ehemann, wie er vor über zwanzig Jahren – genau wie Umberto vor wenigen Wochen – mit ihr im Boot hinausgerudert war, spürte erneut sein Männergewicht auf ihrem runden Körper und den Haß, der sich damals in ihr aufzutürmen begann und reichen würde, um eine ganze Kompanie Männer zu ermorden – nur daß es dazu nie gereicht hatte, nie dazu gekommen war, und hoffentlich nie kommen würde, jetzt nicht mehr, denn jetzt war sie sich selbst so dicht auf den Fersen, daß sie sich mühelos berühren konnte.

Die Tabakfrau berichtete weiter. Nach vielleicht zwanzig Minuten waren die Frauen stehengeblieben. Sie hatte sich näher herangeschlichen, Namen aufgeschnappt, Namen europäischer Städte, einmal wurde auch New York genannt. Es ging, das hatte sie jedenfalls bereits zu diesem Zeitpunkt verstanden, um irgendwelche Objekte, die irgendwohin verschickt werden sollten, und um andere, bei denen man noch warten mußte, bis eine Anfrage kam. Die eine Frau, die vorher Vorwürfe erhoben hatte und offenbar ängstlicher und weniger skrupellos war als die andere, hatte vorgeschlagen, nach einem anderen Depot zu suchen, was die andere Frau – die vom Kassettenrecorder – strikt abgelehnt hatte. Das unterirdische Neapel sei weit verzweigt, hatte sie gesagt, die Polizei würde nie auf die Idee kommen, die Gänge abzusuchen, allerhöchstens im Umkreis von zehn bis maximal zwanzig Metern.

Es hatte eine Weile gedauert, bis die beiden Frauen mit dem fertig waren, was auch immer sie in diesem geheimnisvollen Depot taten. Die Tabakfrau hatte in dem Zwiespalt gesteckt, ihnen folgen zu müssen, um zu wissen, wo sich ein Ausgang aus dem unterirdischen Labyrinth befand. Andererseits wollte sie unbedingt mit eigenen Augen sehen, was in dem geheimnisvollen Raum versteckt wurde. So war sie auf die Idee verfallen, mit dem schönen neuen roten Lippenstift Kreuze an die Wände zu malen, um auf diese Weise später den Weg wiederzufinden. Außerdem war es nicht weit gewesen bis zur nächsten Treppe, die ans Tageslicht führte. Die Lippenstiftmarkierung hatte wunderbar funktioniert. Und als die Tabakfrau später denselben Weg zurück an die Oberfläche genommen hatte, war die Tür am Ende der Treppe zum Glück nicht verschlossen gewesen. Eine Frau in Schürzenkleid, die mit ziemlicher Sicherheit nicht mit einer der beiden Frauen identisch war, hatte gerade die Treppe im Treppenaufgang geputzt.

Daß die Tabakfrau selbst bereits bei diesem ersten Mal zwei

Gemälde an sich genommen hatte – das eine, weil es ihr auf Anhieb so gut gefiel, das zweite, um es in bare Münze umzusetzen und fortzugehen aus Neapel –, das alles behielt sie wohlweislich für sich.

Marlen und Livia waren auch so bereits perplex. »Wissen Sie noch, in welcher Straße das war?« fragte Livia aufgeregt.

»Via Cavallerizza«, sagte die Tabakfrau.

Marlen und Livia warfen sich bedeutungsvolle Blicke zu. Dem Bericht der Tabakfrau war zu entnehmen, daß sich, ganz wie sie vermutet hatten, unter der Erde das Lager der Kunsträuber befand, in dem offenbar überwiegend Gemälde und Skulpturen, aber auch liturgische Objekte aufbewahrt wurden, bis sich ein Käufer fand, beziehungsweise ein Weg, die Werke außer Landes zu schaffen.

»Dann sind Sie eine wichtige Zeugin«, sagte Marlen nachdenklich. »Wenn Sie sich bezüglich dieser Tonbandstimme ganz sicher sind – und Stimmen sind auf Band oft verzerrt, aber meine haben Sie ja schließlich auch erkannt –, dann haben Fiorilla Cacciapuoti und Agnese di Napoli Umberto umgebracht ...«

»Oder es war Fiorilla allein«, unterbrach Livia sie. »Du hast ja gehört: Agnese hat ihr Vorwürfe gemacht.«

»Möglich«, sagte Marlen langsam. »Aber was ist mit Salvatore?«

»Wer ist Salvatore?« fragte die Tabakfrau. »Und woher kennen Sie Umberto und seine Frau und diese andere Frau, die Sie Agnese nennen?«

Die Tabakfrau hatte recht. Sie hatte nach dieser offenherzigen Berichterstattung Anspruch auf den Rest der Geschichte. Marlen und Livia erzählten abwechselnd, wie sie in die Sache hineingeschlittert waren: angefangen bei der Begegnung Marlens mit Salvatore und der Entdeckung des toten Umberto über das Gespräch mit Fiorilla und den Verdacht, einige gestohlene Kunstwerke schmückten das Schlafzimmer der Cacciapuoti, bis hin zur Vermutung, die Spur des Kunstdiebstahls führe in das Labyrinth unter der Stadt. Schließlich war auch noch Salvatore tot aufgefunden worden, der mit Fiorilla und Umberto eng befreundet gewesen war und jahrelang mit Agnese di Napoli eine Beziehung hatte.

»Vielleicht hat Fiorilla ihn ebenfalls umgebracht«, mutmaßte die Tabakfrau.

»Bleibt abzuwarten, ob es dieselbe Mordwaffe war«, sagte Livia.

»Warum sollte Fiorilla Salvatore umbringen?« fragte Marlen alarmiert.

»Vielleicht hat auch dieser Salvatore etwas Ähnliches herausgefunden wie Sie und ich«, sagte die Tabakfrau. »Ich denke dabei auch an das zerstörte Bild.« Sie wies auf das helle Rechteck an der Wand. »Offenbar kein ungefährliches Geschäft.«

Livia nickte.

»Aber warum sollte Fiorilla Umberto überhaupt umgebracht haben?« insistierte Marlen. »Eifersucht? Verletzte Eitelkeit? Rache wegen seiner Affären?«

Livia ging unruhig im Atelier auf und ab. »Vielleicht war Umberto gar nicht direkt in den Kunstraub verwickelt. Angenommen, er hatte seine Liebe zu Frankreich und seine Nebenfrauen und seine Weinhandlung. Was hat eigentlich Fiorilla den ganzen Tag getrieben? Vielleicht hat sie ja von ihrem Vorleben profitiert: die Ehe mit einem bekannten Kunsthändler, das Insiderwissen um Vorgehensweisen, offizielle und inoffizielle Abläufe, entsprechende Kontakte. Sie spricht fließend Deutsch, Italienisch, Englisch, laut Jean auch Französisch, hat Umberto auf einer Kunstmesse kennengelernt, ist oft unterwegs. Also hat Fiorilla die besten Voraussetzungen, um die gestohlenen Kunstwerke an den Mann oder an die Frau zu bringen. Und Sie«, sie wandte sich an die Tabakfrau, »haben ja gesagt, daß es in dem Gespräch, das Sie belauscht haben, darum ging, die Sachen ins Ausland zu schaffen. Fiorilla, das dürfte nun klar sein, macht Geschäfte mit gestohlenen Kunstwerken, wobei noch zu klären ist, ob sie auch die Diebstähle organisiert hat oder die heiße Ware wiederum von anderen übernimmt und lediglich für die Abwicklung ins Ausland zuständig ist. Nehmen wir weiter einmal an, Umberto weiß gar nichts von alldem, oder aber er zieht es vor, nichts davon zu wissen. Ab und zu werden einzelne Stücke an Bekannte weiterverkauft, so beim Deal mit Jean, und ganz wenige Teile verbleiben, was nicht ungefährlich, andererseits aber gang und gäbe ist, im eigenen Haus.«

»Und wieso mußte Umberto dann dran glauben, wenn alles so harmonisch und friedlich lief?« fragte Marlen.

»Nur an der Oberfläche«, fuhr Livia fort, und die Tabakfrau pflichtete ihr nickend bei, als könne sie sich genau vorstellen, welche Wut Fiorilla auf Umberto gehegt habe. »Nach außen ist Fiorilla ganz Geschäftsfrau und völlig autark. Aber sie leidet unter der Untreue ihres Mannes. Eines Tages hat sie die Schnauze voll, folgt Umberto heimlich zu einem seiner Dates, es geht unter die Erde, da kennt sie sich sowieso besser aus. Sie entdeckt den Diwan, verliert die Nerven, es gibt einen Streit, der eskaliert, und irgendwann fällt ein Schuß, der Umberto tötet, was durchaus beabsichtigt war.« Sie hielt inne, sah die beiden Frauen an. »Das wäre doch eine denkbare Variante, oder?«

Denkbar schon, fand Marlen, aber Beweise hatten sie keine. Und wie paßte Salvatore in dieses Szenario? Sie selbst war noch zu nahe an den Dingen dran, um seit Salvatores Tod einen klaren Gedanken fassen zu können.

Die Tabakfrau sprang ein. »Sie habe doch erzählt, daß Umberto und Salvatore befreundet waren«, sagte sie. »Dieser Diwan gehörte also nicht Umberto, sondern diesem Salvatore, der sich nach der Entdeckung seines toten Freundes selbst aus dem Verkehr gezogen hat ...«

Marlen zuckte zusammen. Ein trauriger Schleier legte sich mit einemmal über die Aufregung um die neuen Enthüllungen. Hatte Salvatore womöglich Selbstmord begangen?

»... um seinerseits Nachforschungen anzustellen, was seinem Freund wiederfahren sein könnte. Und da ist er auf den Kunstraub gestoßen und vielleicht von Agnese oder Fiorilla oder beiden überrascht worden, oder er hat sie zur Rede gestellt und mußte dem toten Freund folgen ...«

»Und welche Rolle spielt Agnese di Napoli?« fragte Marlen. »Und was ist mit Fiorillas Kontakt zu Roberto? Hat Fiorilla womöglich auch das eine oder andere Stück an ihn verkauft? Wenn ja, könnte Roberto ein wichtiger Zeuge werden.«

»Oder die Sache liegt genau andersherum«, warf Livia ein. »Roberto ist in den Kunstraub verwickelt, und Fiorilla hat nur die Aufgabe, sich um den Vertrieb zu kümmern.«

»Wer ist Roberto?« Die Tabakfrau runzelte die Stirn. Noch ein neuer Name.

Doch Livia und Marlen wehrten ab. Es war sicherlich unklug, noch jemanden in den Verdacht um Roberto Mazzacane einzuweihen, der abgesehen von dem Kunstspektakel bisher mit den unterirdischen Gängen nichts zu tun hatte und dessen Verbindung zu Fiorilla allein durch einen besoffenen Jugendfreund ans Licht gekommen war. Viel wichtiger erschien den beiden Freundinnen die Frage, was sie mit diesen neuen Informationen anfangen sollten. Endlich doch die Polizei hinzuziehen?

Marlen war der Ansicht, sie sollten sich zusätzlich absichern und wenigstens zwei, drei andere Leute in die neueste Entwicklung der Dinge einweihen, Jean, Italo, Dante, Rosaria, Corrado. Je mehr Leute davon wußten, um so besser. Irgendwann war der Punkt erreicht, wo es kein Zurück mehr gab, wo sich Enthüllungen nicht mehr unter den Teppich kehren ließen und man Wissen nicht mehr mittels Geld – oder Pistolenkugeln – zum Schweigen deformieren konnte. Marlen fand es daher wichtig, daß jetzt so viel wie möglich von der dubiosen Sache an die Öffentlichkeit gelangte.

»Wenn wir zur Polizei gehen, wird Assunta als Zeugin vernommen«, wandte Livia ein. »Und ich weiß nicht, ob ihr das recht ist.«

Es war ihr in der Tat nicht recht. Die Tabakfrau wollte auf keinen Fall in den Mittelpunkt des öffentlichen Interesses geraten. Ermittler sowie Journalisten würden ihre Vergangenheit durchforsten, ihre Beziehung zu Umberto würde unter die Lupe genommen und zerpflückt werden. Außerdem geriete dann automatisch sie selbst für den Mord an Umberto unter Verdacht – »und für die Tatzeit, Samstag, den dritten April zwischen sechs und acht, wie in der Zeitung stand, habe ich leider kein Alibi«, sagte sie.

»Das könntest du ihr ja geben«, schlug Marlen seelenruhig vor.

Livia blätterte in ihrem Kalender und war einverstanden. Zwar hatte die erste Malsitzung in Wirklichkeit erst einen Tag später stattgefunden, aber das war eine Kleinigkeit, die sich leicht korrigieren ließ.

Doch die Tabakfrau schüttelte den Kopf. Es ging ihr nicht nur um das Alibi. Was die letzte Reise des toten Umberto anbelangte, hatte sie ein reines Gewissen. »Vielleicht ist meine Aussage sowieso nicht viel wert«, sagte sie. »Gut, ich kann der Polizei zeigen, wo genau sich das Depot mit den Kunstwerken befindet. Aber das ist auch schon alles. Ich kann keinerlei Beweise liefern. Die auf dem Kassettenrecorder wiedererkannte Stimme? Da steht dann irgendwann meine Aussage gegen die dieser Fiorilla – die Aussage einer Tabakfrau aus den Quartieri gegen die einer steinreichen Witwe mit Haus in Posillipo und besten Verbindungen.« Sie lachte bitter auf.

Marlen stimmte ihr zu. »Jeder mittelmäßige Rechtsanwalt würde Fiorilla bei so mickriger Beweislage aus dem Schlamassel herauspauken. Und zwar auf Kosten von Assunta Maria Balzano.«

»Aber wir können doch nachweisen, daß mindestens zwei Kunstwerke aus dem Haus der Cacciapuoti Diebesgut sind und daß Fiorilla und Agnese sie in das Depot unter der Erde gebracht haben, als sie kalte Füße und Angst vor einer Hausdurchsuchung bekamen.« Livia verschränkte die Arme. »Ich gebe zu, das ist nicht viel.« Sie ging zum Fenster, öffnete es, laue Abendluft strömte herein, dazu das Gequäke der Motorini und entfernt hupenden Autos. Sie drehte sich um, schnippte mit dem Finger. »Also müssen wir mehr draus machen. Es kommt nur darauf an, wie man eine Sache anbietet. Die Verpackung ist schon die halbe Miete. Hört mal zu! Wir machen einen Deal. Und dazu brauchen wir Giorgio.«

»Wer ist Giorgio?« fragte die Tabakfrau geduldig. »Oder ist das noch etwas, das ich nicht wissen darf?«

47

Fiorilla Cacciapuoti sollte sich sicher fühlen wie ein Fisch im Wasser, das war der erste Teil des Plans. Wie das *Giornale di Napoli* bereits am Mittwochmorgen wußte, bestand zwischen den beiden unterirdischen Toten ein Zusammenhang, der mit ziemlicher Sicherheit in dem immer wieder aufflackernden Krieg um die Macht und das Sagen im Drogengeschäft zu suchen war. Man kannte mittlerweile den Namen des zweiten Toten. Er hieß Salvatore delle Donne und war mit dem ersten Toten befreundet gewesen. Gemeinsam hatten sie lange Mittelamerikareisen unternommen, Handel getrieben. Das reichte, um Verwicklungen mit der Drogenszene zu unterstellen. Die Polizei war sich laut der Berichterstattung allerdings nach wie vor nicht ganz im klaren, ob identifizierter Salvatore delle Donne nicht möglicherweise Selbstmord begangen habe. Der Journalist Giorgio Limoncelli selbst hatte den Kommentar geschrieben. Er warf die These auf, entweder seien beide Toten einem Mörderkommando zum Opfer gefallen, oder aber der zweite Tote habe den ersten Toten umgebracht und zehn Tage später sich selbst. Die Idee war Wasser auf seinen Mühlen, nur daß es, wie er als einziger unter den Journalisten wußte, sich um eine Falle handelte.

Es war für Marlen und Livia nicht leicht gewesen, Giorgio als Kontaktmann zu gewinnen und ihn davon zu überzeugen, zusammengereimten Unfug zu schreiben, auch wenn dieser sich überzeugend anhörte und jeden Tag sowieso jede Menge Unfug in der Zeitung stand. Sie hatten Giorgio noch am Dienstagabend in der Redaktion erwischt und ihm mit ein paar Sätzen den Mund wäßrig gemacht. Zwanzig Minuten später stand er bei Livia im Atelier. Das Versprechen einer Exklusivgeschichte war so verlockend wie geschwindigkeitsfördernd. Anfangs hatte Giorgio sich gewunden und auf seinem Ehrenkodex als Journalist beharrt: Er sei der Wahrheit verpflichtet und könne auf keinen Fall wissentlich Falschmeldungen verbreiten. Doch da diese Meldungen der Wahrheitssuche dienten, die Kriminalpolizei dahinterstehen und die ganze Geschichte seiner Karriere äußerst förderlich sein würde, hatte er sich schließlich einverstanden erklärt und seinen Kontaktmann bei der Kripo angerufen. Dieser hatte die Geschichte noch in derselben Nacht von seinem Vorgesetzten absegnen lassen.

Es war vereinbart worden, daß die Tabakfrau den Standort des Lagers verraten und dafür – ebenso wie Marlen und Livia – als ungenannte Zeugin vernommen, aber aus dem weiteren Verfahren ausgenommen bleiben sollte. Teil zwei des Plans sah vor, daß die Zeitungen absolutes Stillschweigen bezüglich des Kunstraubs bewahrten und statt dessen die These der Verwicklung der beiden Toten in den Drogenhandel auswalzten. Außerdem mußte aus der Berichterstattung hervorgehen, daß die Untersuchungen unter der Erde ohne Erfolg beendet seien, daß die LAES ihre Führungen wieder aufnehmen und auch das Kunstspektakel am kommenden Wochenende erneut stattfinden würde. Es sollte so aussehen, als ginge die Polizei davon aus, daß möglicherweise Salvatore Umberto umgebracht habe und dann sich selbst. Es stand bereits fest, daß die Tatwaffe in beiden Fällen dieselbe gewesen war. Entweder sie stammte aus dem Besitz Salvatore delle Donnes oder sie gehörte einer der beiden verdächtigen Frauen. Alles in allem sollten Fiorilla Cacciapuoti und Agnese di Napoli in Sicherheit gewiegt werden. An diesem Punkt setzte Teil drei des Plans an: Die beiden Frauen wurden von Stund an rund um die Uhr überwacht. Man ging davon aus, daß sie das unterirdische Depot in kürzester Zeit wieder aufsuchen würden.

Wo die Falle dann auch fünf Tage später wirklich und wahrhaftig zuschnappte.

Wie Marlen, Livia und die Tabakfrau der mündlichen und schriftlichen Berichterstattung Giorgios in den darauffolgenden Tagen entnahmen, hatten sie mit ihren Thesen gar nicht einmal so sehr daneben gelegen. Schon beim zweiten oder dritten Verhör hatte Agnese di Napoli, rein taktisch des Mordes an Umberto und Salvatore angeklagt, den Kelch an Fiorilla weitergereicht …

»Solidarität unter Frauen«, hatte Livia ironisch kommentiert.

»Na hör mal, hier geht es ums Ganze«, hatte Marlen gekontert. »In der Not ist jedem die eigene Haut doch am nächsten.«

»Eben …«

Fiorilla selbst gestand einen Tag später. Sie und Umberto hatten sich am fraglichen Samstag nach seiner Rückkehr von der Geschäftsreise gestritten. Umberto, der laut Fiorilla die Diebstähle organisiert hatte, wollte seiner Frau, die über die internationalen Kontakte verfügte und den Verkauf ins Ausland managte, den Führungsanspruch streitig machen: ein Machtkampf, bei dem es nicht einmal um Geld ging, wovon sie beide mehr als genug besaßen. Und zu allem Überfluß war auch noch die Sache mit den Geliebten Umbertos auf den Tisch gekommen und hatte das Faß zum Überlaufen gebracht. Nach der Tat hatte Fiorilla die Großtante Umbertos besucht, um ein Alibi zu haben.

Die Mordwaffe wurde im Haus von Fiorilla Cacciapuoti gefunden, und zwar in einem Safe, der sich denkwürdigerweise hinter dem Bild von Tavernese befand, das auch auf der Liste der geraubten Bilder stand, die ein – aus Gründen persönlicher Sicherheit – anonymer Mitbürger der Zeitung zur Verfügung gestellt hatte, so hieß es. Die Kunstgegenstände in dem unterirdischen Depot wurden sichergestellt und auf ihre Herkunft überprüft. Ein Großteil der liturgischen Objekte stammte aus neapolitanischen Kirchen, vier der insgesamt acht gefundenen Statuen waren aus der Villa Cecilia entwendet worden, den größten Teil des Diebesgutes aber stellten Gemälde, die bis auf drei Ausnahmen alle samt und sonders auf besagter Liste verzeichnet waren.

Salvatore delle Donne wiederum war nur ein kleiner Fisch gewesen, ähnlich wie Agnese di Napoli, die nach eigenen Aussagen den Zugang zu den Kirchen ermöglicht hatte und bei diversen Beutezügen mit von der Partie gewesen war. Salvatore hatte die Aufgabe übernommen, Komplizen zu rekrutieren, die die Diebstähle ausführten, und dafür eine entsprechende Entlohnung erhalten – wie ein mittlerer Angestellter, wenn man so wollte. Offenbar war ihm nach dem Mord an Umberto mulmig geworden. Er hatte aussteigen wollen, was ein Reisebüro aus Fuorigrotta bestätigen konnte, das sich nach der Berichterstattung über den Tod Salvatores bei Signora delle Donne gemeldet hatte: Man habe dort noch eine Rechnung offen, einen Flug nach Rio de Janeiro, gebucht auf den Namen Salvatore delle Donne, der das Ticket nie abgeholt hatte …

Im Rahmen der Untersuchungen tauchte irgendwann auch der Name Roberto Mazzacane auf – und verschwand ebenso unspektakulär wieder aus den Zeitungen. Es ging das Gerücht, daß der Direktor der Museen Kampaniens seine Hände beim Verschwinden von Gemälden aus öffentlichen Institutionen mit im Spiel gehabt hatte. Es wurde von Kontakten zu Fiorilla Cacciapuoti gemunkelt, die den illegalen Vertrieb auch dieser

Werke ins In- und Ausland übernommen haben sollte. Niemand wußte, woher das Gerücht stammte. Vielleicht stammten die Informationen von der Verhafteten Cacciapuoti selbst, doch die Sache tauchte nirgendwo mehr auf. Es gab keine Zeugen, keine Beweise, keine Anklage und nicht einmal eine Stellungnahme Mazzacanes, der allein schon damit seine Unschuld und Integrität bewies, zumal er eng mit dem Minister für Transport und Verkehr in Rom befreundet war.

»Die Geschichte entpuppt sich eben doch als Medaille mit mehr als zwei Seiten«, resümierte Marlen. »Einige Fragen bleiben immer offen.«

»Und die Schurken, die in öffentlichen Ämtern hocken und über entsprechende Verbindungen verfügen, bleiben ungeschoren und feixen sich eins«, ergänzte Livia grimmig.

Livia hatte Urlaub genommen. Durch die Vermittlung von Claude war für den Herbst eine Ausstellung ihrer Werke in Rennes geplant, für die sie noch einige neue Bilder malen wollte. Seit zwei Tagen aber arbeitete sie konzentriert an den letzten Feinheiten des Porträts der Tabakfrau.

Marlen hingegen bekam in immer kürzeren Intervallen Sehnsucht nach Luzie. Sie versuchte, die letzten Tage in Neapel ausschließlich als Touristin zu verbringen, sich in nichts einzumischen, keine neuen Fälle aufzutun, keine Pläne für weitere Projekte zu schmieden – was ihr schwerfiel. Sie fuhr nach Capri und betrachtete von einem Felsen aus das Haus von Malaparte. In der idyllischen Landschaft, abseits des Touristenrummel dachte sie wehmütig an Salvatore und ihre erste und letzte gemeinsame Nacht. Sie fuhr nach Neapel zurück und sah sich das Museo Nazionale an, in dessen Kellerräumen ungezählte und unregistrierte römische Haarnadeln, etruskische Vasen, korinthische Grabbeigaben vor sich hin staubten. Sie besuchte die Katakomben von San Gennaro und den Knochenfriedhof, den *cimitero di fontanelle*. Schritt für Schritt wurde sie wieder zur Touristin.

Sie hatte auch ihre Gedanken zum Thema *quattro giornate di Napoli* gesammelt, zu Papier gebracht, sich den gleichnamigen Film von Nanni Loy angesehen und ein letztes Gespräch mit einem älteren Journalisten geführt, der die Ansicht vertrat, die *quattro giornate* seien reine Legende, und zwar schon seit dem Augenblick, als sie sich ereignet hatten. Er selbst habe damals, ganz am Anfang seiner journalistischen Laufbahn, einige der patriotischen Kämpfer und Kämpferinnen ausfindig gemacht und aufgesucht, und keiner von ihnen habe sich genau erinnern können oder wollen. »Alles fort, weggewischt aus der Erinnerung«, hatte er gesagt, während seinen Nasenlöchern blaugrauer Dunst entwich.

Die Gegenwart war stärker, sollte zumindest stärker sein, und dennoch, da war sich Marlen sicher, gab es ein gutes Weiterleben nur mit dem Erinnern, mit dem Innehalten, dem Vergegenwärtigen des Vergangenen.

48

Um Punkt sieben betraten sie den Tabakladen. Die Tabakfrau stand, wie an so vielen Tagen, inmitten von Windeln, Waschmittel, Putzlappen, Bürsten, Zeitungen. Der Ehering an ihrer Hand war verschwunden. In ihrem Ensemble aus goldbraun changierendem Baumwollstoff, einem leuchtendblauen Seidentuch, dazu passenden Ohrringen aus Lapislazuli, mit den offenen Haaren, ihren ungeschminkten, leuchtenden Augen und dem roten Mund sah sie einfach wunderschön aus. Da sollte mal jemand kommen und sagen, daß Äußerlichkeiten nur Maske sind, dachte Marlen. Im Fall der Tabakfrau waren sie zweite Haut, sinnlicher, farbiger Widerschein eines inneren Wohlgefühls, zur Schau getragenes neues Selbstvertrauen.

Marlen und Livia bugsierten das große, mit einem Laken verhüllte Gemälde vorsichtig die Stufen hinauf und durch den engen Flur ins Hinterzimmer. Sie plazierten es mitten im Raum wie eine Trophäe. Auf dem Tisch standen drei Weingläser und eine Flasche französischer Rotwein, ein Haut Médoc, Andenken an einen verflossenen Liebhaber ... Die Tabakfrau ging zur Eingangstür und ließ den eisernen Rolladen mit lautem Gerassel herunter.

Sie standen im Hinterzimmer, schwiegen. Andächtig und wie in Zeitlupe zog Marlen das Laken vom Paravent. Jeder der drei Frauen kam es vor, als würde ein Geheimnis gelüftet, dem ruckartige Lichtzufuhr nur schaden konnte. Die Tabakfrau dachte an die Fresken, die beim Bau der römischen Metro entdeckt worden waren, und hatte auf einmal die Befürchtung, auch auf ihrem Porträt könnte plötzlich nichts mehr zu sehen sein. Sie hielt die Luft an.

Da war es. Das Porträt war kein Bild zum Aufhängen, sondern eines zum Verbergen und Enthüllen, eines, hinter dem die Tabakfrau sich an- und ausziehen konnte, das sich, ganz nach Stimmung, ins Licht und in den Schatten rücken ließ – ein Triptychon, als Paravent montiert. Die Tabakfrau konnte ihn wie ein x-beliebiges Möbelstück auf den Boden stellen und so oft verrücken, wie sie wollte.

Marlen, Livia und die Tabakfrau standen davor und schauten, jede mit einem Glas Rotwein in der Hand. Sie vergaßen, daß sie hatten anstoßen wollen.

Der linke Flügel des Paravents wurde beinahe vollständig von einem massigen Frauenkörper eingenommen. Der Körper war mit einem Unterrock bekleidet, der die ausladenden Formen weniger verhüllte als betonte. Wie als Ausgleich war der Körper nicht vollständig abgebildet, sondern nur zwischen Bauchnabel und Kinnansatz. Gesicht, Arme, Beine, Scham: einfach abgeschnitten, weggelassen, unsichtbar. Zu diesem Körper gab es keinen Kopf. Dieser Körper war Körper und sonst nichts, Fleischmasse, Brust, weicher Hals, Bauch. Nur in Halshöhe war ein Stückchen Hintergrund zu sehen, azurblau.

Auf dem mittleren und zugleich breitesten Teil des Triptychons, an dem Livia während der Malsitzungen gearbeitet hatte, war die Tabakfrau vollständig abgebildet. Sie saß in demselben hellen, beinahe durchsichtigen Unterrock wie links auf einem weißen Holzstuhl, von dem die Farbe abblätterte. Ihre Hände lagen zu Fäusten geballt in ihrem Schoß. Ihre Beine waren undamenhaft gespreizt – nicht obszön, eher unbeholfen. Die schwarzen, von silbernen Strähnen aufgehellten Haare waren offen und zurückgekämmt, so daß Stirn und Ohren frei lagen. Die Frau auf dem Paravent schaute eindrücklich aus dem Bild heraus auf die Betrachterinnen: ein Blick, der die Rätselhaftigkeit der Welt in sich aufgenommen hatte, zugleich Verlangen, Wut, Trauer und Sehnsucht nach außen trug. Fast hatte es den Anschein, als sei das mittlere Bild die Verkleinerung des linken Paraventflügels – ein Zoom, ein Abstandnehmen, so daß nun auch der Kopf, die Beine, die Augen ins Blickfeld rückten. Doch so war es nicht. Diese Frau ließ dickleibige, kopf- und lustlose Zeiten allenfalls wie eine ferne Erinnerung erscheinen. Sie war längst aufgebrochen und so vollständig, wie Menschen üblicherweise nun einmal unvollständig sind.

Auf dem rechten Teil des Triptychons war dieselbe Frau in demselben Unterrock abgebildet, sie hatte jedoch noch mehr abgenommen und war verkleinert hineingetreten in die Welt. Sie stand mit den Füßen im Wasser, und das Wasser konnte ein Fluß sein oder ein Ozean, der ihre Zehen umspülte. Unten die Schicht grünbläuliches Wasser, darüber ein Streifen heller Sand, darüber eine Schicht Himmel, wolkenlos. Und inmitten dieser Elemente, alle Schichten streifend, stand die Tabakfrau. Sie hatte das Nichts, das sie gewesen war, Schritt für Schritt gefüllt und zugleich allen Ballast abgeworfen. Und am Ende war sie wieder Frau geworden, eine ansehnliche, üppige, sinnliche Frau, kein Berg an Wut, Trauer und Sehnsucht mehr, sondern ein vielverzweigtes, zerbrechliches Gehäuse, von dem ihr selbst erst Bruchteile bekannt waren.

Die Tabakfrau berührte das Triptychon zärtlich mit den Fingern. Eine Geschichte aus mehr als drei Teilen, dachte sie, meine Geschichte. »Ich danke Ihnen«, sagte sie gerührt und neigte ein wenig den Kopf. »Ich danke Ihnen wirklich sehr.«

Danksagung

Meine Erfahrungen mit Malsitzungen verdanke ich der Freundschaft mit der Malerin Barbara Regner, die mich auf die ihr eigene und unvergleichliche Weise porträtierte. Die Informationen über *Le quattro giornate di Napoli* entstammen dem gleichnamigen Sachbuch von Giacomo de Antonellis. Meine neapolitanischen Freunde Peppe und Adele versorgten mich, was Kunstschwund und Kunstraub betrifft, mit Broschüren und wahrheitsgetreuen Anekdoten und paßten auf meinen kleinen Sohn auf, während ich die unterirdischen Gänge unter dem historischen Zentrum besichtigte. Eine zweite, sehr empfehlenswerte Führung erkundet übrigens die Gänge unter den Quartieri Spagnoli. Wer nach Neapel fährt, sollte auf jeden Fall *Die Haut* von Curzio Malaparte lesen und sich auf Capri auf einen der Felsen setzen, von denen aus man einen ungestörten Blick hat auf Malapartes Villa und auf das Meer. Und zu guter Letzt: Danke, lieber O.M., für Zeit, Geduld, Rat und überhaupt.

B. K.